Nacht über Carnuntum

Peter Lukasch

Nacht über Carnuntum

Historischer Kriminalroman

Die Deutsche Nationalbibliothek verzeichnet diese Publikation in der Deutschen Nationalbibliografie; detaillierte bibliografische Daten sind im Internet über dnb.d-nb.de abrufbar.

Umschlaggestaltung: Peter Lukasch unter Verwendung eines Motivs von Pierre Narcisse Guérin (1774 – 1833)

Herstellung und Verlag: BoD – Books on Demand, Norderstedt
ISBN: 9783746069128

Mein besonderer Dank gilt meiner Frau Theresia, die mich bei der Entstehung dieses Buches unterstützt und das Manuskript nicht nur kritisch gelesen, sondern auch korrigiert hat.

Soweit Persönlichkeiten, die tatsächlich gelebt haben, in dieser Geschichte eine Rolle spielen, habe ich mich bemüht, nahe an der historischen Überlieferung zu bleiben. Im Übrigen sind die Handlung und ihre Personen frei erfunden.

der Autor

☙❧

Diognet bewahrte mich vor allen unnützen Beschäftigungen: Vor dem Glauben an das, was Wundertäter und Gaukler von Zauberformeln, vom Geisterbannen usw. lehrten.

Aus den ‚Selbstbetrachtungen‘ Kaiser Marc Aurels,
niedergeschrieben in seinem Hauptquartier Carnuntum

Diejenigen, welche neue, in der Kultausübung oder Lehre unbekannte Kulte einführen, durch welche die Menschen beunruhigt werden, werden, wenn sie Bürger höheren Standes sind, deportiert, wenn sie niederen Standes sind, mit dem Tode bestraft ...

Es wird auch durch die Verordnung über Religionsfrevler verfügt, dass die Provinzstatthalter Religionsfrevler, Räuber und Menschenräuber aufspüren und jeden gemäß seiner Verbrechen bestrafen sollen. Und ebenso wurde durch die Erlässe verfügt, dass die Religionsfrevler mit einer angemessenen, über das gewöhnliche Maß hinausgehenden Strafe bestraft werden sollen.

Aus den Anordnungen Kaiser Marc Aurels zur Bekämpfung des Aberglaubens
(mandata de sacrilegis)

Eine Lamia hat ihre dämonische Schlangenhaut abgeworfen und
betrachtet ihre menschliche Gestalt in einemTümpel.

Gemälde John William Waterhouse (1849–1917)

Prolog

Die folgenden Begebenheiten ereigneten sich im Jahr des Konsulates
des Gnaeus Claudius Severus.
173 n. Chr. (Frühjahr)

Der Krieg stand unmittelbar bevor. Kaiser Marcus Aurelius Antoninus hatte
Legionen in den Donauprovinzen zusammengezogen und bereitete eine Invasion
Germaniens vor. Obwohl Rom mit den Germanenstämmen jenseits der Donau
Friedensverträge geschlossen hatte, betrachteten beide Parteien diesen Frieden
nur als vorübergehende Atempause in einem Kampf, der noch lange nicht
entschieden war. Außerdem saß die vernichtende Niederlage, die Marc Aurel zwei
Jahre zuvor bei seinem ersten Versuch die Germanen niederzuwerfen erlitten
hatte, wie ein Stachel im Fleisch des römischen Selbstverständnisses und schrie
nach Vergeltung.

Die Grenzstadt Carnuntum, die Metropole der Provinz Oberpannoniens, war
zum kaiserlichen Hauptquartier geworden und beherbergte neben dem
kaiserlichen Hof auch den Stab für die bevorstehende Militäraktion. In
Grenznähe waren Heerlager errichtet, in denen die Legionen nur auf ihren
Marschbefehl warteten. Valerius Maximianus, der Admiral der pannonischen
Flotte, hatte auf dem Fluss schwer bewaffnete Liburnen herangeführt und eine
Flottille spezieller Schiffe, die von seinen Pioniereinheiten in wenigen Stunden
zu einer Schiffsbrücke zusammengefügt werden konnten.

Der Angriff, für den schon alles bereitstand, verzögerte sich allerdings. Denn
Mitten im Frühling, als sich dieser schon dem Sommer näherte, war der Winter
mit aller Macht zurückgekehrt und hatte das Land mit Kälte und Schneeschauern
heimgesucht. Der Schnee schmolz zwar in den Mittagsstunden zu einem
hässlichen Matsch, gefror aber in den Nachtstunden und bedeckte am Morgen
die Wege mit rutschigen Eisplatten. Unter diesen Umständen wurde der Beginn
der Invasion aufgeschoben, weil die Römer sehr wohl wussten, dass Witterungs-

und Geländeverhältnisse einen entscheidenden Einfluss auf den Ausgang eines Feldzuges haben konnten.

Die Auguren, die den Kaiser begleiteten, beobachteten aufmerksam den Flug der Vögel und hörten auf ihr Geschrei, ohne wirklich daraus klug zu werden. Trotzdem teilten sie dem Kaiser pflichtbewusst den ihnen offenbar gewordenen Willen der Götter mit. Angesichts der miserablen Witterung lautete der Götterwille wenig überraschend, dass derzeit von einem Feldzug abzusehen sei.

Das wäre an sich kein Problem gewesen, denn es war damit zu rechnen, dass die Wetterkapriolen bald ihr Ende finden würden. Die Legionäre hatten gelernt, dass Geduld eine ebenso wichtige Soldatentugend war wie Tapferkeit und nahmen die erzwungene Ruhepause mit stoischer Ruhe hin. Dafür rumorte es in der Zivilbevölkerung. Die unvorhergesehene Verzögerung führte in der angespannten Situation, in der sich das Land befand, zu einer erheblichen Verunsicherung. Man erinnerte sich nur zu gut daran, wie vor zwei Jahren ein erster Invasionsversuch kläglich gescheitert war, und die Germanen im Gegenschlag die Donauprovinzen verwüstet hatten. Zuerst nur hinter vorgehaltener Hand, dann immer lauter, wurde die Befürchtung geäußert, dass dies wiederum geschehen könne, und dann auch die Stadt Carnuntum nicht mehr verschont werden würde. Die Leute redeten davon, dass die Götter dem Vorhaben des Kaisers ablehnend gegenüberstanden. Da viele von ihnen nicht nur gläubige Verehrer der Götter, sondern auch recht abergläubisch waren, begannen sie nach warnenden Vorzeichen Ausschau zu halten, und weil sie danach suchten, fanden sie auch bald jede Menge beunruhigender Omen.

∞∞∞

Das kleine Mädchen wusste nichts von Kriegen und ungünstigen Vorzeichen. Sie spielte auf einem menschleeren Weg, der außerhalb der Stadtmauer zur Gladiatorenschule führte. Das Spiel hatte sie sich selbst ausgedacht. Sie warf ihren Ball mit aller Kraft in die Höhe. Dabei kam es darauf an, mehrmals in die Hände zu klatschen und die gleiche Anzahl Schritte nach vorne zu machen, ehe sie den Ball wieder auffing. Zwei hatte sie schon geschafft. Sie war entschlossen, an diesem Tag einen neuen persönlichen Rekord aufzustellen und auf drei Klatscher und Schritte zu kommen.

Der Atem dampfte in der Kälte vor ihrem Mund. Sie holte tief Luft und schleuderte den Ball mit einem lauten Ächzen hoch und nach vorne. Dann rannte sie klatschend los: Eins, zwei drei! Sie fing den Ball und rutschte gleichzeitig auf einer gefrorenen Lache aus. Mit einem eher empörten als erschrockenen Schrei fiel sie auf ihr Hinterteil. Zum Glück hatte sie sich nicht weh getan. Sie rappelte sich hoch und überlegte, ob dieser Versuch gelten konnte. Sie kam zu dem Ergebnis, dass er galt. Denn immerhin hatte sie den Ball ja schon gefangen gehabt, ehe sie sich hingesetzt hatte. Dann fiel ihr die eigenartige Farbe der Eisplatte auf. Die gefrorene Lache hatte eine rostrote Farbe. Sie schüttelte den Kopf und folgte einem Ausläufer des Eises hinter ein Gebüsch. Dort blieb sie wie versteinert stehen und starrte ihren Fund an. Der Mann trug eine Hose, eine derbe Tunika und feste Marschstiefel. Sein Gesicht war unnatürlich weiß. Nicht wegen der Kälte und auch nicht deswegen, weil er tot war. Es war vielmehr so, dass alles Blut aus ihm gewichen war. Irgendjemand oder irgendetwas hatte ihm die Kehle und die Halsschlagader aufgerissen. Er musste noch eine kurze Weile gelebt haben. Lange genug, damit sein erlahmender Herzschlag das Blut aus der Wunde pumpen konnte, wo es in der Kälte bald zu einer roten Masse gefror. Das kleine Mädchen war zutiefst erschrocken, aber als Tochter eines Metzgers sah sie nichts, was sie nicht schon an zahlreichen Tieren gesehen hatte. Sie verweilte noch eine kurze Weile, dann presste sie ihren Ball mit beiden Händen fest gegen die Brust, drehte sich um und ging mit raschen Schritten nach Hause.

„Da bist du ja, Julia", sagte ihr Vater. „Wo warst du so lange?"

„Ich habe mit meinem Ball gespielt, Vater", antwortete das Mädchen.

Ihr Vater war ein freundlicher Mann, der mit einem geübten Schnitt einem Schwein, das an einem Haken von der Decke baumelte, den Bauch aufschlitzte. „Dann geh jetzt in die Küche und hilf Mutter", sagte er, ohne sie zu tadeln.

„Ich muss dir etwas sagen, Vater."

„Ja?"

„Draußen bei der Stadtmauer liegt ein Toter. Man hat ihm den Hals aufgeschnitten und ihn ausbluten lassen, wie ein Schwein."

Ihr Vater hörte damit auf, die Eingeweide aus dem toten Schwein zu räumen und sah sie verstört an. „Was redest du da? Bist du dir sicher? Hast du dir das nicht nur eingebildet? Julia! Erinnere dich, wie du unlängst brüllend durchs Haus gerannt bist. Du hast geschrien, eine Schlange mit einem Frauenkopf verfolgt dich. Du hast eine sehr lebhafte Phantasie, mein Kind!"

„In dieser Nacht hatte ich einen Albtraum. Aber das ist Wirklichkeit. Das habe ich wirklich gesehen. Schau her, Vater!" Sie hielt ihm auf der flachen Hand einen Ring hin. Er war nicht wertvoll: Ein einfacher Eisenring mit einer hübschen Ziselierung. „Das ist der Ring des Toten."

„Du hast dem Toten den Ring abgezogen?", fragte der Vater entsetzt.

„Aber ja. Du hättest mir sonst nicht geglaubt. Du denkst immer, ich lüge mir Geschichten zusammen. Glaubst du mir jetzt, Vater?"

„Ich glaube dir, Julia", sagte der Metzger erschüttert. Er wischte sich die Hände ab. „Komm mit. Wir müssen das der Stadtkohorte melden. Das ist schon der Zweite innerhalb kürzester Zeit. Ich sage dir, mein Kind, das sind sehr schlimme Vorzeichen, ausgesprochen schlimme Vorzeichen."

I

Spurius Pomponius, vor seiner Verbannung angesehener Anwalt in Rom, jetzt der Not gehorchend einigermaßen erfolgreicher Schmuckhändler, näherte sich dem Statthalterpalast mit sehr gemischten Gefühlen. Im vorigen Jahr war er von den Frumentarii, dem militärischen Geheimdienst, als Agent mehr oder weniger zwangsrekrutiert worden. Man hatte ihm nämlich sehr überzeugend klargemacht, dass ihn auf Dauer nur der Einfluss der Frumentarii vor dem Zorn der Kaisergattin Faustina bewahren könne. Denn Faustina hielt Pomponius für den Verfasser eines Spottgedichtes, das sich mit ihren angeblichen amourösen Abenteuern befasste. Sie hatte mehrfach geäußert, dass die deswegen von ihrem allzu nachsichtigen Gatten ausgesprochene Verbannung keine ausreichende Strafe für diesen Frevel sei, und sie den Kopf des Pomponius auf eine Stange gespießt zu sehen wünsche.

Nun war Pomponius zwar inzwischen begnadigt worden, weil er an der Aufklärung mehrerer Morde und der Zerschlagung eines Waffenschieberringes mitgewirkt hatte[1], aber sein Wunsch, nach Rom zurückzukehren, hatte sich nicht erfüllt. Denn Masculus Masculinius, der Kommandant der Frumentarii, hatte ihm ein Verfahren wegen Desertion angedroht, falls er Carnuntum verlassen sollte.

Inzwischen waren aber einige Monate vergangen, ohne dass Pomponius etwas von Masculinius gehört hatte. Nach und nach war in ihm die irrwitzige Hoffnung aufgekeimt, dass Masculinius auf ihn vergessen haben könnte, und er begann schon Reisepläne zu schmieden. Sobald er mit dem kaiserlichen Begnadigungsdekret in der Tasche Rom erreicht hatte, wo er auf das Wohlwollen und den Schutz einiger mächtiger Männer vertrauen konnte, würde Carnuntum bald nur mehr eine böse Erinnerung sein. Er rechnete damit, dass Masculinius nichts gegen ihn unternehmen werde, wenn er überhaupt mitbekam, dass Pomponius fort war.

---

[1] Siehe: ‚Die Carnuntum-Verschwörung' – Books on Demand, Norderstedt 2017

Mit dieser Einschätzung der Situation lag er gründlich falsch. Denn ein Bote hatte ihm am Morgen den Befehl überbracht, sich unverzüglich im Hauptquartier der Frumentarii einzufinden. Masculinius hatte nicht auf ihn vergessen. Die Frumentarii vergaßen grundsätzlich nichts und niemanden. Das galt auch für den Posten, der die kleine Pforte an der Seite des Statthalterpalastes bewachte. Als Pomponius die silberne Schlangenfibel, die ihn als Mitarbeiter der Frumentarii auswies, vorzeigen wollte, winkte der Posten ab und sagte: „Ich kenne dich Pomponius. Du wirst bereits erwartet.“ Er salutierte, indem er die Faust auf seinen Brustpanzer legte und öffnete die Pforte. Pomponius durchquerte den Hof, der linker Hand von Mannschaftsunterkünften und rechter Hand von der Westflanke des Palastes begrenzt wurde. Er betrat den Palast durch eine Seitentür und stieg die Treppe hoch. Niemand hielt ihn auf. Einige Soldaten, die ihm über den Weg liefen, nickten ihm bloß zu. Man wusste, wer er war und dass er erwartet wurde. Wie gesagt: Die Frumentarii vergaßen nichts und niemanden.

Masculinius residierte in einem Zimmer im obersten Stockwerk, von wo man einen atemberaubenden Blick über den Strom und die endlosen, dunklen Wälder Germaniens hatte. Er war ein beleibter, älterer Mann im Range eines Centurios erster Ordnung, der seine reguläre Dienstzeit schon hinter sich gebracht hatte, als ihn der Kaiser auf den Posten des Geheimdienstchefs der Provinz Pannonien berief. Das war eine große Ehre, die abzulehnen einer Majestätsbeleidigung gleichgekommen wäre. Ehre hin, Ehre her, Masculinius hatte bloß den Wunsch gehabt, dieses unwirtliche Land zu verlassen und nach Rom zu gehen, um eine Schenke zu eröffnen. Daraus wurde vorläufig wohl nichts. Wenn er Pech hatte, erwischte ihn die Pest, die im Land grassierte, und er würde sein Leben fern der Heimat beenden. Insoweit ging es ihm nicht besser als Pomponius.

„Ave Masculinius“, sagte Pomponius und legte die Faust in einer militärischen Geste auf die Brust, obwohl er Zivil trug. „Du hast mich rufen lassen?“

Der Centurio musterte ihn aufmerksam. „Wir haben uns eine Weile nicht gesehen, Pomponius. Hast du etwa gedacht, ich hätte auf dich vergessen? Einen Burschen, der mir so viel Ärger verursacht hat, wie du es getan hast, vergesse ich sicher nicht so schnell. Es war klug von dir, dass du inzwischen nicht versucht hast, abzureisen. Denn glaube mir, unsere Männer hätten dich schon nach wenigen Meilen zurückgeholt. Aber solche Gedanken hast du sicher nicht gehabt. Dazu ist dein Pflichtbewusstsein viel zu groß. Habe ich recht, Pomponius?"

„Es ist wie du sagst, Herr", bestätigte Pomponius gequält.

„Gut so. Ich habe einen neuen Auftrag für dich. Setz dich und hör mir zu."

Pomponius nahm gegenüber von Masculinius Platz und ließ sich von ihm einen Becher Wein einschenken. Pomponius interpretierte diese Höflichkeitsgeste nicht als Zeichen besonderen Wohlwollens, sondern als Hinweis darauf, dass es sich um einen besonders unangenehmen Auftrag handelte.

„Du hast sicher schon gehört, dass man an der Stadtmauer einen Toten mit aufgerissener Kehle gefunden hat", begann Masculinius. „Ich möchte, dass dieser Mord – denn etwas anderes kann es ja nicht sein – rasch aufgeklärt wird."

„Ein einfacher Mord?", fragte Pomponius erstaunt. „Der Mann ist höchstwahrscheinlich Räubern in die Hände gefallen. Seit wann gehören gewöhnliche Kriminalfälle zu deinem Aufgabenbereich? In Carnuntum und Umgebung werden jede Woche Menschen umgebracht! Nur in den wenigsten Fällen werden die Täter entdeckt. Wir leben eben in unruhigen Zeiten!"

„Es könnte tatsächlich nur ein einfacher Raubmord sein", bestätigte Masculinius. „Und ich hoffe, dass genau das bei deinen Ermittlungen herauskommt."

„Ich verstehe nicht ..."

„Es ist nicht der erste Fall", erklärte Masculinius. „Es hat bereits vor einigen Tagen einen ganz ähnlichen Fall gegeben. Damals war eine junge Frau das Opfer. Man hat sie im Amphitheater im Bereich der unteren Sitzreihen gefunden. Ihre Kehle war zerfetzt und sie ist qualvoll verblutet. Beide Taten wurden bei Nacht begangen. Bei einem Einzelfall könnte man von einem Zufall sprechen. Zwei Fälle, die sich so auffallend ähneln, sind hingegen alarmierend. Wir haben es wahrscheinlich mit ein und demselben Täter zu tun."

„Mag sein", räumte Pomponius ein. „Das erklärt aber noch nicht, wieso sich die Frumentarii dieser Fälle annehmen. Weder militärische Belange, noch die Sicherheit des Staates oder die des Imperators scheinen mir betroffen zu sein."

„So einfach ist das nicht. Das Volk ist unruhig und abergläubisch. Man spricht davon, dass es sich bei den beiden Toten um ungünstige Vorzeichen handelt, mit denen die Götter den Imperator davor warnen, die Germanen anzugreifen. Das ist eine Stimmung, die wir nicht brauchen können, der wir Einhalt gebieten müssen."

„Was für ein Unsinn! Wer wird denn schon einen oder zwei gemeine Morde als Zeichen göttlichen Willens deuten."

„Es ist dann kein Unsinn, mein Pomponius, wenn es sich eben nicht nur um gemeine Morde handelt. Es ist nämlich das Gerücht aufgekommen, dass die beiden Toten den Lamien zum Opfer gefallen sind. Lamien, die von den Göttern gesandt wurden, um ihren Unmut über die militärischen Pläne des Imperators zum Ausdruck zu bringen. Die Leute haben nämlich nicht vergessen, wie vor zwei Jahren die Germanen im Gegenschlag nach unserer missglückten Invasion diese Provinz verwüstet haben. Sie haben Sorge, dass etwas Derartiges wieder geschehen könnte. Stell dir vor, es geschieht ein weiterer, vergleichbarer Mord. Dann könnte sich abergläubische Panik ausbreiten und im schlimmsten Fall auch auf die Truppen übergreifen. Dazu kommt noch dieses außergewöhnliche Wetter, das uns daran hindert, anzugreifen. Auch das wird als ungünstiges Vorzeichen gesehen. Du verstehst also, wieso wir uns um die Sache kümmern müssen. Es gilt, diese Taten als das zu entlarven, was sie wirklich waren: Gemeine Morde, die nichts Übernatürliches an sich haben. Ebenso und noch mehr gilt es, einen weiteren derartigen Todesfall zu verhindern."

„Ich verstehe", sagte Pomponius. Er schüttelte den Kopf. „Lamien! Das sind doch nur Kinderschreckgestalten, die sich die Griechen ausgedacht haben. Es gibt keinen Kult zu ihren Ehren. Man weiß nicht einmal genau, wie sie aussehen. Manche meinen, sie seien Schlangendämonen mit einem menschlichen Oberkörper. Sie sollen Blutsäufer sein."

„Ich stimme dir zu", bestätigte Masculinius. „Es sind Kinderschreckgestalten, die mit Religion nichts zu tun haben. Aber gerade deswegen glaubt das Volk an sie und fürchtet sie mehr noch als die Götter. Nun, Pomponius, traust du dir zu, diesen Fall zu übernehmen?"

Die Frage war nicht ernst zu nehmen, das wusste Pomponius. Es hätte ihm gar nichts genützt, wenn er gesagt hätte, er traue es sich nicht zu und bitte daher, wieder nach Hause gehen zu dürfen.

Er fragte resigniert: „Kannst du mir nähere Informationen über die beiden Morde geben?"

„Aber natürlich. Der Mann, den man an der Stadtmauer gefunden hat, war Gladiator. Er wurde Pollux genannt. Er war in der Gladiatorenschule untergebracht, wo er seine Ausbildung zum Retiarius abgeschlossen hat. Er hat schon zwei Kämpfe in der Arena gehabt und beide gewonnen."

„Was hat er in der Nacht an der Stadtmauer zu suchen gehabt?"

„Er war auf dem Heimweg. Man hat ihm Ausgang gewährt."

„Weiß man, wo er war?"

„Ja, das weiß man und man wünscht, dass es vertraulich behandelt wird. Er war im Haus des Publius Calpurnius. Er hat aber nicht Publius besucht – das konnte er gar nicht, weil Publius verreist ist – sondern dessen Ehefrau Aspasia. Du weißt ja, wie das geht: Sie fühlt sich ein wenig vernachlässigt, sieht einen hübschen jungen Mann in der Arena und führt ein vertrauliches Gespräch mit seinem Lanista. Sobald sie die vereinbarte Summe bezahlt hat, besucht sie der Gladiator zur festgesetzten Stunde und gibt genauso wie in der Arena sein Bestes."

„Was macht ihr Ehemann beruflich?"

„Hauptsächlich sein Vermögen verwalten. Er ist mehr als wohlhabend und sammelt erlesene Kunstgegenstände, die er auf seinen Reisen ausfindig macht."

„Wurde der Leichnam des Pollux schon beigesetzt?"

„Nein. Ich habe befohlen, dass er vorläufig in die Gladiatorenschule gebracht wird. Ich nehme an, du willst den Leichnam besichtigen. Tu das bald, damit ein Hinauszögern der Totenfeier nicht als unschicklich empfunden wird."

Pomponius machte sich auf seinem Wachstäfelchen Notizen. „Was ist mit dem zweiten, oder besser gesagt mit dem ersten Mord?"

„Das Opfer war ein Mädchen namens Penelope. Sie war eine einfache Prostituierte und ist ihrem Gewerbe im und beim Amphitheater nachgegangen."

„War sie in keinem Hurenhaus?"

„Nein. Sie war eine von den billigeren Nutten. Deswegen hat sich zunächst auch niemand besonders um ihren Tod gekümmert. Man hat angenommen, dass sie von einem Freier umgebracht wurde und sie wahrscheinlich selber daran schuld war. Einer der Nachtwächter, die im Theater nach dem Rechten sehen, hat sie gefunden.“

„Wo hat sie gewohnt?“

„Bei einer gewissen Fortunata. Diese Fortunata betreibt eine miserable Spelunke in der Militärstadt drüben und ist uns auch als Hehlerin bekannt.“

„Waren die Orte, an denen man die Toten gefunden hat, auch die Tatorte?“

„Davon gehen wir aus. Die Blutspuren lassen kaum einen anderen Schluss zu.“

„Wurden die Tatorte auf nützliche Spuren untersucht?“

„Nein. Es wäre sinnlos gewesen, weil schon zu viele Neugierige dort herumgetrampelt sind, ehe wir informiert wurden.“

„Gibt es sonst Hinweise, die nützlich sein könnten?“

„Ich weiß nicht, ob das ein nützlicher Hinweis ist.“ Masculinius legte einen Ring auf den Tisch. „Den hat man bei ihr gefunden.“

Pomponius betrachtete das Schmuckstück und ließ es auf der Tischplatte hüpfen. „Alt und wertlos“, befand er. „Wahrscheinlich Eisen. Auf keinen Fall Edelmaterial. Er ist kaum fünf Sesterzen wert. Nun ja, das Mädchen wird ja auch sonst keine wertvollen Besitztümer gehabt haben. Ich denke nicht, dass uns das weiterhilft. Dieser Ring hätte nicht einmal einen Straßenräuber interessiert. Ich werde ihn aber trotzdem mitnehmen, wenn du gestattest.“ Masculinius nickte.

„Wer hat den Gladiator gefunden?“, fragte Pomponius.

„Ein kleines Mädchen. Sie heißt Julia und ist die Tochter des Metzgers Trebius. Er hat seinen Laden am Ende der kleinen Straße, durch die man die Stadt Richtung Gladiatorenschule verlassen kann.“

„Besteht zwischen den beiden Opfern ein Zusammenhang? Haben sie irgendetwas gemeinsam?“

„Wir haben nichts gefunden. Es scheint, sie wurden zufällig als Opfer ausgewählt.“

„Nun, eines hatten sie jedenfalls gemeinsam“, grübelte Pomponius. „Beide haben ihre Liebesdienste verkauft.“

„Ich glaube nicht, dass man das vergleichen kann", meinte Masculinius. „Pollux war ein ausgebildeter Kämpfer und kein Lustknabe. Er hat sich und seinem Lanista nur ein kleines Nebeneinkommen verschafft, so wie es viele seiner Zunft tun."

Ein neuer Gedanke kam Pomponius: „Er war ein ausgebildeter Kämpfer und dennoch konnte man ihn problemlos umbringen, genauso wie Tage zuvor ein wehrloses Mädchen. Wurden Kampfspuren gefunden? Oder wies er Verletzungen auf, die auf einen Kampf hindeuten?"

„Das wissen wir nicht. Schau dir seine Leiche selber an."

„Deinen Reden entnehme ich, dass vor mir schon jemand anderer mit dem Fall befasst war", sagte Pomponius. „Verrätst du mir, wer das war?"

„Darauf wollte ich eben zu sprechen kommen. Ich habe Aliqua beauftragt, sich etwas umzuhören. Von ihr stammen die Informationen, die ich dir gegeben habe. Sie war es auch, die mir vorgeschlagen hat, dich mit diesem Fall zu betrauen. Ich wünsche, dass ihr zusammenarbeitet. Bestehen Gründe, die aus deiner Sicht dagegen sprechen? Ich muss gestehen, dass ich mir über eure Beziehung nicht ganz im Klaren bin."

Damit war Masculinius nicht allein. Auch Pomponius war sich über seine Beziehung zu Aliqua nicht im Klaren. Sie war, während sie gemeinsam an ihrem letzten Fall gearbeitet hatten, seine Geliebte geworden. Für Pomponius war das ein recht zufriedenstellendes Arrangement gewesen, das man zum beiderseitigen Vergnügen beliebig fortsetzen konnte. Aber dann hatte Aliqua begonnen von Liebe zu reden. Weil sie offenbar nicht die Antwort bekam, die sie sich erwartet hatte, war sie eines Tages bei ihm ausgezogen und hatte sich selbstständig gemacht. Jetzt betrieb sie einige Häuser von dem seinen entfernt einen kleinen Laden. Sie fertigte und verkaufte Wachstafeln, Schreibgriffel, Kerzen, Siegel und Siegelkapseln. Das Gewerbe hatte sie von ihrem verstorbenen Mann gelernt. Pomponius vermutete, dass ihr Masculinius das Geld für die Geschäftseröffnung gegeben hatte, um so seiner Agentin eine bürgerliche Tarnung zu verschaffen. Es war zwar ungewöhnlich, dass eine Frau keinen Vormund hatte und selbstständig als Geschäftsfrau tätig war, aber hier in der Provinz nahm man das bei einer

Witwe nicht so genau. Außerdem schützte sie der Einfluss der Frumentarii vor unliebsamen Behelligungen durch die örtlichen Magistrate. Nach ihrer Trennung hatten sie und Pomponius freundschaftlichen Kontakt gehalten. Sie hatte jedoch alle seine Versuche, sie wieder in sein Bett zu locken, freundlich aber entschieden zurückgewiesen. „Ich sehe keinen Grund, nicht mit Aliqua zusammenzuarbeiten", erklärte Pomponius.

„Davon bin ich ohnehin ausgegangen", entgegnete Masculinius selbstzufrieden. „Ich habe Aliqua bereits befohlen, sich bei dir zu melden. Du hast die Leitung bei diesen Ermittlungen. Es steht dir frei, auf eigene Verantwortung zuverlässige und diskrete Männer beizuziehen, wenn du es für nötig hältst."

Pomponius klappte sein Wachstäfelchen zusammen. „Ja dann ...", meinte er und sah Masculinius abwartend an.

Diesmal war es Masculinius, der seufzte. Er griff in eine Schatulle, nahm einen Beutel heraus und schob ihn Pomponius über den Tisch. „Sei sparsam mit deinen Spesen, Pomponius. Und vor allem: Bring mir bald Ergebnisse! Ich erwarte dich spätestens in drei Tagen zur Berichterstattung. Ach ja, vielleicht sollte ich noch erwähnen, dass sich Faustina wieder nach dir erkundigt und gefragt hat, ob du noch von Nutzen für mich bist. Du solltest dich daher sehr bemühen, deinen Nutzen unter Beweis zu stellen. Geh jetzt, Pomponius. Du hast viel zu tun."

II

Auf dem Heimweg machte sich Pomponius Gedanken über seinen neuen Auftrag. Weit kam er damit nicht, denn er fror erbärmlich. Obwohl es erst um die sechste Stunde nach Sonnenaufgang war, herrschte trübe Dunkelheit wie am Abend. Eine graue Wolkendecke hing tief herab und vermischte sich mit dem Qualm, der aus den Rauchabzügen der Häuser stieg. Die Straße war mit Morast bedeckt, der an manchen Stellen zu tückischen Eisplatten gefror. Vom Fluss her trieben kalte Nebelschwaden in die Stadt. Ein fauliger Mief hing in der Luft, wie von gefrorenem und wieder aufgetautem Unrat. Von weit weg, kaum noch zu vernehmen, waren die dunklen Signale einer Tuba zu hören. Im Heerlager, das vor der Stadt errichtet worden war, übten offenbar Legionäre Marschformationen. Denn Müßiggang wurde bei den Legionen nicht geduldet und konnte auch durch schlechtes Wetter nicht entschuldigt werden.

Pomponius schauderte zusammen. Er trug warme Hosen, ähnlich denjenigen, die auch von den Germanen verwendet wurden, eine feste Tunika und darüber einen Kapuzenumhang. Die Kälte, die ihm so zu schaffen machte, stieg von seinen Füßen auf. Wie die meisten seiner Zeitgenossen war er es gewohnt, zu jeder Jahreszeit in Sandalen oder aus Riemen geflochtenen Schuhen herumzulaufen. Er hatte es aber nie geschafft, jenen Grad an Abhärtung zu erreichen, der den Bewohnern dieser Provinz eigen war. Die Füße mit Stoffstreifen zu umwickeln, galt als verweichlicht und war nur bei extremer Kälte akzeptabel. Bei eisigem Matschwetter, wie es derzeit herrschte, waren solche Socken ohnehin nicht zu brauchen, weil sie die Feuchtigkeit aufsaugten und dann an Füßen und Schuhwerk festfroren. Sehnsuchtsvoll dachte er an Rom und gab sich Tagträumen über einen sonnigen Tag am Strand von Ostia hin, während eiskalter Matsch durch die Riemen seiner Schuhe sickerte und zwischen seinen Zehen quatschte.

Wenn Pomponius darauf gehofft hatte, ein warmes, gemütliches Heim vorzufinden, wurde er enttäuscht. Sein Geschäftslokal war geschlossen, der Vorraum seines Hauses dunkel und kalt. „Krixus!", rief er. Nichts rührte sich. „Krixus!", brüllte er so laut er konnte.

Krixus war sein Sklave. Zwischen Pomponius und Krixus bestand eine eigenartige, schwer zu beschreibende Symbiose. Denn Krixus war vorlaut, um nicht zu sagen frech, und ausgesprochen faul. Daran vermochten auch die Prügel, die Pomponius seinem Sklaven regelmäßig androhte, nichts zu ändern. Auf der anderen Seite war Krixus trotz aller Unarten seinem Herrn treu ergeben und ausgesprochen loyal. Er war in vielerlei Hinsicht ein Vertrauter seines Herrn geworden, dem er ständig gefragt und ungefragt Ratschläge erteilte. Pomponius hätte nie zugegeben, dass Krixus mit seinen Ratschlägen sehr oft recht hatte.

Nur mit Pomponius und Krixus allein wäre der Haushalt bald im Chaos versunken. Zum Glück war da noch Mara. Mara, eine ältliche Sklavin, hielt das Haus in Ordnung. In Gegenwart Dritter behandelte sie Pomponius mit größtem Respekt, im vertrauten Kreis wie einen Sohn, den sie nie gehabt hatte. Außerdem konnte sie Krixus zur Räson bringen. Sie verweigerte ihm einfach die vielen Köstlichkeiten, die sie in ihrer Küche zubereitete. Weil Krixus gutes Essen noch mehr liebte als sein Herr, war das ein probates Mittel, um ihn gefügig zu machen.

„Krixus!", schrie Pomponius zum dritten Mal, wobei sich seine Stimme vor Wut überschlug.

In der Tiefe des Hauses war ein Geräusch zu hören. Dann tauchte ein Lichtschimmer auf. Krixus hatte sich eine Decke um die Schultern gelegt und trug ein trübe brennendes Öllämpchen in der Hand. „Du hast gerufen, Herr?"

Pomponius atmete mehrmals tief durch, um seinen Zorn zu besänftigen. „Warum ist das Haus kalt?", fragte er streng. „Ich friere!"

„Wir frieren alle", entgegnete Krixus. „Ich friere, Mara friert, das ganze Haus friert. Du hast im Herbst in vorausschauender Sparsamkeit, um nicht zu sagen in deinem Geiz, entschieden, dass uns ein milder Winter bevorsteht. Jetzt ist uns das Heizmaterial ausgegangen. Nur in der Küche sind noch ein paar Holzstücke, damit ich wenigstens eine warme Mahlzeit bekomme."

„Und warum hast du kein Holz bestellt?", schrie Pomponius. „Wofür bist du eigentlich da, du fauler Sack? Muss ich alles selber machen?"

„Das Holz wird morgen geliefert", erwiderte Krixus. „Natürlich habe ich frisches Heizmaterial bestellt. Ich will doch nicht frieren. Ich bin nur neugierig, wie du bezahlen willst. Die Holzpreise sind gestiegen und du bist pleite. Wir haben zwar jede Menge Schmuckstücke im Laden, aber kein Bargeld im Haus. Niemand will Schmuck kaufen. Die meisten Leute, die es sich leisten können, wollen verkaufen und fortziehen, bevor die Germanen wiederkommen."

„Vertraue auf deinen Herrn", sagte Pomponius würdevoll. „Es ist genug Geld im Haus." Er zog den Beutel hervor, den ihm Masculinius gegeben hatte.

„Ist dieser Geldsack so schwer, wie er ausschaut", erkundigte sich Krixus.

„Schwer genug." Pomponius warf Krixus den Beutel zu. „Damit kannst du die Holzrechnung bezahlen. Den Rest gibst du mir zurück."

Krixus schaute in den Geldbeutel und pfiff durch die Zähne. „Du hast es wieder getan", sagte er ahnungsvoll. „Du hast wieder einen Auftrag von den Frumentarii angenommen. Lernst du denn überhaupt nichts dazu? Bei deinem letzten Auftrag wären wir beinahe umgebracht worden: Zweimal, nein eher dreimal!" Natürlich war nur Pomponius in Gefahr gewesen. Niemand hatte Krixus umbringen wollen. Trotzdem sagte Krixus ‚wir', weil er sein eigenes Wohlergehen eng mit dem seines Herrn verknüpft sah.

„Du weißt genau, dass mir gar nichts anderes übriggeblieben ist", antwortete Pomponius verdrossen.

„Aber du bist doch begnadigt worden!"

„Ja, vom Kaiser, nicht von Faustina. Sie lässt mich nur vorübergehend in Ruhe, um Masculinius einen Gefallen zu tun."

Krixus schüttelte den Kopf. „Wenn du damals auf mich gehört hättest ...", begann er.

Pomponius brachte ihn mit einer Handbewegung zum Schweigen. „Sei still! Das habe ich mir schon oft genug anhören müssen." Er marschierte in die Küche, wo es angenehm warm war. Mara durchschaute die Situation sofort und gab die nötigen Anweisungen: „Krixus, zieh deinem Herrn die Schuhe aus und wasche seine Füße. Dann bereitest du ihm ein heißes Fußbad, damit er aufhört mit den Zähnen zu klappern. Vergiss nicht, seine Schuhe zu säubern." Sie wandte sich an

Pomponius. „Gleich bekommst du eine heiße Brühe, mein Junge. Du bist ja halb erfroren."

Krixus betrachtete die Pasteten, die Mara eben bereitete und machte sich tief seufzend daran, ihren Anweisungen Folge zu leisten.

Einige Zeit später begann sich Pomponius wohler zu fühlen. Er saß neben dem gemauerten Ofen, schlürfte eine heiße Fischsuppe und plätscherte mit den Zehen im warmen Wasser. Krixus hatte sich auf den Boden gekauert und verzehrte genüsslich schmatzend die zweite Pastete. Dann rülpste er zufrieden und forderte: „Jetzt erzähl schon. Was hast du uns diesmal eingebrockt?"

Pomponius, milde gestimmt, lächelte und gab einen genauen Bericht über sein Gespräch mit Masculinius. Mara kümmerte sich nicht um die beiden Männer. Sie hat kein Interesse an der eigenartigen Beschäftigung, der ihr Herr bisweilen nachging.

„Kuriose Sache", befand Krixus. „Und absolut aussichtslos. Wie sollen wir denn diesen Mörder finden? Ich sehe keine Spur, die zu ihm führt. Weißt du, was ich glaube? Wir haben es mit einem Serientäter zu tun, der seine Opfer willkürlich auswählt. Es wird nicht lange dauern, bis ein dritter Mord geschieht."

„Ich fürchte, du könntest recht haben", murmelte Pomponius.

„Das habe ich meistens", erklärte Krixus und sicherte sich eine dritte Pastete.

Man merkte kaum, dass es langsam Abend wurde, weil es den ganzen Tag über schon so trüb und finster gewesen war. Etwa um die neunte Stunde traf Aliqua ein. Sie wurde von Mara und Krixus geradezu überschwänglich begrüßt. In der kurzen Zeit, während sie im Haus des Pomponius gelebt hatte, war es ihr gelungen, die Zuneigung der beiden Sklaven zu gewinnen. Das war besonders bei Krixus bemerkenswert, der sich ihr gegenüber ausgesprochen artig verhielt und sie mehr wie die Herrin des Hauses als wie einen Gast behandelte.

„Sei gegrüßt", sagte Pomponius befangen. „Ich freue mich, dass du mich nach langer Zeit wieder in meinem Haus besuchst."

Aliqua drehte den Kopf leicht zur Seite, sodass der Kuss, den er ihr geben wollte, nur die Wange traf. „Es wurde mir befohlen." Sie schüttelte sich. „Wieso ist es so kalt bei dir? Heizt du nicht mehr?"

Nur ein drohender Blick hinderte Krixus daran, ihr ausführlich zu erklären, wer daran Schuld hatte. Stattdessen erbot er sich, Aliqua ein heißes Fußbad zu bereiten. Bei Pomponius wäre ihm das nie freiwillig in den Sinn gekommen.

„Das ist sehr freundlich von dir", nahm Aliqua das Anerbieten an. Sie begab sich zielsicher in die Küche und ließ sich von Mara einen warmen Platz neben dem Ofen zuweisen. Krixus entfaltete eine emsige Betriebsamkeit und kam bald mit einer Schüssel, in der Wasser dampfte und einen aromatischen Geruch nach Kräutern verbreitete. Pomponius wusste nicht, ob er wegen des ungewohnt beflissenen Verhaltens seines Sklaven lachen oder sich ärgern sollte. „Gib schon her", befahl er und kniete vor Aliqua nieder. Sie duldete, dass er die Riemen ihrer Schuhe aufschnürte und ihr behutsam die Füße wusch. Sie hatte ausgesprochen niedliche Zehen, das hatte Pomponius schon immer gefunden.

Nachdem sie sich einige Zeit seine Bemühungen gefallen hatte lassen, spritzte sie ihm mit einer raschen Bewegung des Fußes Wasser ins Gesicht und wiederholte: „Man hat mir befohlen, zu dir zu kommen. Was willst du von mir?"

„Als ob du das nicht wüsstest. Masculinius hat mir gesagt, dass du mich für einen bestimmten Fall vorgeschlagen hast. Warum hast du das getan?"

„Ist es dir nicht recht? Ich dachte, es würde dir gefallen, wenn wir wieder etwas gemeinsam unternehmen."

„Das würde mir sogar sehr gefallen. Aber ich stelle mir dabei nicht gerade eine Mörderjagd vor."

„Etwas anderes hat sich nicht ergeben." Sie wurde ernst. „Dieser Fall ist für mich allein zu schwierig. Er hat einige sehr beunruhigende Aspekte."

„Du meinst dieses Gerede über die Lamien?"

Sie nickte.

„Abergläubischer Unsinn!", behauptete Pomponius entschieden. „Ich verstehe gar nicht, wie es in unserem Zeitalter noch Menschen geben kann, die an so etwas glauben."

„Erzürne die Götter nicht, Pomponius", mischte sich Mara ein. „Es gibt unter den Sternen viel mehr, als du überhaupt begreifen kannst. Dort, von wo ich herkomme, wissen das die Menschen. Ob man sie nun Lamien oder anders nennt

– sie haben viele Namen – sie sind real und in Nächten wie diesen ziehen sie umher und suchen in verführerischer Gestalt ihre Opfer auf, um ihnen das Blut auszusaugen."

Pomponius, der damit beschäftigt war, Aliquas Waden zu streicheln, spürte, wie sich die feinen Härchen auf ihrer glatten Haut aufrichteten und sie leicht zusammenschauerte. Dennoch sagte sie tapfer: „Ich glaube nicht an so etwas."

Mara schüttelte den Kopf. „Gleich morgen früh werde ich Zweige vom Weißdorn besorgen."

„Wozu denn das?, fragte Pomponius.

Mara sah ihren Herrn verwundert an. „Weißt du das nicht? Man befestigt diese Zweige an Türen und Fenster. So hindert man die Geschöpfe der Nacht daran, in ein Haus einzudringen und ihr grausames Werk zu verrichten. Nur der Weißdorn vermag das."

Pomponius schaute nach Krixus und hoffte, dieser werde mit seinem losen Mundwerk Mara ein abergläubisches Weib schelten. Aber Krixus schaute nur verlegen und meinte, schaden könne es ja nicht.

„Ich glaube nicht an so etwas", wiederholte Aliqua. Es klang, als ob sie sich selbst Mut machen wollte. „Ihr werdet schon sehen: Das ist ein Mensch gewesen, ein sehr böser Mensch, ein Ungeheuer, wenn ihr wollt, aber letztlich doch nur ein Mensch und kein Gespenst." Pomponius nickte nachdrücklich. Aliqua wandte sich an ihn. „Du bist der Chef: Wie gehen wir vor?"

„Das habe ich mir schon überlegt. Morgen gehen wir in die Gladiatorenschule und untersuchen den Leichnam des Pollux auf Spuren. Dann sprechen wir mit seinem Lanista. Auch die liebesbedürftige Aspasia sollten wir befragen und uns ein Bild von ihrem Ehemann machen. Schließlich möchte ich mir diese Fortunata, bei der Penelope gewohnt hat, vornehmen. Alles Weitere wird sich noch ergeben."

Er sah Krixus an. „Morgen, nachdem du die Holzlieferung in Empfang genommen und gründlich eingeheizt hast – überlass das ja nicht Mara allein – gehst du in die Stadt. Sammle alle Gerüchte auf, die etwas mit unserem Fall zu tun haben können."

„Wird gemacht", fügte sich Krixus.

Aliqua begann ihre Füße abzutrocknen. „Ich muss mich jetzt auf den Heimweg machen", sagte sie zu Pomponius. „Morgen, um die zweite Stunde komme ich wieder her, wenn es dir recht ist."

„Soll ich dich nach Hause begleiten und beschützen", fragte Krixus, obwohl er gewiss nicht einer der Tapfersten war. „Die Nacht ist dunkel und Pomponius erlaubt es sicher."

Aliqua lächelte. „Das ist sehr freundlich von dir, aber wer beschützt dich, wenn du allein zurückgehst? Keine Angst, mir geschieht nichts. Es ist ja auch nicht weit. Ich kann schon auf mich aufpassen." Sie legte die Hand an den Griff eines langen zweischneidigen Dolches, den sie in einer Metallscheide am Gürtel trug. Dolche dieser Art, die Pugio genannt wurden, gehörten zur Standardausrüstung der römischen Armee. Selbstverständlich war es skandalös und wahrscheinlich sogar verboten, dass eine Frau eine Armeewaffe trug. Aliqua fühlte sich trotzdem dazu berechtigt, denn sie war von den Frumentarii mit dem Sold eines Doppelsöldners angeheuert worden. Militärische Ränge waren zwar für Frauen unzulässig, wie der Senat schon vor mehr als hundert Jahren erklärt hatte, aber die Frumentarii waren eine Einheit, die außerhalb der Konventionen stand und sich auch so verhielt. Um kein Aufsehen zu erregen, pflegte Aliqua ihren Dolch aber immer sorgfältig unter ihrem Umhang zu verbergen, wenn sie bewaffnet das Haus verließ.

Mara ergriff überraschend und sehr energisch die Initiative. „Das kommt nicht in Frage!", erklärte sie entschieden. „Du bleibst natürlich die Nacht über als Gast in diesem Haus." Sie starrte Pomponius empört an. „Du kannst doch die arme Frau nicht in einer solchen Nacht, in der Mörder und Dämonen ihr Unwesen treiben, auf die Straße schicken." Alle sahen Pomponius abwartend an.

„Äh", sagte Pomponius verlegen. „Es wäre mir natürliche eine Ehre und Freude, wenn du mein Gast sein willst." Er holte tief Luft und fuhr fort: „Als dein Vorgesetzter muss ich sogar darauf bestehen, dass du hier bleibst. Du darfst dich keiner unnötigen Gefahr aussetzen. Mein Bett steht ganz zu deiner Verfügung."

Aliqua lachte. „Du bist so leicht zu durchschauen, Pomponius. Trotzdem, vielen Dank für das Anerbieten. Aber ich schlafe lieber zu Hause. Bei dir ist es mir einfach zu kalt und ich will auch nicht, dass du in der Küche neben dem Herd schlafen musst." Sie knüpfte sorgfältig die Riemen ihrer Sandalen zu und stand geschmeidig auf.

Pomponius ließ sie zur Tür hinaus und sah ihr nach, während sie in der Nacht verschwand. Dann kehrte er zu seinen Hausgenossen zurück. „Ich will kein Wort hören", befahl er. „Kein einziges Wort!"

Mara und Krixus gehorchten und sagten nichts, aber ihre vorwurfsvollen Blicke sprachen Bände.

III

Während der Nacht hatte es aufgeklart und es war noch kälter geworden. Das hatte den Nachteil, dass Pomponius noch mehr fror, aber den Vorteil, dass man nicht durch Morast waten musste, sondern sich trockenen Fußes fortbewegen konnte, wenngleich ständig in Gefahr, auszurutschen und hinzufallen. Dementsprechend übellaunig war Pomponius, der schon einige Male einen schmerzhaften Sturz nur mit Mühe hatte vermeiden können. Aliqua hingegen war bester Laune und versuchte, ihren mürrischen Begleiter mit allerhand Schnurren, von denen sie viele kannte, aufzuheitern.

In unmittelbarer Nähe der Pforte in der Stadtmauer fiel Pomponius ein kleines Mädchen auf, das vor dem Geschäft eines Fleischers auf der Straße stand, einen schon recht mitgenommenen Ball gegen die Brust presste und den Blick forschend in den kalten Himmel richtete. Einer Eingebung folgend sagte Pomponius: „Ave, Julia. Bleib lieber zu Hause. Außerhalb der Mauer ist es nicht geheuer."

Das Mädchen schaute ihn verstört an. Nicht nur, dass es ganz unüblich war, als Kind von einem Erwachsenen gegrüßt zu werden, war Pomponius ein Fremder, der beunruhigende Dinge sagte. Dann fiel ihr Blick auf Aliqua, die das ihr eigene gewinnende Lächeln zeigte. Das Mädchen fasste sich wieder, murmelte ein schüchternes „Ave" und verschwand eilig im Geschäft.

„Das war sicher die Kleine, die den Toten gefunden hat", bemerkte Pomponius. „Es kann nicht schaden, wenn wir uns gelegentlich auch mit ihr unterhalten. Das machst aber am besten du, denn vor mir scheint sie sich zu fürchten."

Sie passierten die unbewachte Pforte in der Mauer. Hinter ihnen trat der Fleischer aus seinem Geschäft, hatte ein langes blutiges Messer in der Hand und schaute den beiden misstrauisch nach.

Pomponius und Aliqua folgten dem Pfad ein Stück entlang der Stadtmauer und bogen in eine befestigte Straße ein, die zum Amphitheater führte. Die Straße wurde von einer aufgelockerten Siedlung begleitet, die immer dürftiger wurde, je weiter sie sich von der Stadt entfernten. Dann tauchte vor ihnen die imposante

Anlage der dem Amphitheater vorgelagerten Gladiatorenschule auf. Die Gebäude waren in einem geschlossenen Viereck angeordnet. Beim Tor stand ein älterer Mann mit einem Schwert am Gürtel: Wahrscheinlich ein ausgedienter Gladiator, der die Arena überlebt hatte, und sich sein Brot nun als Pförtner verdiente. Er trat von einem Bein auf das andere, um die Kälte aus seinen alten Knochen zu vertreiben. „Wohin wollt ihr?", fragte er und verstellte den Besuchern den Weg.

„Wir wollen Claudius besuchen", erklärte Pomponius. „Wir sind gute Bekannte." Claudius, ein Schüler des berühmten Aelius Galenus, der dem Kaiser als Leibarzt diente, war Gladiatorenarzt. Pomponius hatte ihn kennengelernt, als er ihm ein vollständiges, sehr schönes Operationsbesteck verkaufen konnte, das ihm beim Erwerb eines hauptsächlich aus Kleinodien bestehenden Konvolutes in die Hände gefallen war.

Der Pförtner schüttelte den Kopf. „Heute sind keine Vorführungen. Ihr dürft nicht hinein, auch nicht um einen Bekannten zu besuchen."

„Ich bin sicher, du wirst einen Weg finden, um es möglich zu machen", sagte Pomponius. In seiner Hand erschien wie durch Zauberei ein Sesterz.

Der Veteran betrachtete die Münze, schüttelte aber den Kopf: „Ich darf nicht." Pomponius seufzte und zauberte einen zweiten Sesterz herbei.

Der Pförtner schnappte sich die beiden Münzen. „Ausnahmsweise", erklärte er, „und auch nur, weil ihr gute Bekannte unseres Arztes seid. Aber bleibt der Trainingsarena fern. Dort dürft ihr auf keinen Fall hinein." Er gab den Weg frei und ließ sie passieren.

Der riesige Innenhof der Anlage wurde teilweise von einer aus Holz erbauten Trainingsarena in Anspruch genommen. Von außen konnte man nicht sehen, was dort vor sich ging, aber es waren Waffenlärm und die brüllenden Stimmen der Instruktoren zu hören. Der Verwaltungstrakt mit den Repräsentationsräumen und Wohnungen bildete eine Begrenzung des Areals. Auf der anderen Seite war die Gladiatorenkaserne, die von einer Trainingshalle und einer Badeanlage flankiert wurde. Pomponius schätzte, dass annähernd 50 Gladiatoren in den verschiedensten Ausbildungsstadien hier untergebracht waren.

Neben dem Bad war ein etwas niedrigeres Gebäude angebaut, an dessen Tür mit roter Farbe ein Äskulapstab gemalt war. Pomponius, der früher schon hier gewesen war, ging zielstrebig darauf zu und öffnete die Tür. Der dahinterliegende Raum war relativ groß. An der Wand standen drei Pritschen, wovon eine belegt war. Der Mann, der darauf lag, rührte sich nicht und hatte den Kopf mit einem blutigen Verband umwunden. Pomponius dachte schon, er sei tot, wurde aber durch ein plötzliches lautes Schnarchen eines Besseren belehrt. In der Luft hing ein intensiver Geruch nach Essig, Blut und einem leichten Hauch von Verwesung.

In der Mitte des Raumes, dort wo er von einem hochgelegenen Fenster gutes Licht erhielt, stand der Behandlungstisch, an dem Claudius seinem blutigen Handwerk nachging. Der Patient war mit Lederriemen auf dem Tisch festgeschnallt. Er murmelte benommen vor sich hin, wahrscheinlich, weil man ihm Mohntinktur eingeflößt hatte.

Claudius hob den Kopf, nickte den beiden Besuchern kurz zu und fuhr, ohne sich stören zu lassen, in seiner Arbeit fort. Er säuberte eine klaffende Wunde am Oberschenkel des Mannes mit Weinessig. Das Murmeln ging in ein lautes Geheul über. „Stell dich nicht so an", sagte Claudius ungerührt. „Das ist doch nur ein Kratzer. Was bist du auch so dumm, in dein eigenes Schwert zu fallen? Warte nur ab, bis du in der Arena eine richtige Verwundung davonträgst. Schau nur! Eine schöne Frau ist zu Besuch gekommen. Was soll die sich denn denken, wenn du dich so wehleidig aufführst?"

Während er so auf seinen jammernden Patienten einredete, vernähte Claudius mit raschen Stichen dessen Wunde und bedeckte sie mit einem sauberen Verband. Dann überließ er den Verwundeten einem Helfer und wandte seine Aufmerksamkeit den Besuchern zu. „Ave Pomponius. Hast du wieder ein paar Instrumente für mich? Oder begleitest du nur die schöne Dame auf der Suche nach einem stattlichen Kämpfer?"

„Die schöne Dame heißt Aliqua", sagte Pomponius lächelnd. „Und wozu soll sie einen stattlichen Kämpfer suchen, wenn sie mich hat? Nein. Der Grund unseres Besuches ist ein anderer. Wir kommen wegen Pollux. Wir wollen uns seinen Leichnam ansehen und deine Meinung über seine Verletzung hören."

„Der Lanista hat mich schon wissen lassen, dass jemand mit diesem Anliegen kommen wird", sagte Claudius erstaunt, „aber ich dachte, das wird ein Offizier sein. Was hast du damit zu tun, Pomponius? Du bist doch nur Schmuckhändler."

„Ach, du weißt doch, wie das ist", erklärte Pomponius mit unschuldiger Miene. „Die Behörden sind überlastet und greifen daher gerne auf die Hilfe angesehener Bürger zurück, die ehrenamtlich tätig werden und sie unterstützen."

Claudius sah ihn aufmerksam an. „Ich glaube dir kein Wort", sagte er. „Man hat mir gesagt, dass ein Offizier der Frumentarii kommen wird, und ich darüber Stillschweigen bewahren soll. Aber das kannst ja wohl nicht du sein."

„Natürlich kann ich das nicht sein. Wenn jemand fragt, so war ich nur hier, um dir ein ausgezeichnetes medizinisches Besteck anzubieten." Pomponius schlug seinen Umhang zurück, damit man die silberne Fibel sehen konnte, die an seine Tunika geheftet war. Sie zeigte ein Schwert, um das sich zwei Schlangen wanden. Ihre Augen wurden durch Rubinsplitter gebildet. Diese Fibel, die ein Abzeichen und kein Schmuckstück war, wies Pomponius als Offizier der Frumentarii aus.

„Ich fasse es nicht", staunte Claudius. „Du trägst das silberne Abzeichen, das bei so manchem Bürger Angst und Schrecken auslösen würde! Weißt du, was man von dir sagt? Man sagt, du seiest ein freundlicher, harmloser Mann, der von einer älteren Sklavin bemuttert und von seinem nichtsnutzigen Sklaven ständig geärgert wird. Wer hätte gedacht, dass du zu den Frumentarii gehörst!"

„Behalte es für dich. Mein bürgerliches Leben dient nur der Tarnung."

Aliqua dachte, dass diese angebliche Tarnung in Wahrheit den ganz realen Umständen entsprach, unter denen Pomponius lebte, und grinste. Claudius sah sie interessiert an. „Frag erst gar nicht", sagte Aliqua und wies ihr eigenes Abzeichen vor. Es glich dem, das Pomponius hatte, war aber ihrem niedrigeren Rang entsprechend aus Eisen gefertigt.

„Ich fasse es nicht", sagte Claudius zum zweiten Mal.

„Nun, nachdem das geklärt ist, zeig uns den Toten", forderte Pomponius.

Claudius führte seine Besucher in eine fensterlose Kammer im hinteren Teil des Gebäudes. Mit einer kleinen Öllampe, die neben der Tür flackerte, entzündete er eine Fackel. Der Geruch nach Verwesung war stärker geworden.

„Dort liegt er", sagte Claudius und wies auf eine Steinbank, auf der sich die Konturen eines Körpers abzeichneten. „Es wird Zeit, dass er unter die Erde kommt. Trotz des kalten Wetters beginnt er schon zu stinken. Seine Kameraden haben das Begräbnis bereits vorbereitet."

Beklommen trat Pomponius näher. Claudius hob die Fackel, um ihm zu leuchten. Aliqua hatte es vorgezogen, neben der Tür stehen zu bleiben.

„Hast du ihn untersucht?", fragte Pomponius, der keine Lust hatte, dem Toten noch näher zu kommen.

„Das habe ich. Schon aus beruflichem Interesse."

„Zu welchem Ergebnis bist du gekommen?"

„Die Todesursache ist wohl eindeutig." Claudius hob die Fackel noch höher, damit Pomponius die hässliche Wunde am Hals des Toten gut sehen konnte. „Die Ader am Hals wurde ihm brutal aufgerissen, man könnte fast sagen, sie wurde ihm herausgerissen. In einem solchen Fall verblutet das Opfer, ohne dass die Möglichkeit einer Rettung besteht. Das Opfer wird dabei sehr rasch bewusstlos."

„Mit welcher Waffe wurde ihm deiner Meinung nach diese Verletzung zugefügt?"

„Mit keiner, die ich kenne, und glaube mir, ich kenne die meisten Waffen, mit denen man Menschen töten kann."

„Wurde er gebissen? Vielleicht von einem Tier?"

„Oberflächlich betrachtet sieht die Verletzung wie eine Bisswunde aus. Du kannst hier an den Rändern Eintiefungen erkennen, die an die Reißzähne eines Raubtieres erinnern. Dennoch stammen sie nicht von einem Tier. Dazu sind die Wundränder zu glatt. Ich habe zahlreiche Verletzungen gesehen, die Gladiatoren im Kampf gegen Bestien in der Arena erlitten haben. Keine davon glich jener, die dieser Mann aufweist."

„Hast du an seinem Körper noch andere Verletzungen gefunden? Bisse, Kratzer, Prellungen, irgendetwas, das auf einen Kampf hinweist?"

„Nein. Der Tod muss ihn ganz plötzlich und überraschend ereilt haben."

„Hast du sonst eine Besonderheit an der Leiche entdeckt?"

„Nur diese. Schau dir die Blutspuren an seiner linken Hand an. Er muss im Zeitpunkt seines Todes einen Ring getragen haben, der sich deutlich abgezeichnet hat, als sein Blut die Hand besudelt hat. Jetzt ist der Ring fort."

„Vielleicht war es doch Raubmord", ließ sich Aliqua vernehmen. Sie klang nicht sehr überzeugt.

„Überlege dir folgendes, Claudius", forderte Pomponius. „Wenn du ein Instrument bauen solltest, das eine solche Verletzung verursacht, wie müsste es aussehen?"

Claudius dachte nach. „Ich nehme an, eine Art Zange, die in mehreren scharfen Klingen ausläuft, mit denen man zupacken kann, käme dem am nächsten. Ich habe aber nie ein derartiges Werkzeug gesehen."

„Nun, das ist doch schon etwas", bemerkte Pomponius zufrieden. „Man braucht gar nicht an Dämonen oder etwas Ähnliches zu denken. Ein guter Waffenschmied genügt auch schon. Ich würde mich jetzt gerne mit dem Lanista unterhalten." Er nickte Claudius freundlich zu. „Du bist ein findiger Mann. Ich werde dich meinem Vorgesetzten empfehlen. Der ist immer auf der Suche nach talentierten Mitarbeitern. Einen erfahrenen Arzt können wir sicher brauchen, wie dieser Fall zeigt."

„Tu das nicht", bat Claudius entsetzt, „Bei allem Respekt, aber mit deinen Leuten möchte ich nichts zu tun haben. Wen die einmal in den Krallen haben, den lassen sie nicht mehr los. Kommt mit, ich bringe euch zu Gordianus. Dann habe ich meine Schuldigkeit getan."

Gordianus, der Leiter der Schule, war ein kleiner Mann mit weichen, schlaffen Gesichtszügen, die darüber hinwegtäuschten, dass er als erfolgreicher Lanista einer großen Gladiatorenschule ein hartes, bisweilen grausames Regiment führen musste. Er sah seine Besucher erstaunt an. „Ich wurde von meinem guten Bekannten Masculinius informiert, dass jemand wegen Pollux kommen wird. Ich will dich nicht kränken, aber ich habe einen seiner Leute erwartet und nicht ein Pärchen auf Familienausflug. Wer bist du, wenn ich fragen darf?"

„Mein Name ist Spurius Pomponius. Ich bin Schmuckhändler. Gelegentlich betraut mich Masculinius mit unwichtigen Ermittlungen."

„Spurius Pomponius?", fragte Gordianus nachdenklich. „Du bist nicht nur Händler! Bist du nicht der Anwalt, der voriges Jahr in einem Prozess vor dem kaiserlichen Gericht aufgetreten ist?"

„In Ausnahmefällen arbeite ich auch im Dienste der Rechtspflege."

Gordianus kniff die Augen zusammen und versuchte die Situation einzuschätzen. „Man sagt, du hättest im Umfeld des Kaisers einige mächtige Freunde", meinte er schließlich.

„Nicht nur Freunde, leider auch mächtige Feinde", bekannte Pomponius.

„Ja, auch das habe ich gehört, und trotzdem bleibst du unbehelligt, so als ob eine unsichtbare Macht ihre Hand schützend über dich hält. Du bist ein interessanter Mann, Pomponius. Ich glaube auch gar nicht, dass dich Masculinius mit unwichtigen Fällen befasst. Daher will ich dir und Masculinius beweisen, dass ich nichts zu verbergen habe. Also stelle deine Fragen."

Pomponius nickte und fragte: „Wie bist du in den Besitz von Pollux gekommen?"

„Sein Eigentümer hatte ihn an die Betreiberin einer Schenke vermietet, wo er für Ruhe sorgen musste, wenn ein Gast über die Stränge schlug. Dort habe ich ihn gesehen, in ihm ein Naturtalent erkannt und ihn schließlich gekauft."

„In welcher Schenke?"

„Sie gehört einer gewissen Fortunata, drüben in der Militärstadt."

„Sieh an", sagte Pomponius überrascht. „Fortunata! Sagt dir der Name Penelope etwas?"

„Nein. Wer soll das sein?"

„Ein Mädchen, das bei Fortunata gewohnt hat."

„Nie gehört. Was ist mit ihr?"

Pomponius schwankte, ob er die Frage beantworten sollte. Dann sagte er, weil es schließlich kein Geheimnis war: „Man hat sie umgebracht. Auf dieselbe Weise wie Pollux."

Jetzt war es an Gordianus, zu staunen. „Langsam verstehe ich, weshalb dich Masculinius hergeschickt hat", murmelte er.

„Was hat Pollux in der Nacht seines Todes außerhalb der Kaserne gemacht."

„Ich vermute, das weißt du bereits."

„Ich möchte es von dir hören."

„Eine Dame hat den Wunsch geäußert, seine nähere Bekanntschaft zu machen."

„Wer war das?"

Gordianus lächelte Pomponius vertraulich zu und klopfte ihm kumpelhaft auf den Arm. „Du wirst sicher verstehen, dass es Dinge gibt, die nicht ausgesprochen werden sollen. Verzeih mir also, wenn ich diese Frage nicht beantworte."

„So vertraulich ist diese Information gar nicht", mischte sich Aliqua ein. „Eine ihrer Sklavinnen hat am Markt getratscht. Ich habe es selber gehört. Die Dame heißt Aspasia, Ehefrau des Publius Calpurnius. Habe ich recht? Warum wolltest du uns das verschweigen? Hat man dir nicht gesagt, dass du uns gegenüber absolut offen sein sollst?"

Gordianus geruhte zum ersten Mal das Wort an Aliqua zu richten. „Wer bist du überhaupt, Weib? Wieso mischt du dich in Männergespräche?", fragte er empört.

Aliqua, die sich sehr ärgern konnte, wenn sie missachtet wurde, bloß weil sie eine Frau war, tat etwas, das Pomponius bisher vermieden hatte. Sie öffnete ihren Umhang, sodass man die eiserne Schlangenfibel und den Dolch an ihrem Gürtel deutlich sehen konnte. „Ich heiße Aliqua", sagte sie kalt. „Angehörige der Frumentarii im Range eines Doppelsöldners. Antworte, wenn du etwas gefragt wirst, oder man wird dich zum Verhör in den Palast bringen."

Gordianus war fassungslos. Er schnappte nach Luft und wandte sich hilfesuchend an Pomponius.

„Hat meine Mitarbeiterin recht?", fragte dieser sanft.

Gordianus nickte beklommen.

„Wieviel hat sie für den Besuch von Pollux bezahlt?"

„Er war ein hübscher Bursche, aber noch nicht sehr bekannt in der Arena. Sechs Aurei hat sie gezahlt. Das ist das übliche Honorar für einen Mann wie ihn. Davon stehen mir vier und ihm zwei Aurei zu."

„Ist es möglich, dass er zum Zeitpunkt seines Todes Geld oder Wertsachen bei sich hatte?"

„Das glaube ich nicht. Es sei denn, er hätte von Aspasia ein zusätzliches Geschenk bekommen. Leider ist es aber so, dass die Damen der Gesellschaft wesentlich weniger großzügig sind, als man glauben sollte."

„Wir werden sie selber fragen", bemerkte Aliqua.

Gordianus verzog das Gesicht. „Hoffentlich werdet ihr dabei taktvoller vorgehen, als bei mir", murmelte er.

„Wir werden sehen", antwortete Aliqua unverbindlich. „Hatte Pollux Familie?"

„Nein. Denn sobald einer den Weg in die Arena gefunden hat, gibt es nur mehr eine Familie für ihn: Seine Kameraden. Sie werden auch für ein angemessenes Begräbnis sorgen und ihm einen Gedenkstein setzen. So ist es Brauch bei den Todgeweihten. Das sollte sogar eine Frau wissen."

„Hast du eine Ahnung, wer ihn getötet hat, oder warum er getötet wurde?", fragte Pomponius eilig, ehe von Aliqua eine vernichtende Antwort kam.

„Nicht im Geringsten", behauptete Gordianus. „Ich versichere dir, dass sein Tod auch für mich ein harter Schlag war. Sein Kaufpreis und die Kosten seiner Ausbildung sind jetzt für mich verloren. Ganz zu schweigen von dem Gewinn, der mir entgeht. Der Bursche hatte Potential, und bei richtiger Führung hätte er eine Menge Geld eingespielt."

„Wir sprechen dir wegen dieses tragischen Verlustes unser tiefempfundenes Beileid aus", erklärte Aliqua. Der Hohn in ihrer Stimme war nicht zu überhören. Pomponius warf ihr einen warnenden Blick zu. Aliqua hatte im allgemeinen ein freundliches, umgängliches Wesen. Außer sie verabscheute jemanden, oder sie wurde sehr geärgert. Am schlimmsten war es natürlich, wenn sie von jemandem, den sie verabscheute, auch noch geärgert wurde. Dann konnte sie ausgesprochen unangenehm werden. Sie starrte Gordianus herausfordernd an. Dieser verzichtete auf eine Antwort, was sicher eine kluge Entscheidung war.

„Wir möchten uns noch die Unterkunft des Pollux ansehen", verlangte Pomponius.

„Wie du wünschst. Folgt mir."

Gordianus führte sie über den Hof zur Gladiatorenkaserne. Er und Pomponius gingen voran, Aliqua folgte ihnen. „Das ist eine streitlustige Person, diese Frau, die sich aufführt, als wäre sie ein richtiger Legionär", flüsterte Gordianus. „So etwas ist geradezu unnatürlich. Eine Frau soll Haus und Herd hüten und sich um die Kinder kümmern, aber nicht Männergeschäfte verrichten."

„Ich kann dich hören, Gordianus", ließ sich Aliqua warnend vernehmen.

Pomponius grinste und Gordianus schwieg mit zusammengebissenen Zähnen.

Pollux hatte eine Einzelzelle in der Kaserne bewohnt. Der Raum maß etwa drei mal zwei Schritte. Die Einrichtung bestand aus einem Strohsack, der auf dem Boden lag, und einer billigen Holztruhe. „Ein Gladiator hat kaum persönliche Gegenstände", bemerkte Gordianus. „Seine Unterkunft wurde in meiner Gegenwart bereits gründlich durchsucht. Wir haben nichts gefunden, das von Interesse sein könnte. Nur ein paar Kleidungsstücke."

„Wo ist seine Ausrüstung?", erkundigte sich Aliqua.

„Natürlich in der Waffenkammer. Einem Gladiator ist es nicht gestattet, außerhalb des Trainings oder in der Arena Waffen zu tragen oder auch nur in seiner Obhut zu haben. Das wäre fatal, falls es zu einer Meuterei kommt." Fast hätte Gordianus gesagt, so etwas müsse doch sogar eine Frau wissen, aber er hielt glücklicherweise den Mund.

Pomponius öffnete die Holztruhe und durchsuchte sie. Außer einigen Kleidungsstücken fand er tatsächlich nichts.

„Er besaß tatsächlich nichts von Wert? Was ist mit den beiden Aurei, die ihm für seinen Besuch bei Aspasia zustanden?"

„Nun, er besaß etwa achthundert Sesterzen, einschließlich der beiden Aurei von Aspasia, die ich für ihn in Verwahrung hatte. Es ist so: Meine Kämpfer, auch wenn sie Sklaven sind, dürfen Eigengeld besitzen. Ich bezahle ihnen für jeden Sieg in der Arena eine Prämie. Das spornt sie zu höheren Leistungen an, weil viele hoffen, genug zusammensparen zu können, um sich selbst freizukaufen. Ich nehme das Geld, das sie sparen wollen, in sichere Verwahrung und verwalte es äußerst gewissenhaft."

„Pollux hätte sich also früher oder später freikaufen können?", fragte Aliqua erstaunt.

„Du verstehst das System nicht", antwortete Gordianus mit mildem Lächeln. „Mit jedem Sieg, den einer in der Arena erringt, steigt auch sein Wert und zwar deutlich höher, als die Prämie, die ich ihm zahle. Kaum einem gelingt es daher, genug Geld für seine Freiheit zusammenzubekommen. Wird einer schließlich doch in der Arena getötet – was meistens geschieht – fällt sein ganzes Barvermögen an mich, seinen Herrn. Wird einer verletzt, sodass er für die Arena nicht mehr taugt, gestatte ich ihm allerdings schon, sich freizukaufen. Seine Ersparnisse fallen auch in diesem Fall mir zu.“

„Du bist ein abscheulicher Mensch!“

Gordianus warf die Hände empor und sah Pomponius hilfesuchend an. „Warum beleidigt sie mich? Das ist doch allgemeine Praxis!“

„Sie will dich nicht beleidigen“, versicherte Pomponius. „Sie wundert sich nur. Durfte Pollux die Schule gelegentlich verlassen?“

„Wenn sich ein Kämpfer gut führt und keine Fluchtgefahr besteht, gestatte ich ihm Ausgänge. Das hebt die Moral. Pollux war so ein Fall. Er war sehr diszipliniert und ist immer pünktlich zurückgekommen. Ja, er hatte regelmäßig Ausgang.“

„Weißt du, wo er hingegangen ist, wenn er hinaus durfte?“

„Das hat mich wirklich nicht interessiert. Ich denke, er wird zu den Huren gegangen sein, so wie die meisten seiner Kameraden. Ja, wenn ich mich recht erinnere, ist er oft in den ‚Grünen Hintern‘ gegangen, dort wo er früher gearbeitet hat.“

„Ist dir in letzter Zeit etwas an ihm aufgefallen? War er besorgt oder bedrückt?“

„Fragen stellst du! Was interessiert mich die Befindlichkeit eines Sklaven? Wichtig ist nur, dass seine Trainings- und Kampfleistungen stimmen. Das war bei Pollux der Fall.“

„Denk nach!“

„Nun, wenn du mich schon so bedrängst“, antwortete Gordianus widerwillig, „so kann es sein, dass ihn in den Tagen vor seinem Tod etwas belastet hat. Man hat mir berichtet, dass er traurig und dann wieder grundlos zornig war. So etwas kommt bei den Männern gelegentlich vor, wenn sie nicht genug beschäftigt werden. Ich habe ihm daher zusätzliche Trainingseinheiten verordnet, damit er sich abreagieren konnte.“

„Hat man auch sein Lager untersucht?“, erkundigte sich Aliqua. Sie hatte damit begonnen, den Strohsack, über dem eine einfache raue Decke lag, genau zu untersuchen. Sie hob ihn auf, tastete ihn ab, drehte ihn um und schüttelte ihn. Ebenso verfuhr sie mit dem kleinen, harten Polster. Etwas fiel heraus. „Ja was haben wir denn da?", fragte sie erstaunt. Gordianus wollte danach greifen, aber Aliqua fauchte ihn an: „Finger weg!"

Sie hob ihren Fund auf und betrachtete ihn aufmerksam. Es handelte sich um eine Figur aus Terrakotta, etwa eine viertel Elle hoch, die ein sich küssendes Paar zeigte. Solche kleinen Statuetten wurden in großer Zahl hergestellt und um wenig Geld verkauft. Einfache Leute verschenkten sie gerne als Liebespfand. „Schau her", sagte Aliqua und zeigte Pomponius Schriftzeichen, die in den Sockel geritzt waren.

„POLLUX und PENELOPE", entzifferte dieser. „Das ist es! Wir haben den Zusammenhang zwischen den beiden Ermordeten gefunden. Ausgezeichnet gemacht, Aliqua, ganz ausgezeichnet." Er verstaute die Statuette behutsam in einer Tasche.

Aliqua konnte es nicht lassen. Sie starrte Gordianus triumphierend an. „Gründlich durchsucht willst du diese Unterkunft haben? Das kommt mir nicht so vor. Da muss wohl erst eine Frau kommen und dir zeigen, wie man das richtig macht!"

Gordianus war sichtlich genervt. „Ich bin doch keiner von den Frumentarii, so wie du", verteidigte er sich.

„Wenn du es nur einsiehst!", zischte Aliqua.

Pomponius hielt es für angezeigt, ihren Besuch bei Gordianus zu einem versöhnlichen Ende zu bringen und sagte: „Ich danke dir. Du warst sehr hilfreich, Gordianus. Ich werde nicht versäumen, dein Zuvorkommen Masculinius gegenüber lobend zu erwähnen. Wir haben alles erfahren, was wir erfahren wollten. Gestatte, dass wir uns jetzt verabschieden."

Gordianus begleitete sie bis zum Tor. Ob er das aus Höflichkeit tat, oder nur um sicher zu gehen, dass diese unliebsamen Besucher wirklich seine Schule verließen, weiß man nicht. „Wir sehen uns gewiss bald wieder", verkündete Aliqua zum Abschied. Es klang wie eine Drohung.

„Ich habe nichts getan, das die Götter veranlassen könnte, mich so zu strafen", konterte Gordianus.

Aliqua holte tief Luft. Pomponius nahm sie beim Arm und zog sie mit sich fort. Gordianus sah ihnen nach und war zufrieden, weil er das letzte Wort behalten hatte.

„Wir wollen hoffen, dass Krixus inzwischen eingeheizt und Mara einen ordentlichen Imbiss bereitet hat", sagte Pomponius auf dem Heimweg. „Am Nachmittag werden wir dann Aspasia unsere Aufwartung machen."

Zu Hause erwartete ihn eine Überraschung. „Was ist denn das?", rief Aliqua, als sie vor seinem Haus standen.

An Türen und Fenstern steckten Zweige. „Weißdorn!", ärgerte sich Pomponius. „Das hat Mara getan. Ich möchte wissen, wie sie so rasch an diese Zweige gekommen ist. Das ist mir sehr peinlich. Die Nachbarn werden mich als abergläubischen Narren verlachen."

„Das glaube ich nicht", meinte Aliqua. „Schau doch!" Sie deutete über die Straße. An mehreren anderen Häusern waren gleichfalls die dämonenbannenden Zweige angebracht.

„Es greift um sich", murmelte Pomponius betroffen. „Masculinius hat recht gehabt. Angst beginnt sich auszubreiten."

IV

Publius Calpurnius – wenn er nicht auf Reisen war – residierte in einer Villa nahe der Forumstherme. Schon ihr Äußeres ließ auf den Reichtum ihres Bewohners schließen. Anders als die Wohnhäuser gewöhnlicher Bürger, die sich mit ihren Geschäftslokalen zur Straße hin öffneten, demonstrierte sie vornehme Isolation. Die schmucklose Straßenfront ragte wie eine Festungsmauer hoch und wurde nur unter dem Dach von einigen kleinen Fenstern durchbrochen. Die schweren Doppelflügel des Holztores waren verschlossen. Pomponius betätigte den Türklopfer, der die Form eines Wolfskopfes mit einem Ring im Maul hatte.

Nach einiger Zeit öffnete sich ein kleines Schiebefenster im Tor. Sie wurden eine Zeit lang gemustert. Pomponius konnte aber nicht erkennen von wem. Dann fragte eine Bassstimme: „Wer seid ihr und was wollt ihr?"

„Spurius Pomponius, Schmuckhändler. Ich bin hier, um mit dem Herrn des Hauses geschäftlich zu sprechen."

„Der Herr ist verreist."

Pomponius schloss aus dieser Antwort, dass hinter dem Tor ein Sklave stand.

„Dann melde uns der Herrin des Hauses."

„Die Herrin empfängt heute nicht. Komm ein anderes Mal wieder."

Das Fensterchen wurde nachdrücklich geschlossen. Pomponius sah Aliqua an. Es war offenbar gar nicht so leicht, unauffällig an Aspasia heranzukommen. „Was machen wir jetzt?", fragte Aliqua, die genauso ratlos war, wie Pomponius.

Dieser wurde einer Antwort enthoben, denn plötzlich schwang ein Türflügel knarrend auf. „Die Herrin wünscht euch doch zu sehen", verkündete der Sklave, der die Tür hütete. Pomponius sah ihn verblüfft an. Im Römischen Reich lebten Menschen, deren Hautfarbe die verschiedensten Farbtönungen hatten – von dem makellosen Weiß mancher adeliger Römerinnen bis hin zu dem dunklen Braun, das den Bewohnern der afrikanischen Provinzen zu eigen war. So einen schwarzen Menschen hatte Pomponius aber noch nie gesehen. Er hatte es bisher auch gar nicht für möglich gehalten, dass ein Mensch so abgrundtief schwarz sein könnte. Dieser Eindruck wurde noch durch das weiße Gewand verstärkt, das den

Schwarzen kleidete. „Die Herrin wünscht euch zu sehen", wiederholte er nachdrücklich. Es klang nicht wie eine Einladung, sondern wie ein Befehl. „Folgt mir!"

Sie durchschritten einen Vorraum und gelangten durch einen kurzen Gang in einen großen Raum, der in angenehmeren Breiten als Atrium ausgestaltet gewesen wäre. Das war bei dem rauen Klima dieser Provinz natürlich nicht möglich. Dort, wo die Dachöffnung sein sollte, war die Decke lediglich mit einem Gemälde geschmückt, das den offenen Himmel zeigte, in dem Windgottheiten schwebten. Das Becken darunter war zwei Handbreit hoch mit klarem Wasser gefüllt, auf dem Blütenblätter schwammen. Pomponius mochte sich gar nicht vorstellen, was es gekostet hatte, um diese Jahreszeit frische Blütenblätter herzuschaffen. Die Wände waren umlaufend mit farbenprächtigen Malereien geschmückt, die von einem hervorragenden Handwerker angefertigt worden waren. Überall standen in Wandnischen und auf Säulen Kunstwerke von ausgesuchter Qualität. Pomponius schätzte, dass jede einzelne dieser Statuen sehr viel mehr wert war, als aller Schmuck, den er in seinem gut sortierten und reichhaltigen Warenangebot vorrätig hatte. Der Raum empfing sein Licht von hochgelegenen Glasfenstern, die wahrscheinlich auf einen Garten hinausführten. Es war angenehm warm. Ein Haus wie dieses verfügte selbstverständlich über eine Fußbodenheizung. Selbst in Rom wäre ein derartiges Heim luxuriös gewesen. Hier in einer Grenzprovinz wirkte es fast schon exotisch.

Die Herrin des Hauses passte in diesen Rahmen. Sie war eine hübsche Frau mittleren Alters, sorgfältig geschminkt und in kostbare Stoffe gekleidet. Das rabenschwarze Haar hatte sie mit einem goldenen Kamm zu einer kunstvollen Frisur hochgesteckt. An den Händen trug sie mehrere kostbare Ringe. Pomponius hatte nichts von auch nur annähernd gleicher Qualität in seinem Laden. „Danke Hyacinthus", sagte Aspasia. „Du kannst gehen." Schweigend entfernte sich der Schwarze und schloss die Tür hinter sich.

Pomponius verbeugte sich. „Mein Name ist Spurius Pomponius. Ich werde von meiner Gehilfin Aliqua begleitet. Ich danke dir, dass du so freundlich bist, uns zu empfangen."

Die Frau lächelte. „Nehmt doch Platz. Man hat mir gemeldet, du seiest Schmuckhändler, Pomponius. Willst du mir etwas zum Kauf anbieten?"

„Ich fürchte, ich habe nichts, das deinen Ansprüchen genügen würde", bekannte Pomponius wahrheitsgemäß.

„Das fürchte ich auch. Aber der Schmuckhandel ist ja auch nicht dein einziger Beruf. Du gehst noch einer ganz anderen Beschäftigung nach, wie mir unser gemeinsamer Bekannter Gordianus vor kurzem mitgeteilt hat." Sie deutete auf ein geöffnetes Wachstäfelchen, das auf einem der Beistelltische lag.

„Er hat dich bereits über uns informiert?"

„Sagen wir eher er hat mich gewarnt." Sie sah Aliqua an. „Hauptsächlich vor dir, meine Liebe. Du musst ihn irgendwie beeindruckt haben." Sie klatschte in die Hände. Sogleich öffnete sich die Tür und der Schwarze schaute herein. „Lass Getränke und süßes Backwerk für unsere Besucher bringen, Hyacinthus", befahl Aspasia.

„Ein eigenartiger Name für so einen Mann", bemerkte Pomponius.

„Ein eigenartiger Name für einen eigenartigen Mann. Mein Gatte hat ihn von einer seiner Reisen mitgebracht. Er hat ihn in Alexandria gekauft. Ich darf dir versichern, dass Hyacinthus ein Vermögen, ein richtig großes Vermögen gekostet hat." Sie betrachtete die Ringe an ihren Fingern. „Es ist wie mit Edelsteinen. Die Seltenheit, die Größe und vor allem die exquisite Farbe bestimmen den Preis. Nur leider eignen sich Menschen im Gegensatz zu Edelsteinen nicht als langfristige Wertanlage. Entweder laufen sie davon, oder sie werden nach und nach unansehnlich und sterben schließlich."

Ein Mädchen trat ein und servierte schweigend Wein, Wasser und Gebäck. Das Gebäck war mit gesüßten Früchten dekoriert, die Pomponius noch nie gesehen hatte, auch in Rom nicht. Aliqua konnte nicht widerstehen und begann vorsichtig daran zu knabbern.

„Es ist gut, dass dir Gordianus geschrieben hat", kam Pomponius zur Sache. „Dann weißt du ja, weshalb wir hier sind. Ich darf dir versichern, dass wir nicht die Absicht haben, dir Ungelegenheiten zu bereiten. Ich bitte dich, lediglich ein paar Fragen zu beantworten."

„Aber natürlich, frag nur." Aspasia deutete auf einen Teller und sagte zu Aliqua: „Versuch doch auch von diesen, meine Liebe. Sie werden dir sicher schmecken."

„Du hast mit Gordianus eine Abmachung getroffen, damit dich Pollux besucht?"

„Das ist richtig. Ich habe ihm dafür sechs Aurei bezahlt."

„Warum?", erkundigte sich Aliqua und wischte sich Krümel vom Mund.

Aspasia lachte und sagte ohne jede Verlegenheit. „Was für eine Frage! Das ist ja wohl offenkundig! Damit er mir jenes Vergnügen bereitet, das Männer Frauen bereiten sollen und dabei doch so oft säumig sind. Mein Ehemann ist den größten Teil des Jahres auf Reisen, und wenn er zu Hause ist, beschäftigt er sich lieber mit seiner Kunstsammlung als mit mir. Um es in aller Deutlichkeit zu sagen: Er hat kein Interesse an mir. Soll ich noch deutlicher werden?"

„Wir haben schon verstanden", entgegnete Pomponius leicht verlegen. „Wann ist Pollux gekommen und wann ist er wieder gegangen?"

„Er ist um die neunte Stunde gekommen und hat mich zur Mitte der ersten Nachtwache verlassen, nachdem er dreimal getan hatte, wozu er gekommen war." Sie sah Pomponius lauernd an, um zu sehen, ob sie ihn schockiert hatte.

Pomponius ließ sich nichts anmerken. „Hatte er Wertsachen bei sich? Hast du ihm ein Geschenk gegeben?"

„Ich habe keine Wertsachen oder Geld bei ihm gesehen und ich habe ihm auch nichts dergleichen gegeben."

„Warst du nicht zufrieden mit seinen Diensten?", mischte sich Aliqua ein.

Aspasia zuckte mit den Schultern. „Man soll sich bei so einem Arrangement nicht zu viel erwarten. Er war ziemlich unbeholfen und wie mir scheint auch nicht richtig bei der Sache. Er hat gewissenhaft getan, wofür er bezahlt wurde, aber ich glaube, er war froh als es vorbei war, was mich ein wenig gekränkt hat. Es war auch kein vernünftiges Gespräch mit ihm zu führen, gleichgültig welches Thema ich versucht habe. Ich denke nicht, dass ich seine Dienste ein zweites Mal in Anspruch genommen hätte. Beantwortet das deine Frage? Und vielleicht auch die weitere Frage, ob mich sein Tod tief getroffen hat?"

„Voll und ganz", sagte Aliqua und wandte sich wieder der Bäckerei zu. „Ich habe noch nie so gutes Backwerk gegessen."

„Es freut mich, wenn es dir schmeckt. Möchtest du das Rezept?“

Aliqua war sich nicht sicher, ob das eine Bosheit war, weil sie selbst doch nie in der Lage gewesen wäre, die erlesenen Zutaten zu besorgen, geschweige denn zu bezahlen. Also lächelte sie bloß verkniffen und fragte: „Hast du dich nicht gewundert, dass wir bei unseren Nachforschungen auf deinen Namen gestoßen sind?“

„Nein. Ich weiß, dass eine meiner Sklavinnen geschwätzt hat. Nicht nur, weil es mir Gordianus mitgeteilt hat. Ich habe es auch schon vorher gewusst und entschiedene Maßnahmen getroffen, damit so etwas nicht mehr vorkommt.“ Sie seufzte. „Wenn ich wegen Ehebruchs ins Gerede käme, würde sich mein Mann unter Umständen von mir scheiden lassen. Aber solange ich bei meinen kleinen Abenteuern diskret bin, sind sie ihm völlig gleichgültig. Mag sein, dass er sogar zufrieden damit ist, wenn ihm ein anderer abnimmt, was ihm selbst zur Last geworden ist.“

„Wann wird dein Mann zurückkommen?“, bohrte Aliqua weiter.

„Wahrscheinlich schon in den nächsten Tagen. Aber so genau kann man das bei ihm nicht sagen. Bisweilen kommt es ihm in den Sinn, seine Reiseroute überraschend zu ändern.“

„Weshalb unternimmt dein Mann so ausgedehnte Reisen? Das ist beschwerlich und auch nicht ganz ungefährlich.“

„Das weiß ich nicht. Es hat mich auch nie interessiert. Er pflegt regelmäßig sündteuren Tand für seine Sammlung mitzubringen. Ob das aber der einzige Grund für seine Reisen ist, kann ich dir nicht sagen. Wollt ihr noch etwas wissen?“

„Hat Pollux einen Ring getragen“, fragte Pomponius.

„Einen Ring?“, Aspasia dachte nach. „Ja, er trug an der linken Hand einen Ring.“

„Erinnerst du dich, wie er ausgesehen hat?“

„Es war ein einfacher Eisenring ohne jeden Wert.“

„Hatte er eine Besonderheit an der man ihn wiedererkennen könnte?“

„Wenn ich mich recht erinnere, waren einige Symbole eingraviert.“

Pomponius zeigte ihr den Ring, den er von Masculinius bekommen hatte. „War es so ein Ring?“

„Ja“, bestätigte Aspasia. „Genau so hat er ausgeschaut. Ich kann aber nicht mit Sicherheit sagen, ob das der Ring war, den Pollux getragen hat.“

„Weißt du, was die Zeichen bedeuten, die eingraviert sind?"

„Ich habe keine Ahnung. Mein Mann könnte es dir vielleicht sagen. Er beschäftigt sich viel mit Altertümern."

„Es könnten Buchstaben sein", murmelte Pomponius. „Aber ich erkenne die Schrift nicht. Griechisch ist es wahrscheinlich nicht. Ägyptisch? Nein. Die ägyptische Schrift schaut anders aus."

„Vielleicht bedeuten die Zeichen überhaupt nichts", sagte Aliqua. „Es könnten einfach nur Verzierungen sein."

„Das glaube ich nicht", wehrte Pomponius ab. „Für bloße Verzierungen sind die Zeichen nicht symmetrisch genug.

Aspasia schien ungeduldig zu werden. „Wollt ihr noch etwas von mir wissen?"

„Nur noch eine Frage. Kannst du dir vorstellen wer Pollux getötet hat?"

„Nein. Ich vermute, er ist Räubern in die Hände gefallen."

„In der Stadt spricht man auch von einer anderen Möglichkeit, einer sehr beunruhigenden Möglichkeit", warf Aliqua ein.

„Meine Sklavinnen haben mir davon erzählt. Es ist die Rede davon, dass sich eine Lamia an ihn herangemacht hat. Ich glaube nicht an einen solchen Unsinn."

„Warum nicht?", fragte Aliqua. „Viele Leute glauben es und schmücken ihre Häuser mit Weißdorn. Hast du das auch schon getan?"

„Das halte ich nicht für nötig."

„Sei nicht leichtfertig", mahnte Aliqua mit unheilschwangerer Stimme. „Dein Geruch hat an Pollux gehaftet. Wenn die Lamia ihn aufgenommen hat, wird sie der Witterung folgen und bald auch dich besuchen. Sie wird in Gestalt eines stattlichen Mannes kommen. Du musst sehr vorsichtig sein, wenn du neue Männerbekanntschaften machst."

„So ein gottloser Aberglaube!", antwortete Aspasia heftig, weil sie in Aliquas Worten eine ordentliche Prise Bosheit vermutete.

„Das denke ich auch", besänftigte Pomponius. „Aliqua hat eine Vorliebe für Kindermärchen, nur leider erschreckt sie die Kinder dabei immer zu Tode. Wir danken dir für deine Aufrichtigkeit, Aspasia. Sei versichert, dass wir dein kleines Geheimnis für uns behalten werden."

„Dafür bin ich euch verbunden." Sie sah Pomponius interessiert an. „Hast du eigentlich eine Geliebte, Pomponius?"

Pomponius wollte wahrheitsgemäß verneinen, aber Aliqua kam ihm zuvor. „Ja, die hat er!", behauptete sie entschieden. „Wir müssen uns jetzt verabschieden, Aspasia. Leb wohl und sei für deine Gastfreundschaft bedankt."

„So etwas habe ich mir fast schon gedacht", antwortete Aspasia spöttisch. „Gib nur gut auf ihn acht, Aliqua, damit er keinem anderen Weib in die Hände fällt. Ich würde dir aber raten, dabei nicht zu sehr auf die Macht des Weißdorns zu vertrauen." Sie klatschte in die Hände: „Hyacinthus, bring unsere Gäste zur Tür!"

Zum zweiten Mal an diesem Tag hinderte Pomponius Aliqua daran, eine Antwort zu geben, die den guten Sitten widersprach. Er nahm sie nachdrücklich am Oberarm und geleitete sie zur Tür, wobei er sich gleichzeitig höflich vor Aspasia verbeugte.

V

„Eine interessante Frau", meinte Pomponius, als sie heimwärts strebten.

Aliqua war nicht dieser Meinung. „Du findest sie interessant?", fragte sie verächtlich. „Ich wüsste nicht, was an der interessant sein soll. Dieses Weib ist ein Luder, das ihren Mann betrügt und Menschen nur wie Dinge behandelt, die einen bestimmten Preis haben."

Es hatte eine kurze Zeitspanne in Aliquas Leben gegeben, in der sie nach dem Tod ihres Mannes, der Not gehorchend, ihren Lebensunterhalt im Hurenhaus des Dydimus verdient hatte. Dort war sie auch zum ersten Mal Pomponius begegnet, der gelegentlich die Dienste in Anspruch nahm, die bei Dydimus geboten wurden. Aliqua sprach nicht gern von dieser Zeit. Sie schien die Erinnerung daran zu kompensieren, indem sie zunehmend strenge Moralvorstellungen entwickelte. Pomponius argwöhnte, dass darin auch der Grund liegen könnte, weshalb sie sich ihm in letzter Zeit so hartnäckig verweigerte. Früher war sie für seine Annäherungsversuche weit aufgeschlossener gewesen. Trotzdem verhielt sie sich ihm gegenüber auch jetzt noch recht besitzergreifend, was unbefriedigend war, weil die Grundlage dafür fehlte. So sah das jedenfalls Pomponius. Er seufzte.

„Was hast du?", fragte Aliqua wütend. „Hast du etwa gar Gefallen an ihr gefunden? Nur zu! Dieses männergeile Weibsstück wird sicher nicht ‚nein' sagen. Die nimmt, was sie kriegen kann. Sie hat es ohnehin auf dich abgesehen. Ist dir das nicht aufgefallen?"

„Du bist ungerecht, Aliqua", besänftigte sie Pomponius. „Ich meinte bloß, dass ihre Aussage in mancherlei Hinsicht interessant ist. Sie war über die Geschichte mit der Lamia nicht im Geringsten beunruhigt, auch nicht als du begonnen hast, Gruselmärchen zu erzählen. Dabei ist es sogar mir kalt über den Rücken geronnen."

„Das habe ich absichtlich getan. Ich wollte sehen, wie sie reagiert. Entweder glaubt sie absolut nicht an Dämonen, was eher ungewöhnlich wäre, oder sie weiß genau, dass Pollux keiner Lamia zum Opfer gefallen ist. Du hast recht. Das ist wirklich interessant."

„Ansonst war sie uns gegenüber aber recht kooperativ. Sie hat überhaupt nichts abgestritten, obwohl ich das fast erwartet habe."

„Es ist ihr gar nichts anderes übriggeblieben. Sie wusste, dass sie aufgeflogen war. Wenn sie dich gezwungen hätte, ihre Befragung durchzusetzen, etwa indem sie in den Statthalterpalast geladen wird, hätte das nur Aufmerksamkeit erregt. So kann sie ihren kleinen Fehltritt besser vertuschen. Ihre Sklaven werden jetzt sicher den Mund halten. Hast du das Mädchen beobachtet, das uns den Imbiss serviert hat? Ist dir nichts aufgefallen?" Pomponius schüttelte den Kopf. „Das war die Sklavin, die am Markt indiskrete Reden geführt hat. Sie hatte nur ein dünnes Kleid an. Am Rücken haben blutige Striemen durchgeschimmert. Sie ist ausgepeitscht worden und litt Schmerzen. Man konnte es bemerken, wenn sie sich bewegt hat. Ich bin mir sicher, sie wird das Haus in nächster Zeit nicht verlassen dürfen, und den anderen Sklaven wird ihre Bestrafung eine Warnung sein. Sie werden schweigen, gleichgültig was sie mitbekommen haben."

Sie hatten das Haus des Pomponius erreicht und Aliqua wollte sich mit dem Bemerken verabschieden, sie werde sich am nächsten Morgen wieder bei ihm melden.

„Komm herein", befahl Pomponius. „Ich brauche dich noch. Krixus hat in meinem Auftrag Manius und Numerius herbeordert. Du sollst dabei sein, wenn ich mit ihnen spreche."

Manius und Numerius waren Veteranen der Legionen, die in der Militärstadt wohnten. Pomponius pflegte sie gelegentlich mit heiklen Aufträgen zu betrauen. Die beiden waren dazu bestens geeignet. Denn sie waren verschwiegen und zuverlässig, ihre Neigung zu einem gesetzmäßigen Verhalten war hingegen nur gering ausgeprägt und ihre Maxime lautete, dass alles erlaubt sei, wenn man sich dabei nur nicht erwischen ließe. Für Manius und Numerius war Diskretion dabei Ehrensache, und sie stellten Pomponius daher auch keine unnötigen Fragen. Auf dieser Basis hatte sich zwischen den beiden Veteranen und Pomponius mit der Zeit ein Vertrauensverhältnis entwickelt, das durch die großzügige Honorierung, die ihnen Pomponius von Fall zu Fall zukommen ließ, deutlich gestärkt wurde.

Dementsprechend freundschaftlich fiel die Begrüßung aus. „Ave, Pomponius!",
rief Manius. „Wir freuen uns sehr, dich wiederzusehen und natürlich auch die
liebreizende Aliqua, die wie immer eine Augenweide ist, wenn mir die
Bemerkung gestattet ist. Wir haben uns schon Sorgen gemacht, dass du auf uns
vergessen, oder dass du gar deine eigenartigen Geschäfte, die uns so manchen
guten Bonus eingebracht haben, aufgegeben hast."

„Ich wollte das wäre so", entgegnete Pomponius. „Wie ihr wisst, bin ich nur ein
einfacher, friedlicher Schmuckhändler, der nichts mehr scheut, als Aufregungen und
Gewalttaten. Dennoch gefällt es den Göttern, mich immer wieder in unangenehme
Situationen zu bringen, die dann wie eine schwere Bürde auf mir lasten."

„Sei getrost, Pomponius, wir sind dazu da, um dir beim Tragen dieser Bürde zu
helfen", versicherte Numerius.

„Dann kommt mit und lasst uns reden." Pomponius führte seine Besucher in
das Zimmer, das in seinem bescheidenen Haushalt die Funktion eines
Repräsentationsraumes hatte.

Wegen der kalten Witterung waren die Fensterläden fest verschlossen. Als
Lichtquellen dienten etwa ein Dutzend Öllämpchen, die auf eisernen
Kandelabern montiert waren. Das flackernde Dämmerlicht schien die
farbenprächtigen Wandmalereien, die mythologische Szenen zeigten, zum Leben
zu erwecken. Es war angenehm warm, woraus Pomponius schloss, dass die
ersehnte Holzlieferung eingetroffen war. Sie nahmen an dem langen Tisch in der
Mitte des Raumes Platz. Krixus kam zur Tür herein und stellte Getränke und
Gebäck auf den Tisch. Pomponius bedeutete ihm, sich gleichfalls zu setzen.

„Ihr werdet sicher schon gehört haben", begann Pomponius, „dass es vor
wenigen Tagen zwei Morde gegeben hat: Ein Gladiator namens Pollux und ein
Mädchen, das Penelope geheißen hat, wurden auf die gleiche Weise bestialisch
umgebracht. Ich wurde von einem wichtigen Mann, dessen Ersuchen ich
unmöglich ablehnen konnte, damit beauftragt, diese Morde aufzuklären. Also
hört euch einfach an, was Aliqua und ich bisher herausgefunden haben."

Pomponius berichtete ausführlich und schloss seinen Vortrag mit den Worten:
„Ich möchte meine Ermittlungen nun in der Schenke der Fortunata fortsetzen.

Nach all dem, was ich über die Besitzerin erfahren habe, dürfte das aber gar nicht so einfach sein. Deshalb habe ich mich dazu entschlossen, euch beizuziehen." Er sah Manius und Numerius abwartend an.

Manius nickte. „Daran hast du gut getan. Die Taverne der Fortunata wird allgemein ,Grüner Hintern' genannt. Das ist darauf zurückzuführen, dass neben der Tür das Bild einer Tänzerin gemalt ist, die durch einen großen grünen Hintern auffällt. Warum das so ist, kann ich dir nicht sagen. Wahrscheinlich, weil der Maler schlechtes Material verwendet hat, das nicht farbecht war. Das Lokal selbst ist ein übles Loch und genauso übel sind die Gäste. Vorne kann man sich mit gewässertem Wein besaufen oder etwas essen. Das Zeug ist zwar billig, schmeckt aber erbärmlich. Im Hinterzimmer wird gespielt. Wer sein Geld verspielt hat, kann sich bei Fortunata neues besorgen. Sie kauft um einen Schandpreis alles auf, das einigen Wert hat. Natürlich handelt es sich dabei überwiegend um Raub- oder Diebesgut. Außerdem hält sich Fortunata einige Mädchen, die im Obergeschoß den Gästen zur Verfügung stehen, aber auch auf die Straße geschickt werden. Dabei handelt es sich teilweise um Sklavinnen, teilweise um Zuwanderinnen ohne Bürgerrecht, die es nicht geschafft haben, hier Fuß zu fassen. Fortunata selbst ist eine harte Frau, die ihre Mädchen beim geringsten Ungehorsam auspeitscht. Ich würde dir auf keinen Fall raten, dieses Lokal allein zu besuchen. Du wärst nicht der Erste, der dort hineingegangen und nicht wieder auf eigenen Beinen herausgekommen ist."

„Dann könnte es schwierig werden, Fortunata zu befragen", meinte Aliqua.

„Und völlig sinnlos", warf Numerius ein. „Die Alte wird nichts sagen, außer man spannt sie auf die Folterbank."

„Das ist eine Option, die ich derzeit noch nicht wählen möchte; später vielleicht, wenn es gar nicht anders geht", murmelte Pomponius und dachte an den Verhörkeller im Statthalterpalast.

„Manchmal bist du mir fast unheimlich", sagte Manius und schaute Pomponius kopfschüttelnd an.

„Vielleicht könnte man sich vorerst an eines der Mädchen heranmachen und sie fragen, ob sie etwas über Pollux und Penelope weiß", mischte sich Krixus ein.

„Das ist keine schlechte Idee", meinte Numerius nachdenklich. „Ich weiß zufällig, dass unser Freund Knochenbrecher gelegentlich im ‚Grünen Hintern' verkehrt und eines der Mädchen dort recht gut kennt. Er könnte sie wahrscheinlich dazu bringen, mit dir zu reden."

„Knochenbrecher?", fragte Krixus. „Ist das der Bursche ohne Namen, der den Leuten mit bloßen Händen das Genick bricht?"

„Das war ein einmaliges Versehen", versicherte Numerius. „Im Allgemeinen ist er ein sehr umgänglicher Mensch, wenn man ihn nicht reizt." Er sah Pomponius an. „Wäre es dir recht, wenn wir Knochenbrecher beiziehen?"

„Ja, tut das. Wenn das Mädchen einverstanden ist, soll er ein Treffen mit mir arrangieren. Gebt mir möglichst rasch Bescheid."

Pomponius schnippte mit den Fingern und sah Krixus an. Der zog den Geldbeutel hervor und reichte ihn Pomponius. „Das Holz war ziemlich teuer", murmelte er dabei. Pomponius runzelte die Stirn und schaute in den Beutel. Er fand ihn aber noch ausreichend gefüllt und schichtete Münzen vor Manius und Numerius auf. „Für den Anfang", erklärte er. „Ich denke, ich werde in dieser Sache noch öfter auf euch zurückkommen müssen." Die beiden Veteranen waren sehr angetan und streiften das Geld ein. „Es ist stets eine Freude, mit dir Geschäfte zu machen", versicherte Manius. „Wir stehen jederzeit zu deiner Verfügung."

„Nun zu dir: Hast du etwas in Erfahrung bringen können?", wandte sich Pomponius an Krixus.

„Ich habe mich in der Stadt umgehört, so wie du es mir aufgetragen hast", berichtete dieser. „Die Leute denken, dass die beiden Morde etwas miteinander zu tun haben. Die überwiegende Meinung ist, dass beide Toten einer Lamia zum Opfer gefallen sind. Ich habe mehrfach gehört, dass dies eine Warnung der Götter vor einem neuerlichen Angriff auf die Germanen sein soll. Angeblich haben einige angesehene Bürger sogar beschlossen, eine entsprechende Petition an den Kaiser zu richten. Daraus ist bisher bloß deswegen nichts geworden, weil sich niemand traut, dem Kaiser mit einem derartigen Ansinnen unter die Augen zu treten."

„Das ist sehr vernünftig", befand Aliqua. „Es herrscht Kriegsrecht und eine solche Forderung könnte leicht als Hochverrat ausgelegt werden." Sie nickte den Anwesenden freundlich zu. „Wenn du mich nicht mehr brauchst, Pomponius, werde ich jetzt gehen. Ich melde mich morgen um die zweite Stunde wieder bei dir."

Als sie aufstand fiel ihr Umhang einen Augenblick auseinander. Manius, der sie wohlgefällig beobachtet hatte, sah den Armeedolch an ihrem Gürtel und das Schlangenabzeichen an ihrer Tunika. Seine Augen weiteten sich ungläubig. Er öffnete den Mund. Aliqua lächelte ihn an. „Lass Sylvia von mir grüßen", sagte sie sanft, „und bleib mir gewogen." Sie verließ mit raschen Schritten den Raum.

Manius schloss langsam wieder den Mund. „Was hast du?", fragte Numerius. „Du schaust ja ganz verdattert!"

„Nichts", antwortete Manius. „Ich habe gar nichts. Ich habe bloß gedacht, dass Aliqua eine ganz außergewöhnliche Frau ist. Unser Pomponius ist ein wahrer Glückspilz." So wie er es sagte, klang es aber, als ob er sich dessen auf einmal nicht mehr ganz sicher wäre.

Numerius lachte gutmütig. „Pass nur auf, dass Sylvia nicht eifersüchtig wird. Wir dürfen uns jetzt auch verabschieden, Pomponius. Du hörst bald von uns."

VI

Trübes Licht sickerte durch die Spalten der Fensterläden. Pomponius fror und war hungrig. Ächzend setzte er sich auf und starrte in die Dunkelheit. Er war es gewohnt, dass ihn Mara weckte und ein herzhaftes Frühstück bereithielt. Das war auch notwendig, denn Pomponius gehörte zu den Menschen, die sich am Morgen elend und übellaunig fühlen und erst langsam wieder in Schwung kommen. Heute war alles anders. Es musste schon nach Tagesanbruch sein und von Mara, geschweige denn von Krixus war nichts zu merken. Frühstück gab es auch keines. Pomponius haderte mit seinem Schicksal, das ihn mit Sklaven gestraft hatte, die ihren Herrn vernachlässigten.

Er kam wankend auf die Beine, hüllte sich in einen Umhang und verließ seinen Schlafraum. Das Haus war dunkel, aber es war nicht kalt. Der gemauerte Tonnenofen verbreitete angenehme Wärme. Wenigstens hatte es jemand für nötig gehalten, einzuheizen. Aus der Küche waren lachende Stimmen zu hören. Pomponius riss die Tür auf und sagte empört: „Seid ihr von Sinnen? Was sind das für Zustände in diesem Haus? Warum kümmert sich niemand um mich? Ich bin hungrig!" Er hätte gerne gebrüllt, aber dazu fühlte er sich zu schwach.

Um den Küchenofen saßen Mara, Krixus und Aliqua. Sie schienen sich prächtig zu unterhalten. Mara stand sofort auf. „Guten Morgen, Herr. Dein Frühstück ist schon fertig. Aliqua hat gemeint, wir sollen dich schlafen lassen, damit du für die Mühen des heutigen Tages gerüstet bist."

„Ich habe auch schon eingeheizt, damit du nicht frieren musst", meldete sich Krixus, der die Morgenlaune seines Herrn kannte und ihn zu besänftigen suchte.

Aliqua sagte gar nichts, sondern sah Pomponius, der in seinem zerschlissenen Umhang alles andere als einen imposanten Anblick bot, amüsiert an.

„Von welchen Mühen des Tages redet ihr?", stöhnte Pomponius. „Ich habe nicht vor, mich irgendwelchen Mühen zu unterziehen." Er schlurfte durch die Küche, wo sich hinter einer Holzwand der Abtritt befand. Als er sich erleichterte und auf das Geräusch hörte, das er dabei machte, dachte er, dass die Senkgrube bald geleert werden sollte, ehe die warme Jahreszeit wiederkam.

Krixus hatte ihm inzwischen eine Schüssel mit Wasser bereitgestellt. Das Haus verfügte im Garten über einen eigenen Brunnen. Die Schwengelpumpe war ein Meisterwerk moderner Technik, wie es nur wenige Häuser hatten. Allein dieser Hausbrunnen hatte den Kaufpreis des Hauses doppelt so hoch ausfallen lassen, wie er für andere vergleichbare Häuser verlangt wurde.

Ohne sich um die Anwesenden zu kümmern, wusch sich Pomponius schnaubend Gesicht und Hände. Dann trocknete er sich mit einem Tuch ab, das ihm Krixus dienstbeflissen hinhielt. Er ließ sich auf seinem Lieblingsstuhl an dem kleinen Küchentisch nieder und verlangte entschieden sein Frühstück.

Mara servierte ihm Weizenbrot mit Kräuterquark, der Moretum genannt wurde, zwei gekochte Eier und einen Krug frischer Milch.

Nach einer Weile fragte Pomponius: „Was starrt ihr mich so an? Habt ihr noch nie einen Mann essen gesehen?"

„Du schaust komisch aus in deinem alten Umhang", sagte Aliqua respektlos. „Er ist auch schon recht fadenscheinig und man sieht an allen möglichen Stellen durch. Ich werde dir bei Gelegenheit ein ordentliches Hausgewand besorgen."

„Das habe ich ihm auch schon gesagt", erklärte Mara. Sie seufzte. „Er lässt sich in letzter Zeit gehen, aber auf mich hört er ja nicht. Dieses Haus braucht einfach eine Frau, die sich um ihn kümmert." Aliqua nickte versonnen.

„Hört sofort auf, über mich zu reden, als ob ich nicht anwesend wäre", befahl Pomponius mit strenger Stimme. „Ich bin der Herr dieses Hauses, und wie immer es mir beliebt herumzulaufen, ich verlange Respekt." Er fuhr sich mit der Hand übers Gesicht. Es knisterte leise.

„Ganz recht", bemerkte Aliqua. „Du schaust aus wie ein Straßenräuber. Krixus, du solltest deinen Herrn öfter rasieren."

„Wozu?", fragte Pomponius. „Unsere bedeutendsten Gelehrten sind bärtig und selbst unser verehrter Imperator trägt einen Bart."

„Du bist weder ein Gelehrter noch Imperator", entgegnete Aliqua unbeeindruckt, „und mir gefällst du ohne Bart besser."

Pomponius hielt diese Bemerkung für unangebracht. Was spielte es für eine Rolle, ob er ihr gefiel oder nicht, wo sie doch seine Annäherungsversuche stets zurückwies? Aber irgendwie hatte er trotzdem das Bedürfnis, ihr zu gefallen. Also sah er sich nach Krixus um. Der hatte den Ausgang der Diskussion gar nicht abgewartet und bereits begonnen, das Rasiermesser auf einem ölgetränkten Stein zu schärfen. Dann inspizierte er den Inhalt eines Döschens und zupfte die darin befindlichen Spinnweben zurecht, für den Fall, dass es galt, eine Schnittwunde zu versorgen.

„Wenn du mich schneidest, verprügle ich dich, dass dir Hören und Sehen vergeht", knurrte Pomponius. Krixus, der solche leeren Drohungen längst kannte, zeigte sich wenig beeindruckt. „Wenn du stillhältst, werde ich dich auch nicht schneiden", versprach er und begann das mühsame Werk, das Gestrüpp im Gesicht seines Herrn zu entfernen.

Einige Zeit später war Pomponius frisch rasiert und ordentlich gekleidet zum Ausgehen bereit. „Wir werden versuchen mit Julia, das ist das Mädchen, das Pollux gefunden hat, zu sprechen", erklärte er. „Für dich habe ich einen speziellen Auftrag, Krixus."

„Für mich?", fragte Krixus entsetzt. „Ich habe eingeheizt, Wasser geholt und dich rasiert. Ich denke, ich habe etwas Erholung verdient."

„Oh, nein", sagte Pomponius, „daraus wird nichts. Du gehst in die Stadt und hörst dich wieder etwas um. Ich möchte alles wissen, was über Aspasia und ihren Gatten, Publius Calpurnius, geredet wird. Mich interessiert vor allem, wo der Reichtum dieses Herrn herkommt."

„Das könnten deine Freunde bei den Frumentarii doch auch machen. Das sind berufsmäßige Spione."

„Mag sein. Aber ich kenne niemanden, der so gut und unauffällig Klatsch aufsammeln kann, wie du."

„Da kannst du recht haben", antwortete Krixus geschmeichelt. „Ich werde sehen, was ich in Erfahrung bringen kann."

Nach einem kurzen erfrischenden Fußmarsch, der die Lebensgeister des Pomponius endgültig weckte, erreichten sie die Fleischerei an der Stadtmauer. Aus dem Inneren des Geschäftes konnte man leises Singen hören. Kunden waren keine zu sehen. Das war Pomponius sehr recht. Gemeinsam mit Aliqua betrat er das Lokal, das Verkaufsraum und Schlachterei zugleich war. Der Geruch nach Blut und Innereien verschlug ihm den Atem. Es roch so ähnlich wie im Behandlungsraum des Claudius, nur viel stärker. Ein Schwarm Fliegen war bei ihrem Eintritt emporgeflogen und ließ sich jetzt wieder auf den Fleischstücken nieder, die zum Verkauf bereitlagen.

In der Ecke des Geschäftes saß das kleine Mädchen auf einem Hackstock und hielt einen Ball in den Händen. Sie hatte aufgehört zu singen und betrachtete die Besucher aufmerksam. „Das sind die Leute, die mich unlängst angeredet haben, Vater", sagte sie.

Der Fleischer wischte sich die Hände an einem blutfleckigen Schurz ab. „Was wollt ihr?", fragte er abweisend.

„Bist du der Fleischer Trebius?"

„Das weiß jeder hier in der Gasse. Was wollt ihr?"

„Es geht um den Mord, der sich vor der Stadtmauer ereignet hat. Deine Tochter hat den Toten gefunden. Wir würden gerne mit ihr darüber sprechen."

„Sie weiß nichts. Das hat sie auch dem Soldaten der Stadtkohorte gesagt. Wer seid ihr überhaupt? Verschwindet aus meinem Geschäft und lasst das Mädchen in Ruhe." Seine Hand tastete nach dem Beil, das er bei ihrem Eintritt beiseitegelegt hatte.

Pomponius erkannte, dass er so nicht weiterkam. Obwohl er es vorzog, bei seinen Ermittlungen möglichst anonym zu bleiben, schlug er seinen Umhang zurück, damit Trebius das silberne Schlangenabzeichen sehen konnte. „Weißt du, was das ist?", fragte er. „Es sagt dir auch, wer ich bin."

Trebius wurde bleich. Pomponius war immer wieder überrascht, welche Wirkung es auf einfache Bürger hatte, wenn er sich als Angehöriger der Frumentarii zu erkennen gab. „Wir haben nicht die Absicht, dir oder deiner Tochter Böses zuzufügen", fuhr er besänftigend fort. „Die Untersuchung dieses Vorfalls liegt nicht länger in den Händen der Stadtkohorte. Jetzt haben wir die Ermittlungen übernommen. Dazu ist es notwendig, dass wir noch einmal mit Julia sprechen."

Trebius nickte eingeschüchtert und winkte das Mädchen zu sich. „Beantworte die Fragen, die dir diese Leute stellen werden, meine Tochter", befahl er.

Das Mädchen wirkte nicht eingeschüchtert, sondern lediglich wachsam. Aliqua hockte sich nieder, damit ihre Gesichter auf gleicher Höhe waren. „Du brauchst dich nicht zu fürchten, Julia", sagte sie freundlich. „Erzähl uns einfach, was du erlebt hast, als du den Toten gefunden hast."

„Ich habe mit meinem Ball gespielt. Dabei ist mir eine rote Eisplatte aufgefallen, die hinter einem Busch hervorgekommen ist. Ich habe nachgesehen und den toten Mann gefunden. Jemand hat ihm den Hals aufgerissen und ihn ausbluten lassen, wie ein Schwein. Ich bin sofort nach Hause gegangen und habe meinem Vater davon erzählt. Dann sind wir zur Stadtkohorte gegangen und haben Meldung erstattet. Das ist alles."

„Du bist ein tapferes Mädchen", lobte Aliqua. „Jetzt zeig uns den Ring, den du dem Toten abgenommen hast."

„Ich weiß von keinem Ring", stieß das Mädchen überrascht hervor.

Pomponius hatte während dieses Gespräches Trebius im Auge behalten. Als die Rede auf den Ring kam, war der Fleischer zusammengezuckt und hatte die Augen kurz gesenkt. „Frag deinen Vater, was du tun sollst", riet Pomponius. „Er weiß, dass man uns besser nicht belügt."

Julia sah ihren Vater an. Der blickte ängstlich zwischen seiner Tochter und Pomponius hin und her, dann sagte er resigniert: „Gib ihnen den Ring, Julia."

Das Mädchen griff zögernd in eine Falte ihres Kleides und legte einen schlichten schwarzen Reif in Aliquas Hand. Aliqua drehte den Ring hin und her und betrachtete die Gravur. „Das ist er", sagte sie zu Pomponius.

„Gut. Warum hast du den Ring mitgenommen, Julia?"

„Damit mir mein Vater glaubt, dass ich einen Toten gefunden habe."

„Warum hast du den Ring dann nicht bei der Stadtkohorte abgegeben?"

„Ich habe Angst gehabt, dass man mich für eine Diebin hält. Außerdem hat mir der Ring gefallen und ich wollte ihn behalten."

„Hat es dir denn gar nichts ausgemacht, dass er von einem Toten stammt?"

„Aber nein. Menschen und Tiere müssen alle sterben, wenn es für sie Zeit ist. Ein Toter braucht doch keinen Ring mehr." Sie sah Pomponius erstaunt an, weil sie ihm solche Selbstverständlichkeiten erklären musste.

Pomponius schüttelte den Kopf. „Du bist ein erstaunliches Mädchen, Julia. Du wirst sicher verstehen, dass wir den Ring mitnehmen müssen. Er gehört dir nicht."

Julia nickte, aber ihre Augen füllten sich mit Tränen. Aliqua öffnete die Hand in der sie den Ring gehalten hatte. Jetzt lagen dort wie durch Zauberei zwei goldglänzende Münzen, zwei Halbaurei. Das war einer ihrer Taschenspielertricks, mit denen sie gelegentlich sogar Pomponius verblüffte. „Die sind für dich, Julia", sagte sie. „Weil du so aufrichtig warst."

Julia konnte ihr Glück nicht fassen. Sie strich mit dem Finger behutsam über die Münzen. „Ist das Gold?", flüsterte sie.

„Ja, das ist Gold. Nimm sie, sie gehören dir." Aliqua wischte dem Mädchen die Tränen aus dem Gesicht.

„Danke", sagte Julia mit zitternder Stimme. „Du bist sehr freundlich. Die andere Dame wollte mir nur einen Denar für den Ring geben und sie war überhaupt nicht so lieb wie du."

„Welche andere Dame?", entfuhr es Pomponius. Julia sah ihn irritiert an, so als ob er sich ungehörigerweise in das Gespräch zweier Freundinnen gemischt hätte.

„Wie hat diese Frau ausgesehen?", erkundigte sich Aliqua.

„Es war eine vornehme Dame. Ich konnte ihr Gesicht nicht erkennen, weil sie einen Schleier trug."

„War sie allein?"

„Nein. Ein Mann hat sie begleitet. Ich glaube, das war ein Sklave. Die Dame hat mich gestern vor dem Geschäft angeredet. Der Mann ist aber in einiger Entfernung stehen geblieben. Ich habe gesagt, ich weiß nicht, wovon sie redet und bin davongerannt."

„Sonst weißt du nichts über diese Dame?"

„Sie hat gut gerochen." Julia schnupperte wie ein Häschen, dann schlang sie die Arme um Aliqua und roch an ihrem Hals. „Sie hat genauso gerochen wie du", verkündete sie.

„Genauso? Bist du dir sicher?"

„Ich bin mir ganz sicher."

Aliqua stand auf und streichelte dem Mädchen über den Kopf. „Ich danke dir, Julia. Leb wohl." Sie nickte Trebius zu und verließ das Geschäft.

„Wenn du klug bist, vergisst du, dass wir hier waren", sagte Pomponius zu Trebius. „Auf jeden Fall solltest du gut auf Julia aufpassen. Lass sie in nächster Zeit nicht allein aus dem Haus gehen. Verstehst du?"

„Ich verstehe und werde beherzigen, was du gesagt hast."

Pomponius zögerte. Dann sagte er. „Ich weiß nicht, ob Julia in Gefahr ist. Aber wenn sich etwas Ungewöhnliches ereignet oder du Hilfe benötigst, schicke eine Nachricht an den Schmuckhändler Pomponius. Er hat seinen Laden in der Nähe des Forums. Man kennt ihn dort. Er wird mich unverzüglich verständigen."

Pomponius verließ den Laden, vor dem Aliqua auf ihn gewartet hatte. Er nahm sie in die Arme. Aliqua versteifte sich. „Was soll das, Pomponius?"

„Halte still. Das ist rein dienstlich. Ich muss etwas überprüfen!" Sie roch tatsächlich sehr gut. Es war ein fremdartiger, aufregender Duft. Pomponius konnte nicht widerstehen und küsste sie zärtlich auf den Hals. Zu seiner Überraschung hielt sie still. Dann war ein aufgeregtes Kichern zu hören. Aliqua schob ihn entschieden von sich. In der Tür des Ladens stand Julia. „Du hast die schöne Dame geküsst", rief sie.

„Ich habe nur wissen wollen, ob sie wirklich so gut riecht, wie du gesagt hast", verteidigte sich Pomponius.

„Nein, nein! Du hast sie auf den Hals geküsst. Ich habe es selbst gesehen!", triumphierte Julia und rannte kichernd in das Geschäft zurück.

„Du benimmst dich skandalös, Pomponius", rügte Aliqua. „Selbst die Kinder lachen über dich. Man schmust nicht auf offener Straße! Komm, lass uns gehen, ehe noch jemand die Stadtkohorte verständigt."

VII

„**W**ie bist du auf die Idee gekommen, die Kleine so selbstverständlich auf den Ring anzureden?"

„Ich hatte so ein Gefühl", antwortete Aliqua. „Außerdem wurde der Ring Pollux nach seinem Tod abgezogen. Da kam natürlich in erster Linie Julia in Frage. Ich habe einfach versucht, sie mit meiner Frage zu überrumpeln."

Aliqua hatte die Schuhe ausgezogen und die Füße auf einen heißen, flachen Stein gestellt, den ihr Krixus gebracht hatte. Die gleiche Fürsorge seinem Herrn angedeihen zu lassen, kam Krixus nicht einmal ansatzweise in den Sinn. Aliqua stöhnte wohlig und bewegte die Zehen hin und her. „Das tut gut", sagte sie. „Danke, Krixus." Sie streckte die flache Hand in Richtung Pomponius aus. „Ich bekomme noch einen Aureus aus unserer Spesenkasse." Sie war eine sehr sparsame Person und hielt es für selbstverständlich, dass sie das Geld, das sie Julia geschenkt hatte, von Pomponius zurückbekam. Sie ging nämlich grundsätzlich davon aus, dass Pomponius alle Kosten zu tragen hatte, wenn sie gemeinsam unterwegs waren. Pomponius seinerseits hielt es im Interesse einer gedeihlichen Zusammenarbeit und auch aus sehr viel persönlicheren Gründen für untunlich, dieses Arrangement in Frage zu stellen. Also nickte er bloß Krixus zu, der sogleich aus einer Schatulle eine Goldmünze nahm und Aliqua überreichte.

Pomponius betrachtete inzwischen die beiden Ringe, die Penelope und Pollux getragen hatten. „Sie sind ident", sagte er schließlich. „Sie gleichen einander wie ein Ei dem anderen. Sie sind sogar gleich groß."

Er hielt einen der Ringe hinter eine kugelförmige wassergefüllte Vase aus klarem Glas und studierte die Gravuren. Dabei bewegte er die Flamme einer Öllampe hin und her, um das leicht verzerrte, deutlich vergrößerte Bild aus verschiedenen Winkeln auszuleuchten. „Das bringt nichts", sagte er schließlich. „Die Zeichen sind sehr sorgfältig eingraviert und sie ähneln griechischen Buchstaben, aber sie ergeben keinen Sinn."

„Vielleicht sind es Verlobungsringe", mutmaßte Aliqua. „Verlobungsringe aus Eisen sind derzeit sehr in Mode. Die Zeichen könnten Glückssymbole sein."

„Verlobungsringe werden nur von Frauen getragen", wandte Pomponius ein. „Abgesehen davon war Pollux Sklave und Gladiator. Der konnte sich nicht so einfach verloben und heiraten."

„Dennoch waren er und Penelope ein Liebespaar. Das beweist die Statuette, die wir in seiner Unterkunft gefunden haben", beharrte Aliqua.

Pomponius legte die Statuette neben die Ringe und betrachtete sie lange und nachdenklich. „Die Hinterlassenschaft zweier Toten und vielleicht die einzigen Zeugnisse einer großen, aussichtslosen Liebe", bemerkte er düster.

„Du liest in letzter Zeit zu viele Gedichte", warf Krixus verächtlich ein. „Wir wollen die Dinge doch realistisch sehen. Er war ein elender, todgeweihter Sklave, der seinen Lebensunterhalt als Schläger verdient hat und sie war eine Hure, die jeder, der zwei oder vielleicht auch nur einen Sesterz dafür bezahlen wollte, im Hinterzimmer einer Spelunke oder auf einer Bank im Amphitheater vögeln konnte. Große Liebe! Dass ich nicht lache!"

„Halt dein Schandmaul", rügte ihn Pomponius, obwohl er Krixus heimlich recht gab. Man konnte sich Pollux und Penelope wirklich nur schwer als ideales Liebespaar vorstellen. „Ich glaube nicht, dass jemand sinnlose Zeichen in einen Ring eingraviert", fuhr er fort. „Ich möchte wissen, was es damit auf sich hat. Andererseits kann es natürlich auch sein, dass dieser Ring gar nichts mit den Morden zu tun hat." Er schob den Ring beiseite. „Lassen wir das vorläufig. Was hast du in Erfahrung gebracht, Krixus?"

„Weniger als ich erhofft habe, Herr", berichtete Krixus verlegen. „Ich habe mit einigen gewöhnlich sehr gut informierten Leuten gesprochen, aber keiner wusste Genaueres. Die einen meinten, Publius Calpurnius besäße ausgedehnte Ländereien in Etrurien, andere hielten ihn für den erfolgreichen Miteigentümer einer ganzen Flotte von Handelsschiffen und wiederum andere waren sich sicher, dass er das Recht zur Ausbeutung von Bodenschätzen gepachtet habe. Mit einem Wort, niemand weiß, wo der Reichtum dieses Mannes wirklich herkommt. Es kann sich auch niemand erklären, weshalb er hier in Carnuntum seinen Wohnsitz genommen hat. Im Vergleich zu Rom ist diese Stadt ja doch nur ein Provinznest. Immerhin habe ich in Erfahrung gebracht, dass er heute von seiner Reise zurückgekommen ist und von seinem liebenden Weib und seinem gesamten Gesinde freudig begrüßt wurde."

„Ich denke, ich werde sehr bald die Bekanntschaft dieses bemerkenswerten Mannes suchen", verkündete Pomponius.

„Wozu?", fragte Aliqua. „Er mag ja in dubiose Geschäfte verwickelt sein. Ich glaube jedoch nicht, dass er mit den Morden etwas zu tun hat."

„Wir werden sehen. Ich frage mich auch, wie er seinen Reichtum verwaltet, wenn er ständig auf Reisen ist."

„Diese Frage kann ich dir beantworten", sagte Krixus. „Ich habe herausbekommen, dass als sein Vermögensverwalter einer seiner Freigelassenen fungiert. Der Mann heißt Leonidas und residiert ein paar Straßen von hier. Ich sage residiert, weil sein Haus fast so luxuriös sein soll, wie jenes seines ehemaligen Herrn. Über Leonidas konnte ich nur wenig in Erfahrung bringen, denn er lebt sehr zurückgezogen und scheut die Öffentlichkeit. Es heißt allerdings, er habe einen Trupp Schläger in seinen Diensten."

„Sehr interessant. Was spricht man noch über Publius?"

„Er hat einen untadeligen Ruf. Zu seinen Gastmählern kommen die angesehensten Leute, auch hohe Offiziere der Garnison. Außerdem wird er als Mann von erlesenem Geschmack und hervorragenden Kenntnissen in allen Fragen der Kunst gerühmt und oftmals um seinen Rat gebeten. Warum zeigst du ihm nicht einfach einen der Ringe und fragst ihn um seine Meinung? Dabei könntest du ihn ganz unauffällig kennenlernen."

Pomponius starrte seinen Sklaven verblüfft an. „Manchmal hast du erstaunlich gute Einfälle, Krixus."

„Ich weiß. Leider wird das nur selten gewürdigt."

Aliqua lachte und sagte: „Armer Krixus. Sag, findest du auch, dass ich gut rieche."

Krixus war verblüfft, was bei ihm selten vorkam. „Ich finde, dass du sehr gut riechst", antwortete er vorsichtig. „Aber warum fragst du mich das? Frag doch lieber ihn." Er deutete auf Pomponius.

„Deinen Herrn habe ich schon gefragt, aber er war nicht richtig bei der Sache. Es geht darum, dass ich ein Parfum aufgetragen habe, das nur wenige Frauen verwenden, weil es noch ganz neu ist. Eine Freundin von mir, die einen Laden mit Kosmetikartikeln betreibt, hat es kreiert und vorerst nur in einer kleinen Menge hergestellt. Es ist sehr teuer und kann nur in ihrem Geschäft bezogen werden. Ich habe von meiner Freundin ein kleines Flakon geschenkt bekommen. Dieses Parfum hat einen sehr speziellen Geruch. Wenn Julia recht hat, benutzte es auch die andere Frau, die an den Ring wollte. Das könnte doch eine Spur sein?"

„Eine Spur?", fragte Pomponius erheitert. „Ich bin doch kein Bluthund. Was für eine kuriose Idee. Ich kann doch nicht an sämtlichen Damen der Gesellschaft schnüffeln, um festzustellen, wie sie riechen!"

„Das musst du auch nicht. Ich werde meine Freundin bitten, mir die Namen der Käuferinnen zu sagen. Viele werden es nicht sein. Vielleicht ist ein Name darunter, der mit unserem Fall in Verbindung zu bringen ist."

Sie wurden unterbrochen, weil Mara meldete, dass Numerius gekommen sei.

„Seid gegrüßt", sagte der Veteran und kam gleich zur Sache: „Wir haben mit Knochenbrecher gesprochen, Pomponius. Er entbietet dir seine Grüße und sagt, er würde sehr gern wieder für dich arbeiten. Das Mädchen aus dem 'Grünen Hintern' ist bereit mit dir zu sprechen. Wenn es dir recht ist, bringt sie Knochenbrecher morgen, so um die dritte Stunde vorbei." Er räusperte sich. „Sie hat gefragt, ob du sie belohnen wirst. Wir haben ihr erklärt, dass du ein sehr großzügiger Mann bist."

Pomponius lächelte. „Sagt ihr, die Belohnung wird umso großzügiger ausfallen, um so mehr sie mir erzählen kann."

Nachdem sich Numerius wieder entfernt hatte, verkündete Pomponius, dass er beabsichtige, nach dem Mittagessen ins Bad zu gehen, und Aliqua sich am nächsten Tag um die zweite Stunde wieder bei ihm einfinden solle.

„Du gehst ins Bad?", fragte Aliqua süffisant. „Das kann auf keinen Fall schaden, falls jemand beabsichtigen sollte an dir zu riechen."

VIII

Am frühen Nachmittag strebten Pomponius und Krixus der erst kürzlich ausgebauten Forumstherme zu, die wegen ihrer luxuriösen Ausstattung von den drei öffentlichen Bädern der Stadt das beliebteste war. Die Zeit war gut gewählt, denn die arbeitende Bevölkerung war noch mit ihrem Tagwerk beschäftigt, und man konnte daher auf weniger Andrang und ein besseres Publikum hoffen.

Es gab auch noch einen anderen Grund, weshalb Pomponius Wert darauf legte, an diesem Tag das Bad aufzusuchen. Denn alle zehn Tage wurden die Becken geleert, gesäubert und mit frischem Wasser gefüllt. Das war gestern geschehen und man konnte daher heute damit rechnen, in sauberem Wasser zu baden, was an anderen Tagen, je mehr sie sich dem Ende der Zehntagesfrist näherten, immer weniger der Fall war. Das Publikum verband nämlich ganz selbstverständlich das Angenehme mit dem Nützlichen und betrachtete den Besuch des Bades auch als Gelegenheit, um sich zu säubern, wozu sich ein ausgedehnter Aufenthalt im Wasser am besten eignete. Das führte dazu, dass schon am Ende des zweiten Tages eine graue Schicht von Körperöl, das alle möglichen Schmutzpartikel gebunden hatte, auf dem Wasser schwamm. Nach Badeschluss pflegten Sklaven diesen Schmutzflor mit rechenartigen Geräten, zusammenzuschieben und abzuschöpfen, wodurch ein Eindruck von Sauberkeit entstand, der aber nur so lange anhielt, bis die Badenden am nächsten Tag die festeren Verunreinigungen, die auf den Boden gesunken waren, wieder aufwirbelten. Trotzdem hatte man lange diese Art der Reinigung für ausreichend angesehen und sich damit begnügt, von Zeit zu Zeit frisches Wasser nachzufüllen und den Inhalt der Becken so zu verdünnen.

Dann war ein neuer für die öffentlichen Bäder zuständiger Ädil ins Amt gekommen, der angeordnet hatte, dass die Becken alle zehn Tage gründlich gereinigt und neu befüllt werden mussten. Viele Leute hielten das für eine übertriebene, geradezu verschwenderische Maßnahme. Pomponius, der die Therme ohnehin nur gelegentlich aufsuchte, gehörte nicht zu diesen Kritikern und hatte sich einen zehntägigen Baderhythmus angewöhnt, weil er sauberes

Wasser schätzte. Ganz sauber würde das Wasser ja auch nicht mehr sein. Denn das Bad stand am Vormittag Frauen und Kindern zur Verfügung, wobei – wie Pomponius argwöhnte – sich viele Kinder den Gang zu dem vor der öffentlichen Toilette aufgestellten Urinfass ersparten.

Früher war es ja auch so gewesen, dass Frauen und Männer gemeinsam gebadet hatten. Aber dann war ein Ädil ernannt worden, der befunden hatte, dies sei unschicklich. Er hatte darauf hingewiesen, dass es mehrfach in aller Öffentlichkeit zu unziemlichen Handlungen gekommen sei, deren Anblick keiner ehrbaren Ehefrau und noch weniger einer Jungfrau zugemutet werden könne. Man hatte ihn darauf aufmerksam gemacht, dass auch in Rom die Geschlechter gemeinsam baden durften, aber er hatte nur rechthaberisch geantwortet: „Wir sind hier nicht in Rom!" Diese Äußerung war mehr als befremdlich, denn jede Stadt strebte danach, es wenigstens im Kleinen Rom gleichzutun. Dann hatte sich aber in einer der Badeanlagen ein Vorfall ereignet, der so skandalös war, dass man ihn gar nicht erzählen kann, ohne das Schamgefühl der Leserin zu verletzen. Das hatte endgültig zu einem Meinungsumschwung geführt. Es wurden getrennte Badezeiten für Frauen und Männer eingeführt und dabei war es auch geblieben. Es schien, als ob es vielen Männern und Frauen nicht ganz unrecht war, unter Geschlechtsgenossen bleiben zu können. Manche meinten, dies sei darauf zurückzuführen, dass der Anblick des nackten menschlichen Körpers meist so weit von den Idealen der Schönheit entfernt sei, dass man ihn nicht leichtfertig den Blicken des anderen Geschlechtes aussetzen und nicht auf die Würde, die ein gut geschnittenes Gewand verleiht, verzichten solle. Natürlich gab es einige Unentwegte, die dem gemeinsamen Bad das Wort redeten. Aber die öffentliche Meinung, wenn sie sich einmal auf die Seite von Moral und Sitte geschlagen hat, ist unerbittlich. Frauen, die solche Wünsche äußerten, wurden als potentielle Ehebrecherinnen, Männer als garstige Lustgreise bezeichnet, auch wenn sie noch gar nicht so alt waren.

Der Eintritt war so bemessen, dass ihn sich auch Minderbemittelte leisten konnten. Insoweit war die Therme ein Ort, wohl der einzige Ort in der Stadt, in dem Standesunterschiede ganz offiziell aufgehoben waren. Da auch Sklaven der

Zutritt gestattet war, sogar zum halben Preis, wenn sie sich in Begleitung ihres Herrn befanden, konnte es geschehen, dass ein Sklave, der zu Hause für das Reinigen der Toilette zuständig war, neben einem angesehenen Patrizier im warmen Wasser saß, und niemand etwas dabei fand.

Pomponius hatte für sich selbst zwei As und für Krixus ein As zu bezahlen. Im Eingangsbereich saßen zwei Sklaven an einem Tisch und ermahnten die Eintretenden, nicht auf das Bezahlen zu vergessen. Die Münzen wurden in einen Schlitz im Tisch geworfen und fielen klimpernd in einen darunter montierten Krug.

In der Umkleidehalle herrschte das übliche Gedränge. Nicht so stark, wie es in zwei, drei Stunden sein würde, aber auch schon recht beträchtlich. Pomponius ergatterte eine freie Wandnische, in die er und Krixus ihre Kleider stopften.

Kleidertausch, wenn man es so nennen will, war eine oft geübte Praxis in der Therme, um die eigene Garderobe zu erneuern. Daran änderte auch eine Wandinschrift nichts, die mit präventiven Flüchen jedem Dieb die Strafe der Götter androhte. Auch insoweit war die Therme ein Hort – wenngleich unerwünschten – sozialen Ausgleichs. Wohlhabende Bürger pflegten daher einen Sklaven mitzubringen, der ihre Habseligkeiten zu bewachen hatte. So hockten denn auch bereits etliche von ihnen vor Wandnischen, versuchten nicht einzuschlafen und die Kleider ihrer Herrn im Auge zu behalten. Wehe dem, der doch einschlief und von seinem Besitzer vor einer leeren Nische oder – was fast noch schlimmer war – vor einer Nische angetroffen wurde, in der eine zerrissene, dreckige Tunika anstatt eines herrschaftlichen Gewandes lag, was geradezu als Schmähung angesehen werden musste.

Pomponius, der wusste, wie sehr Krixus den Besuch des Bades liebte, verzichtete darauf, ihn zu einem stundenlangen Wachdienst zu verdammen. Er machte einen ihm bekannten, zum Personal der Therme gehörenden Sklaven aus, der gelangweilt auf einer Bank saß und redete ihn an: „Weißt du wer ich bin, Epicadus?"

„Ich kenne dich. Du bist der Anwalt Pomponius, der im vorigen Jahr Herrn Pescennius, Ehre seinem Andenken, vor Gericht verteidigt hat."

„So ist es. Siehst du dort meinen Sklaven Krixus neben der Nische mit unseren Kleidern stehen?" Epicadus nickte.

„Werden wir unsere Kleider wieder vorfinden, wenn wir zurückkommen?" Pomponius ließ zwei Sesterzen in die bereitwillig geöffnete Hand fallen.

„Da bin ich ganz sicher, Herr", versicherte Epicadus hocherfreut. „Ich werde sie hüten, wie meinen Augapfel."

Pomponius und Krixus betraten das Innere der Badeanlage. Sie hatten Badetücher um die Hüften geschlungen und klappernde Holzsandalen an den Füßen, weil die aufgeheizten Fußböden so warm waren, dass man es schon nicht mehr als angenehm empfand, mit bloßen Füßen darauf zu gehen. Um den Hals trug Pomponius ein Leinensäckchen mit Münzen. Denn innerhalb der Anlage gab es ja doch einige Bereiche, für deren Benutzung man separat bezahlen musste, und so die Gleichheit unter den Besuchern relativieren konnte.

Nach gut zwei Stunden und nachdem sie sich in verschiedenen Becken mit unterschiedlicher Wassertemperatur gesuhlt hatten, fanden sich Pomponius und Krixus in der Halle mit dem großen Schwimmbecken ein. Pomponius hatte im Gegensatz zu Krixus genug und sagte zu ihm: „Wenn du willst, kannst du noch einmal ins Wasser springen. Siehst du den Lichtstrahl, der vom dritten Fenster auf das Mosaik mit dem Delphin fällt?" Krixus nickte. „Wenn dieser Lichtstrahl das Mosaik verlassen und die erste Säule daneben erreicht hat, findest du dich in der Umkleidehalle ein. Dann ist es Zeit, nach Hause zu gehen. Lass mich ja nicht warten."

„Ja, Herr. Danke, dass du mich ins Bad mitgenommen hast", antwortete Krixus.

Pomponius sah ihn erstaunt an. Dankbarkeit zu zeigen, gehörte absolut nicht zu Krixus' Angewohnheiten. „Aliqua hat gesagt, ich muss mich dir gegenüber besser benehmen", sagte Krixus, der selbst eine Erklärung für nötig hielt.

„Damit hat sie sicher recht", murmelte Pomponius und entfernte sich kopfschüttelnd.

Er begab sich zu der geschwungenen Treppe, die auf den Halbstock führte. Oben standen Tische, Sessel und Ruhebetten, sowie ein langes Wandregal, gefüllt mit Buchrollen, die man entlehnen konnte. Um dort hinaufzugelangen, musste man am Fuß der Treppe drei Sesterzen bezahlen. Das war ziemlich teuer und stellte sicher, dass man unter sich war, soll heißen, dass sich dort kein gewöhnlicher Pöbel herumtrieb.

Pomponius stieg die Treppe hinauf und trat an das Geländer. Von dort konnte man die ganze Halle überblicken. Er beobachtete Krixus, der mit kräftigen Zügen seine Schwimmkünste in dem etwa fünf Fuß tiefen Wasser demonstrierte. „Er verhält sich Aliqua gegenüber ganz so, als ob sie die Herrin des Hauses wäre", dachte er und kam zu dem Schluss, dass dieses Verhalten genau genommen eine Unverschämtheit war, weil Krixus dadurch eine Entscheidung vorwegnahm, die allein ihm, Pomponius, zustand und vor der er sich bis jetzt gedrückt hatte. „Das schaut diesem Nichtsnutz ähnlich", dachte er halb amüsiert, halb ärgerlich.

„Warum so nachdenklich, Pomponius?", fragte ein graubärtiger Mann, der neben ihn getreten war und sich an das Geländer lehnte. Quintus Pacuvius betrieb einen kleinen Verlag mit angeschlossener Buchhandlung drei Querstraßen vom Haus des Pomponius entfernt.

„Ave, Quintus", sagte Pomponius erfreut, weil er den belesenen Buchhändler mochte und schon viele erbauliche Gespräche über Dichtung mit ihm geführt hatte. „Ich habe eben meinen Sklaven beobachtet, der im Wasser herumtobt, wie ein Hund, der von der Leine gelassen wurde."

„Ich habe nie verstanden, warum du ihn behältst. Die ganze Stadt weiß, dass er faul und vorlaut ist."

Pomponius lächelte. „Er war der Einzige, der mich begleiten durfte, als ich Rom verlassen musste. Sein Anblick erinnert mich stets daran, nichts für selbstverständlich zu halten und nie auf die Gunst des Schicksals zu vertrauen"

„Wenn du zu philosophieren anfängst, Pomponius, umschattet dich Trübsinn. Ich kenne das bei dir. Setz dich zu mir und lass uns plaudern, damit du auf andere Gedanken kommst."

Nach einem freundschaftlichen Gespräch über allerlei belanglose Dinge kam die Rede unweigerlich auf jenes Thema, das Pomponius die ganze Zeit über beschäftigt hatte. „Was denkst du über die beiden Morde, die sich unlängst ereignet haben?", fragte er. „Ich habe gehört, dass es dabei nicht mit ganz natürlichen Dingen, wie beispielsweise Straßenräuberei oder Totschlag, zugegangen sein soll."

„Das ist Unsinn", erklärte Quintus Pacuvius entschieden. „Die Leute sind bloß beunruhigt, weil sich die Taten so ähneln und auf den gleichen Täter hinweisen."

„Die Rede war von einer Lamia", bohrte Pomponius weiter. „Kannst du mir sagen, was das für Geschöpfe sind?"

Auch wenn Quintus davon überzeugt war, dass es sich dabei nur um abergläubisches Geschwätz handelte, konnte er nicht widerstehen, seine Belesenheit unter Beweis zu stellen und erzählte bereitwillig: „Lamia, eine Tochter des Poseidon, war in alter Zeit Königin von Libyen und eine Geliebte des Zeus. Dessen Gattin Hera tötete aus Eifersucht den Knaben, den Lamia dem Zeus geboren hatte. Aus Kummer darüber verlor Lamia den Verstand und wurde zu einem rasenden Dämon, der die neugeborenen Kinder anderer Frauen ums Leben bringt. So wird es in uralten griechischen Legenden erzählt. Sie hat aber mit den Lamien, von denen unsere Stadt angeblich heimgesucht wird, nichts gemeinsam, außer dass jene nach ihr benannt wurden, weil sie sich gleichermaßen feindselig gegen das Menschengeschlecht verhalten. Diese Lamien sind Dämonen, deren wahrer Name und Ursprung unbekannt sind und die aus dem Zwischenreich stammen, das die Welt der Menschen vom Sitz der Götter trennt. Auch sie sollen eine Gefahr für Neugeborene darstellen, mehr aber noch für unglücklich Liebende, die sich in Sehnsucht verzehren. Sie nähern sich ihnen nämlich in verführerischer Gestalt und versprechen Trost und Erfüllung. Wenn es ihnen gelingt, sich eines solchen Unglücklichen zu bemächtigen, saugen sie ihm alles Blut und die Lebenskraft aus."

„So ähnlich habe ich es auch gehört", bestätigte Pomponius. „Mir kommt sogar vor, ich habe solche Frauen schon persönlich kennengelernt, obwohl sie sicher nichts Übernatürliches an sich hatten. Aber was soll das Gerede, die Lamien seien uns von den Göttern gesandt worden?"

„Auch das geht auf alte Geschichten zurück. Wenngleich die Lamien genauso wie die Götter unsterblich sind, so haben sie doch deren Befehlen zu gehorchen, die ihnen von Hekate, der Torwächterin zwischen den Welten, überbracht werden. Als ob diese Ungeheuer nicht schon von sich aus genug Unheil anrichten, werden sie angeblich auch ausgesandt, um den Sterblichen in einer bestimmten Sache den Unmut der Götter zur Kenntnis zu bringen. Ich bin ein Mann, der die Götter ehrt, Pomponius, aber die Geschichten von den Lamien entbehren jeder realen oder religiösen Grundlage, glaube mir das!"

„Ich sehe das auch so", versicherte Pomponius. „Dennoch ist es interessant, davon zu hören. Gibt es eine Möglichkeit, sich vor diesen Dämonen zu schützen?"

„Wozu sich vor etwas schützen, das es gar nicht gibt? Aber wenn du Kindermärchen hören willst, so soll es tatsächlich einige Schutzmittel geben. Am bekanntestes ist der Zweig des Weißdorns. Dir wird sicher aufgefallen sein, dass bereits nicht wenige Häuser damit dekoriert wurden. Es ist unglaublich, wie dumm die Menschen sind! Gleiche Wirkung soll auch Knoblauch haben, sagt man. Es wird auch behauptet, sie könnten durch Waffen aus reinem Silber zwar nicht getötet, aber doch verletzt werden, so dass sie von ihrem Opfer ablassen und fliehen." Quintus lachte. „Noch eine kuriose Geschichte habe ich gelesen, ich habe vergessen, bei welchem Schriftsteller. Sie sollen Beschimpfungen nicht ertragen. Ein Mann, so erzählt man sich, sei in der Nacht an einer Weggabelung einer Lamia begegnet und habe die Gefahr erkannt, in der er schwebte. Er begann diese Erscheinung sofort mit den entsetzlichsten Flüchen und Schimpfworten zu bedenken. Darauf hielt sich die Lamia die Ohren zu und flüchtete mit verzweifelten Schreien."

„Eine lustige Geschichte", meinte Pomponius. „Ich glaube allerdings, er ist keiner Lamia begegnet, sondern einer gewöhnlichen Frau, die allen Grund hatte, schreiend davonzurennen, als sie ohne Anlass so gröblich beschimpft wurde. Ich bin ebenso wie du davon überzeugt, dass die beiden Morde nichts Unnatürliches an sich hatten."

„Drei Morde", berichtigte ihn Quintus. „Eigentlich waren es ja drei Morde, die auf denselben Täter hinweisen."

Pomponius stockte der Atem. „Drei Morde?", fragte er. „Davon weiß ich nichts."

„Ich habe auch nur durch Zufall davon erfahren", berichtete Quintus. Ein Geschäftsfreund aus Vindobona hat mir davon erzählt. Der dritte Mord, eigentlich war es der erste, hat sich schon vor mehr als einer Woche ereignet. Es war eine entwichene Sklavin auf der Flucht. Man hat sie auf halbem Weg zwischen hier und Vindobona im Straßengraben gefunden. Man hat ihr den Hals aufgerissen und sie verbluten lassen. Die Sache hat wenig Aufsehen erregt. Sie war ja nur eine entlaufene Sklavin, keine besonders wertvolle, und eine Frau die des Nachts allein auf der Landstraße unterwegs ist, kann von Glück reden, wenn sie nur vergewaltigt wird. Viel wahrscheinlicher ist es, dass sie nachher oder auch schon vorher umgebracht wird."

Pomponius verbarg seine Erschütterung. „Es ist immer wieder eine Freude, mit jemandem zu reden, der so umfassend informiert ist, wie du", verabschiedete er sich. „Wir sehen uns gewiss bald wieder, aber jetzt muss ich nach Hause. Mich erwarten noch Geschäfte. Vale, Quintus!" Er sah in die Halle hinunter. Der Lichtstrahl hatte bereits die Mitte der Säule erreicht.

IX

Knochenbrecher – Pomponius nahm sich vor, ihn bei Gelegenheit nach seinem richtigen Namen zu fragen – traf pünktlich ein und hatte eine junge Frau mitgebracht. „Ave Pomponius", grüßte er und verzog sein narbiges Gesicht zu einer abscheulichen Grimasse, die er für ein verbindliches Lächeln hielt. „Ich freue mich, dass du mir das kleine Missgeschick bei unserer letzten Begegnung nicht nachträgst. Ich habe dem Burschen wirklich nicht absichtlich das Genick gebrochen. Ich arbeite auch sehr gern wieder für dich, wenn du mich brauchen kannst. Das da ist Phoebe aus dem ‚Grünen Hintern'." Er schob die Frau ins Zimmer.

Pomponius betrachtete sie aufmerksam. Sie mochte etwa fünfundzwanzig Jahre alt sein, hatte eine füllige Figur und ein hübsches Gesicht mit großen, schwermütigen Augen. Sie war stark und schlampig geschminkt. Ein kräftiger Geruch nach Körperausdünstung und billigem Parfum ging von ihr aus. Pomponius dachte, dass ihr ein Besuch in der Therme nicht schaden würde und schauderte gleichzeitig bei der Vorstellung zusammen, dass sie vor ihm das Bassin benutzt haben könnte.

Mit einer Handbewegung bedeutete er den Besuchern, an dem langen Tisch in seinem Empfangszimmer Platz zu nehmen. Außer ihm waren Aliqua und Krixus anwesend. Er hatte dafür gesorgt, dass genügend Beleuchtungskörper aufgestellt worden waren, um den Raum gut auszuleuchten. Phoebe sah sich um. Sie wirkte nicht eingeschüchtert, sondern so, als ob ihr alles, was mit ihr geschah, gleichgültig sei.

„Ich danke dir, dass du dich herbemüht hast, um mit mir zu reden und mir einige Fragen zu beantworten", eröffnete Pomponius das Gespräch.

Solche Höflichkeitsformeln war Phoebe nicht gewohnt und sie waren ihr auch gleichgültig. „Was zahlst du?", fragte sie, so als ob Pomponius ein Kunde wäre. „Ich muss am Abend mindestens acht Sesterzen abliefern, oder ich bekomme die Peitsche. Jetzt ist schon fast der halbe Tag um und ich habe noch kein As verdient."

Pomponius legt drei Denare vor sie auf den Tisch. „Genügt das?"

„Für meine Zeit schon."

„Was deine Erzählung zusätzlich wert ist, wird sich erst herausstellen. Wie lange bist du schon im ‚Grünen Hintern'?"

„Mein ganzes Leben. Ich bin ein Säulenkind."

Pomponius wusste, was sie damit sagen wollte. Drüben in der Militärstadt gab es einen Platz, auf dem sich nur ein steinernes Podest mit einer kurzen Säule befand. Diese Säule wurde im Volksmund Milchsäule genannt. Das war der Ort, wo Kinder abgelegt werden konnten. Es kam nämlich relativ oft vor, dass eine Frau oder ein Ehepaar ein Kind nicht behalten wollte. Die Gründe dafür waren vielfältig: Eine unverheiratete Mutter wollte sich nicht mit einem Kind belasten, das Kind war schwach oder missgebildet, oder es waren bereits genug Kinder im Haus, weshalb man kein weiteres durchfüttern wollte. Es konnte auch sein, dass man ein Mädchen weglegte und darauf hoffte, im nächsten Jahr endlich den erhofften Sohn zu bekommen. Früher hatte man unerwünschte Kinder einfach ausgesetzt und dem Tod, der oft in Gestalt streunender Hunde gekommen war, überlassen. Diese Zeiten waren glücklicherweise vorbei. Inzwischen hielt man es für humaner, unerwünschte Kinder an der Milchsäule abzulegen. Dort konnte sich jedermann ein solches Kind mitnehmen und damit machen was er wollte, weil es praktisch in sein Eigentum überging. Manchmal meinte es das Schicksal mit einem solchen Findling gut und er wurde von einem Paar aufgenommen, dem eigene Kinder versagt geblieben waren. Andere wurden gleich als Sklaven in Beschlag genommen, oder sie fielen in die Hände von Sklavenhändlern, die sie weiterverkauften. Mädchen wurden auch gelegentlich von Frauen wie Fortunata mitgenommen, einzig mit dem Ziel, sie frühzeitig zur Prostitution abzurichten. Und dann gab es noch jene, die niemand mitnahm. Ihr Wimmern wurde nach und nach leiser und wenn sie endgültig still geworden waren, brachte man sie zur Abfallgrube vor der Stadt, die zu ihrem Grab wurde.

„Fortunata hat mich aufgenommen. Ich arbeite seit meiner Kindheit als Hure für sie", fügte Phoebe hinzu, obwohl Pomponius nicht danach gefragt hatte.

„Ich verstehe", sagte er. „Dann hast du sicher auch Penelope gekannt."

„Die Kleine, die umgebracht wurde? Ja sicher habe ich die gekannt."

„Seit wann war sie im ‚Grünen Hintern'?"

Phoebe dachte nach. „Ich glaube, seit etwa zwei Jahren. Ja, das könnte hinkommen. Sie war eine Sklavin, die Fortunata billig bekommen hat."

„Weißt du, von wo sie stammte?"

„Sie hat nichts erzählt. Ich glaube aber, sie hat bessere Zeiten gesehen und war vorher in einem vornehmen Haushalt. Am Anfang hat sie viel geweint. Dann hat sie sich daran gewöhnt, wie wir alle. Fortunata ist recht geschickt, wenn es darum geht, eine Neue für die Männer abzurichten."

„Hatte sie eine Freundin oder einen speziellen Freund, vielleicht einen Liebhaber?"

„Liebhaber hatte sie genug. So etwa fünf bis zehn am Tag." Phoebe lachte krächzend und begann plötzlich zu husten.

Pomponius beobachtete angewidert, wie sie sich mit dem Handrücken Speichel und einen Blutstropfen von den Lippen wischte und fragte: „Was war mit Pollux? Hatte sie etwas mit ihm?"

„Meinst du den Hinausschmeißer, der früher bei uns war? Kann schon sein, dass er eine besondere Vorliebe für sie hatte. Auch nachdem er Gladiator geworden war, hat er uns noch oft besucht. Er hat sich immer gleich Penelope genommen und den ganzen Abend mit ihr verbracht. Er hat sie aber für ihre Zeit bezahlt, damit es keine Anstände gibt. Fortunata duldet nämlich nicht, dass wir Mädchen private Liebschaften haben. Sie sagt immer, wenn eine vögeln will, soll sie sich einen Kerl suchen, der auch dafür bezahlt. Umsonst gibt es gar nichts."

„Dieses Weib wird mir immer widerwärtiger", warf Aliqua ein.

Phoebe sah Aliqua an und versuchte deren Stellung im Kreis der Männer zu erraten. Dann zuckte sie resigniert mit den Schultern und sagte: „So schlimm ist sie gar nicht, wenn man ihr pariert. Sie steht ja auch selber unter Druck und muss den Patron zufrieden stellen."

„Welchen Patron?", wollte Pomponius wissen. „Wie heißt er?"

„Das weiß ich nicht. Aber der ‚Grüne Hintern' gehört ihr nicht, schon seit Jahren nicht mehr. Sie führt jetzt nur mehr die Geschäfte. Soviel ich mitbekommen habe, muss sie dem Patron ziemlich viel bezahlen. Einmal im Monat kommt ein Freigelassener und kassiert für ihn."

„Ist Pollux auch noch gekommen, nachdem Penelope gestorben war?"

„Ja. Er war ganz außer sich, als er von ihrem Tod gehört hat. Ist ja auch kein Wunder, wenn einer sein Lieblingsmädchen abschlachtet. Er hat viel herumgefragt und versucht herauszubekommen, mit wem sie am Tag ihres Todes beisammen war, und ob sie mit jemandem weggegangen ist. Schließlich ist es Fortunata zuviel geworden, und sie hat zu ihm gesagt, er solle verschwinden, er störe das Geschäft. Er ist dann fortgegangen und hat gemeint, er könne sich schon vorstellen, wer es war, und er werde es dem Kerl heimzahlen. Wie die Sache ausgegangen ist, weißt du ja. Er wurde selbst abgemurkst."

„Wie viele Frauen arbeiten für Fortunata?"

Phoebe bewegte die Lippen und nahm die Finger zu Hilfe. „Zwölf", sagte sie schließlich. „Früher waren wir vierzehn, aber jetzt sind wir nur mehr zwölf."

„Wie kommt das?"

„Nun ja, Penelope ist umgebracht worden und Briseis ist ein paar Tage vorher davongelaufen."

Pomponius wollte weiter nach Pollux fragen, aber Aliqua unterbrach ihn. „Was war mit Briseis?", fragte sie.

Phoebe, die sich nicht sicher war, ob sie Aliqua eine Antwort schuldete, sah Pomponius fragend an. Als dieser nickte, erzählte sie: „Briseis war noch nicht lange bei uns. Fortunata hat sie eines Tages aufgelesen und mitgebracht. Sie muss schon früher als Hure gearbeitet haben, weil sie keine Umstände gemacht und sich recht anstellig gezeigt hat. Sie hat aber ständig davon geredet, dass ihr Bruder in Vindobona einen Imbiss betreibt und sie eigentlich zu ihm will. Dann muss irgendetwas passiert sein, das sie erschreckt hat. Sie war ganz verstört und hat sich gefürchtet, zum Amphitheater zu gehen. Diesen Platz hatte ihr Fortunata nämlich zugewiesen, um auf Kundenfang zu gehen. Am nächsten Tag war sie dann weg und wir haben nie wieder von ihr gehört. Fortunata hat sich sehr geärgert, weil sie alle Mädchen, die bei ihr arbeiten, als ihr Eigentum betrachtet. Aber genau genommen hatte sie Briseis ja nicht gekauft. Also hat sie die Sache auf sich beruhen lassen. Den Standplatz beim Amphitheater hat dann Penelope übernommen und was der passiert ist, weißt du ja."

„Wovor hat sich Briseis gefürchtet?"

„Mir hat sie nichts gesagt, aber Penelope, die es wiederum mir erzählt hat." Phoebe schüttelte den Kopf und beugte sich vor. „Eine besoffene Geschichte: Wie du sicher weißt, befinden sich beim Amphitheater reihenweise Imbissstände. Jetzt um diese Jahreszeit und wenn keine Vorführungen sind, haben nur ein oder zwei geöffnet. Trotzdem kommen Leute hin, die eine Kleinigkeit essen oder trinken wollen. Es haben auch etliche Huren, die im Freien arbeiten, dort ihren Standplatz. Das zieht Freier an. Es ist also bis zum Einbruch der Dämmerung immer etwas los, sogar bei dieser Witterung. Briseis hat dort einen Mann getroffen, der sie auf ein Getränk eingeladen hat. Dann hat er sie in das leerstehende Theater mitgenommen. Dort gibt es viele Nischen und Ecken, wo man ungestört und auch vor der Witterung geschützt ist. Sie hat gedacht, er wolle mit ihr ficken und hat ihm ihren Preis genannt. Aber plötzlich hat er begonnen, mit leiser Stimme auf sie einzureden. Ihr ist schwindelig geworden und sie hat Dinge gesehen, die nicht sein konnten. Es ist ihr auch so vorgekommen, als ob der Kerl plötzlich ganz lange Zähne bekommen hätte. Da hat sie Angst bekommen, hat sich losgerissen und ist davongerannt. Sie ist den ganzen Weg bis zum ‚Grünen Hintern' gerannt und hat sich eingebildet, dass sie Stimmen hört, die sie rufen. Penelope hat sie ausgelacht und gemeint, sie solle halt nicht so viel Wein mit Theriak saufen."

„Weißt du, wer der Mann war?"

"Nein. Penelope und Briseis müssen ihn aber gekannt haben. Penelope hat gesagt: ‚Vor dem hätte sie sich nicht fürchten brauchen. Das ist ein ganz harmloser Bursche, der nur einmal seinen Schwanz in eine Frau stecken und ihr dabei Zärtlichkeiten zuflüstern wollte. Der wird ganz schön sauer gewesen sein, wie ihm das dumme Ding davongerannt ist'. Fortunata hat Briseis gedroht, dass sie ihr die Peitsche gibt, wenn sie sich noch einmal so blöd aufführt. Jedenfalls am Tag nach diesem Vorfall war Briseis verschwunden."

„Ich brauche einen Namen! Hat dir Penelope einen Namen genannt?"

„Ich glaube schon", grübelte Phoebe, „aber ich kann mich beim besten Willen nicht erinnern. Wenn du Briseis in Vindobona findest, kannst du sie ja fragen."

„Ich fürchte, Briseis hat es nicht geschafft, bis nach Vindobona zu kommen", murmelte Pomponius. Er wandte sich wieder an Phoebe. „Das war schon alles, Phoebe. Jetzt sag mir, wie viel ich dir schulde."

Phoebe sah ihn lauernd an, dann streckte sie ihm die linke Hand mit eingekreuztem Daumen entgegen, das Zeichen für zwanzig Sesterzen.

Pomponius griff in seinen Geldbeutel, schob einen Halbaureus, also mehr als das Doppelte ihrer Forderung über den Tisch und sagte: „Hör mir jetzt gut zu, Phoebe. Wenn du klug bist, schweigst du über unser Gespräch. Dies diene dir zur Warnung: Schon drei Leute, die im ‚Grünen Hintern' gearbeitet haben, sind tot: Penelope, Pollux und wie ich befürchte auch Briseis. Unser gemeinsamer Freund Knochenbrecher wird dich jetzt wieder an deinen Arbeitsplatz zurückbringen." Phoebe war unter ihrer dicken Schminke bleich geworden und nickte bloß.

Pomponius nahm Knochenbrecher beiseite und gab ihm ein großzügig bemessenes Geldgeschenk, was Knochenbrecher dazu veranlasste, Pomponius zum Abschied als Liebling der Götter zu rühmen."

Sobald sie allein waren, rieb sich Pomponius die Hände und erklärte: „Wir haben eine Menge Informationen bekommen und daraus ergeben sich folgende Aufgaben: Wir müssen herausbekommen, wer der frühere Besitzer von Pollux war und ob er uns weiterführende Informationen geben kann. Dazu werden wir noch einmal Gordianus befragen. Dann müssen wir versuchen, Näheres über Briseis zu erfahren. Ich bin mir fast sicher, dass sie jene Tote ist, von der mir mein Freund Quintus Pacuvius erzählt hat. Es ist ja offenkundig, dass im ‚Grünen Hintern' alle Spuren zusammenlaufen. Wir müssen daher auch in Erfahrung bringen, wer jener Patron ist, der dort das Sagen hat. Schließlich wollen wir auch noch mit Publius Calpurnius reden. Mal sehen, was dabei herauskommt."

Es war an Krixus, den Arbeitseifer, den Pomponius an den Tag legte, zu dämpfen. „Das klingt nach einer Menge Arbeit", nörgelte er, „bei der im Ergebnis gar nichts herauskommt. Wahrscheinlich ist unser Mörder ein Irrer, der seine Opfer willkürlich ausgewählt hat und die Zusammenhänge, die du vermutest, bestehen in Wahrheit gar nicht. Es wäre besser, wir würden uns stattdessen mehr um unser Geschäft kümmern, damit wir wenigstens ein bisschen etwas verdienen, überhaupt, wenn du mit Geld so um dich schmeißt, wie du es vorhin getan hast."

„Gut, dass du mich daran erinnerst", erwiderte Pomponius. „Nach dem Mittagessen stellst du dich in den Laden und bleibst dort bis Sonnenuntergang. Ich erwarte von dir, dass du einige gute Geschäfte machst."

Krixus verbarg das Gesicht in den Händen und wünschte, er hätte den Mund gehalten.

X

„**W**as wollt ihr?" Hyacinthus blickte missbilligend auf die beiden Besucher, die zu so unschicklicher Zeit – es war die achte Stunde – vor dem Tor standen.

„Wir wünschen den Herrn des Hauses, den edlen Publius Calpurnius, zu sprechen."

„Dann kommt morgen zur zweiten Stunde wieder, wenn der Herr Klienten und Bittsteller empfängt."

Eben das hatte Pomponius vermeiden wollen. Er hatte nämlich keine Lust gehabt, bei der morgendlichen Salutatio im Atrium gemeinsam mit zahlreichen anderen Menschen, die gekommen waren, um Publius Calpurnius ihren Respekt zu bekunden und Gefälligkeiten von ihm zu erbitten, zu warten. Außerdem ärgerte er sich über das hochmütige Betragen des schwarzen Mannes. „Du kennst mich, Hyacinthus", sagte er nachdrücklich. „Ich war erst unlängst hier, um mit deiner Herrin zu sprechen. Stell dich also nicht so, als ob ich ein Fremder wäre, denn sonst müsste ich dich für einen Dummkopf, oder gar für einen ungezogenen Lümmel halten. Geh jetzt und melde dem Patron, dass der Anwalt Spurius Pomponius gekommen ist."

Hyacinthus überlegte sichtlich, diese unbotmäßigen Besucher mit einigen derben Bemerkungen abzuweisen. Dann überwog seine Vorsicht. Er hatte keine Lust, sich eine Schelte seines Herrn zuzuziehen, falls dieser doch mit Pomponius sprechen wollte. „Wartet hier", befahl er unfreundlich und schloss das Fensterchen in der Tür.

Es dauerte eine ganze Weile, bis das Tor aufschwang. „Ihr dürft hereinkommen", verkündete Hyacinthus missmutig. „Folgt mir!"

So abweisend sich der schwarze Sklave gezeigt hatte, so freundlich war sein Herr. Er empfing Pomponius und Aliqua in seinem Arbeitszimmer. „Ich bin Publius Calpurnius", sagte er verbindlich lächelnd. „Was kann ich für euch tun?" Er war ein großer Mann mittleren Alters mit scharfen Gesichtszügen und tiefschwarzen Haaren, die er gefärbt und nach vorne gekämmt hatte, um seine weitreichende Stirnglatze zu kaschieren. An den Händen trug er mehrere schwere Goldringe.

Pomponius verbeugte sich. „Ich danke dir, dass du uns empfängst. Mein Name ist Spurius Pomponius und das ist meine Gehilfin Aliqua. Ich bin Schmuckhändler und gelegentlich Anwalt."

„Ich weiß", entgegnete Publius. „Du bist Schmuckhändler und Anwalt und nicht nur das. Du gehst auch, wie mir Gordianus mitgeteilt hat, noch einer anderen Beschäftigung nach. Du stellst den Leuten unangenehme und lästige Fragen. Du tust das möglicherweise sogar in offizieller Mission, obwohl ich mir nicht ganz sicher bin, wie weit deine Befugnisse reichen."

„Weit genug", sagte Pomponius trocken. „Du bist sehr gut informiert."

Publius zuckte mit den Schultern. „Ein Mann in meiner Position muss gut informiert sein. Gordianus, der mir in mancherlei Hinsicht verpflichtet ist, hat mich bereits heute Morgen besucht und mir einen ausführlichen Bericht über euren Besuch gegeben." Er sah Aliqua an. „Es scheint, er hat keine besonders gute Meinung von dir. Er hat dich, wenn ich mich recht erinnere, als unverschämte, streitlustige Person bezeichnet. Ich wurde selbstverständlich von meinen Sklaven auch darüber informiert, dass ihr bereits mit meiner Frau gesprochen habt. Um euch peinliches Herumgerede zu ersparen, sollt ihr wissen, dass ich auch über Pollux und das, was ihn in dieses Haus geführt hat, Bescheid weiß. Nun sag mir, Pomponius, welche Fragen hast du noch an mich."

„Ich bin nicht gekommen, um lästige und unangenehme Fragen zu stellen, wie du es formuliert hast", entgegnete Pomponius besänftigend. „Es ist vielmehr so, dass ich in meiner Eigenschaft als Schmuckhändler deinen Rat als Kunstkenner erbitten möchte. Es geht um ein Schmuckstück, das mich vor Rätsel stellt, weil ich Derartiges noch nie gesehen habe."

Publius sah ihn erstaunt an. „Nur deswegen bist du zu mir gekommen? Dann nehmt Platz und zeigt mir dieses Schmuckstück."

Pomponius zog einen der Eisenringe hervor und legte ihn auf den Tisch. „Ich weiß, dass der Ring keinen materiellen Wert hat", erklärte er. „Es sind die Symbole, die darauf eingraviert wurden, die mir Kopfzerbrechen machen. Ich schmeichle mir, dass ich alle gebräuchlichen Schriften erkenne und zu deuten vermag. Aber mit diesen Gravuren ist das etwas anderes. Ich kann sie nicht auflösen und das lässt mir keine Ruhe."

Publius betrachtete den Ring, ohne ihn zu berühren. Schließlich fragte er: „Wo hast du diesen Gegenstand her?"

„Er stammt aus dem Nachlass eines toten Mannes."

„Das war zu erwarten. Darf man erfahren, wer dieser Mann war und wie er gestorben ist?"

Pomponius wechselte mit Aliqua einen Blick. „Er war Gladiator und er ist eines gewaltsamen und rätselhaften Todes gestorben."

„Auch das war zu erwarten", murmelte Publius. Er schwieg eine Weile und fuhr dann fort: „Dieser Ring ist alt, sehr alt sogar und selten. Es handelt sich um einen Fluchring. Das erste Symbol bezeichnet einen oder mehrere Dämonen. Die Schrift wurde früher in Etrurien verwendet, ist aber längst nicht mehr in Gebrauch. Die Zeichenfolge bedeutet etwa: ‚Wo immer du bist, sie sollen dich finden'. Die Alten glaubten, dass jeder, der einen solchen Ring trägt, den bezeichneten Dämonen zum Opfer fallen wird."

„Wer würde denn so einen Ring tragen wollen, wenn das so ist?", fragte Aliqua.

„Jemand, der seine Bedeutung nicht kennt", antwortete Publius. Er lächelte boshaft. „Wie du. Hast du etwa diesen Ring schon einmal getragen?" Aliqua schüttelte den Kopf. „Dann ist es ja gut. So einen Ring ließ man einem Menschen zukommen, dessen Tod man wünschte. Dies geschah oft unter einem Vorwand, wobei man dem nichtsahnenden Opfer versicherte, der Ring sei mit Glückssymbolen geschmückt. Natürlich ist das alles nur Aberglaube. Aber ein interessantes Stück ist der Ring allemal." Er sah Pomponius an. „Für dich und deinen bescheidenen Laden ist er wertlos. Für einen Sammler, wie ich einer bin, hat er aber einen gewissen Wert. Ich bin bereit, dir dafür hundert Aurei zu geben."

„Das ist ein sehr großzügiges Angebot. Kannst du mir auch sagen, welche Dämonen auf diesem Ring genannt sind?"

Publius nahm das Schmuckstück auf und studiertes es. Dann wies er auf ein Zeichen und sagte: „Der Träger dieses Ringes ist als Opfer für die Empusen bestimmt."

„Ich hatte fast schon erwartet, für die Lamien", murmelte Pomponius.

„Kann auch sein", räumte Publius ein. „Das Zeichen ist nicht eindeutig und man weiß nur sehr wenig über die blutsaufenden Geschöpfe der Nacht, die unter verschiedenen Namen bekannt sind."

Pomponius nickte und nahm den Ring wieder an sich. „Ich danke dir für deine Auskunft. Du hast mir sehr weitergeholfen. Jetzt dürfen wir deine kostbare Zeit aber nicht länger in Anspruch nehmen." Er stand auf.

„Was ist mit meinem Angebot? Wenn es dir zu gering ist, bin ich bereit zweihundert Aurei zu geben."

„Ich werde es nicht vergessen und allenfalls darauf zurückkommen. Vorläufig brauche ich den Ring aber noch. Ich ziehe nämlich in Erwägung, ihn an jemanden zu verschenken, den ich nicht leiden kann. Vale, Publius."

Pomponius und Aliqua entfernten sich und ließen einen fassungslosen Publius Calpurnius zurück.

„Was hältst du davon", fragte Aliqua, während sie stadtauswärts strebten.

„Ich weiß nicht", entgegnete Pomponius. „Wahrscheinlich hat der Bursche keine Ahnung, was auf dem Ring steht. Er vermutet allerdings, dass er von Pollux stammt. Da er ganz gewiss auch über die Gerüchte informiert wurde, wonach Lamien in der Stadt ihr Unwesen treiben, hat er mir einfach ein passendes Märchen erzählt."

„Aber wozu hat er das getan und warum wollte er dir zweihundert Aurei für den Ring geben? Das ist sehr, sehr viel Geld! Das sind zwanzigtausend Sesterzen! Soviel ist dein ganzer Laden mit allem was drinnen ist, nicht wert, nicht annähernd!"

Pomponius lächelte grimmig. „Er hat den Ring zu einem wertvollen Sammlerstück erklärt, um mir ein Geschenk machen zu können, ohne dass ich das Gesicht verliere. Er war sich ganz sicher, dass ich das auch so verstehe."

„Ich verstehe es aber nicht", staunte Aliqua.

„Das glaube ich dir. Du hast auch nicht lange in Rom gelebt, so wie ich. Es ist so: Männer wie er verpflichten andere Männer durch Geschenke und alle möglichen Hilfestellungen bei Geschäften und im Umgang mit Behörden. Auf diese Weise schaffen sie ein Netz von Verbindlichkeiten, die sie bei Bedarf abrufen können. Jetzt weiß ich wenigstens, dass er meinen Wert auf zweihundert Aurei schätzt. Wahrscheinlich, weil er in mir einen Mitarbeiter der Frumentarii vermutet. Ich sollte mich geschmeichelt fühlen."

„Er wollte dich also bestechen?"

„Das kann man so nicht sagen. Ich wäre ihm bloß eine noch unbestimmte Gefälligkeit schuldig gewesen, die in angemessener Relation zu dem Geschenk steht, das er mir gemacht hat. Aus seiner Sicht war es von mir sehr ungehörig, abzulehnen. Er hätte es noch eher verstanden, wenn ich einen höheren Betrag gefordert hätte."

Sie hatten das Tor der Gladiatorenschule erreicht. Der Torwächter trat ihnen entgegen und hielt ohne weitere Vorreden die Hand auf. Pomponius hatte keine Lust mit ihm zu diskutieren, sondern drückte ihm einen Sesterz in die Hand und erklärte: „Das muss für heute genügen. Wir wollen zu Gordianus."

Dem Lanista war ihr neuerlicher Besuch sehr unangenehm.

„Ich habe dir ja versprochen, dass wir uns bald wiedersehen", sagte Aliqua und grinste ihn an.

„Was wollt ihr denn noch von mir?" Gordianus wandte sich an Pomponius. Aliqua ignorierte er.

„Nur eine Frage, die ich vergessen habe, dir zu stellen: Von wem hast du Pollux gekauft? Wer war sein früherer Herr?"

„Das weiß ich nicht mehr", sagte Gordianus.

„Hör ich recht?", fragte Aliqua. „Du legst es wirklich darauf an, uns zu verhöhnen und unsere Ermittlungen zu behindern? Weißt du, was das für Folgen haben kann?"

Gordianus sah Pomponius hilfesuchend an. Der tat nichts dergleichen, sondern schaute gleichgültig aus dem Fenster.

„Wenn du dich nicht erinnern kannst", erhöhte Aliqua den Druck, „dann nehmen wir dich auf der Stelle mit. Im Keller des Palastes wirst du dich an alles erinnern und du wirst reden wie ein Wasserfall, das verspreche ich dir. Von wem hast du Pollux gekauft?"

Gordianus war blass geworden, aber er biss die Zähne zusammen und schwieg.

„Es besteht kein Grund, uns und noch mehr dir selber Ungelegenheiten zu bereiten", sagte Pomponius gütig. „Wir können diese Auskunft ja auch von Fortunata erhalten, die Pollux ursprünglich gemietet hatte. Wir haben dich nur deswegen befragt, weil wir zufällig vorbeigekommen sind. Du siehst also, du verrätst uns nichts, was geheim gehalten werden könnte. Es kann dir also niemand einen Vorwurf machen, wenn du uns Auskunft gibst."

„Das habe ich nicht bedacht", erklärte Gordianus erleichtert. „Du hast natürlich völlig recht. Ich habe Pollux von einem gewissen Leonidas gekauft."

„Und warum wolltest du uns das verschweigen?", fragte Aliqua drohend.

An Stelle des Lanistas antwortete Pomponius: „Weil dieser Leonidas ein Freigelassener des edlen Publius Calpurnius ist und als dessen Vermögensverwalter fungiert."

„Kannst du mir das näher erklären?", fragte Aliqua, sah dabei aber Gordianus an.

Wiederum antwortete Pomponius: „Unser Freund Gordianus gehört zur Klientel des edlen Publius Calpurnius und ist bemüht, den Namen seines Wohltäters aus der ganzen Affäre herauszuhalten."

„Aber warum denn das? Sollte nicht jeder aufrechte Bürger bestrebt sein, uns zu unterstützen?" Aliqua schüttelte den Kopf. „Es sei denn, er hätte etwas vor den Augen der Obrigkeit zu verbergen. Was könnte das wohl sein?"

„Ja, was könnte das wohl sein?", fragte Pomponius den Lanista, der dem Zwiegespräch seiner Besucher mit verstörtem Gesichtsausdruck gefolgt war.

„Das weiß ich doch nicht", schrie Gordianus verzweifelt. „Wenn man es mit euresgleichen zu tun hat, ist man bloß gut beraten, nicht zu viel zu reden und sich möglichst an nichts zu erinnern. Sonst bekommt man nur Schwierigkeiten."

„Das ist eine verwerfliche Einstellung", rügte Aliqua."

„Sehr verwerflich", bestätigte Pomponius. „Ich erwarte, dass du mir jetzt aufrichtig antwortest. Dir ist Pollux in der Schenke der Fortunata zum ersten Mal aufgefallen?"

„Wie ich gesagt habe."

„Warst du oft Gast bei Fortunata? Das ist kein Ort, wo honorige Männer, wie du einer bist, üblicherweise verkehren!

Gordianus lächelte melancholisch. „Es gibt Bedürfnisse, von denen auch honorige Männer nicht verschont bleiben. Ich habe es stets vermieden, mich mit einer ständigen Konkubine zu belasten, die mir am Ende nur das Leben schwer macht. Die Mädchen bei Fortunata sind hingegen unkompliziert und für wenig Geld auch zu höchst ungewöhnlichen Dingen bereit. Das verstehst du doch sicher."

„Nein", antwortete Aliqua entschieden, obwohl sie niemand gefragt hatte. Pomponius zog es vor, nichts zu sagen.

Gordianus zuckte mit den Schultern und fuhr fort: „Außerdem bekommt man bei Fortunata etwas, das sonst nicht so leicht erhältlich ist."

Pomponius lachte. „Was für ein Unsinn. In dieser Stadt bekommt man alles, wirklich alles, wenn man nur genügend Geld auf den Tisch legt."

„Bei Fortunata bekommt man das beste Theriak der Stadt", flüsterte Gordianus verschwörerisch.

Pomponius zog die Augenbrauen hoch. „Theriak? Ich weiß mindestens fünf Apotheken in der Stadt, wo Theriak in guter Qualität erhältlich ist. Aber wahrscheinlich bekommt man es auch an zahlreichen anderen Orten. Was ist also so besonders an dem Theriak, das Fortunata verkauft?"

Gordianus lächelte fast verklärt. „Es schenkt Ruhe, Glück und Frieden. Es schenkt bunte, angenehme Träume, die dich alle Last und Plagen des Lebens vergessen lassen. Dies in weitaus höherem Maße, als es die verdünnten Elixiere der Apotheker tun. Außerdem schützt es zuverlässig vor der Pest und vor Giftanschlägen. Der Preis ist zwar hoch, aber die Wirkung ist einfach göttlich. Du solltest es auch einmal versuchen, Pomponius. Dann würdest du glücklicher sein und nicht alles so ernst nehmen. Wenn du erlaubst, werde ich dir eine Portion schenken." Gordianus griff in eine Schatulle.

„Lass das!", befahl Pomponius entschieden. „Du berauscht dich also regelmäßig mit Theriak, das du bei Fortunata kaufst?"

„Nicht nur ich. Das ist doch nicht verboten und auch nicht mehr zu tadeln, als wenn sich einer mit Wein die Sinne betäubt. Ganz abgesehen davon, ist es eine höchst wirksame Arznei."

„Das mag so sein", sagte Pomponius zweifelnd. Er stand auf. „Für diesmal sind wir fertig. Ich weiß noch nicht, ob ich dich noch einmal aufsuchen muss." „Oh, da bin ich mir ganz sicher", warf Aliqua ein. „Wir sehen uns ganz bestimmt wieder, Gordianus."

Der Lanista sah seinen Besuchern nach, dann seufzte er tief, griff in die Schatulle und nahm ein Kügelchen heraus. Während er zusah, wie es sich im Wein auflöste, verklärte sich sein Gesicht voller Vorfreude auf den Genuss, der ihm bevorstand.

„Was ist das mit dem Theriak?", fragte Aliqua unterdessen, während sie heimwärts strebten.

„Du weißt es nicht?"

„Ich habe natürlich schon davon gehört, aber Genaueres weiß ich nicht."

„Theriak ist schon lange bekannt", erklärte Pomponius. „Man sagt, es wurde von König Mithridates von Pontos als Mittel gegen Giftanschläge entwickelt. Das hat ganz gut funktioniert, wie man hört. Nachdem er von Pompeius besiegt und von seiner eigenen Familie entmachtet worden war, versuchte er sich zu vergiften, was auf Grund der großen Menge seines Wundermittels, das er jahrelang zu sich genommen hatte, gründlich misslang. Er musste sich schließlich von einem Sklaven erdolchen lassen. Sein Trank hat ihn überlebt und fand im ganzen Reich als Arznei Verbreitung. Inzwischen fügt man ihm auch die Essenz der Mohnpflanze hinzu, was von den Konsumenten als besonders angenehm empfunden wird, wie uns Gordianus sehr anschaulich geschildert hat."

„Warum auch nicht, wenn es die Leute glücklich macht", meinte Aliqua.

Pomponius zuckte mit den Schultern. „Wie man es nimmt. Die Götter schenken den Sterblichen bisweilen Glück, aber sie dulden nicht, wenn man versucht, es sich zu erschleichen. Theriak hat daher auch eine unangenehme Nebenwirkung. Unser verehrter Imperator ist das beste Beispiel dafür."

„Der Imperator, von dem man sagt, dass er die Prüfungen des Lebens mit stoischer Ruhe erträgt?"

„So ist es; und dazu verhilft ihm der Mohnsaft. Es heißt, Marc Aurel könne die Kälte nicht ertragen und auch nicht zu den versammelten Truppen sprechen, es sei denn er habe Theriak zu sich genommen. Man sagt, nur die Droge mache es ihm möglich, diese und andere Dinge zu ertragen. Es sind nämlich viele Dinge, die er zu ertragen hat: Seine angegriffene Gesundheit, die Sorgen über die zerrütteten Staatsfinanzen, der Krieg gegen die Germanen, der bisher alles andere als erfolgreich war, sein Sohn Commodus, den er zum Nachfolger aufbauen will und der doch so wenig dafür geeignet ist, und nicht zuletzt die Umtriebe seiner Frau Faustina. Ich wurde zu Unrecht beschuldigt, über ihre Fehltritte in einem Gedicht gespottet zu haben, aber nichts, was in diesem Gedicht steht, ist erfunden, das kannst du mir glauben. Faustina denkt inzwischen auch schon darüber nach, wie es nach dem Tod des Imperators, den sie in nächster Zukunft erwartet, weitergehen soll, und sie schmiedet für diesen Fall schon Pläne. Marc Aurel ist auch das nicht verborgen geblieben und er erträgt es. Denn sein Leibarzt, der berühmte Galen verabreicht ihm täglich eine Dosis Theriak in der Größe einer ägyptischen Bohne. Als der Kaiser schließlich bemerkte, dass er immer öfter über seinen täglichen Geschäften benommen einnickte, ließ er den Saft des Mohns in der Mixtur weg. Das hatte wegen der vorherigen Gewöhnung aber zur Folge, daß er den größten Teil der Nacht schlaflos blieb und sich sein Gemüt zu verschatten begann. Darum sah er sich gezwungen, auch vom Mohnsaft wieder zu sich zu nehmen."

„Woher weißt du solche Dinge?", staunte Aliqua.

„Ein großes Geheimnis ist es nicht", entgegnete Pomponius. „Claudius, der Arzt in der Gladiatorenschule, hat es mir vor einiger Zeit erzählt. Er ist ein Schüler und Vertrauter Galens. Ich vermute nun, dass jenes Theriak, das man bei Fortunata bekommt, zwar auf die meisten anderen pharmazeutischen Zutaten verzichtet, dafür aber eine größere Menge Mohnextrakt enthält, was wegen der berauschenden Wirkung von ihren Kunden sehr geschätzt wird. Wie das Beispiel des Kaisers zeigt, kommen die Kunden auch immer wieder, weil sie sich an den Mohnsaft so sehr gewöhnt haben, dass sie ihn nicht mehr missen mögen. Wahrhaftig, das ist keine schlechte Geschäftsidee. Ich denke, wir müssen uns sehr eingehend mit Fortunata beschäftigen. Denn es scheint, dass im ‚Grünen Hintern' alle Spuren zusammenlaufen."

Sie hatten das Haus erreicht, in dem Aliqua zurzeit wohnte. Es ähnelte mit seinem zur Straße hin ausgerichteten Geschäftslokal dem Haus des Pomponius, war aber deutlich kleiner. Der Holzladen zum Verkaufspult war heruntergeklappt und verschlossen.

„Wie gehen die Geschäfte?", fragte Pomponius.

„Recht ordentlich. Wenn ich nicht da bin, vertritt mich ein Mädchen aus der Nachbarschaft. Sie ist aber schon nach Hause gegangen. Es wird ja auch schon dunkel und mit Kundschaft ist nicht mehr zu rechnen." Aliqua fröstelte. „Kalt wird es." Sie zögerte einen Augenblick. „Willst du hereinkommen und dich etwas aufwärmen?"

„Sehr gern", sagte Pomponius und überlegte, was aus dieser Einladung werden könnte.

Das Haus bestand aus einem Wohnraum, in den man direkt von der Straße gelangte, einem kleinen Schlafraum und einer Küche. Von dort führte ein Durchgang ins Geschäftslokal, das kaum mehr als ein angebauter Holzverschlag war. Es war alles sehr ordentlich aufgeräumt. „Schön hast du es hier", bemerkte Pomponius höflich.

„Nicht gerade schön, aber gemütlich. Mir genügt es." Aliqua warf ihren Umhang ab und streifte die Sandalen von den Füßen. Pomponius fasste sich ein Herz und nahm sie in die Arme. Ihre Gegenwehr fiel weniger entschieden aus, als er erwartet hatte. „Das habe ich mit ‚Aufwärmen' nicht gemeint", protestierte sie, während ihr Gürtel mit dem schweren Armeedolch zu Boden polterte und Pomponius ihr Gesicht und ihren Hals mit Küssen bedeckte. Sie roch atemberaubend gut. „Lass das", befahl Aliqua und war ihm nur ganz wenig behilflich, als er begann sie auszukleiden. Pomponius sank vor ihr auf die Knie, um sie von ihrer Unterwäsche zu befreien. „Du hast mir so gefehlt", flüsterte er und presste sein Gesicht gegen ihren Körper. „Kann es sein, dass man nach einer Frau süchtig wird, so wie manche nach Theriak süchtig werden?"

„Das kann sein", sagte Aliqua und schob ihn von sich. „Ich glaube, man nennt es Liebe. Warum willst du mit mir schlafen Pomponius? Ist es nur, weil dich nach irgendeiner Frau gelüstet?"

„Du weißt, dass es mehr ist.“

„Nein, das weiß ich nicht. Du musst es mir sagen, Pomponius!“

„Ich liebe dich, Aliqua“, gestand Pomponius und erklärte damit seine Kapitulation.

Aliqua sah ihn zweifelnd an. „Das sagst du jetzt nur so, um mich gefügig zu machen. Wie kann ich wissen, ob du es ehrlich meinst?“

„Ich meine es ehrlich!“

„Wir werden sehen. Du sollst Gelegenheit bekommen, mir deine Liebe zu beweisen. Ich bin neugierig, ob du morgen früh noch immer so denkst.“ Sie stieg graziös über ihre Kleider und ging in den Schlafraum, ohne sich umzudrehen. Pomponius stolperte ihr entzückt hinterher.

XI

Das Frühstück verlief in einer leicht angespannten Atmosphäre. Pomponius war sich nicht sicher, ob überhaupt und wenn ja, in welcher Form die Ereignisse der vergangenen Nacht zur Sprache kommen sollten. Er hatte sich daher auf ein fürsorgliches ‚wie geht es dir?' beschränkt. Aliqua hatte ihm freundlich versichert, dass es ihr gut, ja sogar sehr gut ginge. Im Übrigen verhielt sie sich abwartend, aber es wurde immer deutlicher, dass sie wartete.

Schließlich sah sich Pomponius veranlasst, etwas zu sagen. Er räusperte sich mehrmals bedeutungsvoll und setzte zu einer Erklärung an. Man kann nicht sagen, wie diese Erklärung ausgefallen wäre. Vielleicht hätte er alles verpatzt, vielleicht hätte er etwas gesagt, das seine Beziehung zu Aliqua, die ihn erwartungsvoll ansah, auf eine neue Basis gestellt hätte. Es kam nicht dazu, denn plötzlich hämmerte jemand gegen die Tür.

„Was ist?", schrie Aliqua unwillig.

Der frühe Besucher sah das offenbar als Einladung an und riss die Tür auf, die Aliqua in Erwartung ihrer Helferin bereits entriegelt hatte.

„Ave!", sagte Ballbilus und schlug die Faust in einer militärischen Geste gegen die Brust, obwohl er Zivil trug. Er gehörte zum Stab des Masculinius, trug aber meistens Zivil, wenn er im Auftrag seines Kommandanten in der Stadt unterwegs war.

„Ballbilus", rief Pomponius fast erleichtert. „Was verschafft uns das frühe Vergnügen? Wie hast du mich überhaupt gefunden?"

„Ich habe dich in deinem Haus gesucht. Dein Sklave hat gesagt, du wärst ganz entgegen deinen sonstigen Angewohnheiten die Nacht über nicht zu Hause gewesen. Er hat gemeint, du wärst daher entweder tot oder bei Aliqua. Wie ich sehe, trifft die erfreulichere Möglichkeit zu." Er verbeugte sich leicht in Richtung Aliqua. „Ich hoffe, ich komme nicht ungelegen."

„Ein wenig schon", erklärte Aliqua verstimmt.

„Das tut mir leid. Ich habe eine Nachricht von unserem Kommandanten, dem edlen Masculus Masculinius. Er versichert dich, Pomponius, seiner immerwährenden Freundschaft und würde sich glücklich schätzen, wenn du ihm ein wenig von deiner kostbaren Zeit opfern könntest. Er vermisst die erbaulichen Gespräche mit dir und der verehrungswürdigen Aliqua."

„Und was heißt das?", fragte Pomponius skeptisch.

„Das heißt", übersetzte Ballbilus, „dass ihr sofort zu ihm kommen sollt. Alle beide. Er hat gesagt: ‚Bring mir die zwei Unglücksraben sofort her, damit ich ihnen die Köpfe abreißen kann.' Das mit dem Köpfeabreißen hat er nicht wörtlich gemeint, aber nach Donnerwetter hat es schon geklungen."

„Hören heißt gehorchen", sagte Pomponius ergeben, „obwohl ich mir keiner Schuld bewusst bin."

„Wir werden uns sofort nach dem Frühstück auf den Weg machen", versicherte Aliqua. „Pomponius und ich haben vorher noch etwas zu besprechen."

„Davon würde ich abraten, liebreizende Aliqua", mahnte Ballbilus mit düsterer Miene. „Unser Kommandant ist nicht in der Stimmung, dass man ihn warten lassen sollte. Ich habe ohnehin schon Zeit auf der Suche nach Pomponius verloren."

Neuerlich öffnete sich die Tür, diesmal ohne dass geklopft wurde, und ein Mädchen trat ein. Sie war etwa sechzehn Jahre alt, hatte eine füllige Figur und ein rundes, aufgewecktes Gesicht. „Ave", grüßte sie und sah die Versammlung verunsichert an.

„Das ist Quinta", erklärte Aliqua. „Sie hilft mir im Geschäft." Sie sah Pomponius an. „Nun, ich fürchte, wir müssen unser Gespräch verschieben. Vergiss nicht, was du sagen wolltest." Sie wandte sich an Quinta: „Ich muss in einer Geschäftssache das Haus verlassen. Kümmere dich inzwischen um den Laden. Vorher räumst du aber das Frühstück weg und machst das Bett."

„Ja, Patronin", erwiderte Quinta fügsam. Sie betrachtete das Frühstück für zwei Personen, sah zwischen Ballbilus und Pomponius hin und her und entschied sich ganz richtig für Pomponius. Es hätte nicht viel gefehlt und sie hätte ihm zugezwinkert.

„Hör auf zu grinsen", befahl Aliqua unwillig. „Es handelt sich nur um eine geschäftliche Besprechung. Ich weiß noch nicht, wann ich zurück bin."

„Jawohl, Patronin", sagte Quinta und hörte nicht auf zu grinsen und Pomponius aufmerksam zu mustern.

„Sie ist ein braves, fleißiges Ding", berichtete Aliqua, während sie gemeinsam mit Pomponius und Ballbilus Richtung Statthalterpalast trabte. „Aber ein wenig vorlaut. Sie hat den Kopf voller Liebesgeschichten und denkt mehr an Männer, als für sie gut ist. Andererseits ist sie fast schon siebzehn und hat Angst übrigzubleiben. Sie ist fest entschlossen, noch in diesem Jahr zu heiraten. Das dumme Ding, als ob das so einfach wäre!" Pomponius hielt es für klug, darauf nicht zu antworten, und Ballbilus war an Gesprächen dieser Art ohnehin nicht interessiert.

Im Vorzimmer zu Masculinius wurden sie von dem Posten, der die Tür bewachte, aufgehalten: „Wir wurden herbefohlen", meldete Pomponius.

„Ich weiß, Pomponius", sagte der Posten. „Aber ihr könnt noch nicht hinein."

„Ich dachte, es sei besonders eilig", beschwerte sich Pomponius verstimmt.

Aus dem Zimmer war eine laute Stimme zu hören. Man konnte nicht verstehen, was sie brüllte, aber ihr Besitzer schien offenbar einen Wutanfall erlitten zu haben.

„Ich an eurer Stelle hätte es nicht besonders eilig, da hineinzugehen", bemerkte der Posten.

Die Tür flog auf und ein junger Mann kam, taumelte geradezu heraus. Sein Kopf war hochrot und er eilte davon, ohne jemanden anzusehen.

„Viel Glück", wünschte der Posten skeptisch und hielt die Tür auf. Pomponius und Aliqua traten ein. „Salve, edler Masculinius", sagten sie im Duett.

Masculinius sah ihnen erbost entgegen. „Da seid ihr ja endlich! Warum hat das so lange gedauert?"

„Wir sind so schnell wie möglich gekommen", rechtfertigte sich Pomponius. „Leider wurden wir in deinem Vorzimmer etwas aufgehalten." Aliqua nickte mehrmals nachdrücklich.

„Nie um eine Ausrede verlegen", grollte der Centurio. „Setzt euch und berichtet mir, wie weit ihr mit euren Ermittlungen vorangekommen seid."

Pomponius gab ihm einen genauen Bericht. „Wir sind daher zu der Auffassung gekommen", schloss er, „dass des Rätsels Lösung im ‚Grünen Hintern' liegen könnte, weil dort alle Spuren zusammenlaufen. Ich schlage vor, das Lokal mit unseren Leuten gründlich zu durchsuchen und das ganze Personal, einschließlich Fortunata, festzunehmen und ausführlich zu vernehmen."

Masculinius schwieg eine Weile, dann sagte er grimmig: „Ich hätte nicht für möglich gehalten, dass du denselben Fehler ein zweites Mal begehst, Pomponius, aber du hast es getan. Ich erinnere mich nur zu gut daran, wie du bei dem letzten Fall, den ich dir anvertraut habe, der Gattin des Kaisers zu nahe gekommen bist und uns alle dadurch in die größten Schwierigkeiten gebracht hast."

„Ich verstehe nicht", sagte Pomponius verwirrt. „Faustina hat mit diesem neuen Fall doch gar nichts zu tun. Ich wüsste nicht, wie ich sie durch meine Nachforschungen behelligt haben könnte."

„Nicht Faustina", erwiderte Masculinius mit erhobener Stimme. „Diesmal bist du offenbar dem edlen Publius Calpurnius auf die Zehen gestiegen. Ich wurde ins kaiserliche Hauptquartier zitiert, wo man mir sehr deutlich zu verstehen gegeben hat, dass wir den Mann in Ruhe lassen sollen. Ich habe es schön langsam satt, mir wegen deines mangelnden Taktgefühls ständig Rüffel von allerhöchster Stelle einzuhandeln."

„Was ist denn so besonders an Publius?", fragte Aliqua.

Masculinius starrte sie fassungslos an und überlegte, ob er diese Frage als Insubordination auffassen solle. Dann stöhnte er verzweifelt. „Es ist sehr mühsam, wenn man seinen Agenten ständig Dinge erklären muss, auf die sie von selbst kommen sollten. Also hört mir zu: Wie ihr wisst, steht es mit den Staatsfinanzen nicht zum Besten. Genau genommen ist das Reich nahezu pleite. Überdies waren die militärischen Verluste in letzter Zeit so hoch, dass sich der Kaiser genötigt gesehen hat, Sklaven im Gegenzug für ihre Freiheit, ja sogar begnadigte Verbrecher in die Legionen aufzunehmen. Ihr werdet vielleicht auch gehört haben, dass der Kaiser auf dem Forum in Rom Wertgegenstände aus dem kaiserlichen Haushalt versteigern hat lassen, um wenigstens den Sold für die Truppen zusammenzubekommen. Schüttle nicht den Kopf, Aliqua! Die Zeiten, in denen ein Mann nur für die Ehre Roms gekämpft hat, sind längst vorbei. Unser Heer besteht aus Söldnern, die ohne Sold nicht kämpfen. Wir sind alle Söldner, du auch, Aliqua."

„Ich nicht", warf Pomponius selbstgerecht ein. „Mir bezahlst du keinen Sold."

„Du bist ein Sonderfall“, entgegnete Masculinius ungerührt. „Dir muss es genügen, dass ich Faustina davon abhalte, dir den Kopf abschneiden zu lassen. Abgesehen davon, sind die Spesen, die du bekommst, mehr als unverschämt.“

Pomponius zog es vor, das Thema nicht zu vertiefen.

„Aber was hat das alles mit Publius zu tun?“, wollte Aliqua wissen.

Masculinius verdrehte die Augen und rief: „Ihr Götter steht mir bei, damit ich so viel Unverstand ertrage! Ist das nicht offensichtlich? Publius Calpurnius gibt dem Kaiser Geld, sehr viel Geld sogar, damit er den Krieg gegen die Germanen weiterführen kann.“

„Du meinst, er borgt dem Kaiser Geld?“, staunte Aliqua.

„Von Rückzahlung war nie die Rede.“

„Aber er wird ihm sein Geld doch nicht schenken!“

„Erklär es ihr“, forderte Masculinius Pomponius auf.

„Ich beginne zu verstehen“, sagte dieser. „Es ist für Publius ein Spekulationsgeschäft. Ein sehr gewagtes Spekulationsgeschäft, das aber hohen Gewinn verspricht. Wenn der Kaiser stirbt, gestürzt wird, oder er den Krieg gegen die Germanen verliert, was wahrscheinlich auch seinen Sturz und Tod bedeutet, hat Publius sein Geld verloren. Wenn der Kaiser aber an der Macht bleibt und die Germanen niederwirft, wird er sich dankbar zeigen. Er wird Publius, der dem Stand der Ritter angehört, zum Statthalter einer kleinen, aber reichen Provinz machen. Wenn Publius diese Provinz tüchtig auspresst, wird er viel mehr an Reichtümern gewinnen, als er zuvor investiert hat.“

„So ist es“, bestätigte Masculinius. „Deshalb ist Publius unantastbar.“

„Ich möchte wissen, wo der Mann seinen Reichtum her hat“, grübelte Aliqua. „Wir sind bisher nicht dahintergekommen.“

„Ist das nicht gleichgültig?“, schrie Masculinius.

Aliqua erkannte intuitiv, dass sich Masculinius nicht über sie und Pomponius ärgerte, sondern darüber, wie man ihn im kaiserlichen Hauptquartier behandelt hatte. „Sag es uns trotzdem“, forderte sie sanft. „Du hast uns einen schwierigen Auftrag gegeben und wir können jede Hilfe brauchen, um ans Ziel zu kommen, ohne dabei wieder anzuecken.“

„Vielleicht hast du recht", räumte Masculinius ein. „Es ist so: Publius ist ein Sklavenhändler großen Stils. Er hat sich dabei auf junge Frauen spezialisiert, die er im ganzen Reich an Bordelle verkauft. Deshalb ist er auch ständig auf Reisen. Er soll daraus einen immensen Gewinn ziehen. Zusätzlich betreibt er eine Vielzahl von Lokalen, so wie der ‚Grüne Hintern' eines ist, oder er ist zumindest an solchen Lokalen beteiligt."

„Du meinst, der Kaiser nimmt Geld, das aus Sklavenhandel und Prostitution stammt", fragte Aliqua fassungslos.

„Der Kaiser hat in diesem Punkt nicht viele Optionen."

„Es ist wohl nicht nur Prostitution, mit der Publius sein Geld macht", warf Pomponius ein. „Ich bin mir sicher, dass er auch mit einer Droge handelt, die aus dem Saft der Mohnpflanze gewonnen wird. Er verkauft sie in seinen Lokalen als Theriak. Ich fürchte, viele Leute werden süchtig davon."

„Das mag so sein", bestätigte Masculinius unbehaglich. „Ihr werdet es schon geahnt haben. Auch der ‚Grüne Hintern' gehört Publius. Fortunata ist nur eine Art Geschäftsführerin. Daher ist es unmöglich, dass wir uns den ‚Grünen Hintern' vornehmen, so wie Pomponius vorgeschlagen hat. Wir würden damit den Geschäftsinteressen des Publius schaden und uns dem Unmut des Imperators aussetzen, wenn sich Publius wieder beschwert."

„Dann weiß ich auch nicht weiter. Die Götter mögen uns beistehen!"

„Denk an Faustina und lass dir gefälligst etwas einfallen", zürnte Masculinius. „Auf die Götter würde ich an deiner Stelle nicht vertrauen."

Die Götter schienen Pomponius diesmal aber gewogen zu sein. Denn der Götterbote erschien in Gestalt von Ballbilus.

Er trat mit besorgter Miene ein und legte schweigend ein Wachstäfelchen vor Masculinius. Der Centurio klappte es auf und las. Dabei wurde sein Gesicht zuerst blass und dann rot. Dann schlug er mit der Faust auf den Tisch und schrie: „Hat sich denn alles gegen mich verschworen? Es ist schon wieder ein Mord geschehen. Und wisst ihr, wen es diesmal erwischt hat? Fortunata ist in ihrer Schenke tot aufgefunden worden. Man hat ihr den Hals aufgerissen, so wie den anderen!"

„Das ist die Gelegenheit", sagte Pomponius, nachdem er sich von seiner Überraschung erholt hatte. „Jetzt können wir uns den ‚Grünen Hintern' und alle, die dort verkehren, vornehmen. Wir stören nicht die Interessen des Publius, wir schützen sie, indem wir den verruchten Mörder suchen, der seine Geschäftsführerin umgebracht hat. So werden wir es erklären!"

„Ich weiß nicht, ob wir damit durchkommen", entgegnete Masculinius nachdenklich. Versuchen wir es. Wir werden rasch genug erfahren, ob Publius auch dagegen protestiert. Ballbilus: Eine Eskorte von fünf bewaffneten Reitern unter deinem Befehl. Pomponius hat das Kommando über die ganze Aktion." Er wandte sich an Aliqua: „Kannst du reiten?"

„Wie rücksichtsvoll", dachte Pomponius, der Pferde nicht mochte und sich sogar vor ihnen fürchtete. „Mich fragt er nicht!"

„Auf einem Maultier schon", bestätigte Aliqua.

„Gut. Zwei Maultiere für Pomponius und Aliqua", ordnete Masculinius an. Er schrieb etwas auf ein Wachstäfelchen, siegelte es mit seinem Ring und schob es über den Tisch. „Deine Vollmacht, falls es Probleme gibt. Ja, was ist denn noch, Pomponius?"

„Ich hätte gern Claudius, den Arzt aus der Gladiatorenschule dabei."

„Er wird verständigt werden. Macht euch sofort auf den Weg, ehe alle Spuren verdorben und mögliche Zeugen verschwunden sind."

XII

Es war viel bequemer zu reiten, als zu Fuß durch die Stadt zu laufen. Die bewaffnete Eskorte sorgte dafür, dass sie rasch vorankamen. Händler mit ihren Karren, Sänftenträger und Passanten, die sonst nicht bereit waren, anderen auch nur einen Fußbreit nachzugeben, wichen rasch beiseite, wenn sich die grimmige Truppe mit Ballbilus an der Spitze näherte. Pomponius und Aliqua zockelten auf ihren Maultieren hinterher.

„Du solltest dir auch zwei Maultiere anschaffen", meinte Aliqua, als sie die Militärsiedlung erreichten. „Jedes Mal, wenn ich mit dir unterwegs bin, tun mir am Abend die Füße weh."

„Hast du eine Ahnung, was das kostet? Nicht nur die Anschaffung, sondern auch der Unterhalt. Außerdem wird mir Krixus wahrscheinlich davonlaufen, wenn ich verlange, dass er sich um die Tiere kümmern muss."

„Wir brauchen über kurz oder lang Reittiere. Krixus wird zwar jammern, aber er wird sich fügen, wenn ich mit ihm spreche", verkündete Aliqua zuversichtlich.

Pomponius, der zu ahnen begann, wo diese Diskussion hinführen konnte, gab keine Antwort und beschränkte sich auf ein nichtssagendes Brummen.

Vor dem ‚Grünen Hintern' lungerte eine Menschenansammlung herum, die von sechs Soldaten der Stadtkohorte daran gehindert wurde, in unverschämter Neugier in das Lokal einzudringen.

Pomponius glitt von seinem Reittier und trat auf den Kommandanten zu. Er schlug den Umhang zurück, damit der Legionär sein Abzeichen sehen konnte und sagte: „Ave. Mein Name ist Pomponius. Ich danke dir für deine Bemühungen. Ab jetzt übernehmen wir die Sache. Lass aber noch nicht abrücken, sondern halte deine Leute zu meiner Verfügung. Zeig uns den Tatort."

Pomponius hatte erwartet, der Mann werde gehorsam salutieren und im Übrigen erleichtert sein, weil er von seiner Verantwortung entbunden wurde. Stattdessen zeigte er sich störrisch. „Dieser Fall geht euch nichts an! Das ist eine zivile Angelegenheit. Die Sache fällt in die Zuständigkeit des Magistrates, in dessen Auftrag ich tätig werde."

Pomponius zog das Wachstäfelchen hervor, das ihm Masculinius gegeben hatte. „Lies das! Es ist vom Kommandanten der Frumentarii im Namen des Imperators unterzeichnet."

Der Soldat war verunsichert, aber noch lange nicht bereit, nachzugeben. „Ich muss erst fragen", erklärte er.

„Wen musst du fragen? Du bist der Kommandant dieser Einheit! Wer kann dir Befehle geben, außer deinem Vorgesetzten? Aber der ist ja wohl nicht hier!"

Die Frage beantwortete sich von selbst. Denn aus der Schenke trat ein hochgewachsener Mann mit dunkler Hautfarbe. Er war in eine blütenweiße Toga gekleidet und wurde von zwei Leibwächtern begleitet, die Pomponius als üble Schläger einstufte. „Was geht hier vor?", fragte er herrisch.

„Der Mann gehört zu den Frumentarii und will die Untersuchung übernehmen", meldete der Kommandant.

Der Neuankömmling musterte Pomponius von oben bis unten und fragte verächtlich: „Wie heißt du?" Pomponius gab keine Antwort.

„Er sagt, er heißt Pomponius", meldete an seiner Stelle der Kommandant.

„Mit wem habe ich die unverdiente Ehre?", erkundigte sich Pomponius freundlich.

„Ich bin Leonidas und ich weiß auch, wer du bist. Hat man dir nicht eindeutige Order betreffend meinen Herrn, den edlen Publius Calpurnius gegeben?"

„Das hat man. Man hat mich wissen lassen, dass Publius ein honoriger, über jeden Zweifel erhabener Ehrenmann ist, dessen Interessen ich unbedingt zu respektieren habe. Aus diesem Grund bin ich hier. Ich befürchte, dem Mord in diesem Lokal liegt eine feindselige Handlung gegen deinen Herrn zu Grunde. Ich bin hier, um die Interessen deines Herrn zu schützen."

Leonidas sah ihn verstört an. „Bist du von Sinnen, du größenwahnsinniger Rechtsverdreher? Wir sind sehr wohl in der Lage unsere Interessen selbst zu schützen. Mein Herr wünscht deine Einmischung nicht. Verschwinde von hier und nimm die Schlampe an deiner Seite mit." Aliqua fauchte empört.

„Das werde ich unverzüglich akzeptieren, wenn es mich dein Herr selbst wissen lässt. Die Erklärungen eines subalternen Freigelassenen sind hingegen ohne Bedeutung für mich."

„Schafft mir diese Leute vom Hals!", schrie Leonidas.

Die beiden Schläger grinsten Pomponius an. Einer von Ihnen wand Lederriemen, die mit Bleiplatten besetzt waren um seine Hand.

Ballbilus setzte sich mit seinen Leuten, die bisher unauffällig im Hintergrund gewartet hatten, in Bewegung. Der Gleichklang ihrer nägelbeschlagenen Sandalen vermischte sich mit dem leisen Klirren ihrer Rüstungen. Sie hatten die Hände an die Schwerter gelegt und schauten völlig teilnahmslos drein. Sie wirkten wie seelenlose Kampfmaschinen. Es war ein mehr als bedrohlicher Anblick. Die beiden Schläger wichen abrupt zurück.

„Wie lauten deine Befehle?", fragte Ballbilus.

„Diese Männer wollen mich mit Gewalt daran hindern, den Auftrag, den ich erhalten habe, auszuführen. Macht jeden nieder, der versucht, mich am Betreten des Hauses zu hindern. Sollten diese Männer darauf beharren, vor Ort zu bleiben, so nehmt sie fest und legt sie in Eisen. Leistet einer Widerstand, gibt er sich als Aufrührer und Feind des Staates zu erkennen. Dann ist entsprechend mit ihm zu verfahren."

„Zieht die Schwerter!", kommandierte Ballbilus.

Wie mit einer einzigen Bewegung fuhren fünf Schwerter aus der Scheide.

„Das wird dir noch leidtun", stammelte Leonidas.

„Du hast unsere Befehle gehört", sagt Ballbilus. „Bist du gewillt, unsere Entschlossenheit auf die Probe zu stellen?"

Das war Leonidas nicht. Er entfernte sich eilig mit seinen beiden Leibwächtern, wohl um seinem Herrn zu berichten. Auch der Kommandant der Stadtkohorte wollte sich mit seinen Leuten verdrücken.

„Dageblieben!", befahl Pomponius. „Ich brauche dich noch. Du begleitest mich ins Haus und deine Leute sollen die Schaulustigen fernhalten." Es waren aber keine Schaulustigen mehr da. Als die Situation zu eskalieren begann, hatten sie sich rasch und unauffällig verdrückt. Die Bewohner dieses Stadtviertels wussten, dass es nicht klug war, Auseinandersetzungen zwischen bewaffneten Gruppen zu nahe zu kommen.

Gemeinsam mit Aliqua, Ballbilus und dem Kommandanten betrat Pomponius die Schenke.

„Das wird Masculinius nicht gefallen", flüsterte Ballbilus.

„Ich weiß", flüsterte Pomponius zurück. „Aber was hätte ich sonst machen sollen? Den Schwanz einziehen und wieder abrücken?"

„Nein, das konntest du nicht. Die Ehre unserer Einheit stand auf dem Spiel. Undenkbar, wenn bekannt geworden wäre, dass man ungestraft mit den Frumentarii so umspringen kann. Wenn sein Patron nicht ein unantastbarer Günstling des Kaisers wäre, würde dieser präpotente Freigelassene jetzt schon in seinem Blut daliegen. Wir sind ohnehin sehr glimpflich mit ihm verfahren. Ich an deiner Stelle hätte zumindest an einem der beiden Schläger ein Exempel statuieren lassen."

„Hoffentlich sieht es Masculinius auch so", seufzte Pomponius.

Der Gastraum war relativ groß und düster. Erstaunlicherweise wirkte er sehr sauber. Der Boden war gefegt, die einfachen Tische und Bänke waren blank geschruppt. Die Theke, hinter der Getränke und Speisen gelagert wurden, war ordentlich aufgeräumt. Auch die Feuerstelle, an der die Speisen zubereitet wurden, war geputzt worden. Daneben hatte man schon säuberlich trockenes Holz für den nächsten Geschäftstag aufgeschichtet. Eine Türöffnung, die mit einem Vorhang bedeckt war, führte offenbar in ein Hinterzimmer. Über eine schmale Holztreppe im Hintergrund konnte man das Obergeschoß erreichen. Zwischen zwei Tischen lag in einer getrockneten Blutlache eine zusammengekrümmte Gestalt am Boden, von der ein intensiver Gestank nach Blut und Exkrementen ausging. Pomponius trat vorsichtig näher. Fortunata war nicht die widerwärtige Vettel gewesen, die er erwartet hatte. Am Boden lag eine gut gekleidete, gepflegte Frau mittleren Alters, die in ihrer Jugend recht hübsch gewesen sein mochte. Ihr Hals war eine einzige klaffende Wunde. Die Verletzung glich jener, die er an Pollux gesehen hatte.

„Wer hat die Tote entdeckt?", fragte Pomponius.

„Eines ihrer Mädchen hat sie am Morgen gefunden. Sie ist brüllend auf die Straße gerannt. Das hat dann uns auf den Plan gerufen. Wir patrouillieren nämlich regelmäßig in dieser Gegend."

Die Angehörigen der Stadtkohorte waren ausgemusterte Legionäre, die man für den Kriegsdienst nicht mehr brauchen konnte, die aber für halben Sold gerade noch dazu taugten, in der Stadt zu patrouillieren und den Leuten ein trügerisches Gefühl der Sicherheit zu geben. Abgesehen davon, dass sie gelegentlich wehrlose Bürger schikanierten, trugen sie nämlich nicht viel zur Sicherheit bei. Wenn sie ein Geschäftsmann allerdings bezahlte und so ihren kärglichen Sold aufbesserte, dann waren sie durchaus bereit, ein wachsames Auge auf ihn und sein Geschäft zu haben, damit er nicht ausgeraubt wurde. Das war allgemein bekannt und akzeptiert.

Pomponius musterte den Mann. „Wie heißt du?"

„Marcellus."

„Ich nehme an, du hast daraufhin sofort Leonidas verständigt. Bekommst du von ihm Geld?"

Marcellus antwortete ohne Scheu: „Nur ein paar Sesterzen. Das meiste bekommt mein Vorgesetzter."

„Ich nehme an, du warst es, der einen Boten zu Masculinius geschickt hat? Arbeitest du auch für uns?"

Marcellus blickte verstohlen um sich und flüsterte: „Nur inoffiziell. Ich informiere seinen Sekretär gelegentlich über Dinge, von denen ich annehme, dass sie Masculinius interessieren könnten. Er entlohnt mich dafür großzügig. Er hat mich auch wissen lassen, ich solle die Augen offenhalten und alles melden, was mit den eigenartigen Morden zu tun hat, die sich in letzter Zeit ereignet haben. Meine Vorgesetzten und Leonidas dürfen aber nicht wissen, dass ich für euch als Informant tätig bin. Ich konnte dir daher vorhin auch nicht beistehen und musste so tun, als ob ich zu Leonidas halte."

„Ich verstehe. Du bist ein braver Mann, Marcellus. Du hast dich ganz richtig verhalten."

Pomponius steckte dem Mann einen Aureus zu.

Marcellus war über dieses großzügige Geschenk mehr als entzückt. „Sag mir, was ich für dich tun kann", flüsterte er.

„Wurde am Tatort etwas verändert?"

„Wahrscheinlich nicht. Wir waren ziemlich rasch da. Es waren zwar schon einige Leute im Lokal, aber wir haben sie rasch hinausgejagt."

„Wer ist jetzt noch im Haus?"

„Nur das Mädchen, das die Tote gefunden hat. Sie wartet im Obergeschoß."

Pomponius zog die Augenbrauen hoch. „Nur ein Mädchen? Ich wurde informiert, dass zwölf Mädchen als Prostituierte für Fortunata arbeiten. Dazu kommt noch das Personal für die Schenke. Wo sind die alle?"

Marcellus zuckte mit den Schultern. „Die werden sich rasch verdrückt haben, als sie merkten, was los ist. Du darfst nicht vergessen, dass es sich um Menschen mit ungeklärtem Personalstatus handelt. Die meisten werden einfach als Peregrini, als Fremde gelten, andere sind Sklaven, teilweise auch entlaufene Sklaven. Solche Leute sind in akuter Gefahr, wenn ihr Patron ermordet wird. Es wäre nicht das erste Mal, dass sie pauschal für den Tod ihres Herrn verantwortlich gemacht und bestraft werden. Ein paar werden möglicherweise wieder auftauchen, wenn sich die Wellen gelegt haben, andere werden untertauchen und verschwunden bleiben."

Pomponius seufzte enttäuscht. Dann hol mir das Mädchen, das die Tote gefunden hat.

Wenig später führte Marcellus die widerstrebende Phoebe vor Pomponius. Sie hatte gerötete, verschwollene Augen und wirkte sehr verängstigt.

„Also du hast Fortunata gefunden?", fragte Pomponius und deutete auf das blutbesudelte Bündel am Boden.

Phoebe sah kurz hin und heulte verzweifelt auf.

„Du brauchst dich nicht zu fürchten", beruhigte sie Pomponius. „Du weißt, dass ich dir nichts Böses will. Erzähl mir, was sich ereignet hat."

Phoebe schniefte mehrmals und sagte mit zitternder Stimme: „Wie ich am Morgen heruntergekommen bin, weil ich dazu eingeteilt war, Feuer zu machen, ist sie so dagelegen."

„Wer war außer dir noch im Haus?"

Phoebe dachte kurz nach. „Acht Mädchen waren außer mir noch im Haus. Wir haben ein gemeinsames Zimmer, wo wir schlafen können, wenn wir nicht auf der Straße sind, um Kunden zu suchen."

„Wo sind diese Mädchen hingekommen?"

„Davongelaufen bevor die Stadtkohorte gekommen ist.“

„Warum bist du noch hier?“

„Ich habe es nicht mehr rechtzeitig geschafft, weil mich die Leute, die ich herbeigeschrien habe, daran gehindert haben.“

„Hat sich in der Nacht etwas Außergewöhnliches ereignet? Ist ein Fremder gekommen? Hast du Geräusche gehört? Hat eines der Mädchen in der Nacht das Zimmer verlassen?“

„Nein. Es war alles so wie immer und ich habe gut und fest geschlafen.“

„Ist sonst in den vergangenen Tagen etwas Bemerkenswertes geschehen? Hatte Fortunata Streit mit jemandem? Kannst du dir vorstellen, wer sie umgebracht hat?“

„Ganz sicher nicht“, entgegnete Phoebe entschieden. „Du selber hast mich doch davor gewarnt, dass Menschen aus dem ‚Grünen Hintern‘ ums Leben gekommen sind: Penelope, Briseis und Pollux. Jetzt hat es auch Fortunata erwischt. Wenn du nicht weißt, wer das war, ich weiß es sicher nicht.“

Pomponius nickte. „Du wirst uns jetzt sagen, wie die Mädchen heißen, die hier gearbeitet haben und was du über sie weißt. Außerdem will ich wissen, was du über die Stammkunden erzählen kannst.“

Phoebe wollte Einwände erheben, wurde aber von einem Soldaten unterbrochen, der Claudius zur Tür hereinschob und mit den Worten: „Da ist er!“, ankündigte.

„Ave Claudius“, sagte Pomponius. „Ich freue mich, dass du Zeit gefunden hast, herzukommen.“

„Ich freue mich aber gar nicht“, maulte der Arzt. „Der Kerl hat mich praktisch mit Gewalt hergeschleppt. Ich habe dir doch gesagt, dass ich nichts mit euch zu tun haben will.“

„Das wollen die wenigsten Leute“, räumte Pomponius ein. „Verzeih mir, aber ich brauche deine Hilfe. Schau dir das da an!“

Widerwillig betrachtete Claudius die Tote. „Das schaut übel aus“, befand er. „Willst du die Todesursache wissen?“

„Die ist ja wohl offenkundig. Ich will wissen, wann sie gestorben ist.“

Claudius kauerte sich neben die Leiche und untersuchte sie. „Sie ist noch nicht lange tot", befand er schließlich. „Sie ist wahrscheinlich kurz vor Ende der vierten Nachtwache, also kurz vor Tagesanbruch gestorben."

„Was kannst du mir sonst noch sagen?"

„Es gibt keine weiteren Verletzungsspuren, die auf einen Kampf hinweisen. Sie muss durch den Angriff überrascht worden sein. Wahrscheinlich hat sie ihren Mörder gekannt."

„Oder sie wurde niedergeschlagen, ehe man ihr den Hals aufgeschlitzt hat."

Claudius betastete den Schädel der Toten. „Ich glaube nicht", sagte er dann. „Es gibt keine Hinweise dafür."

„Vielleicht wurde sie mit einer Droge betäubt", warf Aliqua ein, die eben damit fertig geworden war, die Angaben Phoebes auf ihr Wachstäfelchen zu notieren.

Claudius zog ohne Scheu die Lippen der Toten auseinander und schnupperte an ihrer Mundhöhle. „Hm!", brummte er und zog die Augenlieder der Toten hoch. „Ja das könnte sein. Sie riecht etwas sonderbar aus dem Mund und ihre Pupillen sind fast auf einen Punkt verengt. Mit Gewissheit kann ich es nicht sagen."

Pomponius nickte nachdenklich. „Ist dir sonst noch etwas aufgefallen?"

„Hast du den Ring bemerkt? Sie trägt einen Ring wie Pollux, nur dass ihrer noch da ist." Claudius hob die Hand der Leiche hoch und zeigte sie Pomponius. Fortunata trug den gleichen eisernen Ring, wie ihn auch Pollux getragen hatte.

Pomponius stieß zischend den Atem aus und versuchte den Ring vom Finger zu ziehen.

„Lass mich das machen", erbot sich Claudius. „Du traust dich nicht, sie richtig anzufassen. Keine Sorge, sie spürt nichts mehr." Mit einem kräftigen Ruck riss er der Leiche den Ring vom Finger und reichte ihn Pomponius. „Kann ich sonst noch etwas für dich tun?"

„Erinnerst du dich, wie du den Leichnam des Pollux untersucht hast? Könnte auch Pollux betäubt worden sein, ehe man ihm die Kehle aufriss?"

„Das weiß ich nicht. Es könnte sein, aber ich habe nicht darauf geachtet", gestand Claudius ein wenig verlegen. „Wir haben uns zu sehr auf seine sonderbare Wunde konzentriert. Und jetzt werden wir es nie erfahren, weil er inzwischen eingeäschert wurde."

„Nun, ich glaube, das war dann schon alles. Ich danke dir, Claudius. Bleib mir gewogen."

„Das wird mir schwer fallen, wenn du mich öfter von meiner Arbeit wegschleppen lässt", entgegnete Claudius so halb und halb besänftigt. „Vale, Pomponius, vale, schöne Amazone." Er winkte Aliqua zu und marschierte zur Tür hinaus.

„Was wird jetzt aus mir?", fragte Phoebe sorgenvoll. „Komme ich ins Gefängnis?"

Pomponius tauschte einen Blick mit Marcellus, der ratlos mit den Schultern zuckte. „Vorläufig nicht", entschied Pomponius, „wenn du versprichst, nicht davonzulaufen."

„Hier im Haus bleib ich aber auf keinen Fall", erklärte Phoebe. „Da würde ich mich ja zu Tode fürchten, oder von demselben Dämon, der Fortunata heimgesucht hat, umgebracht werden."

„Rede nicht so einen abergläubischen Unsinn. Der Täter war gewiss ein Mensch und kein Dämon. Wohin kannst du sonst gehen?"

„Ich kann sicher bei Praetorius unterkommen. Er hat mir das schon oft angeboten."

„Wer ist Praetorius?"

„Na der, den du Knochenbrecher nennst!"

„Das ist eine gute Idee", befand Pomponius. „Sorge dafür, dass ich dich jederzeit bei ihm finde, weil ich dich vielleicht noch etwas fragen muss. Lass ihn von mir grüßen. Sag ihm, er soll sehr gut auf dich aufpassen. Du kannst dir schon denken, weshalb." Pomponius deutete mit dem Kinn nach der Leiche.

Phoebe schauderte zusammen. „Darf ich jetzt gehen?"

„Du darfst. Soll ich dir einen Soldaten mitgeben, damit du heil ankommst?"

„Bloß nicht", lehnte Phoebe ab und huschte aus der Tür. „Was würden denn dann die Leute von mir denken?"

„Ruf deine Männer herein", sagte Pomponius zu Ballbilus. „Sie sollen das Haus gründlich durchsuchen. Sie sollen auf alles achten, das für unsere Untersuchung von Interesse sein könnte: Menschen, tot oder lebendig, Waffen, Schriftstücke, Geld, Diebesgut, Drogen. Glaubst du, sie bekommen das hin?"

„Das sind keine gewöhnlichen Legionäre", erwiderte Ballbilus, „sondern erfahrene Agenten. Vertrau uns!" Er trat an die Tür und brüllte einen Befehl.

Die Durchsuchung des Hauses war bald darauf beendet. „Nichts", meldete Ballbilus. Außer einer großen Menge Theriak war nichts Aufschlussreiches zu finden."

„Ich glaube, Leonidas hat Geld und Schriftstücke zu sich gesteckt, ehe du gekommen bist", gestand Marcellus verlegen. „Wie geht es jetzt weiter?"

„Meine Aufgabe hier ist beendet", erklärte Pomponius. „Ab jetzt liegt die Sache wieder in deinen Händen. Du weißt gewiss, was weiter zu veranlassen ist. Falls eines der geflüchteten Mädchen wieder auftaucht, wären wir für einen Hinweis dankbar. Bis dahin, vale!"

„Glaubst du, es genügt, wenn du bei Masculinius Meldung erstattest?", wandte sich Aliqua an Ballbilus, als sie zurückritten.

„Ich denke schon. Wenn er euch doch sprechen will, lässt er euch holen."

„Wir müssen ohnehin die Maultiere in den Statthalterpalast zurückbringen", gab Pomponius zu bedenken.

„Müsst ihr nicht", sagte Ballbilus. „Masculinius hat angeordnet, dass ihr sie vorläufig behalten dürft. Wenn ich mich recht erinnere, hat er erwähnt, dass sich Aliqua unlängst bitter bei ihm beschwert hat, weil sie den ganzen Tag zu Fuß neben Pomponius herlaufen muss."

„Er lässt uns die Maultiere?", freute sich Aliqua.

„Nur geborgt", mahnte Ballbilus.

Aliqua stupste begeistert ihr Reittier mit den Fersen. Dem Maultier war diese Aufforderung zu einer schnelleren Gangart gleichgültig. Es ging keinen Schritt schneller als zuvor.

XIII

Die beiden Maultiere wurden in einem Schuppen untergebracht, der schon dem Vorbesitzer des Hauses als Stall gedient hatte. Krixus protestierte wortgewaltig, als er erfuhr, dass er ab nun auch für die Versorgung der Tiere zuständig war. Wie vorhergesagt, gelang es Aliqua, ihn zu beruhigen, besonders als sie versprach, ihm dabei behilflich zu sein. „Ich liebe diese Tiere", erklärte sie. „Mein Vater hatte drei davon. Ich habe als Kind viel Zeit mit ihnen verbracht."

„Dann müsstest du aber hier bei uns wohnen", forderte Krixus in seiner unverschämten Art. „Für mich allein wird die Arbeit sonst zu viel."

Schon wieder geriet das Gespräch in ein Fahrwasser, das Pomponius lieber meiden wollte. „Ja, das müsste ich wohl, früher oder später, wenn wir die Tiere länger behalten", bestätigte Aliqua, verzichtete aber darauf, von Pomponius eine diesbezügliche Stellungnahme zu verlangen.

„Am Nachmittag werden wir den Goldschmied Paquius aufsuchen", verkündete dieser rasch. „Ich möchte ihm die drei Ringe zeigen und seine Meinung dazu hören. Das was uns Publius Calpurnius erzählt hat, war nämlich wenig überzeugend. Paquius wohnt nur drei Straßen weiter. Dafür brauchen wir keine Reittiere. Krixus, du wirst sie inzwischen gründlich striegeln und mit Streu, Wasser und Futter versorgen."

Krixus stöhnte auf und sah Aliqua erwartungsvoll an. „Heute nicht", sagte sie. „Heute kann ich dir nicht helfen, weil ich deinen Herrn begleiten und auf ihn aufpassen muss." Krixus bot das Bild eines gebrochenen Mannes.

Nach dem Mittagessen suchten Pomponius und Aliqua das Geschäft des Paquius auf. Es waren keine Kunden anwesend. Paquius saß auf einem Hocker und feilte an einem goldenen Anhänger, wobei er darauf achtete, jedes Stäubchen des kostbaren Metalls auf einem Blatt Papyrus aufzufangen.

„Ave, Pomponius", rief er erfreut, als die beiden Besucher eintraten. „Wie erfreulich, dass du mich aufsuchst. Hast du einen Auftrag für mich? Vielleicht einen hübschen Ring für die schöne Dame in deiner Begleitung?"

Aliqua wies ihre nackten Finger vor und sagte: „Ich heiße Aliqua und er hat mir noch nie Schmuck geschenkt, obwohl sein eigener Laden voll damit ist."

„Was für ein Versäumnis", tadelte Paquius. „Dem könnte sofort abgeholfen werden!"

„Hört auf!", unterbrach Pomponius. „Ich bin nicht hier um etwas zu kaufen, sondern um einen Rat einzuholen."

„Ach die Geschäfte gehen schlecht", klagte Paquius. „Niemand will mehr kaufen, alle wollen verkaufen! Aber letztendlich ist auch guter Rat sein Geld wert. Womit kann ich dir also dienen, mein Freund?"

Pomponius legte die drei eisernen Ringe auf den Tisch. „Was hältst du davon?"

Paquius betrachtete die Ringe genau von allen Seiten und hielt sie empor, um ihre Oberfläche im Lichteinfall zu prüfen. Dann roch er daran, nahm eine Nadel und kratzte an der Innenseite. Schließlich brachte er einen winzigen Tropfen einer klaren Flüssigkeit auf und prüfte die geringfügige Verfärbung, die sich dadurch zeigt.

„Nun?", fragte Pomponius erwartungsvoll.

„Schund", fasste Paquius sein Urteil in einem einzigen Wort zusammen.

„Aber doch wohl sehr alt?"

„Keine Rede davon. Die Ringe sind aus weichem Eisen und alles andere als alt. Sie wurden vermutlich in eine Essenz gelegt, die ihnen eine gewisse Patina verleiht, und sie älter erscheinen lässt als sie sind."

„Die Gravur sieht aber recht kunstvoll aus."

„Das ist keine echte Gravur. Die Ringe wurden gegossen und dann mit einem Stichel oberflächlich nachbearbeitet, um den Eindruck einer Gravur zu erwecken. Hoffentlich hast du nicht viel dafür bezahlt. Sie sind nur ein paar Sesterzen wert. Die Ringe gleichen sich, wie ein Ei dem anderen. Sicher stammen sie aus derselben Produktion. Es wird noch mehr davon geben."

„Das befürchte ich auch", seufzte Pomponius. „Sie wurden mir als uralte, rätselhafte Antiquitäten angeboten."

„Rätselhaft ist bloß, wie du darauf hereinfallen konntest. Du bist doch ein erfahrener Schmuckhändler!"

„Weißt du, was die Symbole bedeuten?"

„Keine Ahnung. Wahrscheinlich gar nichts. Der Hersteller dieser Ringe hat bloß irgendwelche Symbole verwendet, die nach alter Schrift aussehen. Fälscher machen das oft so. Aber wenn du sicher gehen willst, frag Quintus Pacuvius. Wenn einer über alte Schriften Bescheid weiß, dann er."

„Ja, das werde ich tun. Ich danke dir für deine Bemühungen. Was schulde ich dir?"

Paquius lachte. „Du schuldest mir nichts. Wenn die Ringe kostbar gewesen wären, hätte ich dir Geld abgenommen, aber so ..." Paquius breitete die Arme aus. „Lass dir in Hinkunft nicht jeden Plunder andrehen. Und wenn du gelegentlich einen Ring suchst, der deiner Freundin würdig ist, du weißt, wo du mich findest. Ich habe einige erlesene Stücke da."

Aliqua nickte dem Goldschmied freundlich zu und machte Anstalten, sich im Laden umzusehen, wurde aber von Pomponius daran gehindert, indem er sie mit dem Bemerken, sie hätten noch viel zu tun, aus der Tür zerrte. Paquius sah dem Paar kopfschüttelnd nach.

In der Werkstatt des Quintus Pacuvius, gleich eine Straße weiter, herrschte Hochbetrieb. Fünfzehn Schreiber saßen streng beaufsichtigt vom Produktionsleiter in drei Reihen vor dem Pult des Lektors. Dieser las langsam und mit lauter Stimme einen Text vor, den die Schreiber auf Papyrusrollen übertrugen. Auf Zehenspitzen schlichen Pomponius und Aliqua an den Schreibern vorbei und betraten das Büro, wo sie den Verleger vorfanden, der ein Schriftstück studierte.

„Ave Quintus", grüßte Pomponius. „Verzeih, wenn wir dich stören."

„Nicht doch, Pomponius", sagte Quintus. „Ich freue mich immer, wenn ich dich sehe. Wen hast du mir da mitgebracht?"

„Das ist meine Gehilfin Aliqua."

Aliqua schenkte dem Verleger ihr hübschestes Lächeln und neigte artig den Kopf.

„Ich habe schon von dir gehört", sagte Quintus zu Aliqua. „Es heißt, du ärgerst die Leute, indem du ihnen unangenehme Fragen stellst. Gordianus, den ich auch zu meinen Kunden zählen darf, hat etwas Derartiges erwähnt."

„Gordianus übertreibt maßlos", dementierte Aliqua. „Ich bin meinem Freund Pomponius nur bei den Recherchen zu einem Fall behilflich."

Sie sagte Freund und nicht Chef oder etwas dergleichen. Quintus war das nicht entgangen, und er lächelte. „Es stimmt also, was sich die Leute erzählen", wandte er sich an Pomponius. Du arbeitest wieder als Anwalt. Bereitest du wieder eine

Verteidigung vor? Dein letzter Auftritt vor dem kaiserlichen Gericht war ja recht spektakulär. Gibst du den Schmuckhandel auf?"

„Vorläufig nicht, obwohl die Geschäfte schlecht gehen. Zum Glück scheinst du ja nicht unter der allgemeinen Rezension zu leiden."

„Das verdanke ich dem Auftrag, den ich vom kaiserlichen Hof erhalten habe: Eine weitere Auflage der philosophischen Erkenntnisse unseres verehrten Imperators."

„Wahrhaftig ein großes Werk", rühmte Pomponius, der noch keine Zeile davon gelesen hatte. „Viele künftige Generationen werden daraus Erkenntnis und Kraft schöpfen."

Quintus schüttelte den Kopf. „Ich weiß nicht recht. Hör dir das an: ,Wie dir das Baden und alles sonst ekelhaft erscheint: Das Öl, der Schweiß, der Schmutz, das fettige Wasser, so erscheint dir auch jeder Teil des Lebens und jeder Gegenstand ekelhaft.' Das klingt nicht gerade aufmunternd."

„Der Mann hat eben viele Probleme, die ihm Sorgen machen", warf Aliqua ein.

„Mag sein. Ich bin nur Verleger. Ich werde in diesem Fall pro Buch bezahlt, das der Autor produziert sehen will. Mag auch sein, dass ich nicht richtig verstehe, was er mit solchen Ergüssen ausdrücken will."

„Dennoch bist du ein überaus belesener Mann, dessen Rat ich suche", schmeichelte Pomponius.

„Womit wir beim Thema wären. Was kann ich für dich tun, Pomponius?"

Pomponius legte die drei Ringe vor den Verleger. „Kannst du mir etwas darüber sagen?"

Quintus betrachtete die Schmuckstücke. „Nicht viel wert."

„Das weiß ich. Mich interessiert die Inschrift."

Quintus nahm die Ringe näher in Augenschein. „So wurde zu der Zeit geschrieben, als Rom noch von Königen regiert wurde. Heute ist diese Schrift längst nicht mehr in Gebrauch."

„Was bedeuten die Zeichen? Sie ergeben für mich keinen Sinn."

„Du musst sie von rechts nach links lesen", dozierte Quintus. „So hat man früher geschrieben. Hier steht etwa: „Sie soll dich finden."

„Wer soll wen finden?"

„Schwer zu sagen. Ich vermute, diese Ringe hatten eine magische Bedeutung, die heute keiner mehr kennt. Vielleicht handelte es sich um einen Liebeszauber."

„Oder der Träger sollte von einem Dämon gefunden werden?", fragte Aliqua.

„Es ist auch nicht ausgeschlossen, dass es sich um einen Fluch gehandelt hat", räumte Quintus ein. So mancher Liebeszauber ähnelt nicht nur in der Wortwahl, sondern auch in seiner Auswirkung einem Fluch. Das gilt natürlich nur für Menschen, die an so etwas glauben. Er betrachtete den Ring genauer. „Diese Zeichen kann ich nicht genau deuten. Ja doch, das sind griechische Buchstaben. Sieh her: λά'. Das könnte tatsächlich eine Chiffre für ‚Lamia' sein." Er schüttelte den Kopf und sah Pomponius an: „Das erinnert mich an das Gespräch, das wir unlängst hatten. Geht dir noch immer das Ammenmärchen durch den Kopf, wonach eine Lamia in der Stadt ihr Unwesen treibt?"

„Es hat damit zu tun", gestand Pomponius. „Ich habe diese Ringe auch schon jemand anderem gezeigt, der die Gravur ganz ähnlich übersetzt hat, wie du es getan hast. Hältst du die Inschrift für authentisch? Man hat mir gesagt, dass die Ringe nicht so alt sind, wie sie vorgeben zu sein."

„Die Inschrift ist echt, aber das bedeutet nichts. Wenn der Hersteller ein gut erhaltenes Original hatte, konnte er einen Abguss herstellen und jede Menge Replikate fertigen. Aber wer würde das bei so einem wertlosen Stück schon tun."

„Ich habe keine Ahnung, grübelte Pomponius. Ich wüsste zu gerne, was es mit diesen Ringen wirklich auf sich hat."

„Da hätte ich einen Rat", sagte Quintus boshaft. „Steck dir einen davon an den Finger und geh nachts durch die Straßen. Dann wirst du ja sehen, wer dich findet. Vielleicht deine Geliebte, vielleicht eine Lamia." Er lachte. „Viel wahrscheinlicher ist allerdings, dass dich ein Straßenräuber erwischt."

„Vielleicht befolge ich sogar deinen Rat, wenn ich gar nicht mehr weiter weiß", entgegnete Pomponius. „Ich danke dir für deine Freundlichkeit, vale, Quintus."

Es begann rasch dunkel zu werden und Pomponius entschied, für diesen Tag Schluss zu machen. Er begleitete Aliqua voller Hoffnungen bis an ihre Haustür. Sie machte allerdings keine Anstalten, ihn hereinzubitten. „Ich bin schrecklich durstig", heuchelte Pomponius, der an die Ereignisse der vergangenen Nacht dachte und den dringenden Wunsch verspürte, sie zu wiederholen. „Könnte ich wohl einen Schluck bei dir trinken?"

Aliqua seufzte. „Meinetwegen. Aber dann gehst du gleich nach Hause. Heute war ein schwerer Tag. Ich bin todmüde und möchte ausschlafen."

Quinta saß im Wohnzimmer und kritzelte beim Licht einer Öllampe auf einem Wachstäfelchen. Neben sich hatte sie Münzen aufgeschichtet. Sie sah irritiert auf, als Aliqua und Pomponius eintraten.

„Entschuldige", sagte sie zu Aliqua. „Ich wusste nicht, dass du Besuch mitbringen wirst. Ich wollte nur rasch die Abrechnung für den heutigen Tag machen."

„Lass dich nicht stören. Er bleibt nicht lange", stellte Aliqua klar.

„Nur auf einen kleinen Schluck", bestätigte Pomponius.

Aliqua nahm einen Weinkrug vom Wandbord, entkorkte ihn und füllte einen Becher. Pomponius nahm ihn entgegen und leerte ihn auf einen Zug. Der Wein schmeckte abgestanden. Pomponius schüttelte sich leicht.

Quinta hatte die Szene mit gerunzelter Stirn beobachtet. „Ich bin ohnehin schon fertig", erklärte sie und stand auf. „Die heutigen Einnahmen liegen auf dem Tisch. Ich will auch nicht länger stören. Morgen um die zweite Stunde komme ich wieder her. Lebt wohl!"

„Die hat es aber eilig", bemerkte Pomponius.

„Sie will nach Hause, ehe es ganz dunkel wird", sagte Aliqua. „Das gleiche solltest du jetzt auch tun."

Das lag ganz und gar nicht in Pomponius' Absicht. Aliqua wies seine Annäherungsversuche allerdings entschieden zurück. Da er trotzdem keine Anstalten machte zu gehen, nutzte Aliqua die Gelegenheit, ein längst überfälliges, ernsthaftes Gespräch über ihre Beziehung mit ihm zu führen. Dieser Interessenkonflikt führte naturgemäß zu Spannungen, die in einem veritablen Streit mündeten. Pomponius wollte sie mit vernünftigen Argumenten besänftigen, erreichte damit aber nur das Gegenteil. Schließlich wurde Aliqua zornig, bezeichnete ihn als geilen Bock, der nur am Ficken interessiert sei, forderte ihn auf, ihr Haus zu verlassen und empfahl ihm eine schmerzhafte und abwegige Art der Selbstbefriedigung.

Es war das erste Mal, dass Pomponius mit Aliqua einen ernsthaften Streit hatte, und er war über die Heftigkeit, mit der sie ihn anschrie, ebenso schockiert, wie über ihre Ausdrucksweise.

„Dann werde ich jetzt nach Hause gehen, wenn du es so wünscht", sagte er und versuchte Haltung zu bewahren. Einer spontanen Eingebung folgend zog er einen der drei Ringe hervor und steckte ihn an seinen Finger. „Bei der Gelegenheit kann ich ja gleich ausprobieren, was es mit diesem Ring auf sich hat."

Aliqua kam schlagartig zur Besinnung. „Tu das nicht", rief sie erschrocken und hörte auf, ihn zu beschimpfen. „Tu das nicht! Fordere die Götter nicht heraus. Es tut mir leid, was ich zu dir gesagt habe. Komm, nimm diesen verfluchten Ring ab, und bleib bei mir. Wir wollen uns auch nicht mehr streiten, und du sollst deinen Willen haben."

„Zu spät", antwortete Pomponius in unvernünftigem Trotz. Er wehrte sie ab, als sie ihn fassen und zurückhalten wollte und trat in die Dunkelheit hinaus. Aliqua starrte ihm verzweifelt nach, während er im nächtlichen Nebel verschwand. Dann verriegelte sie die Tür, warf sich aufs Bett und begann bitterlich zu weinen.

XIV

Die Nacht war stockdunkel. Es war keine schwarze, sondern eine graue, fast milchige Dunkelheit, die von den kalten Nebeln herrührte, die vom Fluss in die Stadt zogen. Überdies fiel gefrierender Nieselregen und machte das Pflaster glatt. Wer unvernünftig genug war, in einer solchen Nacht das schützende Haus zu verlassen, trug eine Laterne und eine Waffe mit sich. Pomponius hatte keines von beiden. Er versuchte sich an schmalen Lichtfunken zu orientieren, die hie und da durch die Ritzen geschlossener Fensterläden fielen und tröstete sich damit, dass bei diesem miserablen Wetter nicht einmal Straßenräuber unterwegs sein würden. Schon nach kurzer Zeit begann er die Orientierung zu verlieren. Die Gassen, die ihm bei Tag so vertraut waren, schienen nicht mehr existent zu sein. Natürlich wusste er, wo er ungefähr war, denn er hatte die Straßenseite nicht gewechselt und erinnerte sich, dass er nur eine Quergasse passiert hatte. Er hielt einen kurzen Moment inne und überlegte, ob er vielleicht irrtümlich in diese Gasse abgebogen sein konnte. Dann schüttelte er entschieden den Kopf und tastete sich weiter an den Hausmauern voran. Wenn er sich nicht täuschte, musste nach wenigen Schritten eine weitere Quergasse kommen. Dann hatte er nahezu die Hälfte seines Heimweges zurückgelegt. Aber diese Quergasse kam nicht, obwohl er sie gefühlsmäßig schon längst erreicht haben musste. „So muss sich ein Blinder fühlen", dachte er. „Wenn ich nur einen Augenblick etwas erkennen könnte, dann wüsste ich, wo ich bin. Ich kenne doch die Gegend. Es ist ja nicht so, dass ich in einer fremden Stadt wäre." Er blieb stehen, wischte sich die eisigen Tropfen aus dem Gesicht und starrte vergeblich um sich. Es kam ihm vor, als würde er im Nichts stehen. Die raue Mauer zu seiner Linken bildete die einzige Verbindung zur Realität, die ihm blieb. Panik begann in ihm hochzusteigen.

„Das ist lächerlich", dachte er entschlossen. „Ich bin doch kein kleines Kind, das sich im Dunkeln fürchtet. Ich werde jetzt solange an dieser Mauer entlanggehen, bis ich an ein Tor oder eine Quergasse komme."

Er setzte sich entschlossen in Bewegung, immer darauf bedacht, den Kontakt zur Mauer nicht zu verlieren. Nach etwa hundert Schritten blieb er verstört stehen. Kein Tor und keine Quergasse öffneten sich, um ihm eine Orientierungshilfe zu bieten. Die Mauer schien ins Unendliche zu führen. Er konnte sich nicht erinnern, dass es in der Umgebung seines Hauses eine so lange ununterbrochene Mauer gab.

„So unglaublich es auch ist“, dachte er, „aber ich habe mich auf einem Weg, den ich wohl schon hundertmal gegangen bin, verlaufen. Ich muss wohl doch falsch abgebogen sein. Wenn ich nicht bis zum Morgengrauen auf der Straße bleiben will, muss ich zurückgehen.“

Er drehte sich um. Jetzt war die Mauer zu seiner Rechten. Zielstrebig ging er voran und überlegte, was Aliqua sagen würde, wenn er wieder vor ihrer Tür stand und natürlich auch, was er sagen sollte. Plötzlich war die Mauer zu seiner Rechten verschwunden. Er taumelte noch einige Schritte vorwärts, dann blieb er stehen und tastete um sich: Nichts. Er musste an eine Straßenkreuzung gekommen sein, obwohl er sich nicht erklären konnte, wo die herkam. Er hätte sie doch auf seinem Weg, ehe er umgekehrt war, bemerken müssen. Er drehte sich um sich selbst und ging jeweils ein paar Schritte in die eine und dann in die andere Richtung, ohne auf Widerstand zu stoßen. Er schien im Leeren zu stehen. „Vermutlich stehe ich auf einem Kreuzweg“, dachte er verzweifelt. „Jetzt weiß ich überhaupt nicht mehr, wo ich bin und wo ich hingehen soll.“

Während er noch überlegte, was er machen sollte, waren laufende Schritte zu hören, die sich rasch näherten.

Pomponius horchte angestrengt. Seine Erleichterung überwog die Besorgnis, die man in diesen Zeiten haben musste, wenn man einen Fremden in einer einsamen Gasse traf. Er sah sie nicht kommen. Unvermutet prallte sie gegen ihn und begann zu schreien. Viel hätte nicht gefehlt und auch Pomponius hätte vor Schreck zu schreien begonnen. Er ahnte mehr, als er es sehen konnte, dass ein Mädchen oder eine Frau gegen ihn gerannt war.

„Sei still“, sagte er mit leicht zitternder Stimme. „Ich will dir sicher nichts Böses tun. Ich habe mich nur verlaufen und weiß nicht wo ich bin.“

Sie hörte zu schreien auf und hob das Gesicht zu ihm empor. Obwohl man die Hand nicht vor den Augen sehen konnte, schien ihr blasses Gesicht in der

Dunkelheit zu leuchten. Man konnte jede Einzelheit ihrer Züge erkennen. Sie war jung, etwa sechzehn Jahre alt und von einer wunderbaren ätherischen Schönheit. Pomponius verschlug es den Atem.

„Es kann in Nächten wie diesen schon vorkommen, dass man sich selbst verliert", sagte sie mit melodischer Stimme. „Mir scheint, du bist ein freundlicher Mann. Bitte hilf mir!"

„Natürlich", antwortete Pomponius und konnte nicht aufhören in ihre Augen zu schauen. „Was macht ein Kind wie du in der Nacht auf der Straße?"

„Ich bin kein Kind mehr. Ach, die Männer sind ja so grausam. Mein Geliebter hat mich verstoßen und mich mitten in der Nacht auf die Straße gejagt." Sie schluchzte auf und verbarg ihr Gesicht an seiner Brust.

Pomponius streichelte ihr unbeholfen über den Kopf und sagte: „Ich weiß nur zu gut, was das für ein Gefühl ist, aber ich weiß nicht, wie ich dir helfen könnte."

„Es verfolgt mich", flüsterte das Mädchen.

„Was verfolgt dich?", fragte Pomponius beunruhigt.

„Ich weiß nicht. Es hat mir aufgelauert als ich aus dem Haus meines Geliebten kam und sich an meine Fersen geheftet. Es ist wie ein Nachtgespenst."

Pomponius war nicht nach Nachtgespenstern zu Mute. Seine Besorgnis vertiefte sich. Er lauschte angestrengt in die Dunkelheit. „Ich kann nichts hören", sagte er schließlich.

„Du kannst es nicht hören. Es bewegt sich lautlos und auf einmal ist es da und packt dich. Komm, lass uns fliehen. Wenn wir zu zweit sind, wird es uns vielleicht nicht angreifen. In meinem Haus sind wir sicher."

„Ich weiß nicht, wo wir sind."

„Aber ich weiß es. Ich kann in der Dunkelheit sehen." Sie nahm ihn bei der Hand. Ihr Griff war fest und kalt. „Komm! Lauf, Pomponius, lauf!"

Pomponius war viel zu verstört, um sich darüber zu wundern, dass sie seinen Namen kannte. Er hielt ihre Hand fest und ließ sich von ihr führen. Er konnte seine Führerin im Nebel nicht mehr erkennen, nur ihren festen Griff fühlen. Seine Füße eilten ohne zu stolpern über das Pflaster. Es war ihm, als ob er dahingleiten würde, getragen von einer unsichtbaren Wolke.

„Wohin bringst du mich?", rief er.

„Nur Geduld, dein Weg ist fast schon zu Ende", antwortete eine Stimme, die von irgendwoher zu kommen schien. Er erhielt einen Stoß und ohne dass er wusste, wie das zugegangen war, stand er plötzlich in einem von zahlreichen Öllampen erleuchteten Raum. Erstaunt sah er sich um. Das Zimmer war relativ groß und befand sich gewiss in einem herrschaftlichen Haus. Das konnte man an der kostbaren Einrichtung erkennen. Er nahm seine Führerin näher in Augenschein. Der Eindruck, den er auf der Straße von ihr gewonnen hatte, hatte ihn nicht getäuscht: Sie war blutjung und von makelloser Schönheit. Bekleidet war sie lediglich mit einem dünnen eleganten Kleid, das durch die Nässe des Regens eng an ihrem Körper anlag. Man konnte jede Einzelheit ihres Körpers erkennen. Es war fast so, als ob sie nackt vor ihm stünde.

„Frierst du denn nicht", fragte er erstaunt und dachte daran, wie er draußen auf der Straße gefröstelt hatte.

„Nein", entgegnete sie und reichte ihm einen Becher. „Mir macht die Kälte der Nacht nichts aus. Aber du solltest das hier rasch trinken. Es vertreibt die Kälte aus den Knochen. Trotzdem werde ich mir jetzt etwas anderes anziehen. Ich bin gleich wieder bei dir, Pomponius."

„Du kennst meinen Namen?"

„Natürlich. Wo glaubst du denn, wo du bist? Dein Haus ist doch nur ein kurzes Stück Weges entfernt. Jeder im Viertel kennt dich."

Pomponius schüttelte den Kopf. „Ich glaube nicht, dass ich dieses Haus kenne."

„Natürlich kennst du es. Du bist sicher oft achtlos daran vorbeigegangen. Es wirkt von außen recht unansehnlich."

„Wohnst du allein hier?"

„Ich wohne bei meinem Vater, aber er ist derzeit auf Reisen. Also wohne ich zurzeit allein. Wir brauchen deine Anwesenheit niemandem zu erklären. Außer uns ist niemand im Haus, abgesehen von ein paar dienstbaren Geistern. Die werden uns gewiss nicht stören. Sollte einer auftauchen, kümmere dich gar nicht um ihn. Trink jetzt, Pomponius."

Pomponius starrte ihr nach, als sie mit wiegenden Hüften aus dem Zimmer eilte und konnte den Blick nicht von ihrem Hinterteil abwenden. Es schien ihm einen Augenblick, als ob ihre Pobacken von smaragdgrünen Schuppen bedeckt seien, so als trüge sie eine Schlangenhaut. Dann war sie verschwunden.

„Was für eine verrückte Nacht", dachte Pomponius und leerte den Becher. Das Getränk schmeckte bitter und entfaltete sofort eine angenehme Wirkung. Wärme breitete sich in seinem Bauch aus und sein Kopf begann klar zu werden. Er begann sich wohl zu fühlen und sah sich aufmerksam um. Die Wände waren umlaufend mit Malereien von höchster Qualität geschmückt. Auf der einen Seite waren tanzende Mädchen abgebildet, die eine Versammlung tafelnder Männer mit ihren Darbietungen erfreuten. Auf der anderen Seite waren dieselben Personen zu sehen, diesmal beim Liebesspiel. Pomponius verschlug es den Atem. Er hatte noch nie so freizügige und detailreiche Darstellungen des Geschlechtsaktes in all seinen Varianten gesehen, nicht einmal in den für ihre Dekadenz bekannten Badeorten im Süden Italiens. Im rötlich flackernden Licht der Lampen schienen die Bilder zum Leben zu erwachen und heftig zu kopulieren. Pomponius meinte sogar leises Stöhnen und Flüstern zu vernehmen.

Eine Tür, die er bisher nicht bemerkt hatte, öffnete sich und ein Mann trat ein. Er war groß, muskulös und in eine mit Goldfäden bestickte Tunika gekleidet, die weitaus wertvoller war, als das Gewand, das Pomponius trug. Trotzdem schien er ein Bediensteter, wahrscheinlich ein Sklave zu sein. „Wünscht du etwas, Herr?", fragte er demütig.

„Nein, danke", antwortete Pomponius. Der Mann kam ihm bekannt vor. Das beruhigte ihn, denn es verlieh der traumhaften Situation eine tröstliche Realität. „Wahrscheinlich habe ich ihn schon auf dem Markt gesehen", dachte er.

„Wie heißt du?", fragte er freundlich.

„Mein Name ist Pollux", antwortete der Sklave.

Es dauerte einen Augenblick, bis Pomponius einfiel, wo er den Mann schon gesehen hatte. Er hatte tot in einer Kammer der Gladiatorenschule gelegen und schon zu stinken begonnen. Er streckte abwehrend die Hände aus. „Das kann nicht sein", würgte er heraus. „Du bist tot!"

„Du etwa nicht, Pomponius?", fragte Pollux und klang leicht erstaunt. „Wenn du noch unter den Lebenden weilst, dann solltest du fliehen, so rasch du kannst."

Pomponius rappelte sich zutiefst verängstigt auf. „Wie komme ich aus diesem Haus?"

Pollux lachte. „Welches Haus? Du stehst mitten in der Nacht auf der Straße und führst Selbstgespräche wie ein Narr."

Die Lichter flackerten heftig. Das Zimmer schien zu schwanken, und sich im Nebel aufzulösen.

Ein kalter Windstoß fuhr herein und das Mädchen sagte mit strenger Stimme: „Fort mit dir, elendes Gespenst. Zurück in die Unterwelt, wo du hingehörst!"

Der Raum gewann wieder feste Konturen und die Lampen brannten mit hellen ruhigen Flammen. Pollux war verschwunden. Das Mädchen war noch leichter bekleidet, als vorhin. Nur ein durchsichtiger Schleier umhüllte sie und betonte ihre Blößen mehr als sie zu bedecken. „Was hast du Pomponius? Du wirkst beunruhigt!"

Mit zitternder Hand wies Pomponius dorthin, wo Pollux gestanden hatte. „Ich habe einen Mann gesehen, der tot sein müsste, nein, der sicher tot ist! Was geht hier vor?"

„Ach du Ärmster", sagte sie und betrachtete den Becher, aus dem er getrunken hatte. „Du hast dieses Getränk zu rasch hinuntergestürzt. Es ist meine Schuld. Ich hätte dich warnen sollen. Es verschafft dir ein angenehmes Gefühl und stärkt deine Manneskraft. Man darf es aber nur in kleinen Schlucken genießen, sonst kann man von bösen Visionen heimgesucht werden. Hab keine Angst, Pomponius. Hier ist niemand außer uns beiden. Die Sklaven schlafen längst. Du hast niemanden gesehen."

Ihre Stimme hatte einen suggestiven, beruhigenden Klang. Pomponius fühlte sich plötzlich müde und entspannt. Er ließ sich auf das Liegebett, auf dem er gesessen hatte, zurücksinken. „Das wird es sein", bestätigte er.

„Ganz sicher." Sie kauerte sich neben ihn und zog die Beine hoch, ohne darauf zu achten, dass der Schleier, der sie ohnehin nur notdürftig bedeckt hatte, zu Boden wehte. Pomponius stieß ein leichtes Keuchen aus und dachte: „Der Trank, den sie mir gegeben hat, stärkt die Manneskraft tatsächlich ganz ungemein, obwohl das wahrscheinlich gar nicht notwendig gewesen wäre."

Sie lehnte sich gegen ihn und begann ihn zu streicheln. Ein aufregender Duft ging von ihren mädchenhaften Brüsten aus. „Genauso hat auch Aliqua gerochen", dachte Pomponius.

„Welcher Kummer bedrückt dich, Pomponius? Hat dir eine Frau wehgetan? Komm her, ich werde dich trösten." Sie umschlang ihn mit den Armen und begann sein Gesicht mit Küssen zu bedecken. Pomponius stöhnte neuerlich auf, ließ seine Hand über ihren Körper gleiten. Sie sah ihm tief in die Augen und öffnete bereitwillig die Schenkel. Pomponius schob die Hand entschlossen vor und spürte einen Augenblick ihre warme, feuchte Weiblichkeit. Die Flammen der Öllampen flackerten, als ob sie erlöschen wollten. Pomponius war plötzlich, als würde sich ein glatter schuppenbedeckten Körper unter seiner Hand winden. Er zuckte zurück.

„Was hast du", fragte das Mädchen.

„Wer bist du?", fragte er mit heiserer Stimme und stellte damit eine Frage, die er schon längst stellen hätte sollen. „Warum gibt sich eine Frau wie du, reich und schön, einem Fremden hin, den sie zufällig auf der nächtlichen Straße getroffen hat?"

Sie sah ihn aufmerksam an. „Weißt du das wirklich nicht? Du trägst den Ring, der dich zu meinem Geliebten macht. Der Geruch unglücklicher Liebe hat mich auf deine Spur geführt. Niemand kann dich mir noch wegnehmen. Du gehörst jetzt mir, Pomponius." Ihre Lippen öffneten sich zu einem triumphierenden Lächeln. Pomponius konnte zum ersten Mal ihre Zähne deutlich sehen. Sie waren scharf und spitz. Die Eckzähne waren länger und spitzer, als er sie je bei einer menschlichen Frau gesehen hatte. „Komm her, Pomponius, wehr dich nicht und genieße es."

„Bist du eine Lamia?", schrie Pomponius entsetzt.

„Ich mag diesen Namen nicht. Warum nennst du mich nicht Aliqua?" Sie packte ihn und drückte ihn mit unwiderstehlicher Kraft aufs Bett, während ihre schrecklichen Zähne immer näher kamen.

Pomponius begann zu schreien. Er schrie jede Beschimpfung hinaus, die ihm einfallen wollte und das waren viele. Zum Teil nahm er auch Anleihen bei dem, was ihm Aliqua an den Kopf geworfen hatte.

Das dämonische Weib ließ ihn los und wich zurück. „Hör auf, sei still", kreischte sie und hielt sich die Ohren zu. „Warum kränkst du mich so?" Pomponius hörte nicht auf, sie zu beschimpfen, und vertiefte seine Anstrengungen mit großem Einfallsreichtum. Die Flammen flackerten immer stärker. Die obszönen Bilder an der Wand kopulierten im wechselnden Licht immer heftiger. Dann erloschen die Lampen und Pomponius stand wieder auf der finsteren Straße. Ohne sich darüber Gedanken zu machen, wie er aus dem Haus entkommen war, rannte er blindlings in die Dunkelheit. Hinter sich hörte er Schritte. „Pomponius", rief eine lockende Stimme. „So warte doch. Ich will dir nichts Böses tun. Ich will dich nur lieben."

Er prallte gegen etwas Hartes, in dem er eine Haustür erkannte. Verzweifelt hämmerte er dagegen. Ein eiskalter Hauch holte ihn ein, jemand packte ihn an den Schultern. Es verschlug ihm den Atem und er konnte kein Wort herausbringen. Er hörte ein leises Fauchen und roch den betörenden Duft, als sich blitzende Zähne seinem Hals näherten. Seine Hand tastete verzweifelt über die Bohlen der Tür und bekamen etwas zu fassen. Spitze Dornen bohrten sich in seine Haut, als er mit dem Zweig wild um sich schlug. „Du tust mir weh, Pomponius", rief eine Stimme. „Oh, du Grausamer, warum fügst du mir solche Schmerzen zu?"

Die Haustür flog auf. Eine Lichtbahn fiel auf die Straße. Ein Wutschrei ertönte und Pomponius wurde freigegeben. Er sank zu Boden und konnte Krixus erkennen, der in der Tür stand und in finsterer Entschlossenheit mit einem Prügel herumfuchtelte. Dann wurde Pomponius bewusstlos.

XV

Ein ekelerregender Geschmack füllte seinen Mund. Er würgte, hustete, spuckte und schlug die Augen auf.

„Na also", meinte Claudius zufrieden. „Das Zeug weckt selbst Tote auf. Wie geht es dir, Pomponius?"

Pomponius blickte um sich. Er lag auf seinem Bett. Um ihn standen Claudius, Krixus und Mara und betrachteten ihn besorgt.

„Was ist geschehen?", krächzte er.

„Das wollen wir von dir wissen", sagte Krixus. „In der Nacht hast du plötzlich vor der Tür gestanden und randaliert. Du hast wie von Sinnen mit einem der Weißdornzweige, die Mara an die Tür gesteckt hat, um dich geschlagen und unverständliche Laute von dir gegeben. Ich war noch nicht zu Bett gegangen, weil ich mir Sorgen um dich gemacht habe. Es hätte ja sein können, dass du wieder bei Aliqua übernachtest, aber ich hatte trotzdem ein ungutes Gefühl." Krixus schwieg einen Augenblick verlegen, als ob es ihm unangenehm sei, zuzugeben, dass er sich um Pomponius gesorgt hatte. „Als der Radau an der Tür losging, habe ich mir einen Prügel geschnappt und nachgeschaut."

„Braver Krixus", lobte Pomponius. „Du hast mir wahrscheinlich das Leben gerettet. Sie hatte mich schon gepackt."

„Wer hat dich gepackt? Du warst allein. Es war sonst kein Mensch zu sehen oder zu hören. Das kann ich beschwören. Dann bist du plötzlich umgefallen und bewusstlos geworden. Ich habe dich ins Haus getragen und dachte, du wärst einfach besoffen. Als du aber am Morgen nicht wach zu kriegen warst, habe ich Angst bekommen. Ich habe alles Mögliche versucht: Ich habe kaltes Wasser über dich geschüttet, dich geohrfeigt und dich angeschrien. Weil alles nichts genützt hat, habe ich die beiden Maultiere genommen und bin zur Gladiatorenschule geritten, um deinen Freund Claudius zu Hilfe zu holen."

„Braver Krixus", wiederholte Pomponius. „Ich war sicher nicht besoffen. Hast du mich je besoffen gesehen?"

„Dann erzähl uns, was dir wirklich zugestoßen ist", forderte Krixus.

„Das hat keinen Sinn, weil mir kein Mensch glauben würde." Pomponius schüttelte den Kopf, was er sofort bereute, weil sich das Zimmer um ihn zu drehen begann.

„Ich werde dir glauben", versicherte Mara. „Komm schon, mein Junge, erzähl, was dir zugestoßen ist."

Pomponius, der das Bedürfnis hatte, sein Herz zu erleichtern, wehrte sich nicht länger und gab einen genauen Bericht über die Ereignisse der Nacht. Zu seiner eigenen Überraschung konnte er sich an jedes Detail genau erinnern.

Seine Erzählung rief unterschiedliche Reaktionen hervor. Mara war davon überzeugt, dass sich alles genau so ereignet hatte, wie er es erzählt hatte. Sie schlug die Hände über dem Kopf zusammen, rief die Götter um Hilfe an und zerrte Pomponius den Eisenring kurz entschlossen vom Finger. „Glaubt ihr mir jetzt?", rief sie. „Dämonen treiben in dieser Stadt ihr Unwesen und beinahe hätten sie meinen armen Pomponius erwischt. Nicht auszudenken, was geschehen wäre, wenn er sich nicht im letzten Moment mit dem Weißdornzweig gewehrt hätte. Hoffentlich lassen sie ihn in Hinkunft in Ruhe. Auf keinen Fall darfst du den Ring wieder anstecken, Pomponius. Das siehst du wohl ein."

Krixus war sich nicht sicher, was er von der Sache halten sollte. Als praktischer Mann hatte er jedoch einen Rat an Pomponius. „Wie auch immer", sagte er, „solltest du auf keinen Fall Aliqua gestehen, dass du beinahe eine nächtliche Zufallsbekanntschaft aufs Kreuz gelegt hast. Das wäre sehr schlecht, wenn du dich mit ihr wieder versöhnen willst."

„Da gibt es nichts zu gestehen", erklärte Claudius. „Denn nichts von dem, was Pomponius erzählt hat, ist wirklich geschehen." Er griff Pomponius ins Gesicht und zog ihm ein Augenlied hoch. „Seht ihr die kleine Pupille? Unser Freund Pomponius hat eine Droge eingenommen und sich alles nur eingebildet, als er durch die Nacht nach Hause getaumelt ist. Ich nehme an, es handelt sich um eine Mixtur, die aus Pilzen zubereitet wird. Die Griechen verwenden das Zeug gern bei religiösen Zeremonien. Angeblich steht es auch bei manchen Germanenstämmen in Verwendung."

Pomponius war geradezu erleichtert, als er das hörte. „Es war alles nur ein Drogenrausch!", rief er. „Ich habe es immer gesagt: Es gibt keine Dämonen!"

Diese Äußerung stieß auf den entschiedenen Protest Maras, die ankündigte, das Haus durch weitere Schutzmaßnahmen noch dämonensicherer zu machen.

„Warum nimmst du solche Drogen? Das schaut dir doch gar nicht ähnlich", wollte Krixus wissen.

„Ich habe sie nicht genommen, jedenfalls nicht wissentlich", erklärte Pomponius. „Jemand muss sie mir beigebracht haben. Ich wüsste aber nicht wer."

„Das ist doch klar", sagte Mara. „Du hast es selber erzählt. Das Dämonenweib hat dir den Trank gegeben."

„Unmöglich", wandte Krixus ein. „Das Dämonenweib ist ein Ergebnis des Drogenrausches. Wie kann sie ihm etwas eingegeben haben, durch das sie selbst erst manifest geworden ist?"

Mara schwieg verwirrt und erklärte dann, Dämonen sei mit solchen Spitzfindigkeiten nicht beizukommen. Sodann kündigte sie an, einen Schutzzauber ausführen zu wollen, den sie von ihrer Mutter gelernt hatte, und der Pomponius zuverlässig vor weiteren Anfechtungen schützen werde.

„Was hast du an diesem Abend zu dir genommen, Pomponius?", fragte Claudius."

„Nichts, nur einen Becher Wein bei Aliqua."

„Und davor?"

Pomponius rieb sich die Schläfen. Er dachte an die Feldflasche Posca, die er an das Riemenzeug seines Maultieres geschnallt hatte. „Ich weiß nicht", sagte er. „Ich kann mich nicht erinnern. Wo ist meine Feldflasche? Vielleicht hat jemand das Gift heimlich hineingemischt."

„Deine Feldflasche habe ich schon sauber gemacht und neu gefüllt", sagte Mara.

„Pomponius schüttelte enttäuscht den Kopf. „Wer immer mir die Droge gegeben hat, was wollte er damit erreichen? Er konnte ja nicht wissen, dass ich Aliqua verlasse. Ich wurde in Wahrheit auf der Straße auch gar nicht angegriffen. Wie lange dauert es, bis diese Droge wirkt?" Er sah Claudius fragend an."

„Nun ja", meinte Claudius, „das ist unterschiedlich. Es kommt auf die Konstitution des Opfers und die Dosis an. Ich vermute, du hast das Gift bei

Aliqua oder kurz davor zu dir genommen. Das passt zu deiner Erzählung, wie du dich auf der Straße verirrt hast. Selbst in stockdunkler Nacht hättest du dich bei klarem Verstand nicht verirren können. Dazu ist der Weg zu einfach und dir zu gut bekannt. Da hat die Droge bereits gewirkt."

„Aliqua ist über jeden Verdacht erhaben", erklärte Pomponius entschieden. „Es muss davor gewesen sein, ich kann mich bloß nicht mehr daran erinnern."

Die anderen stimmten ihm rückhaltlos zu. „Aber es war eine eigenartige Vision", grübelte Pomponius weiter. „Wieso hat mich Pollux gewarnt und gesagt, ich stünde in Wahrheit auf der Straße? Und wieso wollte das bissige Weib, dass ich sie Aliqua nenne?"

„Dazu musst du etwas über die Wirkungsweise dieser Droge wissen", dozierte Claudius. „Sie wirkt nicht immer gleich. Es kommt sehr auf die Situation an, in der sie eingenommen wird, und ebenso auf die Gemütsverfassung des Konsumenten. Du warst nach deinem Streit mit Aliqua aufgewühlt, zornig und frustriert. Außerdem hat deine Trotzgeste, dir den Ring an den Finger zu stecken, deine Gedanken auf die Dämonengeschichte gelenkt. Dazu kommt die stockdunkle Nacht, in der du dich vielleicht nicht gefürchtet, aber sicher sehr unbehaglich gefühlt hast. Aus all diesen Zutaten hat die Droge in deinem Kopf einen veritablen Albtraum gebraut." Er klopfte Pomponius mit den Fingerknöcheln gegen die Stirn, was diesen schmerzhaft zusammenzucken ließ. „Ich sehe, dir geht es wieder gut", konstatierte Claudius ungerührt, „und du hast ein paar Probleme zu lösen. Vale, Pomponius. Komm mich gelegentlich wieder besuchen."

„Eine Bitte habe ich noch", sagte Pomponius eilig. „Bewahrt Stillschweigen über das, was hier gesprochen wurde, besonders Aliqua gegenüber. Ich will sie nicht beunruhigen."

Nachdem Claudius gegangen war, zog sich Mara in die Küche zurück. Nur Krixus blieb bei Pomponius.

„Weißt du, was mir durch den Kopf geht?"

Krixus betrachtete seinen Herrn skeptisch. „Das ist schwer zu sagen. Es kommt darauf an, ob dein Verstand wieder halbwegs funktioniert."

„Sei nicht albern. Es könnte doch sein, dass auch die Mordopfer unter Drogeneinfluss standen, als sie getötet wurden. Das würde erklären, warum sie sich nicht gewehrt haben.“

„Mag sein, aber das hat mit dem, was dir zugestoßen ist, nichts zu tun.“

„Bist du dir sicher? Was wäre, wenn mir Aliqua das Gift gegeben und mich absichtlich auf die Straße gejagt hat, nachdem ich von dem Zeug getrunken hatte? Was ist, wenn dort schon jemand auf mich gelauert hat?“

„Dein Verstand ist tatsächlich noch immer benebelt, Pomponius. Bist du verrückt? Wie kannst du nur Aliqua verdächtigen? Sie würde dich nie verraten, dir nie etwas Böses antun wollen.“

Krixus war aufrichtig empört. Pomponius schämte sich auch sofort. „Du hast natürlich recht“, räumte er eilig ein.

„Ich habe meistens recht. Außerdem habe ich im Gegensatz zu dir meinen Kopf gebraucht. Wir wissen ziemlich genau, wann du von Aliqua weggegangen und wann du vor deinem Haus angekommen bist. Du hast nicht viel länger gebraucht, als man in einer finsteren Nacht eben braucht. Deine Beine hatten mehr Verstand, als dein umnebelter Kopf. Sie haben dich nämlich schnurstraks nach Hause getragen. Wenn wir den Zeitfaktor berücksichtigen, kann sich von dem, was du erlebt haben willst, nichts wirklich zugetragen haben. Dazu reichte die Zeit einfach nicht. Niemand hat auf dich gelauert!“

Pomponius war zutiefst erleichtert. „Ich glaube, dass ich dich manchmal unterschätze, mein guter Krixus.“

„Nicht nur manchmal, sondern ständig.“

„Ich frage mich nur“, überlegte Pomponius weiter, „wann man mir das Gift beigebracht hat und wozu, wenn nicht zu dem Zweck, mich auf einsamer, finsterer Straße wehrlos zu machen."

„Es war mit Sicherheit in deiner Feldflasche“, mutmaßte Krixus.

„Aber wozu? Dann wusste der Täter nicht, wann ich davon trinken werde. Ich hätte auf offener Straße, vor allen Leuten beginnen können, zu halluzinieren. Dann hätte man mich allenfalls für besoffen gehalten und nichts weiter wäre passiert.“

„Vielleicht sollte es auch nur eine Warnung sein, Pomponius. Hast du daran schon gedacht?"

„Du meinst man wollte mich bloß verunsichern und in meinen Ermittlungen irre machen? Möglich wäre es."

„Endlich kommt dein Verstand wieder in Gang", lobte Krixus.

„Ich frage mich nur", grübelte Pomponius, „ob es in der Stadt wirklich so ein Zimmer gibt, wie ich es beschrieben habe. Es hat so real gewirkt. Ich kann mich jetzt noch an alle Details erinnern."

Krixus schwieg. Pomponius sah ihn scharf an. „Wolltest du etwas sagen?"

„Nein!"

„Dann sag es trotzdem und zwar auf der Stelle", befahl Pomponius.

„Nun ja", entgegnete Krixus widerwillig, „ich habe tatsächlich schon von so einem Zimmer gehört. Besonders von den unanständigen Bildern an den Wänden."

„Und wo ist dieses Zimmer?"

„Im Haus des Leonidas. Ich habe auf dem Markt einen anderen Sklaven getroffen, der bei einem Maler und Stuckateur arbeitet. Sie haben erst vor wenigen Wochen dieses Zimmer ausgestaltet. Leonidas hat ihnen dazu genaue Anweisungen gegeben. Mein Gesprächspartner war ziemlich befremdet über diese speziellen Wünsche, aber sein Herr hat gesagt 'Auftrag ist Auftrag, Hauptsache das Geld stimmt'. Angeblich soll Leonidas in diesem Zimmer Gastmähler veranstalten, die regelmäßig in Orgien münden."

Pomponius stieß den Atem aus. „Leonidas! Das könnte passen. Ich hatte gestern eine heftige Auseinandersetzung mit ihm. Dem Kerl trau ich ohne weiteres zu, dass er mir das Gift beigebracht hat. Er hat mir sogar gedroht!"

„Halt, halt!", rief Krixus. „Deine Phantasie geht schon wieder mit dir durch. Du konntest gestern Nacht nicht im Haus des Leonidas gewesen sein!"

„Wieso kann ich mich dann an das Zimmer erinnern?"

„Das weiß ich doch nicht. Wir wissen ja nicht einmal, ob es dieses Zimmer ist. Wahrscheinlich hast du bloß den gleichen geilen Geschmack wie Leonidas und dir so ein Zimmer zusammenfantasiert. Überleg doch folgendes: Wenn man dich wirklich in Mordabsicht in das Haus des Leonidas gelockt hätte, glaubst du, du wärst lebend wieder herausgekommen, nur weil du geschimpft und geflucht hast?"

„Nein, das wohl nicht", räumte Pomponius ein. „Er hat ein paar üble Burschen als Leibwächter. Die hätten sicher kurzen Prozess mit mir gemacht." Er hob den Kopf. „Wer klopft da?"

„Das wird Mara sein. Sie nagelt noch ein paar Weißdornzweige und eigenartige Amulette an unser Haus."

„Abergläubischer Unsinn, aber schaden kann es wohl nicht." Pomponius war über sich selbst erstaunt, dass er dieses Zugeständnis machte. Krixus nickte bedächtig.

„Noch etwas will ich wissen: Hat Leonidas eine Tochter?"

„Nein, aber eine Geliebte", sagte Krixus mürrisch. „Bevor du weiter fragst: Ja, sie sieht so ähnlich aus, wie das Mädchen, von dem du erzählt hast. Das besagt aber gar nichts. Es gibt eine Menge hübscher junger Frauen in der Stadt, auf die deine Beschreibung passen könnte."

„Das glaube ich nicht. Sie war ungewöhnlich schön."

„Mit dem Trank, den du im Leibe hattest, wäre dir jedes Weib wie eine zweite Venus vorgekommen. Aber du hast ja gar keine reale Frau gesehen. Du hast dir nur ein Trostmädchen für einen enttäuschten Liebhaber zusammengeträumt."

Pomponius rieb sich wieder die Schläfen. „Das ist alles sehr verwirrend. Ich bin müde. Ich werde noch ein wenig schlafen. Kümmere dich inzwischen um die Maultiere!"

„Ist das der Dank für all die guten Ratschläge, die ich dir gebe? Mich mit Arbeit zu überhäufen?", fragte Krixus erbittert.

Pomponius hörte ihn nicht mehr. Er war eingeschlafen.

XVI

Schon der abscheuliche Geruch genügte, um Pomponius wach werden zu lassen. Krixus stand an seinem Bett und hielt eine kleine blaue Phiole, die Claudius dagelassen hatte, in der Hand.

„Du willst mir doch wohl nicht schon wieder diese Jauche in den Mund träufeln?", fragte Pomponius empört.

„Ich dachte, du solltest sehr rasch wach werden. Besuch ist gekommen."

„Wer?"

„Aliqua ist schon um die sechste Stunde eingetroffen und hat sich nach dir erkundigt. Sie hat aber gemeint, ich soll dich schlafen lassen. Dann hat sie mir geholfen, auszumisten und die Maultiere zu füttern."

„Und warum jetzt die Eile?"

„Es ist noch jemand gekommen. Dein Freund Ballbilus. Er trägt Rüstung und schaut sehr dienstlich aus. Er hat gesagt, ich soll dich sofort aufwecken."

„Oh Gott", stöhnte Pomponius.

„Du musst schon sagen, welchen Gott du um Hilfe anrufst. Sonst fühlt sich keiner zuständig. Und Hilfe wirst du ganz sicher brauchen, so wie der Mann dreinschaut. Steh jetzt auf!"

Pomponius rappelte sich hoch und wankte in das Zimmer, das er gerne als seinen Empfangsraum bezeichnete. Er hatte noch immer Kopfschmerzen, war unmäßig durstig und fühlte ein heftiges Brennen im Magen. Aliqua und Ballbilus saßen an einem Tisch und unterhielten sich angeregt. „Ave", sagte Pomponius mit gebrochener Stimme.

Ballbilus musterte ihn aufmerksam. „Ave Pomponius. Was ist denn mit dir los? Du schaust erbärmlich aus."

„Wie geht es dir?", fragte Aliqua leise. Sie hielt den Kopf gesenkt, als ob sie ihm nicht in die Augen schauen wollte.

„Sie hat ein furchtbar schlechtes Gewissen", dachte Pomponius mit grimmiger Befriedigung. Er räusperte sich und sagte: „Ich hatte eine unangenehme Nacht. Ich habe etwas gegessen oder getrunken, das mir nicht bekommen ist."

„Wohl eher getrunken", konstatierte Ballbilus fachmännisch. „Du musst mehr Wasser in deinen Wein mischen. Der heurige Wein ist ziemlich stark."

„Ich habe auch nicht gut geschlafen", flüsterte Aliqua. „Es tut mir leid." Sie ließ offen, was ihr leid tat und niemand fragte danach.

Mara kam herein und reichte Pomponius einen großen Becher. „Trink das, Herr. Dann geht es dir gleich besser."

„Was ist das?"

„Keine Sorge, das ist nur Posca. Es macht deinen Kopf klar und beruhigt deinen Magen."

Pomponius leerte den Becher mit tiefen Zügen und fühlte sich gleich deutlich besser. „Ich ahne, was dich zu mir führt", sagte er zu Ballbilus. „Unser Kommandant versichert mich seiner immerwährenden Freundschaft und bittet mich um einen Besuch. Was hat er mir diesmal angedroht, für den Fall, dass ich nicht sofort antanze?"

„Gar nichts", entgegnete Ballbilus. „Er hat sehr besorgt gewirkt und lediglich befohlen, dich sofort zu holen." Er sah Aliqua an. „Alle beide sollt ihr kommen. Es wird besser sein, du beeilst dich Pomponius. Aber mach dich vorher etwas zurecht. Bei allem Respekt: So wie du ausschaust, sollte ein Offizier nicht vor seinen Kommandanten treten."

Wenig später waren sie auf dem Weg zum Statthalterpalast. Ballbilus war zu Pferde gekommen, was es ihnen zur Freude Aliquas ermöglichte, auf ihren Maultieren zu reiten.

„Was hat er zu den Ereignissen bei Fortunatas Schenke gesagt?", fragte Pomponius.

„Er hat nur tief geseufzt", antwortete Ballbilus.

„Und was gibt es sonst an Neuigkeiten?"

„Genaueres weiß ich nicht. Aber die Lage scheint sich zuzuspitzen. Es haben mehrere Beratungen des Generalstabes stattgefunden, an denen auch Masculinius teilgenommen hat. Außerdem hat der Tod Fortunatas große Aufmerksamkeit erregt. Ein Verrückter hat sich als Volksredner betätigt und geschrien, das sei ein weiteres Zeichen der Götter gewesen, die den

Germanenkrieg nicht wollen. Die Stadtkohorte hat tatenlos zugesehen. Wir haben zwar sofort einen Trupp losgeschickt, aber dieser Aufwiegler ist uns durch die Lappen gegangen. Wir fahnden jetzt in der ganzen Stadt nach ihm."

Im Statthalterpalast wurden sie sofort vorgelassen. Masculinius saß an seinem Arbeitstisch. Er wirkte müde und erschöpft. „Man sieht ihm sein Alter an", dachte Pomponius, der nicht realisierte, dass er trotz aller Bemühungen, sich frisch zu machen, einen ähnlichen Anblick bot.

Masculinius winkte ab, als Pomponius versuchte, so etwas Ähnliches wie eine militärische Meldung zustande zu bringen. Mit einer Handbewegung bedeutete er ihnen, auf den Stühlen vor seinem Tisch Platz zu nehmen.

„Ich will dich nicht tadeln, Pomponius", sagte er unter Verzicht auf Vorreden. „Du hast dich Leonidas gegenüber richtig verhalten. Wir müssen darauf achten, dass man uns nicht nur respektiert, sondern geradezu fürchtet. Dennoch gebe ich dir jetzt folgenden Befehl: Du wirst in Hinkunft alles vermeiden, was Publius Calpurnius verärgern könnte. Das gilt auch für seinen Freigelassen Leonidas, diese Nachgeburt einer Hündin, oder sonstigen Leuten, die in seinem Auftrag handeln. Du wirst künftig jeder Situation aus dem Weg gehen, die zu einer Konfrontation führen könnte."

Pomponius hatte mit etwas Derartigem gerechnet. Er neigte gehorsam den Kopf: „Hören heißt gehorchen, Herr. Aber ich verstehe nicht, weshalb uns Publius Calpurnius Steine in den Weg legt, zumal er doch ein Günstling, ja sogar Freund des Kaisers ist."

„Nicht gerade ein Freund, aber ein wichtiger Geldgeber. Weder Publius noch der Imperator haben ein Interesse daran, dass bekannt wird, aus welchen Quellen das Geld rührt, mit dem dieser Feldzug finanziert wird, nämlich aus Sklavenhandel, Drogenhandel und Prostitution. Außerdem strebt Publius nach höheren politischen Weihen. Für einen künftigen Statthalter wäre es peinlich, wenn eine breitere Öffentlichkeit davon erführe, woher sein Reichtum stammt. Es gibt zwar eine Reihe von Bestimmungen, die Sklaven vor willkürlicher Misshandlung und Tötung durch ihren Herrn schützen, aber sämtliche Bestrebungen, auch die zwangsweise Prostitution von Sklavinnen und Sklaven zu unterbinden, sind bisher erfolglos geblieben. Zu groß ist der Gewinn, der damit erzielt werden kann, und zu zahlreich sind Angehörige der Oberschicht, die daraus ein Einkommen beziehen. Publius tut also nichts, das verboten wäre, aber seine Geschäfte gelten trotzdem als anrüchig. Man wünscht daher, dass du nicht in seinen Angelegenheiten herumstocherst und unnötig Staub aufwirbelst."

„Dennoch scheinen alle Spuren in den ‚Grünen Hintern' zu führen."

„Das ist ein Zufall, ein unangenehmer Zufall, auch für Publius."

„Noch etwas ist mir an diesem Mann unklar. Er betreibt seine Geschäfte im ganzen Reich, weshalb er auch so häufig auf Reisen ist. Carnuntum ist doch nur ein kleiner unbedeutender Markt für ihn. Auch wenn er hier ein paar Hurenhäuser kontrollieren sollte, große Reichtümer wird er damit nicht gewinnen. Weshalb hat er sein Hauptquartier also hier aufgeschlagen?"

„Ganz einfach. Weil auch der Kaiser hier ist. Publius ist ein Mann, der gerne seine Investitionen im Auge behält. Heute bist du aber nicht besonders scharfsinnig, Pomponius." Masculinius betrachtete seinen Besucher aufmerksam. „Du schaust sehr angeschlagen aus. Wein und Weiber sollte man nur mit Maßen genießen. Das gilt besonders für Offiziere, die, so wie du, einen wichtigen Auftrag auszuführen haben. Ich hoffe sehr, Aliqua ist nicht schuld an deinem Zustand. Ich würde eure Zusammenarbeit nur ungern beenden müssen."

Aliqua errötete heftig und senkte den Kopf.

„Nichts dergleichen, Herr", sagte Pomponius eilig. „Es ist vielmehr so, dass ich einen furchtbaren Albtraum hatte, aus dem man mich nicht wecken konnte, weshalb man sogar einen Arzt holen musste. Es geht mir schon besser, aber ich habe noch immer Kopfschmerzen."

„Das ist beunruhigend. Dich wird doch am Ende nicht die Pest erwischt haben? Hast du Fieber?"

Pomponius legte sich selbst die Hand auf die Stirn und schüttelte dann den Kopf. „Nein, Herr. Auch der Arzt hat keine Anzeichen der Pest festgestellt. Ich bin bereits auf dem Weg der Besserung."

„Dann ist es ja gut. Welcher Traum hat dich so mitgenommen? Kannst du dich daran erinnern? Man sagt ja, dass Träume bisweilen Botschaften der Götter sind."

„Ich kann mich sogar ganz genau erinnern, Herr. Mir hat von einer Schlange geträumt, die die Gestalt einer liebenden Frau angenommen hat. Sie hat mir einen giftigen Trank eingegeben und dann versucht, mich zu verführen, damit sie mir in aller Ruhe die Kehle durchbeißen kann. Ganz so, wie es unseren Mordopfern geschehen ist. Ich bin ihr nur mit Mühe entkommen."

Masculinius sagte unwillig: „Fängst du jetzt auch schon damit an? Die ganze Stadt brodelt vor abergläubischen Gerüchten. Ich habe dich für einen aufgeklärten Mann gehalten, der vor solchen Anfechtungen gefeit ist."

„Das bin ich auch, Herr. Sei unbesorgt!"

„Ich bin aber besorgt. Hör zu, Pomponius: Wir müssen unbedingt einen Täter finden, dem wir diese Ritualmorde anlasten und den Beweis führen können, dass sie nichts Übernatürliches an sich haben. Mir ist inzwischen gleichgültig, ob es der richtige Täter ist, oder nicht. Aber wir müssen sehr bald Erfolg haben."

„Ich verstehe, Herr. Aber ich verstehe nicht die besondere Dringlichkeit."

„Dieses verfluchte Wetter hindert uns daran, mit dem Feldzug zu beginnen. Wenn die Soldaten einmal im Feld stehen, haben sie andere Sorgen, als sich mit Ammenmärchen zu beschäftigen. Aber das Zuwarten gibt ihnen viel Zeit zum Nachdenken. Sie sind schon halb und halb davon überzeugt, dass ein Fluch auf dem Vorhaben des Kaisers liegt. Überall sind Leute unterwegs, die einander Schauergeschichten erzählen. In einem der Dörfer vor der Stadt soll ein Zicklein mit zwei Köpfen geboren worden sein. Es wird auch behauptet, die Statue des vergöttlichten Lucius Verus, des verstorbenen Mitregenten unseres Kaisers, habe blutige Tränen geweint. Viele Menschen zweifeln nicht mehr daran, dass eine von den erzürnten Göttern gesandte Lamia in der Stadt wütet. Das Gerücht breitet sich rasend schnell aus. Daran bist du nicht ganz unschuldig. Die Ringe, die du bei den Toten sichergestellt hast, genauer gesagt die Inschriften, haben entscheidend dazu beigetragen. Man nennt sie inzwischen die Liebesringe der Lamia."

Pomponius zog die drei Ringe hervor und legte sie auf den Tisch. „Das kann ich mir nicht vorstellen. Niemand weiß, was darauf steht."

„Oh da irrst du dich. Denn du hast dich sehr bemüht, sie übersetzen zu lassen. Publius Calpurnius, dem du die Ringe gezeigt hast, hat bei einem Gastmahl ausführlich davon erzählt. Auch dein Freund Quintus Pacuvius, der häufig in der Therme herumlungert und Schnurren erzählt, hat mit seiner Belesenheit geprahlt und von seiner Übersetzung berichtet. Es war auch bald klar, dass solche Ringe bei allen Mordopfern gefunden wurden. Ganz besonders, als durchgesickert ist, dass auch Penelope so einen Ring getragen hat, als man sie fand."

„Jetzt können wir jedenfalls sicher sein, dass die Ringe mit den Morden etwas zu tun haben." Es war das erste Mal, dass sich Aliqua einmischte.

Masculinius nickte ihr wohlwollend zu. „Dann folgt dieser Spur. Wie ich schon sagte: Die Angelegenheit brennt uns auf den Nägeln. Denn es gibt weitere politische und militärische Implikationen."

Pomponius lehnte sich aufmerksam vor: „Willst du uns darüber unterrichten?"

„Das kann nicht schaden. Die Markomannen haben Unterhändler zu Marc Aurel gesandt. Sie schlagen einen dauerhaften Friedensvertrag vor, der den Waffenstillstand ablösen soll. Sie sind bereit, die entmilitarisierte Zone noch weiter ins Landesinnere zu verlegen. Auch die Quaden und andere Stämme haben Unterhändler geschickt und vorgeschlagen, eine Art Nichtangriffspakt mit uns zu schließen. Es gibt jetzt Stimmen, sowohl im Senat in Rom, als auch im Generalstab, die von einem Feldzug mit ungewissem Ausgang abraten und meinen, man solle diese Angebote annehmen. Mit etwas geschickter Propaganda könnte man das als Sieg verkaufen und überzeugend darlegen, dass die Germanen angesichts des gewaltigen römischen Truppenaufmarsches klein beigegeben hätten. Marc Aurel bekäme einen Triumphzug in Rom und die Donaugrenze wäre gesichert."

„Wäre das denn keine gute Lösung?", fragte Aliqua.

„Nein", entgegnete Masculinius. „Das wäre eine kurzfristige Lösung, die uns nur wenige Jahre Sicherheit und Frieden bringt. Du weißt nicht, was unsere Späher berichtet haben. Weit im Norden sind ganze Völkerschaften in Bewegung geraten und verlassen ihre angestammten Wohnsitze. Das liegt daran, dass es Missernten gegeben hat und die Ackerböden immer unergiebiger werden. Außerdem werden sie zunehmend vom Volksstamm der Goten bedrängt, der seinen Machtbereich ausdehnt. Alle diese Stämme bewegen sich in unsere Richtung. Noch spüren wir nicht viel davon, aber in ein paar Jahren wird uns die große Masse der heimatlos gewordenen Wanderer erreichen. In den römischen Provinzen sehen sie alles, was sie sich wünschen. Fruchtbare Böden, Siedlungsgebiet, Wohlstand und die Errungenschaften einer Zivilisation, zu der sie zwar nichts beigetragen haben, deren Annehmlichkeiten sie aber genießen wollen. Sie werden nicht lange fragen, sondern sich nehmen, was sie haben wollen. Der Kaiser hat das erkannt. Er ist der Meinung, dass man dem rechtzeitig vorbeugen muss. Er will jenseits des Limes zwei neue römische Provinzen errichten, die als Pufferzonen dienen und die Donauprovinzen schützen sollen."

Pomponius schüttelte skeptisch den Kopf. „Und was dann? Dann haben wir zwei weitere exponierte Provinzen, deren Grenzen wir sichern müssen."

„Das ist nicht unsere Entscheidung. Die Pläne dafür wurden bereits ausgearbeitet, sind aber noch geheim. Denn es ist nicht anzunehmen, dass ihnen der Senat bei der katastrophalen finanziellen Situation des Reiches zustimmen wird. Marc Aurel beabsichtigt daher, vollendete Tatsachen zu schaffen und weite Gebiete im Barbaricum militärisch zu besetzen. Er will diesen Feldzug unbedingt durchführen. Ihr versteht also, wie ungelegen ihm die schwindende Kriegsbereitschaft im Senat, im Heer und in der Bevölkerung kommt. Angeheizt wird diese Stimmung noch durch angeblich ungünstige Vorzeichen, in denen Zauderer und Feiglinge allzu gerne den Willen der Götter erkennen wollen. Ihr werdet jetzt also verstehen, warum ich euch zur Eile dränge. Findet den Mörder und beschämt alle jene, die in den Untaten eines elenden Verbrechers eine göttliche Manifestation erkennen wollen."

„Wenn das Wetter bald umschlägt und die Truppen in Marsch gesetzt werden können, würden sich alle diese Probleme lösen", meinte Aliqua.

„Darauf wollen wir uns nicht verlassen. Ich erinnere mich an einen Schlechtwettereinbruch vor etwa zwanzig Jahren. Es schneite damals noch zu Sommerbeginn. Der politische Druck auf den Kaiser, den Feldzug abzubrechen, ehe er noch begonnen hat, wächst aber von Tag zu Tag. Nicht auszudenken, wenn es, angefacht durch abergläubische Furcht, auch noch zu einer Revolte innerhalb der Truppe käme." Er schob Pomponius die drei Ringe zu, der sie zu sich steckte. „Ich wünsche, dass ihr mir den Übeltäter lebend bringt. Es soll ein öffentlicher

Prozess vor dem kaiserlichen Gericht stattfinden. Alles Volk soll sehen, wie töricht es war, auf falsche Propheten zu hören. Das wird uns auch die Möglichkeit geben, gegen Wahrsager und Orakeldeuter, die gegen die Pläne des Kaisers reden, mit aller Härte vorzugehen, ohne dass man uns eine Missachtung des Götterwillens vorwerfen könnte. Geht, ihr habt viel zu tun und tut es rasch!"

Pomponius und Aliqua waren entlassen. Sie verbeugten sich ehrerbietig und verließen den Raum, vor dem bereits andere darauf warteten, vorgelassen zu werden.

„Was hältst du davon", fragte Pomponius, als sie heimwärts ritten.

„Ich glaube, sagte Aliqua nachdenklich, dass jemand ganz gezielt versucht, Furcht zu verbreiten. Dazu wurde das Gerücht in die Welt gesetzt, eine Lamia würde die Stadt heimsuchen. Darauf weist die Art der Morde hin und der Spruch auf den Ringen, die die Mordopfer trugen. Aber zu welchem Zweck?"

„Aus dem offenkundigen, der sich deutlich abzeichnet. Man versucht eine Invasion des Barbaricums zu verhindern, oder zumindest zu verzögern."

„Wer könnte ein Interesse daran haben?"

„Wenn ich nach dem Grundsatz ‚cui bono' gehe, dann in erster Linie die Markomannen, die Zeit gewinnen wollen, weil sie befürchten, derzeit der römischen Armee nicht standhalten zu können. Dazu würde passen, dass sie gerade jetzt Friedensangebote machen und verhandeln wollen."

„Aber die Germanen könnten doch wohl kaum so einen raffinierten Plan aushecken und in Carnuntum umsetzen", zweifelte Aliqua.

„Sag das nicht. Genauso wie wir Späher im Barbaricum haben, haben auch die Germanen tüchtige Spione bei uns. Da kannst du ganz sicher sein. Erinnere dich an Aurelius, in dem niemand einen Agenten der Germanen vermutet hätte, ehe ich ihm auf die Schliche gekommen bin." [2]

„Du meinst, wir sollen in diese Richtung ermitteln? Das wird aber schwer. Wir haben keine Ahnung, wo ein solcher Agent sitzen könnte."

---

[2] ‚Die Carnuntum-Verschwörung' – Books on Demand, Norderstedt 2017

„Einen Anhaltspunkt gibt es. Es muss eine Beziehung zum ‚Grüne Hintern' geben. Alle Mordopfer haben dort gewohnt. Auch Pollux, ehe er Gladiator wurde."

„Das wird problematisch, wenn wir Ärger mit dem ehrenwerten Publius vermeiden wollen."

„Ich weiß. Ich habe vergessen, Masculinius zu fragen, ob etwas über Briseis bekannt ist. Sie hat auch im ‚Grünen Hintern' gewohnt und war vermutlich das erste Opfer unseres Mörders."

„Masculinius wird keine weiteren Informationen haben", sagte Aliqua, „sonst hätte er es uns gesagt. Dieser Mord, wenn es überhaupt Briseis war, die man auf der Straße nach Vindobona gefunden hat, passt insofern nicht zu den anderen, als er kein Aufsehen erregt hat, was aber der Zweck dieser Morde zu sein scheint. Nur Quintus Pacuvius hat davon erzählt."

Sie hatten inzwischen das Haus Aliquas erreicht. Aliqua glitt geschmeidig von ihrem Reittier. „Es beginnt schon wieder dunkel zu werden. Ich melde mich morgen früh bei dir." Sie drückte ihm die Zügel ihres Maultieres in die Hand. „Vale, Pomponius."

Pomponius wartete, bis er hörte, wie sie die Tür von innen verriegelte, dann ritt er langsam davon. Nicht dass er erwartet hatte, sie würde ihn hineinbitten, aber möglich wäre es ja gewesen.

XVII

„Es scheint, dass sich Aliqua verspätet", erklärte Pomponius verärgert. „Also lasst uns ohne sie beginnen. Was gibt es Neues?"

„Der ‚Grüne Hintern' wird morgen wieder eröffnet", berichtete Manius. „Ein gewisser Leonidas hat das veranlasst. Er hat auch neues Personal organisiert. Die Götter mögen wissen, wo er die Mädchen herbekommen hat. Es sind ein paar ganz niedliche darunter. Der Mord wird dem Geschäft nicht schaden. Ganz im Gegenteil: Die Leute sind auf den Ort neugierig, wo die Lamia zugeschlagen hat."

„Ich versichere euch, es war keine Lamia oder sonst ein Dämon, der Fortunata umgebracht hat", sagte Pomponius unwillig, „sondern ein ganz gewöhnlicher Mensch. Es sind bloß Leute unterwegs, die dieses Gerücht verbreiten. Das ist auch der Grund, warum ich euch hergebeten habe: Ich will herausfinden, wer diesen Unfug in die Welt setzt. Ich glaube nämlich, dass ein Zusammenhang zwischen diesen Gerüchten und den Morden, die ich aufklären soll, besteht."

„Ich fürchte, das wird nicht einfach sein", wandte Numerius ein. „Die ganze Stadt spricht schon von Dämonen und ungünstigen Vorzeichen. Sogar dein Haus ist mit Weißdornzweigen geschmückt, wie ich gesehen habe."

„Das war Mara. Ich habe es ihr nicht verwehrt, weil sie sonst vor Angst umgekommen wäre." Pomponius seufzte. „Nicht umsonst stellt man sich das Gerücht, die Fama, als dämonisches Wesen aus der Zwischenwelt vor, das unstet auf Erden umherhuscht und bunt vermischt Wahrheit und Lügen verbreitet. Oft begleitet sie auch den Kriegsgott Mars und sät Furcht in die Herzen der Menschen. So, wie es jetzt der Fall ist. Denkt nach! Wo und wann haben die Gerüchte über eine Lamia ihren Anfang genommen?"

„Kurz nachdem man Penelope, das tote Mädchen aus dem ‚Grünen Hintern', gefunden hat", sagte Numerius nach einigem Nachdenken.

„Ja", bestätigte Manius. „Das stimmt. Das erste Mal hat mir Sylvia davon erzählt."

„Deine Gefährtin? Und woher hatte sie es?"

„Ich glaube von Roxana. Das ist eine Wahrsagerin, die in unserem Viertel wohnt. Sie verkauft Zaubertränke und sie sagt dir die Zukunft voraus."

„Sieh an", meinte Pomponius. „Eine Wahrsagerin! Wahrsager sind die heimlichen Hohepriester der Fama. Die Deutung von Omen ist nämlich nur bestimmten Priestern gestattet. Es gibt Gesetze, die das Vorhersagen der Zukunft und das Geisterbeschwören durch Unbefugte verbieten. Wenn jemand gar den Tod einer bestimmten Person prophezeit, wird er besonders streng bestraft. Wenn die Person, deren Ableben vorhergesagt wird, aber der Kaiser selbst ist, werden der Wahrsager und derjenige, der ihn befragt hat, sofort hingerichtet. Das ist auch naheliegend, damit niemand ermutigt wird, die Prophezeiung in die Tat umzusetzen."

„Nun, wenn das so ist, dann kümmert sich niemand um solche Gesetze", erklärte Numerius. „Ich könnte dir auf der Stelle ein Dutzend Wahrsager und Wahrsagerinnen nennen, die in der Stadt praktizieren." Er beugte sich vor. „Man erzählt sich, die Ermordeten hätten Ringe getragen, die sie zu vorherbestimmten Dämonenopfern gemacht hätten. Aber niemand, den ich kenne, hat so einen Ring gesehen."

„Dann schau sie dir jetzt an." Pomponius griff in seine Schatulle und legte die drei Ringe auf den Tisch."

„Du hast sie?", fragte Manius erstaunt.

„Ich habe sie im Zuge meiner Ermittlungstätigkeit sichergestellt."

„Stimmt, was man sich erzählt?"

„Ich habe die Schriftzeichen übersetzen lassen. Ja, es stimmt. Man kann die Schrift so deuten, wie Numerius gesagt hat."

„Das ist gruselig", befand Manius. Er nahm einen der Ringe vorsichtig in die Hand und versuchte, ihn über einen Finger zu schieben.

„Davon würde ich abraten", warnte Pomponius. „Ich habe es selbst versucht und mit einem dieser Ringe einen Nachtspaziergang unternommen."

„Ich dachte, du glaubst an so etwas nicht. Bist du einem Gespenst begegnet?"

„Ich glaube nicht an Gespenster", entgegnete Pomponius verlegen, „und ich habe nicht den Wunsch noch einmal einem zu begegnen."

„Gruselig", wiederholte Manius. „Diese gefährlichen Ringe müssen uralt sein."

„Keine Rede davon. Ich habe sie prüfen lassen. Es handelt sich um recht gut gemachte Replikate aus jüngster Zeit. Man hat sie nur auf alt getrimmt. Das bestärkt mich in der Annahme, dass jemand absichtlich Panik erzeugt."

„Was du nicht sagst", staunte Manius. Er hielt Numerius den Ring hin. „Was meinst du? Wenn der nicht alt ist, sondern nur auf alt gemacht wurde, könnte er von Lucius stammen."

„Wer ist Lucius?", wollte Pomponius wissen.

„Ein Goldschmied, der drüben in der Militärstadt wohnt. Er stellt hauptsächlich Fälschungen her, die er Leuten andreht, die sich über günstige Schnäppchen freuen. Wenn er dir ein echtes goldenes Schmuckstück zu einem sensationellen Preis anbietet, kannst du sicher sein, dass nur der Überzug aus Gold besteht. Darunter ist Blei."

„Wieso wisst ihr bloß über solche Sachen Bescheid?", wunderte sich Pomponius.

„Damit wir großzügigen Männern, so wie du einer bist, bei ihren eigenartigen Unternehmungen behilflich sein können", sagte Manius würdevoll.

Pomponius lächelte. „An meiner Großzügigkeit soll es nicht scheitern. Ich trete, ehrlich gesagt, bei meinen Ermittlungen auf der Stelle und muss jeder Spur nachgehen, die sich bietet. Vielleicht bringt es etwas, wenn ich mir Roxana und Lucius näher ansehe. Könnt ihr mir dabei behilflich sein?"

„Das ist kein Problem", versicherte Numerius. „Wenn du heute nach Mittag zu Manius kommst, bringen wir dich zu den beiden."

„Ich komme etwa um die achte Stunde." Pomponius griff abermals in die Schatulle, nahm Münzen heraus und schichtete sie vor seinen Besuchern auf.

„Du bist wahrhaftig ein großzügiger Mann", freute sich Numerius. „Wir sollen dich übrigens von Knochenbrecher grüßen lassen. Er bedankt sich sehr, dass du Phoebe zu ihm geschickt hast. Sie wohnt jetzt bei ihm."

„Wenn er zufrieden ist, bin ich es auch. Obwohl die Frau weder eine Schönheit ist, noch ein besonders einnehmendes Wesen hat."

„Das trifft auch auf Knochenbrecher zu." Manius lachte. „Die beiden passen ganz gut zusammen. Außerdem findet es Knochenbrecher viel bequemer, eine

Frau im Hause zu haben, als immer ins Bordell zu gehen, wo er bezahlen muss. Vale Pomponius, lass Aliqua von uns grüßen. Wir sehen uns dann später."

Kurz nachdem Manius und Numerius gegangen waren, traf Aliqua ein. „Entschuldige die Verspätung", sagte sie atemlos. „Ich bin im Geschäft aufgehalten worden. Was haben wir heute vor?"

„Ich habe mich eben mit Manius und Numerius besprochen und hätte dich gerne dabeigehabt", rügte sie Pomponius. „Es wäre mir recht, wenn du künftig pünktlicher bist. Auch wenn wir ein Liebespaar sind, solltest du nicht vergessen, dass wir gemeinsam an einem Fall arbeiten."

Aliqua war schuldbewusst und gekränkt. Dementsprechend aggressiv fiel ihre Antwort aus. „Bloß weil wir miteinander geschlafen haben, sind wir noch lange kein Liebespaar", sagte sie mit scharfer Stimme. „Du benimmst dich auch gar nicht so, als ob wir eines wären."

„Dann solltest du dir noch weniger Disziplinlosigkeiten leisten. Ich bin immerhin dein Vorgesetzter." Pomponius machte eine abwehrende Handbewegung, als Aliqua die Augen zusammenkniff und zu einer Antwort ansetzte. „Schluss jetzt. Auf solche Diskussionen habe ich keine Lust. Wir werden in die Militärstadt zu Manius hinüberreiten. Ich erkläre dir unterwegs, was wir dort vorhaben. Vorher ist aber noch Zeit für einen Imbiss."

„Ich bleibe nicht zum Essen", grollte Aliqua. „Sag mir, wann ich wieder zurück sein soll. Ich werde pünktlich sein."

„Aber natürlich bleibst du zum Essen, meine Liebe", erklärte Mara, die ins Zimmer getreten war und die letzten Worte mitangehört hatte.

„Er will gar nicht, dass ich bleibe", sagte Aliqua und deutete mit dem Kopf nach Pomponius.

„Das habe ich doch nicht gesagt", protestierte dieser. „Ganz im Gegenteil!"

Mara blickte zwischen den beiden hin und her. „Jetzt ist es aber genug. Hört auf zu streiten. Das Essen ist fertig."

Im Allgemeinen war es nicht nur unüblich, sondern galt ganz und gar als unziemlich, wenn Sklaven gemeinsam mit ihren Herren zu Tisch saßen. Man meinte, dies sei dem Respekt, den Sklaven ihren Besitzern schuldeten, abträglich.

Jene, die den alten Sitten nachhingen, verwiesen gerne auf die Redensart: ‚Wer mit den Sklaven scherzt, dem zeigen sie den Hintern.' Im Hause des Pomponius wurden diese Dinge weniger streng gesehen. Denn Mara liebte ihren Herrn auf eine unerschütterliche, mütterliche Art und Krixus zu einem besonders respektvollen Verhalten zu erziehen, hatte Pomponius längst aufgegeben. So kam es, dass die Mitglieder des kleinen Haushaltes nicht selten das Mahl gemeinsam einnahmen, sofern keine Gäste anwesend waren. Aliqua stellte einen Sonderfall dar. Sie war zwar Gast, wurde aber von den beiden Sklaven mehr oder weniger schon zur Familie gerechnet, weil beide in ihr die künftige Herrin des Hauses sahen.

Als Krixus und Mara die Speisen hereintrugen, bedeutete ihnen Pomponius daher mit einer kurzen Handbewegung, sich zu ihnen zu setzen. Kurz darauf waren Aliqua, Mara und Krixus in ein angeregtes Gespräch vertieft, während sich niemand um Pomponius kümmerte. Dem war das ganz recht. Denn er hatte befürchtet, mit Aliqua wieder in Streit zu geraten, wenn sie allein blieben. Wie unangenehm sie dabei werden konnte, hatte er schon zur Genüge erlebt.

Etwa zwei Stunden später brachen sie auf. Als sie das Stadttor passierten, rang sich Pomponius zu einer Entschuldigung durch: „Es tut mir leid", sagte er, ohne genauer zu erklären, was ihm leid tat.

„Mir auch", entgegnete Aliqua ebenso unbestimmt.

Pomponius beugte sich weit zu ihr hinüber und küsste sie auf den Mund. Sie ließ sich seine Zärtlichkeit einen Augenblick gefallen, dann stupste sie ihr Maultier mit den Fersen. Ganz gegen seine sonstigen Angewohnheiten verfiel das Tier in einen leichten Trab, sodass Pomponius beinahe von seinem Reittier gefallen wäre. „Deswegen sind wir aber noch lange kein Liebespaar", erklärte Aliqua. Sie schien sich zu amüsieren.

Pomponius schwieg eine Weile verdrossen, dann beschloss er, sachlich zu werden und erzählte Aliqua, was er von Manius und Numerius erfahren hatte. Die Straße, auf der sie zur Militärstadt ritten, wurde von einer aufgelockerten Siedlung begleitet. Carnuntum bestand nämlich aus zwei Stadtteilen: Die Militärstadt und die Zivilstadt. Die Militärstadt war der ältere Stadtteil. Er hatte sich um das Legionslager gebildet, wurde hauptsächlich von Veteranen, Händlern, Gastwirten, Handwerkern, die der Legion zuarbeiteten, sowie von den Familien der Soldaten bewohnt und hatte nach und nach stadtähnlichen Charakter angenommen. Auch wenn Legionäre nicht heiraten durften, so hatten doch viele, die hier ständig stationiert waren, Gefährtinnen unter der einheimischen Bevölkerung gefunden, die mit den gemeinsamen Kindern einen erheblichen Anteil der Bevölkerung ausmachten.

Die Zivilstadt war später gegründet worden, hatte als ‚Municipium Aelium Carnuntum' schon vor mehr als 50 Jahren das Stadtrecht erlangt und war im Gegensatz zur Militärstadt, die auf den unmittelbaren Schutz des Legionslagers vertraute, von einer Stadtmauer umgeben. Im Zentrum der Zivilstadt befand sich ein eindrucksvolles Forum, das von Verwaltungsbauten, Repräsentations-gebäuden, einer Basilika und einer öffentlichen Therme gesäumt wurde.

Im Laufe der Zeit waren diese beiden Stadtteile zu einem Siedlungsgebiet zusammengewachsen, unterschieden sich aber deutlich voneinander.

Das wurde unübersehbar, als Pomponius und Aliqua die äußeren Bezirke der Militärsiedlung erreichten. Während die Hauptstraße mit ihren Wohnhäusern, Geschäften und Werkstätten noch einen halbwegs passablen Eindruck machte, waren die Nebenstraßen und Gassen eng und verwinkelt und ließen erkennen, dass sie, anders als in der Zivilstadt, nicht planmäßig angelegt worden waren. Teilweise hatten sie einen slumähnlichen, ärmlichen Charakter. Große, steinerne Repräsentationsbauten fehlten völlig. Die meisten Häuser waren aus Holz und Lehmziegel errichtet worden. Als Baumaterial hatten die Bewohner oft fehlerhafte Ziegel aus der von der Legion betriebenen Ziegelbrennerei verwendet. Manche Häuser waren kaum mehr als Hütten.

Das Haus des Manius lag an der Hauptstraße und ähnelte jenem, in dem Pomponius wohnte. Das ließ in dieser Gegend auf einen gewissen Wohlstand seines Besitzers schließen. Manius musste, abgesehen von den Zuwendungen, die er gelegentlich von Pomponius erhielt, und den spärlichen Donationen, die ihm als Veteran zustanden, auch über andere Einnahmsquellen verfügen. Pomponius wollte gar nicht genau wissen, welche das waren.

„Ave, Pomponius", rief Manius und trat aus der Tür seines Hauses. „Sei gegrüßt, liebreizende Aliqua. Tretet ein! Ich werde inzwischen eure Tiere in den Stall bringen. Es empfiehlt sich nicht, sie auf der Straße stehen zu lassen. Sie könnten sonst leicht neue Besitzer finden."

Im Haus wurden sie von Numerius und Sylvia erwartet. Sylvia war ein beleibtes Weib von schroffer Wesensart. Dementsprechend fiel ihre Begrüßung aus: „Lange nicht gesehen, Pomponius. Wen hast du da mitgebracht?" Sie musterte Aliqua.

„Das ist meine Gehilfin. Sie heißt Aliqua", sagte Pomponius. Aliqua versuchte es mit ihrem schönsten Lächeln.

Sylvia quälte sich ein ‚Ave Aliqua' ab, was für ihre Verhältnisse eine geradezu überschwängliche Freundlichkeit war.

Manius trat ein und rief: „Marsch in die Küche Weib. Bring Erfrischungen!"

Sylvia gehorchte aufs Wort. Pomponius schüttelte erstaunt den Kopf. „Er weiß eben, wie man mit Frauen umgehen muss", flüsterte Numerius. „Von dem könntest sogar du noch etwas lernen." Pomponius sah unwillkürlich nach Aliqua, die provokant den Mund verzog.

„Wie willst du jetzt vorgehen?", fragte Manius.

„Ich dachte, ich nehme mir zunächst diesen Lucius vor. Wenn er die Ringe nicht selbst gemacht hat, kann er mir vielleicht einen Tipp geben, wer sie gemacht haben könnte.

„Lucius ist ein gerissener Hund. Der sagt dir nichts, selbst wenn er etwas weiß, und wenn die Ringe von ihm stammen, dann schon gar nicht. Die Leute hier sind Fremden gegenüber misstrauisch."

„Manius hat recht", bestätigte Numerius. „Das Beste wird sein, wir begleiten dich zu Lucius. Nicht dass wir seine Freunde wären, aber er kennt uns und weiß, dass man uns vertrauen kann." Numerius grinste hinterhältig. „Er kennt auch unseren Freund Knochenbrecher und fürchtet sich vor ihm."

Der Weg zu Lucius führte sie durch einige schmutzige Nebengassen zu einem ärmlichen Haus mit einem Geschäftslokal, das geschlossen war.

„Da wohnt ein Goldschmied?", fragte Pomponius erstaunt.

144

„Lucius legt Wert darauf, unauffällig zu sein. Aber lass dich bloß nicht täuschen. Der Mann ist wahrscheinlich wohlhabender, als du es bist. Kein Wunder bei seinen krummen Geschäften."

Numerius hämmerte gegen die Tür und schrie: „Mach auf Lucius! Besuch ist da!"

Nach einer Weile ging die Tür auf und ein Mann sah vorsichtig heraus. Er war klein, krummrückig und kahlköpfig. Etwas war mit seiner Nase geschehen. Sie sah aus, als ob vor langer Zeit jemand begonnen hätte, sie abzuschneiden.

„Was willst du, Numerius", fragte er unwillig. „Ich habe meine Gebühren an eure Freunde rechtzeitig bezahlt."

„Das ist sehr vernünftig. Deswegen komme ich auch nicht. Diese guten Leute wollen mit dir reden."

Lucius musterte Pomponius und Aliqua. Was er sah, schien ihm nicht zu gefallen. Er schüttelte den Kopf. „Aber ich nicht mit ihnen. Wofür bezahle ich euch eigentlich? Dafür, dass ihr mich beschützt und ich in Ruhe arbeiten kann! Stattdessen schleppst du Fremde an, denen die Schwierigkeiten, die sie mir bereiten werden, schon ins Gesicht geschrieben stehen."

„Mach schon!", mischte sich Manius ein und schob den erbittert protestierenden Lucius beiseite. Er winkte Pomponius und Aliqua: „Tretet nur ein. Ihr werdet sehen, dass Lucius ein ganz umgänglicher Mann ist, wenn man ihn näher kennt. Nicht wahr, Lucius?"

Lucius war alles andere als umgänglich. Böse vor sich hinmurmelnd folgte er seinen ungebetenen Besuchern in einen Raum, der ihm gleichzeitig als Werkstatt und Schlafzimmer diente. In einer Ecke stand eine Pritsche, auf der einige muffig riechende Decken lagen. Pomponius ließ den Blick über den breiten Arbeitstisch gleiten. Auch dort sah es eher nach einer Müllablage als nach dem Arbeitsplatz eines Feinschmiedes aus. Trotzdem erkannte Pomponius einige Schmuckstücke, offenbar aus jüngster Produktion, die ausgezeichnet gearbeitet waren.

„Frag ihn", forderte Numerius Pomponius auf. „Er wird dir antworten."

Pomponius versuchte es mit Freundlichkeit: „Hör zu, Lucius", sagte er. „Ich will dir nichts Böses. Alles was du mir sagst wird vertraulich behandelt werden. Ich brauche bloß einige Auskünfte."

„Ich weiß nichts", blockte Lucius vorsorglich ab.

„Vielleicht doch. Sieh her!" Pomponius legte die drei Ringe auf den Tisch. „Was kannst du mir über diese Ringe sagen?"

„Gar nichts. Ich sehe sie zum ersten Mal."

„Aber du weißt schon, um welche Ringe es sich handelt? Die ganze Stadt spricht davon."

„Ich habe nichts gehört."

„Dann werde ich es dir sagen. Jeder einzelne dieser Ringe wurde einem Toten von der Hand gezogen. Man sagt, eine Lamia habe sie in die Unterwelt geholt."

Lucius sah Pomponius zutiefst misstrauisch an. „Wer bist du eigentlich, dass du mir solche Fragen stellst? Schickt dich der Magistrat?"

„Sehe ich wie ein Beamter aus?"

„Nein. Ein Beamter würde wohl auch nicht die Hilfe von Manius und Numerius in Anspruch nehmen. Der käme mit Soldaten an, wenn er Druck machen wollte." Ein neuer Gedanke schien Lucius zu kommen. „Arbeitest du für das Militär? Hast du unter deinem Umhang eine Fibel mit zwei Schlangen?"

Pomponius war überrascht, dass ihn Lucius so rasch durchschaut hatte. „Was bringt dich zu dieser unsinnigen Vermutung?", fragte er.

„Ich kenne euch Typen. Ihr tut oft freundlich, aber ihr seid es nicht. Ein gebranntes Kind fürchtet das Feuer." Er tastete unwillkürlich nach seiner zerschnittenen Nase.

„Wer ich bin und wer mich schickt, tut nichts zur Sache. Sei froh, dass du es nicht weißt. Dir muss doch klar geworden sein, dass derjenige, für den du die Ringe angefertigt hast, Leute umbringt und ihnen dann einen solchen Ring ansteckt."

„Ich habe nicht zugegeben, dass ich die Ringe gemacht habe", rief Lucius.

„Lüge nicht Lucius", mischte sich Aliqua ein.

Lucius blickte hilfesuchend um sich. „Wer ist dieses Weib?"

„Sie hilft mir, wenn man mich anlügt", erklärte Pomponius. „Sie ist eine Wahrheitsfinderin. Dazu verwendet sie ein langes scharfes Messer, mit dem sie Lügnern bestimmte Körperteile ganz langsam abschneidet. Meistens fängt sie mit der Nase an."

Aliqua lächelte freundlich und schlug ihren Umhang zurück, damit man den Armeedolch sehen konnte, den sie im Gürtel trag.

„Sollen wir ihn festhalten, damit du in Ruhe deine Arbeit tun kannst?", wandte sich Manius hilfsbereit an Aliqua.

„Haltet ein!", schrie Lucius. „Das könnt ihr doch nicht tun!"

„Dann sag unserem Freund die Wahrheit", forderte Numerius.

Lucius gab auf. „Ich habe die Ringe gemacht", gestand er.

„Na also", sagte Pomponius zufrieden. „Wie viele?"

„Fünf, ich habe fünf solche Ringe gemacht."

„Wer hat sie in Auftrag gegeben?"

„Eine Frau."

„Name? Aussehen?"

„Das weiß ich nicht. Sie war verschleiert. Ich habe ihr Gesicht nicht erkennen können. Sie hat auch keinen Namen gesagt. Sonst hat sie so ähnlich ausgeschaut, wie deine Messerfrau. Nur jünger, schlanker und wahrscheinlich auch viel hübscher."

„Pass bloß auf deine Nase auf", drohte Aliqua.

„Wo ist das Original dieser Ringe?", fragte Pomponius weiter.

„Den hat die Auftraggeberin wieder mitgenommen, als sie die Duplikate abgeholt hat. Ich musste ihr schwören, niemandem etwas zu verraten und auch, dass ich keine zusätzlichen Exemplare angefertigt habe."

„Trotzdem hast du einige Exemplare für dich behalten. Das sehe ich dir an der Nase an", warf Aliqua ein.

„Nur zwei", resignierte Lucius. Er griff in eine Lade und legte zwei Ringe vor Aliqua.

„Wieviel hast du für die fünf Ringe bekommen?", setzte Pomponius das Verhör fort.

„Pro Ring fünf Aurei."

„Das ist aber sehr viel. Ist dir das nicht sonderbar vorgekommen?"

„Nein. Wenn mir ein Kunde, der anonym bleiben will, einen Spezialauftrag gibt, kommt mir das nicht sonderbar vor. Das ist mein Geschäft." Er sah Pomponius besorgt an. „Was hast du jetzt mit mir vor?"

„Ich? Gar nichts. Ich habe dir doch gesagt, dass ich dir nichts Böses will. Nur warnen muss ich dich. Es könnte sein, dass der nächste Ring für dich bestimmt ist."

„Wie kommst du darauf?", fragte Lucius entsetzt.

„Du weißt zu viel. Der Mörder könnte auf die Idee verfallen, dich umzubringen, damit du nichts verrätst."

„Ich habe doch schon alles verraten, was ich weiß."

„Ja schon, aber das weiß der Mörder nicht", sagte Pomponius und streifte die Ringe ein, die auf dem Tisch lagen. „Ich habe dir doch versprochen, dass alles, was wir besprechen vertraulich bleibt."

Lucius wandte sich hilfesuchend an Manius und Numerius.

„Manche Leute muss man zu ihrem Glück zwingen", erklärte Manius ernst. „Erkennst du jetzt, wie ungerecht du uns behandelt hast, Lucius? Wir sind nicht hergekommen um dir Ungemach zu bereiten, oder dich zu bedrohen. Die Sorge um dein Wohlergehen hat uns hergetrieben. Wir wollen dich doch nur beschützen. Dafür bezahlst du auch genug und wir wollen keinen guten Klienten verlieren. Unsere Leute werden daher in nächster Zeit dein Haus besonders gut im Auge behalten. Trotzdem rate ich dir, keinem Fremden zu öffnen und nicht zur Nachtzeit auf die Straße zu gehen. Sei guten Mutes, Lucius! Ich denke, in ein paar Tagen ist der Spuk vorüber. Dafür wird unser Freund hier schon sorgen."

Pomponius war sich da nicht so sicher, aber er nickte aufmunternd.

„Danke Manius", sagte Lucius, einigermaßen beruhigt.

„Ach ja", meinte Numerius. „Vielleicht solltest du trotzdem ein paar Weißdorn-zweige an deinem Haus anbringen. Nur für alle Fälle."

„Bist du zufrieden?", fragte Manius, als sie wieder auf der Gasse standen.

„Zum Teil", erwiderte Pomponius. „Einerseits hat sich mein Verdacht bestätigt, wonach ein durchaus menschlicher Mörder versucht Panik zu erzeugen, andererseits bin ich dem Täter selbst keinen Schritt näher gekommen. Hoffentlich bringt uns Roxana weiter."

„Aber nicht mehr heute", wandte Numerius ein. Er blickte zum Himmel. „Es beginnt bereits zu dämmern. Dieses verfluchte Wetter! Sonst ist es um diese

Jahreszeit noch taghell. Lass es uns wissen, wann du wieder herkommst. Ihr solltet euch jetzt auf den Rückweg machen, damit ihr nicht in die Dunkelheit kommt."

Der Rückweg verlief schweigend. Pomponius grübelte über den Fall nach. Was Aliqua beschäftigte, weiß man nicht. Aber sie sah Pomponius oft von der Seite an, weshalb man vermuten kann, dass sich ihre Gedanken um ihn drehten.

Als sie beim Haus des Pomponius ankamen, sprang Aliqua von ihrem Maultier, reichte die Zügel Krixus und erklärte „Den Rest des Weges geh ich zu Fuß."

„Ich begleite dich nach Hause", erbot sich Pomponius.

„Das ist nicht nötig."

„Es macht mir keine Mühe."

Aliqua zuckte mit den Schultern, winkte Krixus kurz zu und ging fort.

Krixus sah ihr nachdenklich nach. „Ich glaube, ich muss mir keine Sorgen machen, wenn du heute Nacht wieder nicht nach Hause kommst", bemerkte er zu seinem Herrn.

„Da irrst du dich aber."

„Gewiss nicht. Ich sehe einer Frau an, was sie im Sinn hat, und ich habe meistens recht. Geh ihr nach und verpatz es nicht wieder." Krixus lächelte selbstgefällig und führte die Maultiere in den Stall.

Pomponius eilte Aliqua nach, die sich seine Begleitung widerspruchslos gefallen ließ, aber recht einsilbig blieb. Als sie ihr Haus betreten wollte, blieb Pomponius ratlos stehen und wusste nicht, wie er sich verhalten sollte.

„Was hast du?", fragte Aliqua. „Willst du nicht hereinkommen?"

Überrascht folgte ihr Pomponius ins Haus. Aliqua zündete eine Öllampe an, die den düsteren Raum in flackerndes Licht tauchte, ohne ihn wirklich auszuleuchten.

„Hast du noch einen Schluck Wein übrig", fragte Pomponius, um überhaupt etwas zu sagen. Kaum hatte er es gesagt, wünschte er, er hätte es nicht getan. Sorgenvoll betrachtete er den Weinkrug auf dem Bord. „Es würde viele Fragen klären", so dachte er, „wenn Claudius den Inhalt dieses Kruges untersuchen könnte."

„Nein. Der Wein war schlecht", antwortete Aliqua. „Ich habe ihn weggeschüttet. Wenn du durstig bist, dort steht ein Krug mit Posca. Ich zieh mich nur rasch um."

Sie verschwand im angrenzenden Schlafraum. Wenig später trat sie wieder ins Zimmer. Man kann nicht sagen, dass sie sich wirklich umgezogen hatte. Sie hatte sich mit dem Auskleiden begnügt. Pomponius verschlug es den Atem und sein Herz begann schneller zu schlagen, als er die Konturen ihres Körpers in dem flackernden Licht mehr ahnen, als erkennen konnte. „Schau nicht so. Ich dachte, wir sollten uns richtig versöhnen", lockte Aliqua. „Komm her zu mir."

Wenig später lagen sie auf Aliquas Bett und Pomponius bedeckte jeden Teil ihres Körpers, den er erreichen konnte, mit Küssen.

„Was schnupperst und schnaubst du wie ein Maultier?", fragte Aliqua zärtlich und streichelte seinen Kopf.

„Du riechst so unvorstellbar gut", flüsterte Pomponius.

„Tu ich das?" Aliqua hörte auf, ihn zu streicheln und richtete sich plötzlich auf. „Fast hätte ich darauf vergessen. Ich habe die Liste mit den Namen jener Frauen, denen meine Freundin dieses spezielle Parfüm verkauft hat. Ich kann sie dir sofort zeigen."

„Jetzt doch nicht", stöhnte Pomponius. „Merkst du denn nicht, wie es um mich steht?"

Aliqua kicherte und hockte sich über ihn. „Ja, das ist nicht zu übersehen. Nun, wenn du meinst, dass die Liste auch bis morgen Zeit hat, dann zeig ich dir jetzt, wie man ein Maultier reitet, ohne herunterzufallen."

XVIII

„**H**attet ihr schon Frühstück?", fragte Krixus, als Pomponius und Aliqua im Hause des Pomponius eintrafen. Aliqua nickte.

„Ich bin schon wieder hungrig", klagte Pomponius.

„Ausgezeichnet!", befand Krixus und warf Aliqua einen wohlwollenden Blick zu. „Ich bringe dir gleich etwas zu essen."

„Was meint er denn damit?", wunderte sich Pomponius. „Warum freut er sich, wenn ich ausgehungert bin?"

„Keine Ahnung." Aliqua legte ein Wachstäfelchen auf den Tisch. „Das ist die Liste, die ich von meiner Freundin bekommen habe. Es sind zwei Dutzend Namen, soweit sie sich erinnern konnte. Ich habe Notizen angefügt, wenn ich etwas über eine dieser Frauen wusste. Die meisten können wir vernachlässigen. Auf keine von ihnen passt die Personenbeschreibung, die wir von Julia und Lucius bekommen haben. Übrig bleibt etwa ein Dutzend Namen."

„Pomponius schüttelte skeptisch den Kopf. „Setz dich", befahl er, als ihm Krixus zwei Eier, ein Stück Brot und eine dicke Käserinde servierte. „Schau her. Ich muss etwas über eine der Frauen erfahren, die auf dieser Liste stehen und nicht durchgestrichen sind. Alles was wir sonst noch wissen, ist folgendes: Die gesuchte Person ist jung, hat eine gute Figur und ist wahrscheinlich hübsch. Sie wurde bisher nur verschleiert gesehen. Sie gehört wahrscheinlich zu einem vornehmen, oder zumindest wohlhabenden Haus. Sie ist einmal in Begleitung eines Mannes, vermutlich eines Sklaven, aufgetreten. Sie wurde sowohl hier in der Stadt, als auch drüben in der Militärsiedlung gesehen. Sie dürfte recht selbstbewusst sein, weil sie keine Probleme damit hatte, mit einem mehr als dubiosen Goldschmied Geschäfte zu machen. Sie ist Kundin im Geschäft der ..." Pomponius wandte sich an Aliqua: „Wie heißt deine Freundin?"

„Appia. Sie hat ihr Geschäft hinter der Forumstherme."

„Ich kenne es", sagte Krixus. „Worum geht es?"

„Die Frau, um die es geht, hat vermutlich die Ringe der Lamia anfertigen lassen, und sie hat versucht, an den einen Ring zu kommen, den das Mädchen

Julia dem toten Pollux abgenommen hatte. Es ist klar, dass sie etwas mit den Morden zu tun hat. Wir versuchen daher, sie ausfindig zu machen. Sie hat höchstwahrscheinlich vor kurzer Zeit im Geschäft der Appia ein teures Parfum gekauft. Das hat uns auf ihre Spur gebracht."

„Schwierig, sehr schwierig", befand Krixus. „Aber ich will sehen, was ich in Erfahrung bringen kann."

„Vorher begibst du dich aber zu Manius und fragst, ob wir in etwa zwei Stunden kommen können. Du darfst eines unserer Maultiere nehmen."

„Das hatte ich ohnehin vor." Krixus machte eine kleine Verbeugung vor Aliqua, ignorierte Pomponius und eilte aus dem Zimmer.

Pomponius rief ihn zurück. „Es täte mir um dich leid, Krixus. Nicht sehr, aber doch ein wenig. Wir haben es mit skrupellosen Mördern zu tun! Also sei vorsichtig, wenn du nach dieser Frau fragst."

„Auch das hatte ich vor", bestätigte Krixus.

Nach weniger als einer Stunde kam Krixus zurück. „Manius erwartet dich", meldete er. „Er sagt, es ist eine Freude, einem großzügigen Mann, so wie du einer bist, dienlich zu sein."

„Ich habe schon verstanden." Pomponius nahm aus seiner Schatulle eine Handvoll Münzen und verwahrte sie in dem Ledersäckchen, das er um den Hals trug.

Die Sonne war hinter der schweren Wolkendecke hervorgekommen, und es begann etwas wärmer zu werden. Der Ritt in die Militärsiedlung war angenehm. Pomponius fühlte sich ausgesprochen wohl. Dazu trugen hauptsächlich die sehr befriedigenden Ereignisse der vergangenen Nacht bei. Er begann leise vor sich hinzusummen.

„Du bist aber gut aufgelegt", meinte Aliqua. „Nur damit keine Missverständnisse aufkommen: Was letzte Nacht geschehen ist, bedeutet noch lange nicht, dass wir ein Liebespaar sind."

„Ich sehe das aber so."

„Oh nein. Wenn du das willst, musst du dich viel mehr anstrengen."

„Das tu ich doch. Denk nur daran, was ich letzte Nacht geleistet habe!"

„Blöder Esel", schimpfte Aliqua. Es war nicht ganz klar, ob sie Pomponius oder ihr Maultier meinte, das an den Wegesrand drängte, um eine Distel abzufressen. Den Rest des Weges legten sie schweigend zurück, weil keiner von beiden wollte, dass wieder ein Streit ausbrach.

Sie wurden bereits von Manius und Numerius erwartet.

„Heute wollen wir uns diese Roxana vornehmen", verkündete Pomponius und rieb sich die Hände. „Mit eurer Hilfe wird sie schon gesprächig werden, genauso wie Lucius."

„Das wird so nicht ablaufen." Manius wirkte sehr verlegen. „Wir bringen dich zu ihrem Geschäft, aber dann werden wir uns zurückziehen."

„Wieso denn das?", wunderte sich Pomponius. „Stehen eure Freunde mit ihr nicht auch – wie soll ich sagen – in Geschäftsverbindung?"

„Nein. Der Anführer unserer Freunde, denen wir gelegentlich behilflich sind, wenn ein Klient zahlungsunwillig ist, hat sie vor einiger Zeit aufgesucht. Er hat ihr seinen Schutz gegen eine angemessene Gebühr angeboten, und ihr die Folgen vor Augen geführt, wenn sie ablehnt. Sie hat nur gelacht und gemeint, sie könne ganz gut auf sich selbst aufpassen. ‚Das werden wir ja sehen', hat unser Freund gedroht. ‚Ja, das wirst du schon bald sehen' hat sie geantwortet und wieder gelacht. Bereits auf dem Heimweg ist unser Freund von unerträglichen Zahnschmerzen befallen worden. Nicht genug damit. Auf einmal ist aus einer Nebengasse ein Hund gesprungen und hat ihn ins Bein gebissen. Zu Hause angekommen ist plötzlich sein linkes Auge zugeschwollen. Er hat furchtbar ausgeschaut."

„Das waren doch nur Zufälle", sagte Pomponius. „Unangenehme Zufälle, zugegebenermaßen, aber nicht mehr."

„Unser Freund hat das anders gesehen. Schon am nächsten Morgen hat er einen Boten zu Roxana geschickt und ihr ausrichten lassen, er habe sich davon überzeugt, dass sie wirklich sehr gut auf sich selbst aufpassen könne. Er bitte sie daher, die Behelligung zu entschuldigen. Was soll ich dir sagen: Schon ein paar Stunden später war er wieder gesund. Sogar der Hundebiss war nahezu verheilt. Seither machen unsere Freunde einen großen Bogen um Roxana."

„Das sind ja schöne Aussichten", sagte Aliqua. „Sie ist also nicht nur eine Wahrsagerin, sondern auch eine gefährliche Hexe."

„Sie gilt andererseits aber auch als sehr umgänglich und hat einen großen Kundenkreis", meinte Numerius. „Wenn ihr sie nicht bedroht, habt ihr wahrscheinlich nichts von ihr zu befürchten. Gebt euch einfach als ratsuchende Kunden aus und behandelt sie höflich."

„Ich gehe allein in ihr Geschäft", entschied Pomponius. „Aliqua bleibt bei Manius und Numerius."

Er änderte seine Meinung auch nicht, als Aliqua heftig protestierte. „Es würde mir nicht gefallen, wenn deine Augen zuschwellen und dich Zahnschmerzen plagen", erklärte er. „So etwas kann einem die ganze Nacht verderben."

„Blöder Esel", zischte Aliqua. Diesmal war klar, wen sie meinte.

Roxana bewohnte ein hübsches Häuschen, drei Seitengassen weiter. An der Vorderfront war ein Holzladen aufgeklappt. Auf dem Pult dahinter standen verschiedene Dosen und Fläschchen. Roxana selbst war eine mütterlich wirkende Frau mittleren Alters, die sich angeregt mit einer jungen Frau unterhielt. Schließlich tauschten ein Fläschchen und einige Münzen den Besitzer und die junge Frau huschte davon.

Pomponius trat an das Pult heran. „Ave. Bist du Roxana?"

„So nennt man mich. Und wer bist du?"

„Ich heiße Pomponius. Ich bin Schmuckhändler in der Stadt."

„Ich glaube, ich habe schon von dir gehört. Bist du nicht der Anwalt, der unlängst vor dem kaiserlichen Gericht aufgetreten ist?"

„Ja, das bin ich. Bisweilen arbeite ich auch als Anwalt."

„Nun, Herr Anwalt, was führt dich zu mir? Will mich jemand verklagen?"

„Nichts dergleichen. Ich komme zu dir, weil ich Rat und Hilfe suche."

„Raten kann ich dir vielleicht. Hilfe findest du bei den Göttern. Willst du wissen, was die Zukunft für dich bereit hält?"

„Nein. Ich will, dass du mir einen Traum deutest, der mich beunruhigt."

Roxana musterte ihn, dann machte sie eine Handbewegung. Eine junge Frau trat aus dem Dunkel des Hauses und nahm ihren Platz am Verkaufspult ein.

„Dazu sind wir besser ungestört. Tritt ein, Pomponius." Roxana öffnete eine Tür neben dem Verkaufspult und führte ihn in ein Zimmer im Inneren des Hauses. Der Raum hatte nichts Geheimnisvolles an sich. Es war einfach nur ein gemütliches Wohnzimmer. Roxana bedeutete ihm, auf einem der Korbstühle Platz zu nehmen und setzte sich ihm gegenüber. „Nun erzähl mir deinen Traum, Pomponius."

Pomponius berichtete, was ihm auf dem Heimweg von Aliqua wiederfahren und wie er im letzten Moment der Lamia entkommen war. „Du wirst verstehen, dass mich dieser Traum beunruhigt", schloss er. „Zumal er so real gewirkt hat."

„Warum glaubst du, dass es ein Traum war?", fragte Roxana. „Was du mir erzählt hast, kann auch Wirklichkeit gewesen sein."

„Nein. Ich habe ganz genau nachgerechnet. Die Zeit, die zur Verfügung stand, reichte bei weitem nicht, um dieses Erlebnis in der realen Welt zu haben."

„Auch Träume können real sein Pomponius. Wie willst du wissen, ob du wach bist, oder träumst?"

„Ich weiß vielleicht im Traum nicht, dass ich träume. Aber ich weiß es, wenn ich wach bin."

„Wenn du im Traum glaubst, wach zu sein, dann ist es nicht anders, als wenn du wirklich wach wärst. Ich kannte Leute, die im Schlaf gestorben sind, weil sie im Traum getötet wurden. Das ist ein Schicksal, dem du nur knapp entgangen bist."

„Was hältst du nun von meinem Traum, oder was immer es gewesen ist?"

Roxana dachte nach. „Hast du mir alles erzählt, was mit deinem Erlebnis zusammenhängt?"

„Vielleicht noch dieses. Als ich träumte, trug ich diesen Ring." Pomponius hatte heimlich einen der Fluchringe über den Finger geschoben und legte jetzt die Faust auf den Tisch, der zwischen ihnen stand.

Roxana fuhr zurück. „Bist du von Sinnen, Pomponius? Nimm diesen Ring ab. Du spielst mit Kräften, die du nicht verstehst. Das ist uralte, gefährliche Magie."

„Das glaube ich nicht. Nichts ist uralt. Dieser Ring wurde erst vor kurzem angefertigt. Ich kenne sogar den Mann, der ihn gemacht hat."

„Du Narr! Nicht auf das Alter des Ringes kommt es an. Die Zeichen tragen die Magie in sich!"

„So habe ich das noch gar nicht betrachtet", murmelte Pomponius.

„Wo hast du den Ring her?"

„Ein Toter hat ihn getragen." Pomponius legte die übrigen Ringe auf den Tisch. „Ich habe alle Ringe sichergestellt, derer ich habhaft werden konnte. Jetzt sind nur noch zwei im Umlauf."

„Warum tust du das, Pomponius? Weshalb legst du dich mit den Unsterblichen an? Warum spielst du mit deinem Leben?"

Pomponius hatte sich dazu entschlossen, Roxana reinen Wein einzuschenken. „Wie du sicher weißt, stehen diese Ringe im Zusammenhang mit mehreren Morden, die sich jüngst ereignet haben. Weil das Volk deswegen sehr beunruhigt ist und glaubt, Dämonen trieben ihr Unwesen in der Stadt, habe ich den Auftrag erhalten, dem Spuk ein Ende zu bereiten." Er seufzte. „Es ist so, dass ich diesen Auftrag nicht ablehnen konnte, ohne mich erheblicher Gefahr auszusetzen."

„Du sollst eine Lamia bannen? Dazu fehlen dir die Fähigkeiten und das Wissen."

„Aber du könntest es?"

„Ich weiß nicht. Es gibt alte Beschwörungsformeln, aber ich weiß nicht, ob sie wirken. Es ist noch nie versucht worden. Ich würde dieses Wagnis nicht auf mich nehmen wollen."

„Das brauchst du auch nicht. Zürne mir deswegen nicht, aber ich glaube, dass hinter diesen Morden bloß Menschen stecken, die absichtlich Furcht erzeugen. Ist einmal jemand an dich herangetreten, der wollte, dass du von einer Lamia sprichst?"

„Nein, Pomponius. Darauf bin ich selbst gekommen. Man bezahlt mich zwar für meine Dienste, aber ich bin nicht bestechlich."

„Dann danke ich dir für deine Freundlichkeit. Was schulde ich dir?"

„Gar nichts, weil ich dir in Wahrheit nicht helfen konnte. Aber ich will dir etwas schenken. Auch wenn du nicht an Dämonen glaubst, solltest du als kluger Mann doch nicht versäumen, für alle Eventualitäten gerüstet zu sein." Sie ging zu einem Wandschrank, nahm zwei Gegenstände heraus und legte sie vor Pomponius. „Dieser Dolch sieht nicht sehr gefährlich aus, aber die Klinge ist aus gehärtetem Silber: das einzige Metall, mit dem man eine Lamia verwunden kann. Dieses Amulett gibst du deiner Frau. Es wird sie vor dämonischen Angriffen schützen."

„Ich habe noch keine Frau."

„Noch nicht, aber bald. Ich habe einen Blick in deine Zukunft geworfen."

„Wie soll denn das vor sich gegangen sein?"

Roxana lachte. „Ich habe die junge Frau gesehen, die besorgt um die Straßenecke geschaut hat und von Manius, diesem alten Schurken, nur mühsam daran gehindert werden konnte, dir nachzulaufen. Du hast sie offenbar nicht mitgenommen, um sie vor mir zu beschützen. Wahrscheinlich, weil Manius Schauergeschichten über mich erzählt hat. Leb wohl, Pomponius und viel Glück. Wenn du dieses Abenteuer überstehst, komm mich besuchen und erzähl mir, was du erlebt, oder vielleicht auch nur geträumt hast."

„Was hat sie gesagt", fragte Aliqua aufgeregt und fauchte gleichzeitig Manius an: „Du kannst mich jetzt loslassen. Er ist ja wieder zurück."

„Roxana können wir von der Liste der Verdächtigen streichen", sagte Pomponius. „Sie ist eine sehr freundliche Frau, aber sie glaubt unerschütterlich an diesen Dämonenkram. Deshalb war sie auch daran beteiligt, das Gerücht von der Lamia zu verbreiten. Aber nicht, weil sie jemand angestiftet hat, sondern aus eigener Überzeugung."

Nachdem Manius und Numerius entlohnt worden waren, ritten Pomponius und Aliqua heimwärts. Pomponius berichtete Aliqua ausführlich von seiner Begegnung mit Roxana, nur die Episode, wie sie ihm eine baldige Eheschließung prophezeit hatte, ließ er weg. Es war ja auch keine richtige Prophezeiung gewesen, sondern bloß eine Schlussfolgerung, dachte er.

Zu Hause wurden sie von Krixus erwartet, der ganz gegen seine sonstigen Angewohnheiten fragte, ob Pomponius Befehle für ihn habe. Es verdross Pomponius, dass er sich dabei an Aliqua wandte. „Mach dich inzwischen im Haus nützlich", befahl er. „Ich begleite jetzt Aliqua nach Hause."

„Dann beeil dich. Die Sonne ist weg und es beginnt zu regnen. Wenn es dunkel wird, könnte es sogar schneien. Was für ein verrücktes Wetter!"

Während Pomponius in die Küche ging, um nach Mara zu sehen, schaute Krixus Aliqua an, wagte aber nicht, zu fragen.

„Wenn es nach mir geht, brauchst du nicht auf ihn zu warten", flüsterte Aliqua und sagte laut zu Pomponius, der aus der Küche zurückkam: „Es ist wirklich nicht notwendig, dass du mich begleitest. Du kommst auf dem Rückweg nur in ein Unwetter."

Pomponius begleitete sie trotzdem bis zu ihrer Haustür. Als sie dort ankamen, begann es stärker zu regnen. Es war deutlich kälter geworden und der Regen gefror noch in der Luft.

„Nicht daran zu denken, heute noch etwas zu unternehmen", befand Pomponius. „Die weiteren Ermittlungen müssen bis morgen warten."

„Dann komm ins Haus, bis es aufhört zu schütten."

Nachdem Aliqua ihre nassen Umhänge ausgeschüttelt hatte, zog Pomponius das Amulett hervor und hielt es ihr hin. „Das ist für dich. Es ist nichts Besonderes, aber doch recht hübsch."

„Für mich?", freute sich Aliqua. Sie betrachtete entzückt die filigrane, dekorative Silberarbeit. „Was bedeuten die Zeichen?"

„Das ist angeblich ein Schutzzauber. Roxana hat es mir für dich gegeben."

„Was du nicht sagst. Schau her, da oben ist eine Öse damit man ein Band durchziehen und es um den Hals tragen kann. Das werde ich gleich ausprobieren. Wenn du hungrig bist, dort drüben findest du Brot, Käse und einen Apfel. Posca müsste auch noch da sein. Sei so lieb und zünde eine Lampe an." Sie verschwand im Nebenraum.

Als sie nach einiger Zeit zurückkehrte, trug sie das Amulett an einem schwarzen Band um den Hals. Sonst hatte sie nichts an. Das silberne Schmuckstück ruhte neckisch zwischen ihren spitzen Brüsten. Pomponius, der sich inzwischen überlegt hatte, wie er sie dazu bringen könne, die letzte Nacht zu wiederholen, war hingerissen. Er umarmte sie heftig. „Halt, halt", Aliqua hielt ihn auf Armlänge von sich. „Nicht so stürmisch. Lass dir Zeit. Es ist erst Nachmittag. Wir wollen doch nicht, dass du dich verausgabst und am Abend zu nichts mehr zu gebrauchen bist."

„Das könnte mir bei dir nie passieren!"

„Wir werden sehen", sagte Aliqua. „Das wollen wir doch einmal sehen." Sie nahm ihn bei der Hand und führte ihn ins Schlafzimmer.

XIX

Während Pomponius Aliqua auf vielfältige Weise seine Zuneigung bekundete, war an einem anderen Ort der Stadt ein anderes Liebespaar noch auf der Suche nach einem verschwiegenen, trockenen Plätzchen. Sie hatten sich in der Schenke kennengelernt, als die Frau Wein für ihren derzeitigen Liebhaber holen wollte. Schon kurz nachdem sie der Junge angesprochen hatte, vergaß die Frau Wein und Liebhaber völlig und folgte ihrer neuen Bekanntschaft willig in die Regennacht hinaus.

Sie empfand zum ersten Mal in ihrem Leben ein unbeschreibliches Gefühl erwartungsvollen Glücks. „Das muss Liebe sein", dachte sie entzückt und genoss ein Empfinden, das ihr in ihrem bisherigen Leben verwehrt geblieben war. Sie verschwendete keinen Gedanken an ihren Liebhaber, dessen derbe Annäherungen sie mit derselben Gleichgültigkeit zu ertragen pflegte, wie sie es bei zahllosen anderen Männern vor ihm getan hatte. Das hier war etwas anderes. Sie sah ihren Begleiter, der den Arm zärtlich um ihre Hüfte gelegt hatte, von der Seite an. Schön war er, wie ein junger Apoll. Sein ebenmäßiges Gesicht, das keine Spuren von Laster zeigte, schien in der Nacht zu leuchten, obwohl man kaum die Hand vor den Augen sehen konnte. Unglaublich, dass so ein schönes, reines Geschöpf Gefallen an ihr gefunden hatte und sie begehrte. Die Frau machte sich keine Illusionen über sich selbst. Das Leben, das sie bisher geführt hatte, hatte herbe Zeichen in ihr Gesicht geprägt. Ihre Figur hatte die kurze, mädchenhafte Blüte, die ihr beschert gewesen war, längst hinter sich gelassen und begann aus den Fugen zu geraten. Sie war auch nicht gesund. Mühsam unterdrückte sie einen Hustenanfall, der, das wusste sie, Blut auf ihre Lippen treiben würde, wenn sie ihm nachgab. „Wohin bringst du mich?", flüsterte sie und ignorierte den eisigen Regen, der ihr übers Gesicht rann. Sie dachte sogar, die Kälte würde ihrer Haut gut tun und sie frischer aussehen lassen. „Ich weiß schon gar nicht mehr, wo wir sind. Es ist nicht zu glauben, aber ich habe völlig die Orientierung verloren." Sie lachte kokett. „Das ist deine Schuld. Du bringst mich um den Verstand."

„Wir sind fast schon da. Nur keine Sorge. Wir werden das Haus ganz für uns allein haben. Niemand wird uns stören. Aber wird man dich nicht vermissen? Vielleicht dein Geliebter?“

„Er wird höchstens seinen Wein vermissen“, antwortete sie verächtlich, „nicht mich. An mir hat er sich heute schon zur Genüge gütlich getan. Mehr schafft er nicht.“

Kaum hatte sie es gesagt, bereute sie ihre unbedachten Worte. „Was soll er jetzt nur von mir denken“, dachte sie verzagt, „wenn ich wie eine Hure daherrede?“

„Ach du armes Ding, du hast wohl bisher nicht viel Liebe in deinem Leben erfahren“, sagte er freundlich. „Das soll jetzt anders werden.“ Er ergriff zärtlich ihren Ellenbogen und drängte sie in eine Hauseinfahrt. Heftiger Schwindel befiel sie. Sie wusste nicht, wie es zugegangen war, aber plötzlich stand sie in einem Zimmer, das von einigen Öllampen erleuchtet wurde. Es war warm und trocken. Erstaunt blickte sie um sich.

„Sind wir hier bei dir? Schön hast du es. Aber was sind das bloß für eigenartige Bilder an den Wänden? Das sind ja lauter Menschen, die es miteinander treiben!“

„Achte nicht darauf. Wir brauchen keine Bilder. Wir haben ja uns.“

Er begann sich rasch auszukleiden. Sie atmete schwer, als sie seine Erregung bemerkte, und riss sich selbst die Kleider vom Leib. „Wie gut, dass das Licht so düster ist“, dachte sie dabei. Sie versuchte eine Pose einzunehmen, in der man nicht so deutlich erkennen konnte, dass ihre Brüste schwer herabhingen und ihre Oberschenkel fett geworden waren.“

„Du bist schön“, sagte er bewundernd.

Sie wusste, dass sie alles andere als schön war, aber in diesem Augenblick wollte sie es glauben. „Liebst du mich?“, fragte sie mit heiserer Stimme. Was für eine unsinnige Frage. Wie konnte ein Mann wie er eine Hure lieben. Sie fragte trotzdem.

„Ich liebe dich bis in den Tod“, sagte er und trat an sie heran. „Sie her! Das gebe ich dir zum Zeichen meiner Liebe.“ Er schob ihr einen Ring über den Mittelfinger der rechten Hand.

Unsinniges Entzücken überwältigte sie und sie streckte die Arme nach ihm aus: „Komm her", keuchte sie. „Liebe mich!"

Sie genoss seine Berührungen und schloss die Augen. Ein kalter Luftzug irritierte sie. Sie schaute ihm ins Gesicht und erkannte die mörderischen Zähne, die sich ihr näherten. Sie kam nicht mehr dazu, zu schreien. Denn mit einer einzigen grausamen Bewegung wurde ihr die Kehle aus dem Hals gerissen. In den wenigen Augenblicken, die ihr noch blieben, sah sie, wie sich die Bilder an der Wand in orgiastischen Zuckungen bewegten. Die Lampen flackerten noch einmal auf und erloschen. Sie stand wieder in der Nacht und der eisige Regen peitschte auf sie ein. Mit letzter ungläubiger Verwunderung registrierte sie, dass sie den halbgefüllten Weinkrug noch immer in der Hand hielt. Dann sank sie zu Boden, während das Blut aus ihrem Hals spritzte. Der Krug zerschellte am Straßenpflaster.

Der Zufall wollte es, dass wenig später eine Abteilung der Stadtkohorte den verstümmelten Leichnam entdeckte, noch ehe er von Passanten gefunden wurde. Die vier Männer hatten nicht vor, in so einer Nacht durch die Straßen zu patrouillieren. Sie waren bloß auf der Suche nach einer geöffneten Schenke, wo sie unter dem Vorwand, die Sperrstunde überwachen zu wollen, auf Freigetränke hoffen konnten. Der Kommandant dieser Truppe war zum Glück der wackere Marcellus. Er erkannte sofort, womit er es zu tun hatte, und entwickelte eine erstaunliche Tatkraft, wohl auch in der Erwartung, von Masculinius dafür belohnt zu werden. Er entsandte sofort einen seiner Männer zum Statthalterpalast, mit dem Befehl nur Masculinius oder dessen Sekretär zu berichten. Dazu vertraute er ihm ein Losungswort an, das ihm Masculinius für den Notfall gegeben hatte. Der Soldat, dem die Sache mehr als unheimlich war, rannte so schnell er konnte, was der Dringlichkeit seines Auftrages zugutekam.

Sodann requirierte Marcellus einen zweirädrigen Wagen, der vor einem Gemüseladen stand und durch einen daran angebundenen Hund nicht so gut gegen Diebstahl gesichert war, wie sein Besitzer dachte. Das kluge Tier hatte nämlich keine Lust, sich mit bewaffneten Männern auf einen Streit einzulassen und ergriff die Flucht, kaum dass Marcellus seinen Strick durchgeschnitten hatte.

Der Leichnam wurde auf den Wagen geladen und mit einer Plane bedeckt. Dann schoben die Männer den Wagen in eine Baulücke, wo er durch wild wuchernde Gebüsche vor Blicken sicher war.

Es dauerte nicht lange, bis eine berittene Abteilung der Frumentarii eintraf und alles weitere übernahm. Den Männern der Stadtkohorte wurde eindrücklich erklärt, welche Folgen es für jeden einzelnen von ihnen haben werde, sollte auch nur das Geringste über den Vorfall durchsickern.

Pomponius lag inzwischen in tiefem Schlaf und hielt Aliqua so fest umschlungen, dass sie Mühe hatte sich etwas Luft zu verschaffen, ohne ihn zu wecken. Etwa zu Beginn der dritten Nachtwache wurde Pomponius dennoch unsanft geweckt. Jemand hämmerte gegen Aliquas Haustür.

„Da ist einer draußen", flüsterte Aliqua. „Es ist noch Mitten in der Nacht."

„Wir machen nicht auf", murmelte Pomponius schlaftrunken.

Das Hämmern wurde stärker. Jemand rief etwas Unverständliches. „Er schlägt mir noch die Tür ein", flüsterte Aliqua. „Wer kann das nur sein?"

Fluchend rappelte sich Pomponius in die Höhe und bewaffnete sich mit dem Silberdolch, den ihm Roxana gegeben hatte. Nicht dass er befürchtete, ein Gespenst könne vor der Tür stehen. Das würde sicher nicht anklopfen und rufen. Aber der Silberdolch war die einzige Waffe, die er hatte.

Er öffnete die Tür einen Spalt und schaute hinaus. Die Straße war vom Licht einer Fackel erhellt. Drei Mann, die von ihren Pferden abgesessen waren, standen vor der Tür. Einer von ihnen war Ballbilus. Er ignorierte, dass Pomponius nackt war, schlug die Faust gegen seinen Panzer und sagte: „Salve, edler Pomponius. Die Pflicht ruft!"

„Nein", entsetzte sich Pomponius. „Nicht schon wieder. Sag nicht, dass es noch einen Toten gegeben hat."

„Leider schon, Pomponius. Der Leichnam ist heimlich in die Gladiatorenschule gebracht worden. Masculinius befiehlt, dass ihr euch sofort hinbegebt."

„Hören heißt gehorchen", murmelte Pomponius. „Wir müssen aber zuerst unsere Maultiere holen."

„Die haben wir schon mitgebracht. Wir waren nämlich zuerst bei dir. Dein Sklave hat uns dann zu Aliqua geschickt und uns die beiden Tiere mitgegeben.

Das ist ein tüchtiger Bursche. Er denkt mit. Er hat auch gemeint, in Hinkunft wäre die Wahrscheinlichkeit, dich in der Nacht aufzustöbern, hier größer, als bei dir zu Hause."

Aliqua schaute Pomponius über die Schulter. „Ave, Aliqua", grüßte Ballbilus höflich. „Entschuldige die späte Stunde. Ich hoffe, wir haben bei nichts Wichtigem gestört."

„Sei unbesorgt. Alles Wichtige war schon vorher zu meiner vollen Zufriedenheit erledigt."

„So soll es auch sein", meinte Ballbilus und nickte Pomponius wohlwollend zu. „Das ist die beste Voraussetzung für eine glückliche Ehe. Kleidet euch jetzt rasch an. Wir haben noch eine lange Nacht vor uns."

XX

Der Fackelträger ritt voran, dann folgten Pomponius und Aliqua. Den Schluss machten Ballbilus und der dritte Soldat. Die beiden hatten die Schwerter gezogen und achteten darauf, dass sich keine Strauchdiebe heimlich von hinten näherten. Es war in diesen Zeiten nämlich nicht ratsam, nächtens unterwegs zu sein. Erst vor einigen Tagen war ein Kaufmann, der es nicht geschafft hatte, vor Einbruch der Nacht nach Hause zu kommen, auf eben dieser Straße von Wegelagerern angefallen worden. Sie hatten ihn massakriert und ausgeraubt. Dieser Mord hatte weit weniger Aufmerksamkeit erregt, als die Morde, denen Pomponius nachspürte. So etwas ereignete sich immer wieder und gehörte fast schon zur Normalität. Wie gut es war, vorsichtig zu sein, erwies sich, als sie den halben Weg zur Gladiatorenschule zurückgelegt hatten. Aus einem Gehölz tauchten nämlich einige Gestalten auf, die offenbar durch das Licht der Fackel angelockt worden waren, und machten Anstalten, ihnen den Weg zu verstellen. Dann erkannten sie, dass sie es mit mindestens drei bewaffneten und kampfbereiten Soldaten zu tun hatten und verschmolzen wieder lautlos mit der Dunkelheit.

„Was hat Ballbilus eigentlich mit glücklicher Ehe gemeint?", flüsterte Aliqua, als sich die dunkle Masse des Schulgebäudes vor ihnen abzuzeichnen begann. Pomponius hatte schon gehofft, sie werde dieser Äußerung keine Beachtung schenken. Da kannte er Aliqua aber schlecht.

„Keine Ahnung", flüsterte er zurück. „Wahrscheinlich hat Krixus wieder Unsinn geschwätzt. Du kennst doch sein loses Mundwerk. Eines Tages bekommt er wirklich die Tracht Prügel, die ich ihm seit Jahren androhe."

„Aha", sagte Aliqua, sonst nichts. Pomponius dachte zu Recht, dass das Thema damit noch nicht erledigt war.

Am Eingang der Schule wurden sie von Gordianus persönlich erwartet. Er wirkte sehr verstört. Ballbilus, der sich an die Spitze der kleinen Kavalkade gesetzt hatte, grüßte flüchtig und ritt ohne anzuhalten weiter. Nicht so Aliqua. Es war ihr danach, sich wieder mit Gordianus anzulegen. Vielleicht, weil sie sich über Pomponius geärgert hatte. Sie zügelte ihr Maultier und sagte mit falscher Freundlichkeit: „Wie schön, dich wiederzusehen, Gordianus. Ich habe dir doch prophezeit, dass sich unsere Wege wieder kreuzen werden."

Gordianus, der durch die nächtliche Invasion sehr genervt war, verzichtete auf Höflichkeiten. „Ich freue mich überhaupt nicht, dich zu sehen. Du bist wie einer dieser schwarzen Vögel, die Unheil künden. Jedes Mal, wenn du kommst, bedeutet das Ungemach für mich. Wahrscheinlich ist es auch deine Schuld, dass meine Schule als Totenhaus missbraucht wird."

Aliqua war entzückt. „Man tut, was man kann, Gordianus. Bis später!"

Vor dem Eingang zur Krankenstation war ein Karren abgestellt worden. Daneben saß ein struppiger Hund. Niemand wusste, wo er hergekommen war und wem er gehörte. Daher blieb er auch unbehelligt, zumal er sich friedlich und unauffällig verhielt. Es handelte sich um jenen Hund, der den Karren bewachen hätte sollen. Er musste ihm den ganzen Weg in die Gladiatorenschule gefolgt sein. Ob er das aus Pflichtgefühl getan hatte, ob er auf der Suche nach einem neuen Herrn war, der ihn nicht bei jedem Hundewetter im Freien anband, oder ob ihn einfach der frische Blutgeruch gelockt hat, weiß man nicht.

Mehrere Angehörige der Frumentarii, die den Wagen hergebracht hatten, nahmen sofort Haltung an, als sich Ballbilus, Pomponius und Aliqua näherten.

Sie betraten den Behandlungsraum. „Ave Claudius", sagte Pomponius.

Der Empfang durch den Hausherrn fiel unfreundlich aus. „Was denkst du dir eigentlich, Pomponius?", fragte Claudius, ohne auf den Gruß zu antworten. „Glaubst du, du kannst über mich verfügen wie du willst? Was fällt dir eigentlich ein, mir eine Leiche hierher zu schicken? ich bin Arzt und kein Leichenbestatter!"

„Es tut mir leid, dass du behelligt wurdest", verteidigte sich Pomponius. „Aber damit habe ich nichts zu tun. Das haben andere Leute angeordnet."

„Deine Leute haben das angeordnet, Pomponius! Glaubst du, ich habe nicht die Abzeichen der Burschen bemerkt, die diesen Kadaver angeschleppt haben?"

„Mag sein, dass dich mein Vorgesetzter für einen fähigen Mann hält, auf dessen Dienste er gelegentlich zurückgreifen will."

„Wenn dem so ist, dann hast auch du Schuld daran. Sag bitte deinem Vorgesetzten, dass ich nichts mit den Frumentarii zu tun haben will."

„Das will ich gerne tun. Ich habe ihm auch schon selbst gesagt, dass ich mit ihm nichts zu tun haben will. Was es gebracht hat, siehst du ja."

Claudius seufzte abgrundtief.

„Das bringt ja alles nichts", mischte sich Aliqua ein und lächelte besänftigend. „Da wir schon einmal hier sind, hilf uns Claudius."

„Da gibt es nicht viel zu helfen. Sie ist tot, mausetot, wie Pollux und Fortunata."

Claudius deutete auf seinen Behandlungstisch, wo ein Körper lag. Pomponius trat näher und Claudius schlug die Plane zurück.

Pomponius stieß einen erschrockenen Schrei aus. „Ach, ihr gütigen Götter. Das ist schlimm."

„Natürlich ist es schlimm, wenn einem so der Hals aufgerissen wird. Was hast denn du erwartet?"

„Ich habe sie gekannt", sagte Pomponius erschüttert. „Sie hat Phoebe geheißen. Sie ist das Mädchen, das Fortunata gefunden hat. Jetzt hat es auch sie erwischt. Dabei habe ich geglaubt, sie so untergebracht zu haben, dass sie in Sicherheit ist."

„Das wäre sie wahrscheinlich auch gewesen, wenn sie sich nicht nach Einbruch der Dunkelheit auf der Straße umhergetrieben hätte. Das da hat man bei ihr gefunden."

Claudius wies auf die Scherben eines Kruges, die neben der Leiche lagen.

„Ein Weinkrug", konstatierte Pomponius. Er untersuchte die Scherben, fuhr mit dem Finger prüfend über die Innenseite und roch daran. „Sie könnte unterwegs gewesen sein, um Wein zu holen. Was kannst du mir über die Todesursache sagen?"

„Dazu hätte man sie nicht zu mir bringen müssen. Es sieht doch jedes Kind, was ihr zugestoßen ist. Sie hätte allerdings auch so nicht mehr lange zu leben gehabt. Sie litt unter einer Schrumpfung der Lunge, die von den Griechen als Phthisis bezeichnet wird. Das ist eine weit verbreitete Krankheit, die bei ihr aber weit stärker ausgeprägt war, als bei den meisten anderen Kranken. Sie muss in letzter Zeit häufig Blut gehustet haben."

„Ja das hat sie", bestätigte Pomponius, der sich an Phoebes Besuch bei ihm erinnerte. „Armes Ding! Stand sie unter Drogeneinfluss, als sie starb?"

„Das kann man mit letzter Gewissheit nicht sagen, aber ich vermute, dass es so war: Sie hatte eine Droge in sich."

„Etwa dieselbe Droge, von der du mir unlängst erzählt hast?"

„Durchaus möglich. Höre Pomponius: Ich bin Wundarzt. Mit Drogen kenne ich mich nur insoweit aus, als ich sie selbst verwende. Das hier scheint etwas anderes zu sein. Wenn du mehr wissen willst, als ich dir sagen konnte, solltest du einen Apotheker fragen, oder eine zauberkundige Frau. Die gebrauchen dieses und ähnliches Zeug für ihre Tränke. Noch etwas hat man bei der Toten gefunden, aber das wird dich ja nicht überraschen. Ich habe den Ring bereits von ihrem Finger gezogen, weil du eine unverständliche Abneigung dagegen hast, einen Toten anzugreifen."

Pomponius nahm den Ring entgegen. „Der vierte", murmelte er. Jetzt ist nur noch einer in Umlauf. Vielleicht auch gar keiner mehr, wenn das Mädchen, das man auf der Straße nach Carnuntum gefunden hat, auch einen trug. Ich hätte dem schon längst nachgehen sollen."

„Ja, du hast viel zu tun", bestätigte Claudius und zitierte damit unwissentlich Masculinius. „Ich meinerseits will meinen unterbrochenen Schlaf fortsetzen. Was soll mit der Leiche geschehen? Hier lassen kannst du sie ja wohl nicht."

„Sie bleibt hier", mischte sich Ballbilus ein. „Unser Kommandant hat entschieden, dass ihr Tod geheim gehalten werden muss, um keinen Anlass für eine neuerliche Beunruhigung des Volkes zu geben. Die Leiche muss verschwinden. Wir werden sie noch heute Nacht beerdigen. Die Schule verfügt, soviel ich weiß, ohnehin über einen Friedhof."

„Unmöglich", zeterte Gordianus, der eingetreten war und die letzten Worte gehört hatte. „Dieser Friedhof ist für Gladiatoren bestimmt. Für Männer, die den ehrenvollen Tod eines Kämpfers in der Arena gestorben sind. Nicht für Frauen und schon gar nicht für eine Hure. Denn das war sie ja wohl. Das sehe ich ihr an."

„Was hast du gegen Huren?", fragte Aliqua streitlustig. „Huren verkaufen ihren eigenen Körper, um ihren Kunden ein wenig Freude zu bereiten. Du aber verkaufst die Körper anderer Männer, damit sie für dich sterben und dich reich machen. Ich wüsste nicht, was geringer zu achten wäre!"

„Gütige Götter, befreit mich von diesem Weib", schrie Gordianus. „Darf sie mich denn ungestraft bei jeder Gelegenheit beleidigen?"

„Ich glaube schon", triumphierte Aliqua und schlug den Umhang zurück, damit man ihren Armeedolch und ihr Abzeichen sehen konnte.

„Nicht doch", besänftigte Pomponius. „Meine Mitarbeiterin wollte dich sicher nicht kränken, Gordianus. Sie ist nur deswegen in Erregung geraten, weil du dieser Frau die ihr zustehende Ehre verweigern willst." Er beugte sich vertraulich vor und flüsterte: „Es ist mir nicht gestattet, dir die ganze Wahrheit zu enthüllen, aber soviel sollst du wissen: Diese Frau, so unglaublich dir das auch scheinen mag, ist letzten Endes für den Kaiser gestorben. Also verweigere ihr nicht den Respekt, der auch einem Soldaten gebührt, der im Gefecht gefallen ist. Man könnte sonst glauben, dass du kein Freund des Staates bist."

Diese eigenwillige Interpretation der Umstände, die zum Tode Phoebes geführt hatten, nahm Gordianus den Wind aus den Segeln und er beugte sich widerwillig den Wünschen seiner Besucher.

Vier Soldaten unter dem Befehl von Ballbilus luden den Leichnam auf den Karren.

„Wartet!", befahl Pomponius und wandte sich an Claudius. „Öffne ihr bitte den Mund."

Schweigend tat Claudius, worum er gebeten worden war. Pomponius nahm einen Sesterz heraus und legte ihn der Toten behutsam auf die Zunge. „Jetzt ist sie bereit."

Die vier Legionäre schoben den Karren durch das Westtor der Schule. Zwei weitere Soldaten leuchteten ihnen mit Fackeln. Pomponius und Aliqua folgten diesem eigenartigen Trauerzug. Einige Schritte hinter ihnen ging Gordianus, sichtlich bemüht, Abstand von Aliqua zu halten. Den Schluss, aber unbemerkt von allen anderen, machte der Hund, der seinem Karren folgte.

Nicht weit entfernt und nahe der Straße befand sich der Friedhof, wie man an zahlreichen Grabsteinen erkennen konnte. Es hatte zu regnen aufgehört und am Horizont war ein vager Lichtschimmer zu erkennen. Ballbilus blickte zum Himmel. „Mitte der vierten Nachtwache", stellte er fest. „Bald bricht die erste Stunde des Tages an." Gordianus wies ihnen einen Platz am Rande des Areals und möglichst weit von der Straße entfernt zu. Im Licht der Fackeln hoben die vier Männer zügig eine Grube aus. Als sie ihnen tief genug erschien, nahmen sie den in die Plane gewickelten Körper und warfen ihn ohne weitere Umstände in das Grab. Bald kündete nur mehr ein flacher Erdhügel, der auch bald verschwunden sein würde, dass hier ein Mensch seine letzte Ruhestätte gefunden hatte.

Zur allgemeinen Überraschung trat Pomponius an das Grab und sprach mit halblauter Stimme Totengebete. Es war gewiss nicht der geeignete Ort und die richtige Zeit, um ein ordentliches Begräbnisritual durchzuführen. Dennoch wollte er nicht darauf verzichten, die Verstorbene der Milde des Herrn der Unterwelt zu empfehlen.

Die anderen, die sich schon entfernen wollten, blieben verlegen stehen und warteten, bis er fertig war. Schließlich griff er in die regennasse Erde und warf drei Handvoll auf den Hügel. Dabei sprach er jedes Mal einen Segensspruch. Dann sagte er mit ruhiger Stimme: „Es ist getan. Jetzt können wir gehen."

Schweigend kehrten sie in die Schule zurück. „Reinigt den Karren von Blutspuren und stellt ihn in der Nähe seines ursprünglichen Standplatzes ab, damit ihn sein Besitzer findet", befahl Ballbilus seinen Männern. „Ich denke, der Regen wird die Blutspuren am Auffindungsort der Leiche bereits weggewaschen haben. Und wenn doch nicht, wer will schon entscheiden, ob das Blut von einem Menschen oder einem Tier stammt."

Der Hund sah dem Karren nach, der weggeschoben wurde, und traf eine Entscheidung. Vorsichtig ging er an Aliqua heran und beschnupperte sie ausgiebig.

„Ja wer bist denn du?", fragte Aliqua erstaunt. Sie ging in die Knie und streckte die Hand aus.

„Lass den Köter zufrieden", befahl Pomponius mit scharfer Stimme. „Er hat Flöhe und er wird dich wahrscheinlich beißen."

„Du hast selber Flöhe und gebissen hast du mich auch schon." Aliqua machte schnalzende Laute mit der Zunge. Der Hund legte die Schnauze in ihre Hand und sah sie mit einem seelenvollen Blick an.

„Ihr könnt jetzt losreiten sagte Ballbilus, der die Szene kopfschüttelnd beobachtet hatte. Um den Rest kümmere ich mich. Ich gebe euch auf alle Fälle zwei Mann mit, damit ihr nicht in Schwierigkeiten geratet. Bei Tagesanbruch solltet ihr zu Hause sein."

Sie ritten in die Morgendämmerung. Pomponius fühlte sich müde und erschöpft. Dennoch war er nicht ganz unzufrieden. „Es wird für den Mörder eine herbe Enttäuschung sein", sagte er zu Aliqua, „dass die Tote, die er so demonstrativ auf die Straße gelegt hat, spurlos verschwunden ist. Das stört seine Pläne."

„Und wird ihn wahrscheinlich veranlassen, bald wieder zu morden."

„Er hat nur noch einen Ring, wenn überhaupt. Ohne Ring ist es nur der halbe Effekt."

„Er kann sich jederzeit wieder Ringe anfertigen lassen."

„Hoffentlich tut er das. Ich habe Ballbilus gebeten, Lucius überwachen zu lassen. Ich bezweifle, dass es in der Stadt noch jemanden gibt, der so perfekte Duplikate machen kann." Pomponius drehte sich plötzlich um und hielt sein Maultier an. „Dein Flohsack läuft uns hinterher." Der Hund war ebenfalls stehengeblieben und sah ihn kritisch an.

„Tatsächlich!" ‚freute sich Aliqua. „Das ist ein anhängliches Tier. Hast du dir schon einmal überlegt, wie es wäre ein Haustier zu haben?"

„Das habe ich und ich habe mich dagegen entschieden."

Wenig später langten sie beim Haus des Pomponius an. Krixus, der herauskam, um die Maultiere in Empfang zu nehmen, erstarrte. „Was ist das?", fragte er und wies anklagend auf den Köter, der sich eng an Aliqua hielt.

„Das ist ein sehr lieber Hund", erklärte Aliqua. „Er ist uns zugelaufen."

„Nicht uns, dir ist er zugelaufen", stellte Pomponius klar.

„Was habt ihr jetzt mit ihm vor. Bei uns kann er nicht bleiben!" Der Hund und Krixus starrten einander voller Abneigung an.

„Das ist klar", bestätigte Pomponius. „Füttere ihn und dann setz ihn auf die Straße. Ich bin müde. Ich muss noch ein wenig schlafen."

Aliqua folgte ihm ohne Umschweife ins Schlafzimmer, warf sich neben ihm aufs Lager, bettete ihren Kopf auf seine Brust und war noch rascher eingeschlafen als Pomponius.

XXI

Pomponius erwachte frisch gestärkt und fand das Bett neben sich leer. Er schrie laut nach Mara und begehrte einen Imbiss.

„Wo ist Aliqua?", fragte er, nachdem er den letzten Bissen mit einem tüchtigen Schluck Posca hinuntergespült hatte.

„Sie hat mir geholfen, die Maultiere zu striegeln und jetzt spielt sie im Garten mit dem bissigen Scheusal, das ihr mitgebracht habt", berichtete Krixus.

„Ich habe dir doch befohlen, ihn auf die Straße zu setzen!"

„Das habe ich auch getan, aber Aliqua hat ihn wieder hereingelassen. Ich kann mich doch mit ihr nicht streiten. Immerhin wird sie möglicherweise die Frau dieses Hauses und damit meine Herrin. Da muss ich mich gut mit ihr stellen."

„Sei still, du vorlauter Lümmel. Das sind Dinge, über die ich allein zu entscheiden habe. In diesem Haus gelten ausschließlich meine Befehle! Ist das klar?"

„Dann ruf sie herein und sag ihr, dass wir den Hund nicht behalten werden. Sie soll ihn mitnehmen, oder fortjagen. Hier kann er auf keinen Fall bleiben."

„Ich will mich auch nicht mit ihr streiten. Sobald wir ausgeritten sind, wirfst du das Mistvieh einfach hinaus. Wenn wir zurückkommen, ist er längst fort und du kannst sagen, er sei weggelaufen. Jetzt hol sie herein!"

„Wir werden in die Militärsiedlung reiten", verkündete Pomponius, als Aliqua atemlos hereinkam. „Ich muss dringend mit Manius und Numerius sprechen. Krixus, führ die Maultiere auf die Straße."

Als sie aufgesessen waren, sahen der Hund und Krixus einander grimmig an und das Tier traf abermals eine weise Entscheidung. Es schloss sich den Reitern an und lief hechelnd neben ihnen her.

„Du kannst das Biest nicht mitnehmen", protestierte Pomponius wütend.

„Ich nehme ihn nicht mit. Er läuft mir einfach hinterher. Du weißt doch, wie das ist."

Pomponius war sich nicht sicher, was diese Aussage bedeuten sollte. Während er noch darüber nachdachte, fuhr Aliqua heiter fort: „Ich habe kürzlich im

Eingang einer Villa ein reizendes Mosiak gesehen. Darauf stand: ‚Hüte dich vor dem Hund'. Könnte dir so etwas nicht gefallen?"

„Nein! Denn ich habe keinen Hund und ich werde auch in Zukunft keinen haben. Die Leute würden daher sagen, diese Warnung beziehe sich auf mich. Das ist kein passender Willkommensgruß für einen Schmuckhändler."

Aliqua brach in lautes Lachen aus und der Köter fiel fröhlich bellend ein.

Obwohl sie ihren Besuch nicht angekündigt hatten, wurden sie von Manius freundlich empfangen. „Ave Pomponius, ave, schöne Amazone!", rief er. „Was führt euch zu mir?"

„Wir müssen reden und zwar dringend. Ich hätte auch gerne Numerius dabei. Habt ihr Zeit?"

„Für einen großzügigen Mann, wie dich, haben wir immer Zeit. Weib, komm her!"

Sylvia watschelte ins Zimmer und keifte. „Was soll das?" Sie wies auf den Köter, der sich wie selbstverständlich ins Haus geschlichen hatte.

Pomponius sprang auf, öffnete die Tür und sagte wütend: „Hinaus mit dir, du Ungeheuer. Warte gefälligst draußen." Der Hund folgte ihm zu seiner Überraschung aufs Wort.

„Ein gut abgerichtetes Tier", lobte Manius. „Ich wusste gar nicht, dass Pomponius einen Hund hat."

„Er selber weiß es auch noch nicht", flüsterte Aliqua.

Manius schüttelte verwundert den Kopf und wandte sich an Sylvia: „Bring Erfrischungen, Weib, dann lauf zu Numerius hinüber und sag, er soll herkommen. Marsch, spute dich, sonst mach ich dir Beine." Sylvia setzte sich sofort in Bewegung.

„Du hast deinen Hausstand gut im Griff", lobte Pomponius und sah Sylvia nach.

„Das ist ganz einfach, Pomponius. Mit Frauen ist es wie mit Hunden. Du musst sie liebevoll und freundlich behandeln, aber du musst auch streng sein. Wenn sie übermütig werden und nicht folgen wollen, tut eine Tracht Prügel Wunder."

„Glaubst du das wirklich Manius", fragte Aliqua und lächelte auf eine unangenehme Weise.

„Bei Sylvia funktioniert es", schränkte Manius ein. „Ich kann mir aber vorstellen, dass es bei dir nicht so einfach ist."

„Dann gib Pomponius keine blöden Ratschläge", fauchte Aliqua. „Was fällt dir ein, Frauen wie Hunde abrichten zu wollen? Ich dachte, du wärst mein Freund!"

Zum Glück keuchte in diesem Augenblick Numerius zur Tür herein und die allgemeine Aufmerksamkeit wandte sich anderen Themen zu.

„Phoebe ist verschwunden", eröffnete Pomponius das Gespräch.

„Hast du auch schon davon gehört?", fragte Numerius. „Knochenbrecher ist außer sich. Er hat sie gestern Abend losgeschickt, um ihm einen Krug Wein zu besorgen. Seither ist sie verschwunden. Hast du eine Ahnung, wo sie sein konnte?"

„Ja, das habe ich", bekannte Pomponius mit ernster Miene. „Was ich euch jetzt sage, muss unter uns bleiben. Ich war gestern Nacht dabei, wie sie begraben wurde."

Einen Augenblick war es totenstill, dann stöhnte Manius: „Ach, du Schande! Was ist geschehen?"

„Sie wurde umgebracht: auf dieselbe Weise, wie Penelope, Pollux und Fortunata. Sie ist tot auf der Straße gelegen, gar nicht weit von hier. Sie hat auch einen der Ringe getragen, die Lucius gemacht hat. Zum Glück wurde sie von Soldaten gefunden, ehe ein Passant über sie gestolpert ist. Man hat sie sofort weggebracht und heimlich begraben. Das haben jene Leute veranlasst, für die auch ich arbeite."

„Armes Mädchen", murmelte Manius, der sonst nicht zu Sentimentalitäten neigte. „Sie war ja nur eine Hure, aber das hat sie nicht verdient: in der Nacht verscharrt zu werden, wie ein Hund. Jetzt ist ihr der Weg in den Hades verschlossen und ihre Seele irrt für immer durch das Zwischenreich, von scheußlichen Dämonen gequält, die dort hausen."

„Ich hoffe, dass ich ihr dieses Schicksal ersparen konnte. Ich habe ihr eine Münze mitgegeben, damit sie den Fährmann bezahlen kann, sobald sie den Fluss des Vergessens erreicht. Ich habe auch die vorgeschriebenen Gebete an ihrem Grab gesprochen, um den Herrn der Unterwelt gnädig zu stimmen." Pomponius seufzte. „In Wahrheit weiß ja doch niemand von uns, was nach dem Tod mit uns geschieht."

„Du überrascht mich immer wieder, Pomponius", sagte Manius nach einer Weile des Schweigens, „aber ich denke, du hast ein Werk getan, das den Göttern wohlgefällig ist. Was soll jetzt geschehen?"

„Für Phoebe können wir nichts mehr tun. Aber ihr Tod eröffnet uns vielleicht eine Möglichkeit, dem Mörder auf die Spur zu kommen. Bei ihrer Leiche wurden die Scherben eines Weinkruges gefunden. Ich habe festgestellt, dass er vermutlich gefüllt war, wie er zu Boden gefallen und zerbrochen ist. Das bedeutet, sie hatte den Wein bereits in einer Schenke gekauft. Entweder wurde sie auf dem Heimweg überfallen, oder sie hat ihren Mörder schon in der Schenke kennengelernt. Wir müssen herausfinden, in welcher Schenke sie war und ob dort jemand etwas beobachtete, vielleicht sogar den Mörder mit ihr gesehen hat. Das können Aliqua und ich aber nicht tun."

„Nein, das könnt ihr nicht", bestätigte Numerius. „Ihr seid fremd hier und die Leute könnten unangenehm werden, wenn ihr Fragen stellt. Auskunft würden sie euch so oder so keine geben. Bei Manius und mir ist das etwas anderes. Es wird gar nicht so schwer sein. Die Schenke muss in der Nähe von Knochenbrechers Hütte sein, und sie muss zu so später Stunde geöffnet haben. Wo wurde die Leiche genau gefunden?"

„Vor einem Gemüseladen, ganz in der Nähe. Der Eigentümer pflegt seinen Karren auf der Straße stehen und durch einen Hund bewachen zu lassen."

„Kenne ich!", rief Numerius. „Das ist Appius, der Gemüsehändler. Ja, dann kommt wohl nur eine einzige Schenke in Betracht. ‚Der krumme Hund'. Was meinst du, Manius?"

„Ich denke, du hast recht", bestätigte Manius. „Wir werden noch heute hingehen. Sobald wir etwas in Erfahrung gebracht haben, verständigen wir dich."

Pomponius wusste, was nun von ihm erwartet wurde und zählte einen großzügigen Bonus auf den Tisch. Seine beiden Helfer waren sehr angetan und versicherten, sie würden sich größte Mühe geben, um ihn zufriedenzustellen. Dann bat er sie, Knochenbrecher die traurige Nachricht beizubringen, ihn gleichfalls zur Verschwiegenheit zu ermahnen und ließ sich den Weg zum Laden des Appius beschreiben.

„Ich möchte mir auf alle Fälle den Tatort ansehen", erklärte er Aliqua.

Die Besichtigung verlief enttäuschend. Es war nichts zu sehen, das hilfreich gewesen wäre. Auf der Straße waren nur noch einige Flecken zu erkennen, die Blut sein konnten, oder sonst etwas. Der Karren hatte seinen Weg zurück gefunden und stand vor dem Laden. Als sie ihre Reittiere wieder in Bewegung setzen wollten, sprang plötzlich ein aufgebrachter Mann aus dem Haus. Er hatte einen derben Stock in der Hand. „Da bist du ja, du Mistvieh", schrie er. „Du kannst dich auf eine ordentliche Tracht Prügel gefasst machen!"

Der Hund begann am ganzen Körper zu zittern, zog den Schwanz ein und winselte.

Der Gemüsehändler trat an ihn heran und hob den Stock zum Schlag. Dabei kam er Aliqua zu nahe. Sie stieß ihm mit aller Kraft den Fuß gegen die Brust und schrie: „Lass meinen Hund in Frieden! Das ist mein Hund! Er gehört dir nicht!"

Appius taumelte zurück und schrie nicht weniger laut: „Was fällt dir ein, mich zu treten, du verrücktes Weib! Natürlich ist das mein Hund. Ich werde ja wohl noch meinen eigenen Hund erkennen! Na warte nur, ich werde dir auch gleich das Fell gerben, du Hundediebin." Er hob neuerlich den Stock zum Schlag, diesmal gegen Aliqua. Sie wurde kalkweiß. Ihre Hand fuhr unter den Umhang, wo sie den Armeedolch trug.

Aus den umliegenden Häusern und Geschäften waren Menschen getreten und verfolgten aufmerksam die Auseinandersetzung. Pomponius befürchtete die ärgste Eskalation, schwang sich rasch von seinem Maultier und rief: „Halt ein, Appius! Gemach, gemach!"

Appius fuhr zu ihm herum: „Wer bist du, du Hundehehler. Wieso kennst du meinen Namen?"

Pomponius breitete die Arme aus. „Wer kennt nicht Appius, den besten Gemüsehändler in der Stadt? Den Herrn über würzige Kräuter, unvergleichliche Äpfel, saftige Melonen, Krautköpfe, groß wie Kinderhintern und Rüben, die sich nicht einmal auf der Tafel der Götter finden!"

Appius ließ seinen Stock sinken und sah Pomponius entgeistert an. „Bist du auch verrückt?", fragte er. „Seid ihr alle beide verrückt?"

„Nicht doch, Appius. Ich bin nicht verrückt. Nur ein wenig verwundert, dass du wegen eines solchen Köters soviel Aufhebens machst. Er ist doch kaum zehn Sesterzen wert."

„Zehn Sesterzen?", empörte sich Appius. „So einen vortrefflichen Hund bekommst du nicht unter hundert Sesterzen."

„Jetzt bin ich es, der dich für verrückt halten muss. Für hundert Sesterzen bekomme ich ein ganzes Rudel solcher Viecher. Höchstens zwanzig Sesterzen ist er wert."

„Kann es sein, dass wir gerade verhandeln?", fragte Appius. „Worauf läuft das Ganze hinaus?"

Pomponius drückte dem Mann einen halben Aureus in die Hand. „Das soll dich zu der Überzeugung bringen, dass dieser Hund nicht dir gehört."

„So halb und halb bin ich schon überzeugt."

„Sei nicht maßlos, Appius. Mehr als zwanzig Sesterzen ist er nicht wert und ich habe dir fünfzig gegeben."

„Leg seinen Bruder dazu", forderte Appius und deutete auf die Münze. „Dann bin ich völlig überzeugt. Und ich vergesse auch, dass mich dieses rabiate Weib getreten hat und umbringen wollte. Glaubst du, ich habe nicht bemerkt, dass sie einen Dolch im Gewand verborgen hat?"

„Aber Appius, meine Freundin ist eine herzensgute Person, die niemandem etwas antun könnte!"

„Wenn du das wirklich glaubst, dann mögen dir die Götter beistehen. Komm schon, mach den Handel perfekt!"

Pomponius seufzte jammervoll und legte einen zweiten Halbaureus zu dem ersten. „Bist du jetzt überzeugt?"

„Voll und ganz. Ich bin davon überzeugt, dass dieser Hund nicht mir gehört, weil du ihn eben gekauft hast. Ich bin auch davon überzeugt, dass deine Freundin eine herzensgute Person ist, die mir nie an den Kragen wollte."

„Es ist ein kostspieliges Vergnügen, mit dir Geschäfte zu machen", klagte Pomponius und schüttelte dem Mann die Hand.

Die Zuschauer zogen sich enttäuscht zurück, weil es zu keiner Schlägerei gekommen war. Pomponius und Aliqua ritten unangefochten davon. Der Hund rannte neben ihnen her. Nach einer Weile sagte Aliqua: „Ich habe möglicherweise etwas zu heftig reagiert."

„Ja, das hast du. Möchtst du dich nicht bedanken?"

„Wofür denn?"

„Ich habe immerhin deinen Hund gerettet!"

„Ich habe keinen Hund. Du hast einen Hund. Du hast ihn eben seinem rechtmäßigen Eigentümer abgekauft. Ich habe es selbst gesehen."

„Aber Aliqua", protestierte Pomponius. „Ich habe den Hund deinetwegen ausgelöst."

„Ich habe dich nicht darum gebeten. Du bist doch Anwalt. Wenn man mit dem rechtmäßigen Eigentümer einer Sache einen Kaufvertrag schließt, die vereinbarte Summe zahlt und den Kaufgegenstand ausgefolgt bekommt, hat man dann Eigentum am Kaufgegenstand erworben?"

„Grundsätzlich schon", räumte Pomponius zögernd ein. „Wo hast du bloß solche Spitzfindigkeiten her?"

„Ich schlafe gelegentlich mit einem Juristen, der mich mit Vorträgen über Bürgerliches Recht langweilt, obwohl es weit Interessanteres zu bereden gäbe." Aliqua gab ihrem Maultier die Fersen und ritt in flottem Trab voran.

„Hiergeblieben, du Fehlkauf", kommandierte Pomponius verdrossen. Aber der Hund, der über die juristischen Feinheiten des Eigentumserwerbs nicht Bescheid wusste, rannte fröhlich bellend Aliqua nach.

Krixus war enttäuscht, als sie zu Hause eintrafen. „Konntest du den Köter nicht unterwegs loswerden", fragte er. „Warum hast du ihn wieder mitgebracht?"

„Ich habe ihn dem Mann, dem er weggelaufen ist, abgekauft."

Krixus rang die Hände. „Warum hast du das nur getan?"

„Aliqua und die Götter wollten es so. Den Göttern hätte ich mich vielleicht widersetzt, aber gegen Aliqua bin ich machtlos."

Während Aliqua dem verstörten Krixus Trost zusprach, begab sich Pomponius ins Haus, setzte sich in den Stuhl des Hausherrn und grübelte vor sich hin. Der Hund folgte ihm. Er hatte die Ohren gespitzt und klopfte mit der Rute erwartungsvoll auf den Boden. Wenn man ihn genauer betrachtete, so war er gar nicht so häßlich. Er hatte breite Schultern, kräftige Läufe und ein Fell, das sich in dichten, kurzen Löckchen kräuselte. Er war zwar stark abgemagert, aber das würde sich rasch ändern. Dafür würde schon Mara sorgen, dachte Pomponius. Man konnte absolut nicht sagen, welcher Rasse das Tier angehörte. Man konnte lediglich mit Sicherheit sagen, dass es ein Hund war.

„Hund", sagte Pomponius.

Das Tier stand erwartungsvoll auf, wagte dann aber nicht näherzukommen und setzte sich wieder.

„Wir werden einen Namen für dich brauchen", überlegte Pomponius laut. „Haben Hunde überhaupt Namen? Und wenn ja, welcher Name ist angemessen? Ich erinnere mich eines Mannes, der seinen Hund ‚Nero' gerufen hat. Das hat Unmut erregt. Einerseits deswegen, weil der Kaiser gleichen Namens der Damnatio verfallen war und nicht, oder nur mit Abscheu genannt werden durfte. Andererseits war er aber doch Kaiser gewesen, und einen Hund mit dem Namen eines ehemaligen Kaisers zu rufen, konnte auch als Respektlosigkeit gegenüber dem amtierenden Imperator gedeutet werden. Eine verzwickte Sache. Der für die öffentliche Ordnung zuständige Beamte hat schließlich entschieden, dass beide, Herr und Hund, öffentlich verprügelt werden sollten und der Name des Hundes geändert werden müsse. Ich denke, die Namensfrage überlassen wir Aliqua."

Aliqua und Krixus kamen zur Tür herein. Pomponius konnte den letzten Teil ihrer Unterhaltung anhören. „Dann musst du mir aber helfen", forderte Krixus. „Zuerst habt ihr mir die Maultiere aufgehalst und jetzt dieses Mistvieh. Sieht denn niemand, wie überarbeitet ich bin? Das beste wäre, wenn du überhaupt bei uns einziehst und dich selber um deine Tiere kümmerst."

Der Hund sah Krixus an, entblößte ein furchterregendes Gebiss und knurrte.

„Er hat große scharfe Reißzähne", konstatierte Aliqua. „Das ist ein gutes Zeichen bei einem Hund."

„Er will mich beißen", jammerte Krixus.

„Nicht doch. Das ist ein lieber Hund. Er tut dir nichts."

„Jetzt nicht, weil ihr dabei seid. Aber sobald wir allein sind, wird er mich beißen."

„Dann freunde dich bald mit ihm an", riet Pomponius. „Denn so wie es aussieht, wird er bei uns bleiben. Wisst ihr, was mir eben durch den Kopf gegangen ist? Dieser Hund könnte Zeuge des Mordes an Phoebe gewesen sein. Ja er war es sogar sicher. Die Tat muss unmittelbar vor seiner Nase stattgefunden haben: vor dem Geschäft des Appius, wo er angebunden war."

„Jetzt brauchst du ihn nur ausführlich verhören und schon hast du den Mörder gefunden", spottete Krixus.

„Es wird langsam dunkel", warf Aliqua ein. „Ich mache mich besser auf den Heimweg. Morgen früh melde ich mich wieder."

„Warum bleibst du nicht über Nacht", fragte der unverschämte Krixus. „Zu Hause bist du allein und hier hast du angenehme Gesellschaft: Deinen Hund und Pomponius." Er duckte sich, weil Pomponius zu einer Ohrfeige ausholte.

„Ich weiß nicht recht", zögerte Aliqua.

„Bleib doch", bat auch Pomponius. „Ich würde mich freuen, wenn du bleibst. Du bist in diesem Haus immer willkommen."

„Wirklich? Nun ja, du hast dich heute sehr lobenswert verhalten. Ich glaube, ich habe mich noch gar nicht richtig bei dir bedankt, weil du Ferox gerettet hast."

Pomponius registrierte nur am Rande, dass der Hund einen Namen bekommen hatte. Sein Interesse galt anderen Dingen. „Meinst du den speziellen Dank, an den ich denke?"

„Du solltest dich deiner Gedanken schämen, Pomponius. Aber ja, darauf läuft es wahrscheinlich hinaus."

„Wir wollen nicht gestört werden", befahl Pomponius. „Auf keinen Fall! Und wenn der Kaiser persönlich vor der Tür steht: Sag ihm, ich hätte keine Zeit!"

Er folgte Aliqua eilig in den Schlafraum, während Krixus und Ferox zurückblieben und einander misstrauisch musterten.

XXII

„**W**o ist Aliqua?“, fragte Pomponius, der das Bett neben sich leer gefunden hatte, seinen Sklaven.

„Sie ist früh aufgestanden und kümmerte sich um die Maultiere“, berichtete Krixus.

Pomponius fand, dass es Zeit für ein klärendes Wort war. „Höre, Krixus. Es geht nicht an, dass du Aliqua Arbeiten verrichten lässt, die dir zustehen. Sie ist ein geschätzter Gast in diesem Haus und vielleicht wird sie sogar die Herrin dieses Hauses. Ich sage nicht, dass es so sein wird, aber wir wollen die Möglichkeit nicht ganz außer Acht lassen. Ich habe immer große Geduld mit dir bewiesen, aber es geht nicht an, dass du versuchst, Aliqua deine Arbeit aufzuhalsen. Zwinge mich nicht, dich wie einen unbotmäßigen Sklaven zu behandeln. Verstehst du das?“

„Das verstehe ich voll und ganz, Herr“, entgegnete Krixus demütig. „Es ist nur so, dass es Aliqua Freude macht, sich mit den Tieren abzugeben. Für sie ist das keine Arbeit, sondern Vergnügen. Ich dachte, es sei die erste Pflicht eines guten Sklaven, seiner Herrschaft Freude und Vergnügen zu bereiten.“

Ferox kam schwanzwedelnd herein und sah Krixus an. „Wenn er dich jetzt in der Luft zerreißt, werde ich ihn nicht daran hindern“, erklärte Pomponius grimmig.

„Das wird er nicht tun. Wir haben Frieden geschlossen.“ Krixus streichelte Ferox über den Kopf.

„Wie hast du das angestellt?“

„Du hattest es gestern Abend so eilig, dir von Aliqua danken zu lassen, dass du dein Abendbrot nicht angerührt hast: köstliche Pasteten, so wie sie nur Mara machen kann! Ich habe sie mir mit Ferox geteilt. Man sagt nicht zu Unrecht, dass Liebe durch den Magen geht. Das gilt für Hunde und Sklaven gleichermaßen.“

Es endete wie so oft. Pomponius gab es auf, mit Krixus zu diskutieren. „Ich bin hungrig“, sagte er resignierend. „Bring mir mein Frühstück und schaffe deinen verfressenen Freund hinaus. Ich habe nämlich nicht die Absicht, mit ihm zu teilen. Dann geh Aliqua zur Hand.“

Pomponius war es nicht vergönnt, in Ruhe zu frühstücken. Denn Ballbilus traf ein und verlangte den Hausherrn zu sprechen.

„Es ist recht beschwerlich, dich zu finden", klagte er. „Ich war schon bei Aliqua, so wie mir dein Sklave geraten hat, aber es war niemand zu Hause." Er sah Krixus vorwurfsvoll an.

„Es kommt darauf an", erklärte Krixus ungefragt. „Manchmal schlafen sie bei ihr, manchmal bei uns. Nur wenn sie gestritten haben, schläft ein jeder in seinem eigenen Haus."

„Hast du eigentlich schon daran gedacht, diesem unverschämten Burschen die Peitsche zu geben", fragte Ballbilus.

„Jeden Tag", gestand Pomponius. „Heute ganz besonders."

„Ich will dir dabei gern behilflich sein", erbot sich Ballbilus.

Krixus murmelte, dass er dringende Arbeiten im Stall zu verrichten habe und machte, dass er seinem Herrn aus den Augen kam.

„Ich nehme an, Masculinius will mich sprechen", vermutete Pomponius.

„Heute nicht, heute soll ich dir nur eine Nachricht bringen." Ballbilus räusperte sich und begann würdevoll: „Masculus Masculinius entbietet dem edlen Spurius Pomponius seine Grüße und versichert ihn seiner immerwährenden Freundschaft und väterlichen Zuneigung. Es ist ihm ein Vergnügen und eine Ehre, dich Pomponius, bei deiner unermüdlichen und schwierigen Arbeit zum Wohle des Staates zu unterstützen ..."

„Ach hör doch auf", lachte Pomponius. „Das hat er sicher nicht gesagt. Eher hat er mich einen krummen Hund genannt."

„Wenn ich mich recht erinnere, hat er dich einen faulen, geilen Hund genannt, dessen ganzes Sinnen und Trachten auf eine bestimmte Frauensperson gerichtet ist, anstatt sich auf die Mörderjagd zu konzentrieren."

Aliqua kam zur Tür herein. „Ave, Herr Kamerad", sagte sie, weil sie Wert darauf legte, im Kreis der Frumentarii als gleichberechtigt anerkannt zu werden. „Was ist denn mit Krixus los? Er ist in den Stall gekommen und hat darauf bestanden, mir die Stallarbeit abzunehmen!"

„Ave, schöne aber streitlustige Kameradin", erwiderte Ballbilus den Gruß.

„Für das ‚schön‘ danke ich dir. Aber wieso streitlustig? Hat sich jemand beklagt?" Sie warf Pomponius einen scharfen Blick zu.

„Gordianus hat sich bei unserem Kommandanten beklagt. Er behauptet, du schikanierst ihn bei jeder Gelegenheit, die sich bietet."

Aliqua schnaubte verächtlich. „Um mir das zu sagen, bist du hergekommen?"

„Nein, obwohl ich dir auch die väterliche Bitte unseres dir zutiefst gewogenen Kommandanten übermitteln soll, deiner beeindruckenden Rhetorik in Hinkunft eine gewisse Liebenswürdigkeit zu verleihen."

„Er meint, du sollst dein scharfes Mundwerk im Zaum halten", übersetzte Pomponius. „Entschuldige, das habe nicht ich gesagt, sondern unser Kommandant. So ist es doch?"

„So ist es", bestätigte Ballbilus. „Obwohl, wenn ich mich recht erinnere, unser Kommandant einige drastischere Ausdrücke verwendet hat. Aber das ist nicht der Grund, weshalb ich hergekommen bin."

Er zog mit einer dramatischen Geste einen Ring hervor und legte ihn auf den Tisch. „Der Kommandant hat auf Grund deiner Berichte ergänzende Ermittlungen angeordnet und von einigen unserer Agenten durchführen lassen, mit folgendem Ergebnis: Diesen Ring hat das Mädchen Briseis getragen. Das ist diejenige, die man an der Straße nach Vindobona gefunden hat. Eine Abteilung der zehnten Legion, die in diesem Abschnitt für die Sicherung und Instandhaltung der Straße zuständig ist, hat sie entdeckt und an Ort und Stelle vergraben. Den Ring hat einer der Soldaten behalten. Zuerst wollte keiner etwas davon wissen und den Ring herausrücken. Dann haben unsere Agenten sehr ausführlich erzählt, was es mit diesem Ring auf sich hat. und dass sich sein Besitzer auf einen baldigen nächtlichen Besuch gefasst machen solle. Das hat gereicht. Zwanzig Herzschläge später ist der Ring auf dem Tisch gelegen. Noch etwas ist herausgekommen. Die Soldaten haben berichtet, dass es Spuren eines erbitterten Kampfes gegeben hat. Sie muss sich verzweifelt gegen ihren Mörder gewehrt haben."

„So etwas habe ich fast schon vermutet", grübelte Pomponius. „Bei dem Anschlag auf Briseis muss etwas schief gegangen sein und es ist ihr die Flucht gelungen. Mich wundert nur, dass der Mörder die Mühe auf sich genommen hat, sie mehr als eine halbe Tagesreise zu verfolgen, um sie doch noch zu töten. Dafür kann es nur einen vernünftigen Grund geben. Sie hat ihn erkannt und er fürchtete, sie könne ihn verraten. Das stimmt auch mit dem überein, was uns Phoebe erzählt hat." Pomponius betrachtete den Ring. „Jetzt sind sie vollzählig. Ich habe alle Ringe, die Lucius angefertigt hat. Ich bin unserem Kommandanten für seine Unterstützung sehr dankbar."

„Diese Ermittlungen konntest du allein nicht durchführen. Du wärst bei den Leuten der Zehnten nicht weit gekommen. Das sind harte Burschen."

„Weshalb hat mich Masculinius dann als faul und geil bezeichnet?"

„Das darfst du nicht ernst nehmen. Zu mir sagt er noch ganz andere Sachen, wenn ihn einer seiner Fieberschübe plagt."

„Kränk dich nicht", tröstete auch Aliqua Pomponius. „Faul bist du sicher nicht."

Ballbilus lächelte. „Unser Kommandant lässt dir auch bestellen, dass du viel zu tun hast. Ich will dich daher nicht länger aufhalten."

„Sag ihm, Spurius Pomponius entbietet dem edlen Masculus Masculinius seine ergebenen Grüße und versichert ihn seines immerwährenden Gehorsams ..."

„Ich werde ihm sagen, dass du dich bedankst", unterbrach ihn Ballbilus, schlug die Faust gegen seinen Brustpanzer, zwinkerte Aliqua zu und enteilte.

„Ich bin im Stall fertig", verkündete Krixus, der sich zur Tür hereinschleppte und lobheischend um sich sah. „Ich bin total erschöpft."

„Dann setz dich doch", meinte Pomponius mit falscher Freundlichkeit und machte sich über sein unterbrochenes Frühstück her. Ferox hockte sich zu ihm und sah ihm zu. Er bettelte nicht. Er verfolgte nur jeden Bissen, den Pomponius verschlang, mit großen traurigen Augen. Es endete damit, dass er einen erheblichen Teil des Frühstücks abbekam.

„So geht das nicht weiter" verkündete Pomponius. „In Hinkunft bleibt er draußen, wenn ich esse."

Ferox bettete sich auf den Teppich, legte die Schnauze auf die Pfoten und gab unüberhörbare Verdauungsgeräusche von sich.

„Hoffentlich setzt er bald Fleisch an", sagte Aliqua. „Das arme Tier ist ja ganz abgemagert."

„Bis dahin hat er uns arm gefressen", murrte Pomponius. „Da wir schon von arm reden: In den letzten Tagen war mein Geschäft die meiste Zeit geschlossen. Wir müssen Geld verdienen. Krixus, du stellst dich jetzt jeden Tag, nachdem du die Tiere versorgt und den Ofen angeheizt hast, in den Laden und wartest auf Kundschaft."

Krixus stöhnte entsetzt auf. „Da könntest du mich ja gleich an ein Bergwerk verkaufen."

„Nein, ich brauche dich noch. Du bekommst nämlich eine zusätzliche Aufgabe."

„Noch mehr Arbeit?", schrie Krixus.

„Wie man es nimmt. Diesen Ring da stellst du so aus, dass man ihn von der Straße gut sehen kann. Unser Mörder legt Wert darauf, dass seine Opfer mit einem solchen Ring gekennzeichnet werden. Er hat aber keinen Ring mehr, weil ich alle habe. Ich möchte doch zu gerne wissen, wer in das Geschäft kommt und Interesse zeigt. Du darfst den Ring aber auf keinen Fall an einen Unbekannten verkaufen. Wenn ihn jemand, den du nicht kennst, unbedingt haben will, sagst du, du müsstest zuerst mich fragen und bestellst ihn für den nächsten Tag wieder."

„Ich soll den Mörder anlocken?", fragte Krixus entsetzt. „Was ist, wenn er gleich mich umbringt?"

„Wo ist das Problem?", fragte Pomponius herzlos. „Dann kaufe ich mir eben einen neuen Sklaven. Geh jetzt. Du hast mich heute schon mehr geärgert als gut für dich ist."

„Kein schlechter Einfall", sagte Aliqua, nachdem Krixus hinausgewankt war. „Aber dir ist ein Gedankenfehler unterlaufen."

„Und der wäre?"

„Der Mörder hat doch noch einen Ring, nämlich das Original."

„Das ist wahr", gestand Pomponius. „Aber einen Versuch ist es trotzdem wert. Wenn nichts dabei herauskommt, dann verdienen wir wenigstens etwas Geld.

Der Vorschuss, den mir Masculinius gegeben hat, geht nämlich schön langsam zur Neige. Mach dich jetzt fertig. Wir reiten in die Militärsiedlung. Ich will noch einmal mit Roxana sprechen."

Roxana zeigte keine Überraschung, als Pomponius an ihren Stand trat. „Ich habe mich schon gefragt, wann du wiederkommst, Pomponius. Und diesmal hast du sogar deine Freundin mitgebracht."

„Ich heiße Aliqua. Ich danke dir für das Amulett, das du mir geschickt hast. Ich trage es seither ständig."

„Das ist sehr vernünftig, mein Kind. Denn glaube mir, du bist in größerer Gefahr, als du glaubst."

„Wir sind hier, weil wir deinen Rat brauchen", erklärte Pomponius.

„Wollt ihr das Liebesorakel befragen? Das ist Zeitverschwendung. Ich kann dir auch so sagen, wie die Sache zwischen euch ausgehen wird."

„Es ist leider eine ernstere Sache, die uns zu dir führt."

„Eine ernstere Sache als die Liebe? Nun dann kommt ins Haus und sagt mir, was euch bedrückt."

Pomponius und Aliqua folgten der Wahrsagerin in das gemütliche Wohnzimmer und setzten sich. „Du verkaufst doch auch Arzneien, Zaubertränke und Elixiere?", fragte Pomponius.

„Alles, was dein Herz begehrt."

„Auch Gifte?"

Roxana wiegte den Kopf. „Willst du jemanden umbringen? Die nötigen Zutaten bekommst du in jeder Apotheke. Du brauchst nur nach dem bewussten weißen Pulver fragen, das aus einem armen Mann einen reichen Erben macht. Aber sei vorsichtig. Giftmord wird mit dem Tod bestraft."

„Ich habe an etwas anderes gedacht. Gibt es ein Gift, das einen Menschen willenlos macht? Nicht so, dass er in Bewusstlosigkeit verfällt, sondern so, dass er zwar sprechen und umhergehen kann, aber doch kritiklos die Befehle befolgt, die man ihm gibt?"

„So etwas gibt es. Du musst fünf Tropfen in ein Getränk mischen und die Wirkung tritt binnen kurzem ein. Der Betreffende ist dir dann völlig ausgeliefert und du kannst mit ihm machen was du willst. Am nächsten Morgen wird er nicht wissen, ob er gewacht oder geträumt hat und sich nur bruchstückhaft an das erinnern, was ihm widerfahren ist."

„Kann man dem Opfer auch eine bestimmte Situation einreden? Etwa indem man es glauben macht, es befinde sich in einem gemütlichen Zimmer, während es tatsächlich auf kalter, nächtlicher Straße steht?"

„Das ist schon höhere Magie. Man muss in solchen Praktiken erfahren sein, um diesen Effekt zu erzielen. Grundsätzlich ist es möglich. Das Ergebnis ist aber unsicher. Denn es kann sein, dass sich die Suggestion mit der Phantasie des Opfers vermischt und zu unerwünschten, albtraumhaften Ergebnissen führt. Andererseits findet sich dieses Mittel auch oft, wenngleich in geringerer Dosierung, in sogenannten Liebestränken. Dann steigert es das Glücksgefühl."

„Führst du diese Droge?"

„Ich habe eine kleine Menge davon. Ich will auch gleich deine nächste Frage beantworten. Nein, ich habe in letzter Zeit nichts davon verkauft."

„Du erinnerst dich gewiss an den Traum, den ich dir erzählt habe. Sonderbar ist doch, dass mich eine Erscheinung des toten Pollux gewarnt und mir gesagt hat, dass ich mich nicht in einem Haus befinde, sondern auf der Straße stehe und davonlaufen soll. Jetzt sage mir: Ist es möglich, dass mir jemand, während ich unter dem Einfluss dieser Droge stand, all das, was ich zu erleben glaubte, einflüsterte, während sich andererseits mein benebelter Verstand dagegen sträubte und mir durch das Gespenst eines toten Mannes eine Warnung zukommen ließ, sodass mir schließlich die Flucht gelang? Das würde doch zu dem passen, was du mir eben über die Wirkungsweise dieser Droge erzählt hast."

„Ich weiß, was dich umtreibt, Pomponius. Du weigerst dich, zu glauben, dass du von einer Lamia angegriffen wurdest und versuchst mit logischen Argumenten an deiner Annahme festzuhalten, ein ganz gewöhnlicher Mensch stecke hinter den Morden, denen du nachspürst. Du irrst dich, Pomponius! Du bist der Lamia nur mit viel Glück entkommen, weil du dich einiger Mittel erinnert hast, wie man sich solcher Geschöpfe erwehren kann."

„Bitte, Roxana", sagte Pomponius beschwörend. „Ein Freund, der Arzt Claudius, glaubt auch, ich wäre in dieser Nacht unter Drogeneinfluss gestanden."

„Meinst du Claudius, den Arzt in der Gladiatorenschule? Ein tüchtiger Mann, der seine Patienten mit Messer, Nadel und Garn kuriert. Von Magie versteht er aber nichts."

„Ich habe auch Grund zu der Annahme, dass die anderen Opfer vor ihrem Tod mit dieser Droge willenlos gemacht wurden. Das kann man doch nicht ausschließen!"

„Nein, man kann es nicht ausschließen. Bedenke aber auch dies: Du hast mir den Ablauf des fraglichen Abends genau erzählt. Wenn man dir wirklich eine Droge gegeben hat, so kann das doch nur Aliqua gewesen sein. Glaubst du das?"

Aliqua stieß ein Keuchen aus.

Jetzt war ausgesprochen, was die ganze Zeit im Hintergrund seiner Gedanken gelauert hatte. „Nein", sagte er entschieden. „Das glaube ich nicht."

„Wenn das so ist, dann gab es auch keine Droge und du musst dir eingestehen, dass alles, was du zu träumen glaubtest, Wirklichkeit war."

„Glaubst du wirklich, dass ich dir eine Droge gegeben habe, Pomponius?", fragte Aliqua erregt. „Glaubst du am Ende gar, ich hätte gewollt, dass du umgebracht wirst? Antworte mir!"

„Ich habe doch eben gesagt, dass ich es nicht glaube."

Pomponius versuchte Aliqua in die Arme zu nehmen. Sie stieß ihn weg. „Aber sicher bist du dir nicht. Das sehe ich dir an." Sie begann zu schluchzen.

„Er liebt dich, Kindchen. Er würde dich auch noch lieben, wenn er sicher wäre, dass du ihn umbringen willst", sagte Roxana. „Aber sei getrost. Aliqua hat dir kein Gift gegeben, Pomponius. Das sage ich nicht nur deswegen, weil ich glaube, dass dein Erlebnis real war, sondern auch deswegen, weil ich in ihren Gedanken gelesen habe: Sie wird dich vielleicht beschimpfen, dich möglicherweise sogar schlagen, wenn sie sich über dich ärgert, aber sie würde nie etwas tun, dass dir ernstlich schaden könnte."

„So ist es", bestätigte Aliqua nachdrücklich. „Ist es wahr, dass du mich liebst?"

Um Gespräche dieser Art zu führen, war Pomponius nicht hergekommen. Aber er sah keinen Ausweg. „Natürlich liebe ich dich", versicherte er fast verlegen. Roxana lächelte.

Aliqua sah Pomponius prüfend an. „Wir werden darauf bei besserer Gelegenheit zurückkommen. Aber jetzt habe auch ich eine Frage: Gesetzt den Fall, der Mörder hat seine Opfer durch diese Droge willenlos gemacht. Warum sollte er das überhaupt tun? Ist das nicht zu kompliziert? Wäre es nicht einfacher, sie auf nächtlicher Straße zu überwältigen und zu töten? Das gilt besonders für die Frauen."

„Ein guter Einwand", bestätigte Roxana. „Er zeigt, dass man mit logischen Überlegungen zum richtigen Ergebnis kommen kann. Die Antwort ist einfach: Es sind keine Drogen im Spiel!"

Aliqua nickte. „Und weiter: Wenn wir das Erlebnis prüfen, das Pomponius hatte. Warum hätte ihm der Mörder eine Begegnung mit einer rätselhaften jungen Frau und alles was folgte, vorgaukeln sollen, wenn er ihm, wehr- und willenlos, wie er war, sofort die Kehle durchschneiden konnte?"

„Jetzt hör aber auf!", rief Pomponius. „Willst auch du mir einreden, ich wäre einer leibhaftigen Lamia begegnet?" Er sah Roxana vorwurfsvoll an. „Möglicherweise huldigt der Mörder einem abartigen Kult, der es erfordert, seine Opfer in dem Bewusstsein sterben zu lassen, sie wären einem obskuren Gott oder einem Dämon begegnet und geopfert worden. Ich erinnere mich eines solchen Falles, der sich vor einigen Jahren in Alexandria ereignet hat. Die Anhänger dieser Pseudoreligion wurden bis auf wenige, denen die Flucht gelang, hingerichtet."

Roxana stand schweigend auf, nahm eine kleine Phiole von einem Wandbord und legte sie vor Pomponius.

„Was ist das?", fragte dieser. „Ich brauche das Zeug nicht."

„Vielleich doch. Es handelt sich um das Gegenmittel. Wenn du am Morgen drei Tropfen einnimmst, bist du einige Stunden geschützt. Die Wirksamkeit nimmt aber ab, je später am Tag es wird. Verspürst du bereits die Wirkung des Giftes, hilft dir dieses Mittel auch noch. Du musst aber rasch handeln, ehe sich dein

Geist verwirrt. Denke immer daran, dass dich das Gegengift nur vor menschlichen Anschlägen schützen kann, nicht aber vor dem Angriff eines leibhaftigen Dämons."

„Hältst du es jetzt doch für möglich, dass die Opfer, ebenso wie ich, unter Drogeneinfluss standen?", fragte Pomponius erstaunt.

Roxana gab keine Antwort.

Pomponius stand auf und steckte die Phiole zu sich. „Dann danke ich dir, für deine Mühe und diese Arznei. Du hast mir in mehrfacher Hinsicht geholfen." Sein Blick streifte Aliqua. „Was schulde ich dir?"

„Versuche am Leben zu bleiben, damit du mir die Wahrheit erzählen kannst."

„Was ist Wahrheit?", fragte Pomponius. „Was ist Traum und was Wirklichkeit?" Er legte drei Aurei auf den Tisch. „Ich hoffe, dich bald wiederzusehen, Roxana. Bis dahin, vale!"

Erst als sie sich der Zivilstadt näherten, brach Aliqua das Schweigen, das zwischen ihnen geherrscht hatte. „Du hältst jetzt also zwei Versionen für möglich: Einerseits, dass es sich um eine politische Intrige handelt, mit dem Ziel, den Feldzug des Kaisers zu verhindern, andererseits, dass wir es mit einer verrückten Sekte zu tun haben, die Ritualmorde begeht. An die dritte Möglichkeit, dass es sich wirklich um übernatürliche Dinge handelt, denkst du nicht?"

„Nein", sagte Pomponius kurz.

„Ich habe dir keine Droge gegeben, Pomponius."

„Das weiß ich. Wir brauchen nicht mehr darüber reden."

„Wir sollten es trotzdem tun. Wenn dir die Droge bei mir beigebracht wurde, dann befand sie sich in dem Weinkrug, aus dem ich dir eingeschenkt habe. Üblicherweise trinke ich am Abend einen Becher Wein aus diesem Krug."

„Auch an dem bewussten Abend?"

„Nein. An diesem Abend habe ich mich in den Schlaf geweint."

„Es tut mir leid", murmelte Pomponius."

„Am nächsten Morgen wollte ich von dem Wein kosten, fand aber, dass er nicht gut schmeckt. Deshalb habe ich ihn weggeschüttet und auf Livius, den Weinhändler, geflucht."

Ein neuer, beunruhigender Gedanke kam Pomponius. „Könnte es dann nicht sein, dass die Droge für dich bestimmt war?“

„Ich habe daran gedacht. Aber wer sollte es auf mich abgesehen haben?“

„Der Mörder. Abgesehen von Pollux bevorzugt er Frauen. Wenn er außerdem wusste, dass du mit mir zusammenarbeitest, wärst du das ideale Opfer. Dein Tod würde mich in völlige Verzweiflung stürzen und meine Ermittlungen zum Erliegen bringen. Was für ein schrecklicher Gedanke!“

Aliqua beugte sich spontan zu ihm hinüber und küsste ihn auf den Mund. „Das ergibt keinen Sinn, Pomponius. Hätte ich von dem Wein getrunken, wäre ich wahrscheinlich von eigenartigen Träumen heimgesucht worden, aber sonst wäre nichts passiert. Mein Haus ist gut verschlossen. Da kommt niemand hinein, es sei denn, er verwendet einen Rammbock.“

„Und wenn der Mörder oder sein Komplize bereits im Haus war? Jemand der auch die Gelegenheit hatte, den Wein zu vergiften?“

Sie sahen sich an und sagten fast gleichzeitig: „Quinta!“ „Ich kann mir das nicht vorstellen“, fuhr Aliqua fort. „Doch nicht die harmlose kleine Quinta!“

„Ich kann es mir ganz gut vorstellen. Sie war unter einem Vorwand noch im Haus, als du heimgekommen bist. Sie war überrascht, dass du einen Besucher mitgebracht hast. Jetzt erinnere ich mich auch wieder. Sie hat fast erschrocken geschaut, wie ich von dem Wein getrunken habe. Dann ist sie sehr rasch gegangen. Der Mörder muss draußen schon gelauert haben, damit sie ihm die Tür öffnet. Sie wird ihm gesagt haben, dass nicht du, sondern ich von dem Wein getrunken habe und gleich wieder gehen wolle. Daraufhin hat er seinen Plan geändert und beschlossen, mich abzupassen. Ja, so muss es gewesen sein. Beim Gemächt des Herakles, darauf hätte ich schon früher kommen sollen! Es ist höchste Zeit, dass wir mit deiner harmlosen, kleinen Quinta ein ernstes Wort reden. Vorwärts, vorwärts!“ Pomponius trieb sein Maultier zur schnellsten Gangart an, die es bereit war, zu gehen.

Aliquas Haus war verwaist. Die Tür war ordentlich versperrt und das Geschäftslokal geschlossen. „Es ist noch viel zu früh, um zuzusperren“, wunderte sich Aliqua. „Sie muss früher gegangen sein.“

„Oder sie wurde abgeholt“, sagte Pomponius mit finsterer Miene.

„Ich erkundige mich bei ihren Eltern, ob sie zu Hause ist“, sagte Aliqua entschlossen. „Sie wohnt nur ein paar Häuser weiter. Warte hier auf mich.“

Nach einer halben Stunde kam Aliqua zurück. „Sie ist nicht nach Hause gekommen“, berichtete sie. „Ihre Eltern sind sehr besorgt.“

„Dann schicke ich sofort Krixus mit einer Nachricht zu Masculinius. Er soll nach ihr fahnden und sie festnehmen lassen.“ Pomponius zögerte. „Ich werde ihm auch raten, auf alle Fälle während der Nacht verstärkte Streifen durch die Stadt zu schicken.“

Die sonst so couragierte Aliqua schauderte zusammen und fragte: „Kann ich heute bei dir bleiben? Ich packe nur rasch einige Kleidungsstücke zusammen.“

XXIII

Heute habe ich erraten, wo du zu finden bist, und gestritten habt ihr offenbar auch nicht, weil ich euch beide friedlich vereint beim Frühstück antreffe." Ballbilus wurde dienstlich und schlug die Faust gegen seinen Brustpanzer. „Ave Pomponius, ave Aliqua!"

„Was bringst du uns?", fragte Pomponius, den böse Vorahnungen plagten. „Schlechte Nachrichten?"

„Genau genommen gar keine Nachrichten. Quinta ist wie vom Erdboden verschwunden. Masculinius hat sofort nach ihr suchen lassen, nachdem er deine Nachricht erhalten hatte. Leider ergebnislos; oder glücklicherweise, denn auch ihr Leichnam wurde nicht gefunden, womit ich fast gerechnet habe."

„Ich auch", gestand Pomponius.

„Wir haben ihre Eltern befragt", fuhr Ballbilus fort. „Dabei ist herausgekommen, dass sie sich in letzter Zeit mit einem Mann getroffen hat und vermutlich eine Liebschaft mit ihm eingegangen ist. Ihren Eltern war das nicht recht und sie haben ihr angedroht, sie zu Hause einzusperren."

„Skandalös", bemerkte Aliqua.

Ballbilus unterdrückte ein Lächeln. „Was meinst du damit? Dass sie sich mit einem Mann abgegeben hat, oder dass ihre Eltern versucht haben, sie daran zu hindern? Bedauerlicherweise haben wir nicht herausbekommen, wer dieser Mann ist. Lediglich eine Personenbeschreibung haben wir, die auf jeden zweiten jungen Mann in der Stadt zutreffen könnte."

„Hoffentlich ist sie nur mit ihrem Liebhaber durchgebrannt", sagte Aliqua. „Ich mag die Kleine. Es würde mir sehr leidtun, wenn ihr etwas zugestoßen ist."

„Auch unter der Annahme, dass sie eine Droge in den Wein getan hat, den du Pomponius kredenzt hast?", fragte Ballbilus verwundert."

„Das ist noch nicht erwiesen. Ich werde sie nicht für etwas verurteilen, das sie nicht gestanden hat oder für das es nicht unwiderlegbare Beweise gibt."

„Du hast ein gutes Herz, Aliqua. Aber die Alternative wäre fatal, wenn wir fragen müssten, wer den Wein dann vergiftet hat."

„Vielleicht war ja gar keine Droge in meinem Wein", wandte Aliqua gequält ein.

„Das hatten wir schon", unterbrach sie Pomponius. „Unsere Überlegungen drehen sich im Kreis. Solange wir Quinta nicht haben, wird es nicht möglich sein, Gewissheit zu erlangen. Hat Masculinius Befehle für uns?"

„Nur dass ihr euch beeilen sollt. Der Kaiser ist sehr besorgt und daher ist auch Masculinius besorgt. Gestern ist eine Abordnung des Senates aus Rom eingetroffen. Es scheint, dass nur mehr ein Teil des Senates hinter den Angriffsplänen des Kaisers steht."

„Kann es sein, dass ich nicht der richtige Mann für diese Aufgabe bin?", fragte Pomponius verzagt. „Bisher habe ich nicht viel zusammengebracht."

„Auch diese Frage wurde kürzlich bei einer Besprechung im kaiserlichen Hauptquartier erörtert. Masculinius hat mir davon erzählt. Überraschenderweise hat der Magier Arnouphis, der graue Schatten hinter dem Thron, gemeint, du wärst der einzige, dem er zutraut, diesen Fall zu lösen. Der Kaiser hat ihm zugestimmt. Nicht einmal Faustina, die anwesend war, obwohl sie keine offizielle Funktion bekleidet, hat dagegengeredet."

„Sie hat sich keine neue, exquisite Hinrichtungsart für mich ausgedacht?"

„Diesmal nicht. Sie hat gemeint, man müsse Feuer mit Feuer bekämpfen. Einen verderbten Verbrecher, wie diesen Mörder, könne man nur mit einem noch übleren Schurken, wie du einer bist, zur Strecke bringen. Du hast viel zu tun, Pomponius, wie unser Kommandant sagen würde. Ich will dich daher nicht länger aufhalten. Ach ja, bevor ich es vergesse: Arnouphis lässt dich über Masculinius grüßen. Er meint, er würde sich jederzeit freuen, dich wiederzusehen. Vale, Pomponius, vale, schöne und gutherzige Kameradin." Er salutierte vor Pomponius und zwinkerte Aliqua zu.

„Kann es sein, dass er mich aufzieht, wenn er mich ständig Kameradin nennt", fragte Aliqua misstrauisch, nachdem Ballbilus gegangen war.

„Das glaube ich nicht", beeilte sich Pomponius zu versichern. „Viel mehr verwundert es mich, dass mir Arnouphis Grüße schickt. Ich habe seit meinem Auftritt vor dem Kaiserlichen Gericht nichts mehr von ihm gehört. Der Mann ist mir ein wenig unheimlich. Er liebt es, die Menschen zu manipulieren."

„Er war uns damals aber sehr behilflich. Wenn ich seine Botschaft recht verstehe, wünscht er dich zu sprechen und zwar jederzeit. Das soll wohl heißen: ‚bald‘. Warum suchen wir ihn nicht gleich auf?“

„Du hast recht“, bestätigte Pomponius. „Ich reite zum Lager und frage, ob er mich empfängt. Schaden kann es nicht und vielleicht gibt er mir einen nützlichen Rat. Du kannst leider nicht mitkommen. Sie lassen keine Frauen ins Lager.“

„Das wollen wir doch sehen. Ich bin immerhin Mitarbeiterin der Frumentarii.“

Pomponius verzichtete darauf, ihr zu widersprechen, aber er dachte verärgert: „Schwierigkeiten, nichts als Schwierigkeiten. Sie bereitet mir Probleme, wo immer sich eine Gelegenheit dazu bietet. Ich habe wahrhaft keine Lust, mich mit der Torwache herumzustreiten.“

Zu allem Überfluss zog sich Aliqua Hosen an, die sie in ihrem Kleidersack mitgebracht hatte, und verschnürte sie unterhalb der Knie.

„Es gilt als barbarisch, wenn Frauen Hosen tragen“, protestierte Pomponius indigniert. „So kannst du nicht im Kaiserlichen Hauptquartier auftreten.“

„Du trägst auch Hosen. Glaubst du, Frauen frieren weniger als Männer? Außerdem ist es beim Reiten bequemer. In der Stadt laufen genug Frauen in Hosen herum.“

„Das sind keine Damen.“

„Ich werde auch gleich aufhören, eine Dame zu sein, wenn du dich weiter so aufführst.“

Der Posten beim Lagertor vertrat ihnen den Weg. „Halt! Zivilpersonen ist der Zutritt verboten.“

Pomponius schlug seinen Umhang zurück, damit der Posten die Silberfibel sehen konnte.

„Verzeih, Herr, das konnte ich nicht wissen. Du siehst nicht wie ein Offizier aus, zumal du – wie soll ich sagen – nicht standesgemäß beritten bist.“

„Das ist so, damit ich mich unauffällig in der Stadt bewegen kann.“

„Selbstverständlich, Herr. Du kannst passieren. Die Frau muss aber draußen bleiben: Es gibt strenge Order, dass nur die Frauen des Kaiserlichen Gefolges und jene, die in der Küche arbeiten, ins Lager dürfen.“

„Sieh nicht die Frau in mir, sondern das, was ich wirklich bin", forderte Aliqua. Sie schlug gleichfalls ihren Umhang zurück. „Was siehst du?"

„Du trägst das Abzeichen einer militärischen Einheit."

„Was siehst du noch?"

„Du trägst den Dolch eines Legionärs."

„Und?"

„Du trägst Hosen wie ein Mann."

„Ganz recht. Was schließt du aus all dem, Soldat?"

„Dass du eine Frau bist, die sich als Mann verkleiden wollte? Wenn du dir auch noch die Haare abgeschnitten hättest, wärst du glaubwürdiger gewesen."

Aliqua holte tief Luft. „Sie ist meine Gehilfin", sagte Pomponius rasch, um einem Zornesausbruch Aliquas zuvorzukommen. „Ich benötige ihre Unterstützung für meine Unterredung mit Meister Arnouphis. Du kannst sie unbesorgt passieren lassen. Ich verbürge mich für sie."

„Wenn das so ist ...", gab der Posten zögernd nach. „Ich lasse aber auf keinen Fall eine bewaffnete Frau ins Lager. Sie muss den Dolch abgeben. Wer weiß, was sie sonst damit anstellt. Weiber sind unberechenbar."

„Genügt es, wenn ich den Dolch an mich nehme?"

„Selbstverständlich, Herr. Du bist Offizier und daher befugt, Waffen zu tragen."

Bleich vor Zorn beobachtete Aliqua, wie sich Pomponius ihren Waffengürtel um die Hüften schnallte.

Der Posten sah ihnen nach, als sie weiterritten und hoffte, keinen Fehler gemacht zu haben. Ganz geheuer war ihm dieses sonderbare Pärchen nicht.

Im Lager waren strenge Sicherheitsvorkehrungen getroffen worden. Das Stabsgebäude, in dem das Kaiserpaar mit seinem Gefolge Quartier genommen hatte, wurde von Prätorianern bewacht, die sich weit weniger zugänglich zeigten, als die Torwache. Auch das Abzeichen, das Pomponius als Offizier der Frumentarii auswies, beeindruckte sie nicht. Erst als Pomponius kühn behauptete, er habe eine Verabredung mit Arnouphis, befahl man ihnen barsch zu warten, während einer der Soldaten ins Stabsgebäude eilte. Seit der aus Ägypten stammende Arnouphis den Kaiser gerettet hatte, indem er ein Unwetter heraufbeschwor, das dem Kaiser, der mit einer kleinen Truppe in einen feindlichen Hinterhalt geraten war, die Flucht ermöglichte, stand er in hohem Ansehen und galt als einer der wichtigsten Berater des Kaisers. Viele Menschen begegneten ihm mit abergläubischer Furcht, weil man in ihm einen mächtigen Magier sah.

Nach kurzer Zeit waren leichte Schritte zu hören und Arnouphis trat in den Hof. Er trug einen dunklen Umhang und kniehohe Stiefel aus weichem, grün gefärbtem Leder. Das Haupt hatte er mit einer ganz ungewöhnlichen flachen Kappe bedeckt.

Seine scharfen Gesichtszüge verzogen sich zu einem Lächeln, als er des wartenden Paares ansichtig wurde.

„Ave, Meister Arnouphis", grüßte Pomponius ehrerbietig. „Ich hoffe, ich habe deine freundlichen Grüße richtig verstanden, wonach du meinen Besuch wünschst. Wenn ich mich geirrt habe, so bitte ich für die Behelligung ergebenst um Entschuldigung."

„Ave, Pomponius. Für eine Entschuldigung besteht kein Grund. Ich habe dich bereits erwartet und bin froh, dass du so rasch kommen konntest. Wie ich sehe, hast du auch die tapfere Aliqua mitgebracht, die so gerne Soldat sein will."

Aliqua beugte das Knie und neigte respektvoll das Haupt. „Ich grüße dich, Meister Arnouphis."

„Jedes Mal, wenn ich dich sehe, bist du schöner geworden, Aliqua. Pomponius ist wahrhaft zu beneiden. Gleichgültig, wie unvorteilhaft du dich kleidest und wie grimmig du schaust, du wirst immer eine begehrenswerte Frau sein. Wie hast du es eigentlich geschafft, an der Torwache vorbeizukommen?"

Aliqua errötete bei so vielen Komplimenten. „Nicht ich, er hat es geschafft", bekannte sie und deutete auf Pomponius.

„Ja, unser Pomponius kann recht überzeugend sein. Das hat er schon bei seinen Auftritten vor Gericht bewiesen. Kommt, lasst uns ein Stück gehen."

In Begleitung des Magiers wurden sie von den allgegenwärtigen Posten und Militärstreifen nicht behelligt. Die Soldaten wichen ihnen aus und manch scheuer Blick streifte Arnouphis.

Pomponius war der Weg vertraut, den sie gingen. „Bringst du uns zum Garnisonsgefängnis?", fragte er.

„So ist es. Wir haben einen Gefangenen, den du dir ansehen solltest."

Das Garnisonsgefängnis war ein ebenerdiger Bau, der fünf Zellen beherbergte. Mehr brauchte man nicht, denn das Militär hielt nicht viel von Gefängnissen. Strafen, die nach Militärrecht verhängt worden waren, wurden in der Regel sofort vollstreckt. Trotzdem schienen alle Zellen belegt zu sein, weil sämtliche Zellentüren verschlossen waren. Der Wächter, der im Vorraum auf einem Hocker saß, sprang auf und salutierte, als Arnouphis eintrat.

„Den neuen Gefangenen", befahl der Magier kurz.

Der Wächter sperrte die mittlere Tür auf. Ein scheußlicher Geruch schlug ihnen entgegen. Es roch nach verfaulendem Stroh und menschlichen Exkrementen. Aliqua presste sich ein Tuch vor die Nase.

„Man gewöhnt sich daran", bemerkte der Wächter. „Es ist nicht so schlimm, weil er noch nicht lange hier ist. Die anderen stinken weit ärger." Er betrachtete interessiert Aliqua und überlegte, was eine Frau hier zu suchen hatte. Ob sie zum Gefolge der Kaiserin gehörte? Er wagte nicht zu fragen. Dazu war seine Scheu vor Arnouphis zu groß. Wenn sie sich in Begleitung eines der wichtigsten Berater des Kaisers befand, hatte es wohl seine Richtigkeit, wenn sie hier war.

Arnouphis machte eine einladende Geste. Zögernd trat Pomponius ein. Der Gefangene war an der Rückwand seiner Zelle angekettet und lag in seinem eigenen Kot. Der nackte Körper war von Verletzungen und Blutergüssen übersät. Man hatte ihn nicht nur misshandelt, sondern offenbar auch systematisch gefoltert. Seine Augen waren bis auf schmale Schlitze zugeschwollen. „Wasser", röchelte er.

Arnouphis machte eine Handbewegung. Der Wärter flößte dem Mann aus einer Feldflasche ein Getränk ein.

„Er wurde vor zwei Tagen in der Stadt aufgegriffen", berichtete Arnouphis. „Er hat sich verdächtig gemacht, weil er um das Haus des Goldschmiedes Lucius, der von deinen Leuten überwacht wird, herumgeschlichen ist. Er hat auch auf der Folter nicht geredet, aber er konnte trotzdem identifiziert werden. Es handelt sich um einen germanischen Agenten, der sich Aurelius nennt. Aber das weißt du ja. Denn du hast ihn vor einem halben Jahr, aus Gründen, die nur dir bekannt sind, laufen lassen. Der Gefangene wurde auf persönlichen Befehl des Kaisers von eurem Hauptquartier hierher verlegt."

„Aurelius", sagte Pomponius erschüttert. „Ich hätte nicht gedacht, dich wiederzusehen. Weshalb warst du nur so verrückt, zurückzukommen?"

Der Gefangene war durch das Getränk soweit belebt worden, dass er sich mühsam aufsetzen konnte. „Ich will mit dir allein reden", krächzte er.

Pomponius sah Arnouphis fragend an. Der nickte und sagte: „Komm Aliqua. Lass uns ein wenig ins Freie gehen."

Die Zellentür fiel zu. Pomponius war mit dem Gefangenen allein. „Was willst du mir sagen?", fragte er.

„Kannst du mir helfen?"

„Dir kann niemand mehr helfen. Als wir uns das letzte Mal sahen, habe ich auf eigene Faust gehandelt. Jetzt ist es anders. Du befindest dich in den Händen des Militärs. Sogar der Kaiser hat von dir Notiz genommen. Mein Einfluss reicht nicht im Entferntesten aus, etwas für dich zu tun."

„Priscilla bekommt ein Kind", sagte Aurelius verzagt.

„Dein Weib? Ich fürchte, dann wir dieses Kind seinen Vater nie kennenlernen. Ich kann dir sagen, was geschehen wird. Eines Nachts, schon sehr bald, werden drei Männer in deine Zelle kommen. Zwei werden dich festhalten und der dritte wird dir ein Seil um den Hals legen und dich erdrosseln. Es wird rasch und ohne Aufsehen vor sich gehen. Das ist die Art, wie das Militär solche Fälle handhabt."

Aurelius verbarg das Gesicht in den Händen.

„Du bist kein Waisenknabe", fuhr Pomponius gnadenlos fort. „Du hast im Feindesland spioniert und auf römischem Gebiet, in dieser Stadt, Morde begangen. Einmal bist du damit davongekommen.[3] Jetzt hat es dich erwischt. Du kanntest das Risiko, also beklag dich nicht. Was zum Pluto hat dich veranlasst zurückzukommen?"

---

[3] Siehe: ‚Die Carnuntum-Verschwörung' – Books on Demand, Norderstedt 2017

„Ballomar, unser Anführer, hat es mir befohlen, weil ich mich in Carnuntum auskenne und gut Latein spreche. Wir haben nicht viele Leute, auf die das zutrifft."

„Wie bist du über den Fluss gekommen? Die Grenze wird scharf überwacht."

„Als Mitglied einer Delegation meines Stammes, die mit eurem Kaiser über Friedensverträge verhandelt. Niemand hat mich erkannt."

„Was wolltest du hier?"

Aurelius schwieg eine Weile, dann gestand er mit leiser Stimme: „Ich sollte einen Mann töten."

„Lucius, den Goldschmied?"

Aurelius nickte.

„Warum?"

„Das weiß ich nicht. Man hat mir keine weiteren Informationen gegeben."

„Schade! Niemand hat dich gezwungen, mir all das zu sagen. Aber wenn du es schon tust, dann sage mir die ganze Wahrheit."

Aurelius seufzte. „Ich habe ein Gespräch mitangehört. Es wurde gesagt, dass er jemanden verraten könne."

„Was oder wen könnte Lucius verraten?"

„Das wurde nicht gesagt. Weißt du es?"

„Ich glaube schon. Aber Lucius kann niemanden verraten. Er weiß nichts. Ich habe selbst mit ihm gesprochen."

„Dann hat er dich wahrscheinlich angelogen."

„Hattest du bestimmte Anweisungen, wie der Mord auszuführen ist?"

„Nein. Ich sollte ihn einfach nur zum Schweigen bringen."

„Hast du weitere Morde begangen, seit du wieder in Carnuntum bist?"

„Nein, das schwöre ich. Pomponius! Ich habe dir Dinge eröffnet, die mir nicht einmal die Folter entlocken konnte. Jetzt hilf auch du mir."

„Ich habe dir schon gesagt, dass das nicht in meiner Macht liegt. Alles was ich dir verschaffen kann, ist möglicherweise ein kurzer Aufschub. Ich sage nicht ‚leb wohl', denn das wirst du nicht, Aurelius. Wir werden uns vermutlich nicht wiedersehen."

Er hämmerte gegen die Zellentür, die sogleich geöffnet wurde. „Ich bin hier fertig", sagte Pomponius zu dem Wärter und trat ins Freie.

Arnouphis und Aliqua hatten sich unter einen Wehrgang gestellt, um vor dem kalten Nieselregen geschützt zu sein und unterhielten sich angeregt.

„Du warst lange bei ihm", bemerkte Arnouphis. „Hat er dir etwas erzählt?"

„Ja, das hat er. Er hat zugegeben, dass er den Auftrag hatte, Lucius zu töten. Die Spur scheint zu den Germanen zu führen. Ich würde empfehlen, der germanischen Delegation, die derzeit mit dem Kaiser verhandelt, nicht zu trauen. Er ist in ihrem Gefolge mit einem klaren Mordauftrag nach Carnuntum gekommen."

„Sieh an! Es war also doch nicht vergebens, dir Gelegenheit zu geben, mit dem Gefangenen zu sprechen, ehe er exekutiert wird. Im Übrigen kannst du unbesorgt sein. Der Kaiser hat erklärt, er traue diesem Pack keinen Schritt weit über den Weg. Er wird sich anhören, was die Germanen zu sagen haben, versichern, wie sehr ihm der Frieden zwischen unseren Völkern am Herzen liegt und sie ohne verbindliche Zusage zurückkehren lassen; natürlich ohne Aurelius."

„Ich habe eine Bitte. Schick ihm einen Arzt und lass ihn besser unterbringen und verpflegen. Ich brauche ihn vielleicht noch und bis dahin möchte ich nicht, dass er im Gefängnis verreckt oder exekutiert wird. Kannst du das ermöglichen?"

„Es gibt wenig, was ich nicht möglich machen kann. Es wird geschehen, wie du es gewünscht hast. Was hast du jetzt vor?"

„Ich reite zu Lucius und lasse ihn festnehmen. Der Mann weiß offenbar doch mehr, als er uns gesagt hat."

Arnouphis begleitete sie bis zum Lagertor. Aliqua bedachte den Posten mit einem bösen Blick. Aber der war erleichtert, als er sah, wie das verdächtige Pärchen von dem Vertrauten des Kaisers freundlich verabschiedet wurde. Es war also doch kein Fehler gewesen, sie passieren zu lassen.

XXIV

Nach kurzem Ritt erreichten sie die Gasse, in der Lucius wohnte. Pomponius saß ab und befahl Aliqua, auf die Maultiere aufzupassen. Dann näherte er sich vorsichtig dem Haus. Schon bald hatte er seinen Mann entdeckt. Ein verwahrlostes Subjekt lehnte an der Straßenecke und kaute auf einer Brotrinde. Er trat an den Müßiggänger heran und flüsterte: „Ich bin Pomponius."

„Ich weiß", gab der Mann halblaut zurück. „Ich bin Secundus. Ich habe dich schon mehrmals im Hauptquartier gesehen."

„Ich habe die Leitung über diese Operation."

„Auch das hat man mir gesagt. Was befiehlst du?"

„Wieviele seid ihr?"

„Drei Mann, rund um das Haus." Secundus deutete vage mit dem Kopf über die Gasse. „Es ist alles ruhig. Wir haben heute früh die andere Gruppe abgelöst. Lucius ist im Haus und hat keinen Besuch bekommen."

„Warst du hier, als unlängst ein Verdächtiger festgenommen wurde?"

„Ja, das war ich. Ein gerissener Bursche. Fast wäre er uns entwischt. Wir mussten ihn ein ganzes Stück verfolgen, ehe wir ihn stellen konnten. Hatte er etwas auf dem Kerbholz?"

„Das kann man wohl sagen. Ich habe ihn eben verhört. Was er mir gesagt hat, reicht aus, Lucius in unseren Verhörkeller zu bringen. Braucht ihr Verstärkung?"

Secundus lachte. „Für Lucius? Diese halbe Portion schaffe ich mit der linken Hand."

„Dann los!" Secundus stieß einen scharfen Pfiff aus. Zwei unauffällig gekleidete Gestalten tauchten aus ihren Verstecken auf und eilten auf sie zu. „Lucius wird verhaftet", erklärte Secundus. Er deutete auf einen der Männer. „Du passt hinter dem Haus auf, falls er abhauen will. Wir anderen gehen vorne hinein."

Sie gingen zu dem Haus und Secundus hämmerte gegen die Tür: „Mach auf, Lucius", rief er. „Besuch ist gekommen!"

Nichts rührte sich. Pomponius drückte gegen die Tür. Sie war fest verschlossen.

„Bei den Titten der Sphinx", fluchte er. „Das ist ärgerlich. Er hat sich anscheinend verbarrikadiert. Ich will kein Aufsehen erregen und die Tür aufbrechen."

Secundus zog aus seinem Gewand einen eigenartig geformten Eisenhaken hervor und schob ihn in das Schloss. Nach kurzer Zeit gab der Schließmechanismus mit widerwilligem Knirschen nach. Secundus stieß die Tür auf, schob Pomponius behutsam beiseite und trat ein. Pomponius folgte ihm auf den Fuß und prallte gegen den Rücken des Mannes, der plötzlich abrupt stehenblieb. „Ach du Schande", sagte Secundus.

Lucius lag mit dem Oberkörper in einer Lache aus getrocknetem Blut über seinem Arbeitsplatz. Ein Schwarm Fliegen stob von der klaffenden Wunde an seinem Hals auf. Es stank wie im Laden eines Fleischers.

„Ach du Schande", wiederholte Secundus. „Was soll jetzt geschehen?"

„Ich bekomme schön langsam Übung darin, mit solchen Situationen umzugehen", dachte Pomponius verbittert. Laut befahl er: „Alles, nur kein Aufsehen! Nicht weit von hier steht eine junge Frau mit zwei Maultieren. Sie heißt Aliqua und gehört zu uns. Einer deiner Männer soll die beiden Maultiere nehmen, in die Gladiatorenschule reiten und den Arzt Claudius holen, auch wenn er noch so protestiert. Aliqua soll herkommen. Ich brauche sie hier. Hol deinen zweiten Mann herein."

Während sich einer der Agenten auf den Weg zu Aliqua machte, entriegelte Secundus die Hintertür und winkte seinen Kameraden herein. „Begib dich ins Hauptquartier", sagte Pomponius zu dem Mann, „und berichte, was sich hier ereignet hat." Er deutete auf den Leichnam. „Wir brauchen einige Leute, die ihn unauffällig wegschaffen. Es soll so aussehen, als ob ihn die Pest erwischt hat. Das wird Neugierige auf Abstand halten. Es soll nicht bekannt werden, wie er gestorben ist."

Pomponius verscheuchte die Fliegen und betrachtete die Hand des Toten. Er trug einen der Dämonenringe. „Auf keinen Fall darf bekannt werden, wie er den Tod gefunden hat", bekräftigte er. „Auch diesmal werden wir nicht zulassen, dass der Mörder die Bevölkerung beunruhigt."

Kurz darauf kam Aliqua herein. Sie wurde weiß um die Nase, als sie den Toten sah. Pomponius sah sie scharf an. „Willst du lieber draußen warten?"

„Was fällt dir ein? Mir geht es gut. Du musst mir nur sagen, was ich tun soll."

„Wir durchsuchen jetzt das Haus. Haltet Ausschau nach allem, das wertvoll, irgendwie verdächtig oder sonderbar ist. Vorher verriegelt aber wieder die Türen. Ich will nicht, dass jemand zufällig hereinkommt und zu schreien anfängt."

Pomponius, Aliqua und Secundus machten sich ans Werk und durchstöberten die ärmliche Behausung. Am Ende lagen vor Pomponius ein kleines Häufchen Schmuckstücke und einige Goldbleche. In einer Schatulle befanden sich einige Sesterzen und ein einsamer Halbaureus.

„Das ist nicht sehr eindrucksvoll", befand Pomponius enttäuscht. „Bei einem Goldschmied hätte ich mir mehr erwartet. Man hat mir berichtet, dass der Mann sehr wohlhabend war."

„Das kann durchaus sein", erklärte Secundus. „Aber in dieser Gegend ist es nicht ratsam, viel Geld oder Wertsachen im Haus zu haben. Ich vermute, er hatte ein Depot bei einem der Geldwechsler in der Stadt."

Es klopfte dreimal an der Tür. Secundus öffnete und Claudius wurde hereingeschoben.

„Sag nichts", bat Pomponius. „Ich weiß, wie lästig das alles für dich ist. Wenn ich diesen Fall abgeschlossen habe, werde ich mich erkenntlich zeigen, auch wenn ich noch nicht weiß, wie."

„Da hätte ich einen Vorschlag", maulte Claudius. „Vergiss einfach, dass es mich gibt!" Er betrachtete den Leichnam. „Wahrhaftig, Pomponius, du ziehst eine Spur des Todes hinter dir her."

„Es ist eher so, dass ich der Spur des Todes folge, ohne ihn einholen zu können."

„Vielleicht solltest du froh sein, dass dem so ist. Was willst du wissen? Wie dieser Mann gestorben ist, ist ja wohl offenkundig." Claudius zog ohne Umschweife dem Toten den Ring vom Finger und reichte ihn Pomponius. „Du sammelst solche Ringe, glaube ich."

„Ich verstehe eines nicht", grübelte Secundus. „Wie kann dieser Mann getötet worden sein? Das Haus war verschlossen und wir haben es rund um die Uhr überwacht. Niemand ist hineingegangen. Das ist unheimlich, fast so, als ob ihn ein Gespenst heimgesucht hätte."

„Ein interessantes Problem", meinte Claudius, „das unser Freund Pomponius sicher lösen wird, weil er nicht an Gespenster und Dämonen glaubt."

„Es muss nichts besagen, dass die Tür versperrt war", mischte sich Aliqua ein. „Der Mörder wird von außen zugesperrt haben, ehe er ging. Wir haben keinen Schlüssel gefunden."

„Und wie ist er hinein- und wieder herausgekommen, ohne von uns oder von unseren Kameraden bemerkt zu werden?", fragte Secundus.

„Das werde ich dir gleich erklären." Pomponius wandte sich an Claudius: „Ich habe dich nur aus einem einzigen Grund rufen lassen. Sage mir, wie lange dieser Mann schon tot ist."

Claudius trat an die Leiche, betastete sie, roch an ihr und begutachtete die Totenflecken. „Schon geraume Zeit", verkündete er. „Ich würde sagen, ein bis zwei Tage. Eher zwei Tage, denn es ist ziemlich kalt hier herinnen."

„Da hast du deine Antwort", sagte Pomponius zu Secundus. „Es gab eine Zeitspanne, in der dieses Haus nicht überwacht wurde. Das war, wie ihr vor zwei Tagen den Verdächtigen verfolgt und gefasst habt. Ich nehme an, ihr wart alle drei hinter ihm her und habt keinen Mann zurückgelassen."

Secundus nickte beklommen.

„Wie lange war dieses Haus unbeaufsichtigt?"

„Etwas mehr als eine halbe Stunde, schätze ich."

„Das hat dem Mörder völlig gereicht, um die Tat zu begehen und wieder zu verschwinden. Danach habt ihr nur mehr einen toten Mann bewacht."

„Oh ihr Götter", stöhnte Secundus, „das gibt ein ordentliches Donnerwetter."

Es klopfte abermals dreimal. Pomponius schaute zur Tür hinaus. Draußen stand Ballbilus in Begleitung von vier Männern. Sie schoben einen zweirädrigen Karren, waren in lange dunkle Umhänge gekleidet, hatten die Kapuzen weit über den Kopf gezogen und weiße Schleifen über den linken Arm gebunden. So ausgestattet pflegten die Begräbnisknechte Seuchenopfer wegzubringen. Aus umliegenden Häusern schauten besorgte Gesichter.

„Wir kommen, um den Verblichenen zum Feuerplatz zu führen", sagte Ballbilus mit Grabesstimme. Er tunkte einen Pinsel in einen Farbtopf und malte das weiße Zeichen, mit dem Seuchenhäuser gekennzeichnet wurden, an den Türpfosten. Dann hob er eine Kohlepfanne, vom Wagen. „Das Haus muss gründlich ausgeräuchert werden, um den Gifthauch zu vertreiben."

Er trat, gefolgt von seinen Kameraden, durch die Tür und sagte mit normaler Stimme: „Was für ein Schlamassel. Masculinius will dich morgen früh sehen, Pomponius. Lasst ruhig die Tür offen. Die Leute sollen etwas zu sehen bekommen. Er nahm den Deckel von der Räucherpfanne und fachte die Glut an. Ein intensiver Geruch nach Räucherwerk verbreitete sich im Raum. Die Fliegen gerieten in helle Aufregung, ließen von der Leiche ab und flüchteten als dicker schwarzer Schwarm aus der Tür. Von der Straße waren Schreckensschreie zu hören und das Klappern von Fensterläden die eilig geschlossen wurden.

„Ich hätte auch gerne ein paar Klageweiber mitgebracht, um die Sache noch glaubhafter zu gestalten, aber es waren in der Eile keine aufzutreiben. Dann habe ich mir gedacht, das könnte vielleicht Aliqua übernehmen."

„Was?", fragte Aliqua verstört.

„Du müsstest mit lautem Heulen und Wehklagen hinter dem Wagen hergehen. Dann könnten wir verbreiten, du seist die lange verschollen geglaubte Tochter des teuren Verstorbenen gewesen. Das würde auch deine Anwesenheit erklären. Wir werden nämlich von den Nachbarn beobachtet."

„Nein", weigerte sich Aliqua entschieden. „Das mache ich nicht."

„Und du willst eine richtige Angehörige der Frumentarii sein?", fragte Ballbilus verächtlich. „Ich erinnere mich, als ich ein Doppelsöldner war, so wie du, wurde ich zur Reinigung der Latrinen eingeteilt. Habe ich mich geweigert? Nein! Ein Soldat muss tun, was ihm befohlen wird und was notwendig ist!"

„Ich werde dich begleiten", erbot sich Pomponius. „Ich werde deinen Ehemann spielen und dich stützen." Aliqua nickte widerstrebend.

„Das ist eine ganz ausgezeichnete Idee", sagte Ballbilus. „Es würde auch deine Anwesenheit erklären. Secundus soll Aliquas Schwager machen. Claudius soll einfach davonreiten. Man sieht ihm den Arzt an. Niemand wird sich wundern."

Seine Leute hatten inzwischen notdürftig die Blutspuren beseitigt. „Das muss vorläufig genügen", entschied Ballbilus. „Wir kümmern uns später darum." Er packte die Wertsachen zusammen. „Ich glaube nicht, dass es jemand wagt, in dieses Haus zu gehen, aber sicher ist sicher."

Die vier Männer wickelten den Leichnam in ein Tuch und luden ihn auf den Wagen. Dann formierte sich der Trauerzug. Voran schritt Ballbilus. Ihm folgte der Karren, gezogen von vier Männern. Dann kamen Pomponius und Secundus, die Aliqua in die Mitte genommen hatten. Claudius und der Soldat, der ihn hergebracht hatte, saßen auf und ritten gemächlich davon. Niemand kümmerte sich um sie, denn alle Aufmerksamkeit konzentrierte sich auf Aliqua. Sie stieß einen markerschütternden Schrei aus, warf die Arme empor, zog sich die Kapuze übers Gesicht und begann sich mit den Fäusten gegen die Brust zu schlagen. Der Schrei ging in ein langgezogenes jämmerliches Wehklagen über, das nur unterbrochen wurde, wenn Aliqua Luft holen musste.

„Übertreib es nicht", flüsterte Pomponius. Sie wandte ihm ein tränenüberströmtes Gesicht zu, klammerte sich an seinen Arm und heulte nur noch lauter. Aus Häusern schauten Menschen, teils ängstlich, teils mitleidig. Manche machte das Zeichen, mit dem Unheil abgewendet werden sollte, andere murmelten Segenssprüche.

Einige Gassen weiter wurde Aliquas Geschrei leiser und schließlich hörte sie ganz auf. Der Karren hielt an. „Ich kann nicht mehr", keuchte sie und wischte sich die Tränen aus dem Gesicht. „Wie war ich?"

„Ganz ausgezeichnet", lobte Ballbilus. „Pomponius kann sich glücklich schätzen, wenn du dereinst an seiner Bahre ebenso herzzerreißend klagst."

„Du hast einen horriblen Humor, Ballbilus", beschwerte sich Pomponius griesgrämig. „Haben wir noch weit?"

„Wir sind bald da. Riechst du es nicht? Ab jetzt wird es genügen, wenn ihr gramgebeugt hinter dem Karren einherschreitet."

Der Platz für die Feuerbestattungen befand sich etwa zwei Stadien außerhalb des besiedelten Gebietes. Es roch nach Holzfeuer und gebratenem, verbrannten Fleisch. Flache Hügel reihten sich aneinander, in denen die verbrannten

Überreste jener vergraben worden waren, die über keine würdigere Begräbnisstätte verfügten. Einige Gruben, aus denen stinkende Rauchwolken quollen, standen noch offen. Ein Priester geringen Standes näherte sich ihnen. „Wünscht ihr, dass ich die Totenrituale ausführe", fragte er hoffnungsvoll.

„Wieviel verlangst du?"

„Zehn Sesterzen für mich und vierzig weitere wenn ihr eine Grube benutzt, die bereits ausgehoben und mit Feuerholz versehen ist."

„Einverstanden", erklärte Pomponius und reichte dem Mann einen halben Aureus. „Sprich deine Gebete sorgfältig, aber gehe nicht zu nahe heran. Unseren armen Verwandten hat die Pest erwischt."

Lucius wurde in die Grube gelegt. Das Loch war bis zur Hälfte mit Reisigballen und vermorschten Holzbalken, die wahrscheinlich von einem Abbruchhaus stammten, gefüllt. Dennoch brannten sie sehr gut. Es dauerte nicht lange, bis Lucius und mit ihm alle Spuren, die einen Hinweis auf die Art seines Todes geben konnten, verkohlt waren. Die vier Männer, die den Karren gezogen hatten, schütteten die rauchende Grube zu. Das war offenbar im Preis nicht inbegriffen gewesen. Der Priester hatte sich eilig verzogen, weil ein weiterer Trauerzug eingetroffen war, dem er seine Dienste anbieten wollte, ehe sein Kollege vom anderen Ende des Platzes herbeieilen konnte. Auch die vier falschen Leichenknechte entfernten sich mit ihrem Wagen.

„Wie kommen wir jetzt nach Hause?", fragte Pomponius.

„Zu Fuß", sagte Ballbilus. „Ich begleite euch. Unterwegs werde ich Aliqua ein paar Geschichten aus der Zeit erzählen, als ich noch ein junger Legionär war. Damals hat noch der Imperator Antoninus Pius regiert und ich war in Britannien stationiert ..."

XXV

Es ist zu vermuten, dass Aurelius ganz bewusst geopfert wurde, um dem Mörder die Gelegenheit zur Tat zu verschaffen", schloss Pomponius seinen Bericht. „Der Mörder muss bemerkt haben, dass wir das Haus des Lucius bewachen, und er hat Aurelius mit Unterstützung von dessen Stammesführer dazu benutzt, um für die nötige Ablenkung zu sorgen."

„Unglaublich", wunderte sich Masculinius. „Aurelius ist einer der besten Agenten, den die Germanen haben. So einen Mann opfert man nicht leichtfertig. Warum hätten sie das tun sollen?"

„Wahrscheinlich, weil sie nicht wussten, dass er in eine Falle läuft. Sie wollten jemandem hier in Carnuntum bei einem Mordanschlag helfen. Der Betreffende hat sie aber darüber im Unklaren gelassen, dass ihr Mann höchstwahrscheinlich verloren ist."

„Es ist ein beunruhigender Gedanke, dass die Germanen, auf welche Weise auch immer, in diese Mordserie verstrickt sind."

„Wenn wir die germanische Delegation festnehmen, werden wir sehr bald herausbekommen, was dahintersteckt, und der Fall ist gelöst."

„Der Kaiser will das nicht. Er besteht auf der Immunität der Gesandtschaft."

„Dann tappen wir weiter im Dunkeln. Zumindest haben wir dem Mörder schon zweimal die Möglichkeit geraubt, mit seinen Taten weiter Unruhe zu stiften."

„Das ist gut so. Im Falle von Phoebe und Lucius hast du sehr umsichtig gehandelt. Weil diese Morde verheimlicht wurden, beginnt sich die Bevölkerung wieder zu beruhigen. Ich habe außerdem das Gerücht ausstreuen lassen, dass hinter den anderen Morden wahrscheinlich ein germanischer Attentäter und kein Dämon steckt. Das könnte zu einem Meinungsumschwung und dem Ruf nach Vergeltung beitragen."

„Du willst doch nicht etwa Aurelius alle diese Taten anhängen?"

„Warum nicht? Wenn du den wahren Mörder nicht findest, bleibt mir gar nichts anderes übrig."

„Sobald der Mörder erneut zuschlägt, während Aurelius im Gefängnis sitzt, wird diese Geschichte sehr fragwürdig."

„Das ist mir auch klar", bekannte Masculinius ärgerlich. „In Wahrheit hast du diesen Fall verbockt. Lucius war der Schlüssel. Er wusste, für wen er die Ringe angefertigt hat. Du bist ihm rasch auf die Spur gekommen, aber dann hast du dich von ihm täuschen lassen und geglaubt, dass er nichts weiß. Ich denke, du wärst zwar noch einmal auf ihn zurückgekommen, aber der Mörder hat ebenso gedacht und Lucius vorsorglich zum Schweigen gebracht."

„Immerhin habe ich jetzt alle Ringe, auch das Original."

„Unterschätze nicht den Erfindungsreichtum unseres Gegners. Er wird sich wieder etwas einfallen lassen, um Furcht zu verbreiten. Ich halte es im Übrigen für unsinnig, dass du einen dieser Ringe in deinem Laden ausstellst. Was erwartest du denn? Dass der Mörder den Ring kauft und seinem nächsten Opfer ansteckt? So dumm ist er gewiss nicht."

„Mir ist nichts Besseres eingefallen." Masculinius schüttelte missbilligend den Kopf und Pomponius fuhr eilig fort: „Ich vermute, dass Lucius ein Depot bei einem der Geldwechsler in der Stadt hatte. Diese Ermittlungen sollten aber besser einige deiner anderen Agenten durchführen."

„Hast du einen bestimmten Geldwechsler im Auge?"

„Es kommen einige in Frage. Ich würde mit Epagathos beginnen. Ich habe selbst ein Konto bei ihm. Er betreibt nahe dem Forum eine Wechselstube und nimmt auch größere Geldbeträge für eine geringe Depositengebühr in sichere Verwahrung. Dieses Geld nutzt er, um Darlehen zu erheblichen Zinsen zu gewähren, woraus er sein Haupteinkommen bezieht. Er gilt als seriös und zuverlässig. Es wäre interessant zu erfahren, ob auf dem Konto des Lucius in jüngster Zeit auffällige Geldbewegungen stattgefunden haben. Außerdem sollten wir ein allfälliges Vermögen sicherstellen. Ich glaube, Lucius hatte eine erbberechtigte Tochter."

Masculinius lächelte grimmig. „Eine Tochter, die von Aliqua in überzeugender Weise dargestellt wurde, wie man mir berichtet hat. Sie wird Lucius gewiss nicht beerben. Wenn wir Geld sicherstellen, kommt es in die Staatskasse. Der Kaiser braucht jeden Sesterz."

„Es ist mir unangenehm, dich damit zu behelligen, zumal du mich eben auf die Geldnot unseres verehrten Imperators hingewiesen hast: Ich hatte bei der Arbeit an diesem Fall erhebliche Ausgaben, die meine eigenen bescheidenen Mittel übersteigen, so gerne ich dem Staat beim Sparen auch helfen möchte." Pomponius senkte verlegen das Haupt und faltete die Hände.

„Ich muss sagen, du wirfst mit deinen Spesen ganz schön um dich. Glaube mir, Pomponius, mit Einschüchterung und Drohungen erreicht man oft mehr, als mit Geld. Das solltest du im Sinne einer sparsamen Verwaltung berücksichtigen."

Masculinius warf einen gefüllten Beutel über den Tisch. „Das muss vorläufig genügen. Wie willst du jetzt weiter vorgehen?"

„Die besten Hinweise auf den Täter stammen von Phoebe. Der Mann, den wir suchen, muss im ‚Grünen Hintern' bekannt gewesen sein. Die Mädchen haben ihn als harmlos eingeschätzt, jemand vor dem man sich nicht fürchten muss. Er hat Briseis bei einem der Imbissstände in der Nähe des Amphitheaters angesprochen. An Phoebe hat er sich in einer Schenke in der Nähe ihres Wohnortes herangemacht. Möglicherweise in einer Schenke, die man den ‚Krummen Hund' nennt. Ich habe Männer eingesetzt, die nachforschen, ob jemand etwas gesehen hat."

„Manius und Numerius, diese verdächtigen Subjekte?"

„Ja, Herr."

„Du musst wissen, ob du ihnen vertrauen kannst."

„Das tu ich", versicherte Pomponius und setzte fort: „Lucius hat von einer jungen Frau berichtet, die die Ringe in Auftrag gegeben hat. Diese Aussage ist unsicher, weil wir davon ausgehen müssen, dass er mich angelogen hat. Als gesichert können wir aber annehmen, dass der Auftraggeber, oder die Auftraggeberin Lucius so gut bekannt war, dass er ihn oder sie verraten hätte können. Daraus ergibt sich die Schlussfolgerung, dass der Täter kein Unbekannter, kein Namenloser ist, sondern jemand, den viele Leute kennen, auch wenn sie von seinem Doppelleben nichts ahnen."

„Gut. Du kannst gehen. Ich sage nicht, dass du viel zu tun hast, sondern ich will nur erwähnen, dass Faustina einen Juristen, den ehrenwerten Marcus Aurelius Papirius Dionysius, der dich wie die Pest hasst, konsultiert hat. Sie wollte wissen, welche Strafen in alten Zeiten für jemanden vorgesehen waren, der die Gattin des Imperators beleidigt hat. Papirius hat eine damnatio ad bestias vorgeschlagen. Er hat gemeint, es würde die hohe Frau ebenso wie das jubelnde Volk erfreuen, wenn du in der Arena von wilden Tieren zerrissen wirst. Überzeuge mich davon, dass es kein Fehler von mir war, dagegen vorläufig Einspruch zu erheben. Vale, Pomponius, und viel Glück bei deinen weiteren Ermittlungen."

Zu Hause angekommen wurde Pomponius von Aliqua empfangen. „Gut, dass du da bist. Du solltest gleich in deinen Laden schauen. Krixus verhandelt eben mit einem Kunden, der sich für den Fluchring interessiert."

Pomponius trat durch die Verbindungstür in sein Geschäft und sah sich einem aufgebrachten Publius Calpurnius gegenüber. „Ave edler Publius", sagte er demütig. „Welch eine unverdiente Auszeichnung, dass ein Kunstkenner wie du, meinen unwürdigen Laden aufsucht. Womit darf ich dir dienen?"

„Nicht nur dein Laden ist unwürdig, sondern auch du hast dich unwürdig verhalten, Pomponius. Du hast mich sehr gekränkt. Ich habe dir für diesen Ring zweihundert Aurei geboten und du hast mich schnöde zurückgewiesen. Jetzt bietest du ihn jedem beliebigen anderen Kunden an und verlangst dafür nur zehn Sesterzen, wie mir dein Sklave gesagt hat. Willst du mich demütigen?"

Pomponius rang die Hände. „Du verstehst das falsch, edler Publius Calpurnius. Ich dich demütigen? Wie käme ich dazu? Es ist vielmehr so, dass du mich zu Recht für einen unwürdigen Menschen halten müsstest, wenn ich dir diesen Ring für so einen hohen Preis verkauft hätte. Er ist nämlich nichts wert. Das habe ich schon befürchtet, wie ich ihn dir gezeigt habe. Ich habe ihn daher nochmals prüfen lassen. Dabei ist herausgekommen, dass es sich nicht um ein Original, ein seltenes Sammlerstück handelt, sondern um einen Nachguss: eine billige Replik! Ich habe sogar herausgefunden, wer ihn angefertigt hat. Wie wäre ich dagestanden, wenn ich dem berühmtesten Kunstsammler der Stadt, ja vielleicht des ganzen Reiches, eine Fälschung verkauft hätte?"

„Eine Fälschung sagst du?" Publius nahm den Ring und untersuchte ihn genau. „Ja, du hast Recht: eine Fälschung. Jetzt sehe ich es auch. Du sagst, du weißt wer ihn angefertigt hat?"

„Ein Goldschmied in der Militärstadt. Er hat Lucius geheißen. Ehre seinem Andenken. Er ist erst kürzlich an der Pest verstorben und wurde eingeäschert."

Publius sah seinen Gesprächspartner nachdenklich an. „Mir wird die Auszeichnung zuteil, bisweilen im Kaiserlichen Hauptquartier empfangen zu werden. Dabei habe ich auch Gerüchte über dich gehört. Es heißt, du ermittelst im allerhöchsten Auftrag in einigen Mordfällen."

„Ich diene unserem verehrungswürdigen Imperator so gut ich es eben vermag. Wenn ich dabei in meiner Ungeschicklichkeit Dinge getan oder gesagt habe, die dich verärgert haben, so bitte ich dafür ergebenst um Entschuldigung. Inzwischen habe ich nämlich erfahren, in welch hohem Maße du dich für den Kaiser und damit auch für den Staat verdient gemacht hast."

Publius Calpurnius nickte wohlwollend. „Es heißt, dass Ringe dieser Art bei den Mordfällen, die du untersuchst, eine Rolle gespielt haben."

„So ist es. Dieser Verdacht hat sich durch die Übersetzung, die du mir von der Inschrift gegeben hast, bestätigt."

„Suchst du jetzt einen Mörder oder sollst du eine Lamia bannen?"

„Eine Lamia oder einen gewöhnlicher Mörder, wer will das schon sagen."

„Diejenigen, die es vieleicht sagen könnten, sind tot. Pomponius, du musst sehr vorsichtig sein. Aber ich denke, du bist ein kluger und vorsichtiger Mann. Du wirst wissen, was gut für dich ist."

„Wichtig ist nur, was für den Staat gut ist. Es gilt in erster Linie zu verhindern, dass die Pläne des Kaisers durchkreuzt werden."

„Du sagst es." Publius wog nachdenklich den Ring in seiner Hand. „Und jetzt bietest du einen dieser Ringe, der dir wahrscheinlich bei deinen Untersuchungen in die Hände gefallen ist, öffentlich zum Verkauf an. Warum tust du das? Hoffst du, der Mörder, wenn wir es tatsächlich nur mit einem Menschen zu tun haben, kommt in deinen Laden und zeigt Interesse daran? Das ist naiv, Pomponius! Niemand wird kommen und danach fragen."

„Du hast es getan."

Publius runzelte die Stirn und überlegte, ob diese Bemerkung eine Frechheit war. Dann entschied er sich dagegen. „Bei mir ist das etwas anderes. Ich bin ein

Sammler seltener Artefakte, wie du wohl weißt. Einzig und allein deswegen interessiert mich der Ring. Fälschung oder nicht. Es ist auf jeden Fall ein bemerkenswertes Stück."

„Dann erlaube mir, ihn dir zum Geschenk zu machen: als Zeichen meiner Verehrung und meines guten Willens. Bitte, beschäme mich nicht, indem du ihn zurückweist, oder gar darauf bestehst, ihn zu bezahlen."

Pomponius hatte den Spieß geschickt umgedreht. Jetzt war er es, der Publius ein Geschenk machte: ein Geschenk von geringem materiellen Wert, aber hoher Symbolkraft. Wenn Publius annahm, war er es, der Pomponius einen Gefallen schuldet. Publius durchschaute diesen Zug sofort, aber er sah keine Möglichkeit, sich schicklich aus der Affäre zu ziehen und das Geschenk zurückzuweisen. „Ich danke dir, Pomponius", sagte er mit gepresster Stimme. „Du bist ein großzügiger Mann. Wenn es etwas gibt, das ich für dich tun kann, dann zögere nicht, es auszusprechen."

„Alles was ich mir erbitte, ist dein Wohlwollen. Aber da du es mir so freundlich anbietest, es gibt tatsächlich etwas, das du für mich tun könntest."

„Du bist ein Mann, der keine Zeit verschwendet", antwortete Publius halb verärgert, halb belustigt. „Was ist es?"

„Ich würde gern mit deinem Freigelassenem Leonidas sprechen und einige Fragen wegen der Vorfälle im ‚Grünen Hintern' an ihn richten. Das ist im Rahmen der mir anvertrauten Untersuchungen notwendig. Leider verabscheut mich der Mann und droht sogar mit Gewalt. Gründe der Diskretion – wie man mir nahegelegt hat – hindern mich daran, dem so zu begegnen, wie ich es bei anderen Männern täte. Könntest du bei ihm ein gutes Wort für mich einlegen?"

„Ein gutes Wort einlegen?", fragte Publius mit hochgezogenen Augenbrauen. „Ich kann befehlen, wenn es das ist, was du von mir wünscht." Er zog ein Wachstäfelchen hervor, schrieb einige Zeilen darauf und schob es Pomponius über den Tisch. „Gib ihm das. Du wirst ihn sehr kooperativ finden."

Publius nahm sein Geschenk an sich, grüßte hoheitsvoll und verließ den Laden. Pomponius machte eine tiefe Verbeugung, Krixus verbeugte sich noch tiefer. „Du kannst ganz schön schleimen", sagte er leise zu Pomponius.

„Aber es hat gewirkt. Jetzt hol dir einen anderen Ring aus meiner Schatulle – aber nicht das Original – und stell ihn aus. Wir wollen doch sehen, ob noch jemand kommt und ihn haben will."

„Ich werde ihn mit einem kleinen Kennzeichen versehen, wie ich es auch mit dem getan habe, den du eben verschenkt hast. Damit wir die Ringe erkennen, falls sie wieder auftauchen, beispielsweise an der Hand eines Toten."

„Das hast du gut gemacht", sagte Pomponius. „Daran habe ich gar nicht gedacht."

Krixus verzichtete darauf, sich selbst zu loben, aber er nutzte die Gelegenheit und empfahl Pomponius, bei nächster Gelegenheit einen jungen, kräftigen Sklaven zu kaufen, der ihn bei seinen ausufernden Pflichten entlasten könne.

„Ich nehme an, unser nächster Weg führt uns zu Leonidas", mutmaßte Aliqua, die an der Verbindungstür gelauscht hatte.

„So ist es. Wir werden gleich hingehen. Es ist zwar nicht die richtige Stunde für einen Besuch, aber ich will keine Zeit verlieren. Masculinius sitzt mir im Nacken und hört nicht auf, mir mit dem Zorn Faustinas zu drohen."

Wenig später hämmerte Pomponius gegen die Tür eines Hauses, das durch seine abweisende, schmucklose Straßenfront nicht etwa die Bescheidenheit, sondern die Wohlhabenheit seines Besitzers signalisierte.

Der Mann, der schließlich öffnete, war Pomponius bekannt. Es war einer der Schläger, die Leonidas begleitet hatten. Er zuckte zusammen, als er die Besucher erkannte und ließ den Blick über die Straße huschen, um zu sehen, ob im Hintergrund ein bewaffneter Trupp bereitstand. Die Tatsache, dass dem nicht so war, trug nur teilweise zu seiner Beruhigung bei.

„Wer seid ihr und was wollt ihr", fragte er unwirsch.

„Wir kennen uns doch", entgegnete Pomponius milde. „Als wir uns das letzte Mal sahen, hattest du einen Cestus um die Faust gewickelt und warst entschlossen, mich damit zu verprügeln. Ich kann mich an deinen Namen nicht erinnern. Wie heißt du?"

„Gajus", antwortete der Schläger widerwillig und sah wiederum besorgt die Straße hinauf und hinunter.

„Nun, Gajus, ich muss gestehen, dass ich dafür getadelt wurde, weil ich an dir kein Exempel statuieren habe lassen. Denn du hast dich unverschämt verhalten und bist nicht im gleichen Maße schutzwürdig wie dein Herr. Männer wie du sind entbehrlich und müssen oft stellvertretend für die Fehler ihrer Herrn büßen. Also erzürne mich nicht, damit ich nicht in Versuchung gerate, mein Versäumnis nachzuholen. Nimm dieses Wachstäfelchen, eile zu deinem Herrn und melde ihm, dass ihn Spurius Pomponius sprechen will."

Kurz darauf kam der Mann zurück und führte sie in den Vorraum, wo sie von Leonidas erwartet wurden.

„Mein Herr hat mir befohlen, dich mit Respekt zu behandeln und deine Fragen wahrheitsgemäß zu beantworten", sagte Leonidas. Er wirkte verlegen und unglücklich.

„Dein Herr hat sich davon überzeugt, dass ich nur im Interesse des Staates und des Kaisers handle. Unsere letzte Begegnung war von Missverständnissen geprägt. Du warst nur bestrebt, die Interessen deines Herrn, des edlen Publius Calpurnius zu wahren, was dich ehrt. Es mag sein, dass wir beide etwas übereifrig waren. Jetzt, da es keinen Zweifel mehr daran geben kann, dass die Interessen des Staates auch jene deines Herrn sind, sollten wir wie verständige Männer zusammenarbeiten. Die Dame in meiner Begleitung heißt übrigens Aliqua. Sie ist mir bei gewissen Ermittlungen behilflich. Sie nimmt dir auch nicht übel, dass du sie unlängst eine Schlampe genannt hast, wenngleich sie hofft, dass sich Derartiges nicht mehr wiederholt."

„Ganz gewiss nicht, es tut mir leid", antwortete Leonidas gequält, „dann folgt mir in mein Empfangszimmer."

Der Weg dorthin führte sie an einer halbgeöffneten Tür vorbei. Pomponius sah hinein, blieb stehen und sagte: „Wie ungewöhnlich."

Der Raum war groß, fast schon ein kleiner Saal. Ein langgestreckter Tisch, an dem Sessel und Sofas standen, nahm den meisten Platz ein. Ungewöhnlich waren die Wandmalereien.

„Gefällt es dir?" Leonidas schien auf diesen Raum stolz zu sein. „Hier pflege ich mich mit Freunden zu Gastmählern und Lustbarkeiten zu treffen."

„Lustbarkeiten, wie man sie hier auf diesen inspirierenden Wandmalereien sieht?", erkundigte sich Aliqua und betrachtete aufmerksam die pornographischen Darstellungen.

„Ich bitte dich, wende dich ab, damit dein Schamgefühl nicht verletzt wird", sagte Leonidas eilig. „Das ist natürlich nichts für eine ehrbare Frau, wie du eine bist. Die Gespielinnen, die an meinen kleinen Festen teilnehmen, sind zwar ausgesucht hübsch, aber – ehrlich gesagt – Schlampen."

„Wie schockierend", entrüstete sich Aliqua und studierte ein Paar, das eine besonders ausgefallene Stellung einnahm.

Pomponius versuchte unterdessen, zu entscheiden, ob es dieser Raum gewesen war, den er in seiner nächtlichen Vision gesehen hatte. Er kam zu keinem eindeutigen Ergebnis, auch wenn manche Details frappierend übereinstimmten.

„Das sind sehr ungewöhnliche und qualitätsvolle Malereien", bemerkte er zu dem geschmeichelten Leonidas. „Es macht sicher Freude, in diesem Raum ein Fest zu feiern. Da wäre ich gern einmal dabei. Leider müssen wir aber jetzt ernsthafte Gespräche führen."

„Das glaube ich auch", stimmte ihm Aliqua zu und zerrte ihn aus dem Zimmer.

Nachdem sie im Empfangsraum Platz genommen hatten, kam Pomponius unter Verzicht auf weitere Höflichkeiten zur Sache. „Mir ist die Aufgabe übertragen worden, bestimmte Vorfälle, durch welche die Öffentlichkeit beunruhigt wurde, zu untersuchen. Nun ist es so, dass deutliche Spuren in den ‚Grünen Hintern' führen, weshalb ich deine Hilfe benötige, da du dieses Lokal offenbar verwaltest."

„Du meinst die Morde an Penelpoe und Fortunata?"

„Nicht nur diese. Ich meine auch den Mord an dem Gladiator Pollux."

„Ich verstehe. Er hat tatsächlich früher im 'Grünen Hintern gearbeitet, aber das ist mehr als ein Jahr her."

„Ich denke auch an das Mädchen Phoebe, das im ‚Grünen Hintern' gearbeitet hat."

„Phoebe? Was ist mit ihr? Sie ist nach dem Tode Fortunatas davongelaufen, wie die anderen Mädchen auch."

„Sie ist bald darauf ermordet worden. Auf die gleiche Weise, wie Pollux, Fortunata und Penelope. Man hat es bisher geheimgehalten."

„Das ist freilich eine erstaunliche Häufung von Zufällen."

„Wenn sich eine derartige Zahl von Zufällen häuft, sind es keine Zufälle mehr. Dazu kommt noch der Fall des Mädchens Briseis."

„Der Name sagt mir nichts."

„Sie hat gleichfalls im ‚Grünen Hintern' als Prostituierte gearbeitet, wenn auch nur kurzfristig. Sie ist vor kurzer Zeit umgebracht worden. Auch ihr hat man, so wie den anderen, die Kehle aufgerissen."

„Das ist wirklich erstaunlich. Ich stimme dir zu, dass es schwer fällt, nur an Zufälle zu glauben." Leonidas breitete die Arme aus. „Es ist leider nur so, dass ich über die Hintergründe nichts weiß. Du hast dich sicher erkundigt und wirst wissen, dass mein Herr Geschäfte betreibt, die Millionen einbringen. Der ‚Grüne Hintern' ist in diesem Rahmen eine völlig bedeutungslose Investition, die keinen nennenswerten Gewinn abwirft. Ich habe ihn nur deswegen im Namen meines Herrn gekauft, weil sich zufällig die Gelegenheit dafür geboten hat, und wir vorübergehend vor Ort sind, da mein Herr dem Kaiser für die Dauer dieses Feldzuges hierher gefolgt ist. Ich habe von den Leuten, die in diesem Lokal beschäftigt waren, nur Fortunata persönlich gekannt und einige andere dem Namen nach."

„Kannst du dir vorstellen, warum Fortunata ermordet wurde?"

„Ich habe ursprünglich an einen Raubmord gedacht. Jetzt, nachdem du mir von den anderen Morden erzählt hast, zweifle ich daran."

„Hast du ein Gerücht gehört, wonach diese Morde – soweit sie bekannt wurden – eine übernatürliche Ursache gehabt hätten?"

„Das habe ich tatsächlich. Es heißt, Pollux und Fortunata seien einer Lamia zum Opfer gefallen. Diesem Gerede habe ich aber nie Beachtung geschenkt. Das ist Unsinn."

„Du meinst also, ein Mensch habe das getan?"

„Daran kann es wohl keinen Zweifel geben. Allenfalls könnte man wegen der Art der Tatbegehung an Ritualmorde denken."

Pomponius zog einen der Fluchringe, den er mitgenommen hatte, hervor. „Hast du so etwas schon einmal gesehen?"

Leonidas betrachtete den Ring von allen Seiten. „Nein, niemals. Ich habe allerdings an Fortunatas Leiche einen Ring gesehen, der diesem gleichen könnte. Ist das einer dieser Ringe?"

„Ja. Alle Mordopfer haben einen solchen Ring getragen."

Leonidas legte den Ring eilig auf den Tisch zurück und wischte sich die Hand verstohlen an seiner Toga ab. „Das bestärkt mich in der Annahme, dass es Ritualmorde waren."

„Welches Ritual könnte das gewesen sein?"

„Das kann ich nicht genau sagen. Es muss aber schon früher etwas Derartiges gegeben haben. Ich erinnere mich eines Senatsbeschlusses, der zur Zeit des göttlichen Tiberius ergangen ist. Leonidas schloss die Augen und zitierte aus dem Gedächtnis: *„Wer frevelhafte oder nächtliche Kulthandlungen vornimmt, um jemanden zu verzaubern, und wer einen Menschen opfert, um mit dessen Blut Vorzeichen zu erwirken, soll wie ein Totschläger mit Kapitalstrafe belegt werden.* So oder so ähnlich lautet das Gesetz."

„Das habe ich nicht gewusst", sagte Pomponius erstaunt und dachte, dass die Morde und auch sein eigenes Erlebnis genau in diese Richtung wiesen. „Bist du etwa auch Jurist?"

„Eine solche Laufbahn war mir verwehrt. Du darfst nicht vergessen, dass ich früher Sklave war. Aber ich habe mich mit den Rechtswissenschaften befasst, um meinem Herrn bei dessen vielfältigen Geschäften besser dienen zu können."

„Das ist ein Hinweis, den ich verfolgen werde", murmelte Pomponius und wandte sich wieder an Leonidas: „Ist von den Leuten, die im ‚Grünen Hintern' gearbeitet haben, wieder jemand aufgetaucht?"

„Nein, niemand. Die haben alle das Weite gesucht und sind spurlos verschwunden. Ich habe ihnen allerdings auch nicht nachspüren lassen. Das ist die Sache nicht wert. Zum Glück verfügen wir über ein gut sortiertes Warenlager und konnten die Dirnen leicht ersetzen. Das ganze Personal wurde in kürzester Zeit ausgetauscht. Ich denke allerdings daran, den ‚Grünen Hintern' baldigst abzustoßen. Ein Lokal, das in so heikle Affären verstrickt ist, können wir nicht brauchen. Das bringt nur Ärger."

„Ich würde mich gern im ‚Grünen Hintern' umsehen und mit den Bediensteten reden, auch wenn sie neu sind."

„Das kannst du jederzeit tun. Ich werde die neue Geschäftsführerin, sie heißt Julia, anweisen, dir in jeder Hinsicht entgegenzukommen." Leonidas löschte den Text auf dem Wachstäfelchen, das im Publius geschickt hatte, und schrieb selbst ein paar Worte darauf. „Gib ihr das. Sie kann lesen."

„Ich danke dir." Pomponius stand auf. „Ich werde nicht versäumen, deinem Herrn und meinem Vorgesetzten von deiner liebenswürdigen Hilfsbereitschaft zu berichten."

„Nicht doch, das ist doch selbstverständlich. Den Befehlen meines Herrn zu gehorchen bereitet mir um so mehr Vergnügen, als ich auch dir dabei dienlich sein kann. Es wäre mir überdies eine große Ehre, wenn du mich bald bei einem meiner kleinen Feste, die ich für ausgewählte Gäste veranstalte, besuchst." Leonidas zwinkerte und deutete mit dem Kopf nach dem Zimmer mit den skandalösen Wandmalereien.

„Das würde mich in der Tat sehr erfreuen", versicherte Pomponius.

„Dann erwarte meine baldige Einladung, edler Pomponius!"

„Dieser Besuch hat nichts oder nur sehr wenig gebracht", sagte Pomponius als er mit Aliqua heimwärts strebte. „Leonidas hat sich heute ganz anders verhalten, als bei unserer ersten Begegnung. Ich bin mir nicht schlüssig, ob er ein aufrechter Mann ist, der nur kompromisslos die Interessen seines Herrn wahrt, oder ob er ein aalglatter Schurke ist."

„Er ist ein aalglatter Schurke", erklärte Aliqua entschieden. „Was fällt dem Kerl eigentlich ein, dich zu einer Orgie einzuladen und noch dazu in meiner Gegenwart? Du wirst doch nicht etwa hingehen?"

„Ich denke schon. Bevor ich Leonidas von der Liste der Verdächtigen streiche, will ich ihm noch genauer auf den Zahn fühlen. Ich möchte außerdem zu gerne wissen, wer noch kommt."

„Auf den Zahn fühlen, nennst du das? Mit ein paar Schlampen herumficken? Willst du ein paar von den Dingen ausprobieren, die du auf den Bildern gesehen hast? Du wirst dir dabei nur den Rücken verrenken!" Aliqua war ehrlich empört. „Hast du nicht genug an mir? Schämst du dich gar nicht?"

„Ich werde mich schon zu beherrschen wissen. Warum führst du dich so auf? Wir sind doch beide erwachsene Menschen. Vor noch nicht allzu langer Zeit warst du selbst eine der Attraktionen bei solchen Festen." Pomponius lachte und dachte im selben Augenblick, dass er besser still gewesen wäre.

Aliqua war eine Weile ruhig, dann sagte sie leise: „Das war unfair, Pomponius. Warum hältst du mir meine Vergangenheit vor? Ich habe dir nie Anlass dazu gegeben. Was hätte ich nach dem Tod meines Mannes, der mir nur Schulden hinterlassen hat, denn sonst machen sollen? Verhungern oder betteln gehen?"

„Ich halte dir gar nichts vor", beschwichtigte Pomponius verlegen. „Du musst nicht so kompliziert denken."

„Kompliziert? Ich denke ganz einfach. Eine Frau mit meiner Vergangenheit ist in den Augen der so sittenstrengen römischen Gesellschaft für immer gezeichnet." Sie betonte das Wort ‚sittenstreng' voller Verachtung. „Was man Weibern wie Aspasia oder deiner Exgeliebten Valeria meist durchgehen lässt, weil sie zu den richtigen Kreisen gehören, ist bei einer wie ich es bin, nicht akzeptabel. So eine Frau braucht sich keine Hoffnungen mehr auf eine respektable Ehe zu machen, besonders dann nicht, wenn sie über keine beträchtliche Mitgift verfügt. Das denkst du doch auch, nicht wahr?"

Pomponius wünschte sich, wo anders zu sein, und gab keine Antwort, weil jetzt jedes falsche Wort in einen beziehungsmäßigen Abgrund führen konnte. Das wusste er.

Aliqua wartete eine Weile, dann sprach sie von anderen Dingen, als ob nichts gewesen wäre. Sie war klug genug, ihn nicht weiter zu bedrängen und dachte, sie hätte ihm genug Stoff zum Nachdenken gegeben.

XXVI

Es war ungewöhnlich, dass eine Frau, die dort nicht ihrem Gewerbe nachging, ein Lokal wie den ‚Grünen Hintern' aufsuchte. Denn eine ehrbare Frau würde niemals dorthin gehen und eine weniger ehrbare würde als unerwünschte Konkurrenz der dort beschäftigten Dirnen angesehen werden. Dementsprechend richtete sich die Aufmerksamkeit auf Aliqua, als sie gemeinsam mit Pomponius eintrat. Man versuchte abzuschätzen, ob sich das Paar nur zufällig hierher verirrt hatte, oder was es sonst hier wollte.

Aliqua hatte darauf bestanden, Pomponius zu begleiten, und dieser hatte es ihr nicht abgeschlagen, um die gespannte Stimmung, die zwischen ihnen herrschte, nicht noch weiter zu verschärfen. Heimlich dachte Pomponius, dass es trotz seiner Zuneigung für sie schon sehr beschwerlich war, mit einer Partnerin zusammenzuarbeiten, der er nicht einfach Befehle erteilen konnte, wie es dem Rangunterschied zwischen ihnen entsprochen hätte.

Jetzt stand Aliqua an der Tür und sah sich gelassen um. „Fremd ist ihr eine solche Szenerie ja nicht", dachte Pomponius missmutig. „Im Hurenhaus des Dydimus war es auch nicht viel anders." Aliqua sah ihn scharf von der Seite an und Pomponius fragte sich, ob sie seine Gedanken hören könne.

Dann entdeckte Aliqua ein bekanntes Gesicht und steuerte zielstrebig auf einen Tisch zu. Pomponius eilte ihr nach, um einen peinlichen Auftritt zu vermeiden.

„Ave Gordianius", grüßte Aliqua mit falscher Freundlichkeit. „Wie schön dich wieder zu treffen."

„Das darf doch nicht wahr sein", stöhnte der Lanista. „Habe ich denn nirgends Ruhe vor dir? Verfolgst du mich? Bist du hergekommen, um mich wieder zu beleidigen?"

„Auf keinen Fall", erklärte sie und nahm unaufgefordert Platz. „Nachdem du dich über mich beschwert hast, hat man mich wissen lassen, dass ich freundlicher zu dir sein soll."

Gordianus glaubte ihr kein Wort und sah Pomponius hilfesuchend an.

Dieser setzte sich gleichfalls. „Sie meint es ehrlich", versicherte er. „Sie ist fest entschlossen, nichts zu sagen, das dich kränken könnte. Was führt dich hierher?"

„Nach dem tragischen Vorfall mit Fortunata, Ehre ihrem Andenken, wurde das ganze Personal ausgetauscht. Jetzt gibt es lauter neue, frische Mädchen. Das wollte ich mir nicht entgehen lassen und der Theriak ist noch immer von gewohnter Qualität." Er deutete auf den Krug, der vor ihm stand. „Willst du einen Becher?"

„Nein, danke. Ich möchte einen klaren Kopf behalten."

„Dann kann ich mir schon denken, was dich und deine streitbare Freundin herführt. Du bist hier, um Nachforschungen anzustellen. Es scheint ja so zu sein, dass dieses Lokal irgendetwas mit den Morden, denen du nachgehst, zu tun hat. Nur leider wirst du nicht viel in Erfahrung bringen können, weil niemand von der früheren Belegschaft mehr hier ist."

„Aber von den Stammgästen werden welche wieder da sein."

„Das ist wahr. Zum Beispiel ich und noch einige andere." Gordianus beugte sich hilfsbereit vor und flüsterte Pomponius Namen zu, wobei er ihm beschrieb, wo die Betreffenden saßen. Aliqua zog ein Wachstäfelchen hervor und verglich unauffällig die Namen, die sie hörte, mit denen, die ihr Phoebe genannt hatte.

Eine Frau trat an ihren Tisch. Sie war hager, etwa fünfunddreißig Jahre alt, hatte scharfe, raubvogelartige Züge und kohlschwarzes Haar, durch das sich einige graue Strähnen zogen. „Was wollt ihr hier?", fragte sie unwirsch.

„Einen Krug gewässerten, ungewürzten Wein und zwei Becher", antwortete Pomponius.

Damit war die Frage noch nicht ausreichend beantwortet. „Was willst du hier", wiederholte die Frau und starrte Aliqua an.

„Das ist eine gute Freundin von mir, Julia", erklärte Gordianus. „Sie ist in Ordnung und wird dein Geschäft nicht stören."

„Wenn du es sagst. Die Kleine, nach der du verlangt hast, ist bald fertig. Ich schätze, es wird noch so lange dauern, wie man braucht, um ein, oder besser gesagt zwei Eier weich zu kochen." Sie kicherte krächzend. „Du kannst dann zu ihr hinaufgehen, du findest sie im zweiten Abteil."

„Sind wir jetzt auf einmal Freunde?", fragte Aliqua und sah Gordianus zweifelnd an. „So weit wollte ich eigentlich nicht gehen."

„Es genügt mir, wenn du mich nicht ständig anfeindest."

Pomponius wollte das zufällige Zusammentreffen nicht ungenutzt lassen: „Es trifft sich gut, dass wir dich hier vorfinden. Ich habe nämlich noch einige Fragen an dich."

„Nur zu", antwortete Gordianus mit unerwarteter Bereitwilligkeit und sah Pomponius mit leicht verschleiertem Blick an. Der Theriak schien bereits seine Wirkung zu tun.

„Ist dir bei deinen Besuchen in diesem Lokal einmal etwas Ungewöhnliches aufgefallen?"

Gordianus schüttelte den Kopf. „Was ist schon ungewöhnlich? Wenn sich Männer betrinken, randalieren und zu raufen anfangen? Wenn einer zu viel Theriak genossen hat und sich dann sonderbar benimmt? Wenn eines der Mädchen Probleme mit einem Kunden bekommt und um Hilfe schreit? Was man allgemein für ungewöhnlich halten könnte, ist hier alltäglich."

„Du hast mir bei unserer ersten Begegnung gesagt, dass du das Mädchen Penelope nicht gekannt hast. Das wundert mich, da du doch öfter hierher zu kommen scheinst. Du müsstest sie gekannt und auch erfahren haben, dass sie umgebracht wurde."

„Das habe ich tatsächlich", gestand Gordianus. „Aber damals habe ich dich noch nicht näher gekannt und wollte in diese Geschichte nicht verwickelt werden. Der Tod des Pollux war schon unangenehm genug für mich."

„Dann kanntest du sicher auch das Mädchen Phoebe."

„Du meinst diejenige, die unlängst umgebracht wurde? Ja natürlich kannte ich sie, obwohl ich nie ihr Kunde war. Sie war nicht mein Typ. Ich bevorzuge jüngere, schlankere Mädchen."

„Woher weißt du, dass Phoebe umgebracht wurde?", fragte Aliqua leise. „Das wurde geheimgehalten und ist nicht allgemein bekannt."

Ihre Hand glitt unter den Umhang und umklammerte den Griff des Dolches. Pomponius hielt den Atem an.

„So geheim ist es auch wieder nicht", antwortete Gordianus gelassen. „Ich habe heute, kurz nach eurem Besuch, mit meinem Freund Leonidas gespeist. Er hat es mir erzählt und er hatte es seinerseits von unserem Freund Pomponius. Glaubst du, ich hätte so bereitwillig und offen zu euch gesprochen, wenn ich nicht wüsste, dass ihr neuerdings das Wohlwollen unseres Patrons, des edlen Publius Calpurnius, genießt?" Aliqua seufzte enttäuscht. „Ich habe sogar gehört", fuhr Gordianus heiter fort, „dass Pomponius zu dem nächsten, ganz speziellen Gastmahl, das Leonidas veranstaltet, kommen wird. Ich werde auch da sein und ich rechne fest damit, auch dich dabei begrüßen zu dürfen, liebreizende Aliqua."

Es war eine handfeste Beleidung, anzudeuten, dass man eine ehrbare Frau bei einer Orgie erwartete. Aliqua verstand das auch so und sagte mit Überzeugung: „Wage es ja nicht, mich noch einmal eine Freundin zu nennen. Selbstverständlich werde ich an so einem sittenlosen Treiben nicht teilnehmen. Wofür hältst du mich? Du bist ein abscheulicher Mensch, Gordianus."

„Ich weiß", entgegnete Gordianus und freute sich sichtlich darüber, dass es ihm gelungen war, diesen Treffer zu landen. „Ich gestehe dir zu, dass du dennoch versucht hast, freundlich zu mir zu sein, auch wenn du mich für einen Mörder gehalten hast. Ich bin vielleicht ein abscheulicher Mensch, aber ein Mörder bin ich nicht. Du kannst deinen Dolch daher wieder loslassen."

„Ich weiß nicht, was du meinst", sagte Aliqua verlegen und legte beide Hände demonstrativ auf den Tisch.

An diesem Tag war Gordianus in seinem Dauerstreit mit Aliqua eindeutig im Vorteil. „Du bist um deine schöne Freundin zu beneiden, Pomponius, obwohl ich mich nicht wundern werde, wenn ich eines Tages erfahren sollte, dass du eine böse Stichverletzung erlitten hast", landete er eine weitere Bosheit. „Jetzt müsst ihr mich aber entschuldigen. Ich glaube, ich werde schon sehnsüchtig erwartet."

Er stand auf und erklomm leicht schwankend, aber voller Vorfreude die Treppe ins Obergeschoß.

„Ich dachte schon, ich habe ihn", bekannte Aliqua enttäuscht.

„Das wäre wohl zu einfach gewesen", meinte Pomponius lächelnd. „Er schickt zwar regelmäßig Männer in die Arena und damit in den Tod, aber ich glaube nicht, dass er nächtens Frauen umbringt. Ich muss dich trotzdem loben, Aliqua. Du hast eben sehr viel Zurückhaltung an den Tag gelegt."

„Ich gebe mir Mühe, aber das nächste Mal kommt er mir nicht so leicht davon, wenn er wieder unverschämt wird."

Julia trat an ihren Tisch und stellte einen Krug und zwei Becher vor sie hin.

„Komm, Julia, setz dich zu uns, ich möchte mit dir reden", lud sie Pomponius ein."

„Ich sitze nicht bei Gästen", wehrte die Frau ab. „Wenn dir die da nicht genügt", sie deutete geringschätzig auf Aliqua, „schicke ich dir ein Mädchen. Das kostet ein bis fünf Sesterzen. Je nachdem, was du mit ihr machst und wie lange du ein Abteil belegst. Sonderleistungen sind gesondert zu honorieren. Dort hängt eine Tafel mit den genauen Tarifen. Zu bezahlen ist im Voraus. Die Getränke werden selbstverständlich extra berechnet."

Pomponius warf einen kurzen Blick auf die Tafel. Da viele Gäste wohl nicht lesen konnten, waren die Leistungen und Sonderleistungen bildlich dargestellt. Die Preise waren durch danebengemalte Kreidestriche angegeben. Sie reichten von zwei As (ein halber Sesterz) bis zu fünf Sesterzen.

„Du hast ein gut organisiertes Geschäft. Was ich will, steht allerdings nicht auf dieser Tafel. Ich brauche Auskünfte. Lies das!" Pomponius schob ihr das Wachstäfelchen zu, das er von Leonidas erhalten hatte.

Julia klemmte die Unterlippe zwischen die Zähne und entzifferte den Text. „Seid ihr hier, um mich zu kontrollieren? Meine Abrechnung ist einwandfrei, das sollte Leonidas wissen."

Pomponius deutet schweigend auf den Stuhl, den Gordianus freigemacht hatte. Widerwillig setzte sich Julia.

„Ich will dich nicht kontrollieren. Leonidas ist bloß wegen des Mordes an deiner Vorgängerin beunruhigt. Wir wollen doch nicht, dass sich so etwas wiederholt. Hast du auch gelesen, dass du mir aufrichtig Auskunft geben sollst?"

Julia starrte mit gerunzelter Stirn auf das Wachstäfelchen. Weit schien es mit ihren Lesekünsten nicht her zu sein. Schließlich sagte sie triumphierend: „Ja, da steht es!" Sie wies mit dem Finger auf eine Textstelle.

„Gut. Dann sage mir zuerst, wo du herkommst?"

„Aus Vindobona. Ich habe dort in einem ähnlichen Haus gearbeitet, das auch von Leonidas verwaltet wird. Dann wurde ich hierher versetzt und zur Geschäftsführerin ernannt. Du siehst, man kann es auch in meinem Beruf zu etwas bringen, wenn man tüchtig ist. Eine Rolle hat dabei sicher gespielt, dass ich dieses Haus von früher her kannte."

„Du hast hier gearbeitet?", fragte Pomponius überrascht.

„Ja, bis vor ungefähr zwei Jahren. Damals war Fortunata, Ehre ihrem Andenken, Geschäftsführerin."

„Hast du ein Mädchen gekannt, das Penelope geheißen hat?"

„Ja, freilich. Sie ist gekommen, kurz bevor ich weggegangen bin. Ein hübsches Ding. Ich habe gehört, dass sie kürzlich umgebracht wurde: Schreckliche Geschichte!"

„Das kann man wohl sagen. Weißt du Näheres über sie?"

„Am Anfang war sie sehr unglücklich. Sie hat ständig geweint. Aber bald hat sie sich an das gewöhnt, was sie hier machen musste. Man gewöhnt sich an fast alles und dann wird es einem gleichgültig." Sie sah Aliqua prüfend an.

„Ich weiß", sagte Aliqua ruhig. „Wo ist Penelope hergekommen?"

„Aus einem Privathaushalt. Sie hat erzählt, ihr Herr habe sie zur Strafe verkauft, weil sie sich ihm verweigert habe. Sie hatte damals nämlich eine Liebschaft mit einem anderen Sklaven und war der naiven Ansicht, sie müsse diesem treu sein. Anstatt zwei Männern zu Willen zu sein, dem einen aus Zuneigung und dem anderen aus Vernunft, musste sie sich jetzt hunderten hingeben. Das hat sie davon gehabt!"

„Weißt du, wer ihr früherer Herr war?", setzte Pomponius die Befragung fort.

„Sie hat den Namen erwähnt. Er hat Quintus geheißen und war Buchhändler."

„Etwa gar Quintus Pacuvius", fragte Pomponius verblüfft.

„Genau! Das war der Name!"

„Es ist nicht zu fassen", staunte Pomponius. „Davon hat er nichts erwähnt, wie ich mit ihm gesprochen habe. Weißt du, wer der Liebhaber Penelopes war."

„Natürlich. Er hat Pollux geheißen und ist später Gladiator geworden, wie ich gehört habe. Er soll auch umgebracht worden sein. Jetzt sind sie beide tot. Eine tragische und eigenartige Geschichte. Denn kurz nachdem Penelope bei uns angefangen hatte, ist auch er zu uns gekommen. Sein Herr hatte ihn an Fortunata vermietet, damit er im Lokal für Ordnung sorgt. Jetzt waren die beiden zwar wieder vereint, aber er musste mitansehen, wie sie täglich mit fremden Männern in ihr Abteil hinaufging, oder zu dem selben Zweck auf die Straße geschickt wurde."

„Sklavenschicksal", murmelte Aliqua. „Armes Ding."

„So ist es. Zum Glück bin ich keine Sklavin mehr. Mein Herr, der edle Publius Calpurnius hat mich freigelassen, als ich dieses Lokal hier übernahm, um es für ihn zu leiten."

„Dann hast du sicher auch das Mädchen Phoebe gekannt?"

„Aber ja. Die war schon immer hier. Sie ist schon als kleines Kind hergekommen. Wo sie jetzt allerdings ist, kann ich dir nicht sagen. Sie ist angeblich davongelaufen."

Gordianus kam wieder die Treppe herunter und trat an ihren Tisch. Er wirkte entspannt und fröhlich. „Das hat gut getan", sagte er zu Julia. „Die Kleine ist eine Künstlerin auf ihrem Gebiet. Ein guter Fick am Nachmittag hilft einem sehr, die einsame Nacht zu ertragen. Lebt wohl, ich will noch vor Einbruch der Dunkelheit in meiner Schule sein."

„Vale und beehre uns bald wieder", verabschiedete ihn Julia, ganz Geschäftsfrau.

„Eil dich, Gordianus", riet Aliqua. „Es wird rasch dunkel. Du weißt doch, was einem draußen an der Stadtmauer passieren kann. Denk an den armen Pollux. Ich an deiner Stelle würde überhaupt nicht ohne Leibwache auf einsamen Wegen wandern. Leider hast du keine mitgebracht. Ich hoffe sehr, dass ich morgen nicht die schreckliche Nachricht von deinem überaus schrecklichen Tod erhalte."

Gordianus war blass geworden. „Weißt du, wofür ich dich halte?"

„Ich kann es mir vorstellen, aber du solltest nicht wagen, es auszusprechen."

Gordianus drehte sich wortlos um und verschwand in der Dämmerung.

„Das geht ständig so, wenn die beiden aufeinandertreffen", erklärte Pomponius. „Ich danke dir, für die Auskünfte, Julia. Was schulde ich dir?"

„Ein As.“

Pomponius bezahlte, grüßte freundlich und verließ mit Aliqua das Lokal. Es begann tatsächlich schon zu dämmern. Da sie ohne Reittiere hergekommen waren, eilten sie sehr rasch nach Hause, um nicht in die Dunkelheit zu geraten und erreichten wohlbehalten das Haus des Pomponius, ehe es ganz finster wurde.

„Da seid ihr ja“, wurden sie von Krixus begrüßt. „Ich habe mir schon Sorgen gemacht. Es gibt Neuigkeiten.“ Er machte eine Kunstpause, um die Spannung zu steigern. „Ich habe schon wieder einen Ring verkauft. Die Dinger entwickeln sich zu einem regelrechten Verkaufsschlager.“

„An wen?“, riefen Pomponius und Aliqua gleichzeitig.

„An den Buchhändler Quintus Pacuvius. Er hat gesagt, er interessiere sich sehr für die eigenartige Inschrift. Daraufhin habe ich statt der zehn Sesterzen, die du dafür haben wolltest, fünfzig Sesterzen verlangt und er hat anstandslos bezahlt.“

XXVII

Pomponius langte schlaftrunken nach Aliqua. Eine Zunge liebkoste seine Hand und schlabberte plötzlich über sein Gesicht. Er riss die Augen auf und sah sich Ferox gegenüber, der es sich auf dem Bett neben ihm bequem gemacht hatte. „Was macht das Vieh hier?", schrie er und versuchte Ferox über die Bettkante zu schieben. Der Hund knurrte empört. „Da geht man mit einer liebenden Frau zu Bett und wacht mit einem bissigen Untier auf", zeterte Pomponius. „Aliqua!!"

Mara sah zur Tür herein: „Aliqua ist früh aufgestanden und in die Therme gegangen."

„Was macht der Hund in meinem Schlafzimmer?"

„Er muss sich hineingeschlichen haben." Mara machte mit der Zunge schnalzende Geräusche. „Komm Fressen. Dein Frühstück ist auch fertig, Pomponius."

Ferox erreichte die Küche deutlich schneller als Pomponius, der sich mühsam hochquälte und unter seiner morgendlichen Depression litt.

Für Ablenkung sorgten Manius und Numerius, die kurz nach dem Frühstück eintrafen.

„Wir haben uns im ,Krummen Hund' umgehört, berichtete Manius. „Phoebe ist am Abend ihres Todes tatsächlich dort gewesen und hat einen Krug Wein gekauft."

„Wurde sie mit jemandem zusammen gesehen?"

„Ja. mehrere Leute haben erzählt, dass sie sich mit einem Mann unterhalten und einen Becher Wein mit ihm getrunken hat. Es hat den Eindruck erweckt, als ob sich die beiden schon kannten und nicht erst im Lokal kennengelernt haben. Sie hat mit diesem Mann das Lokal wenig später verlassen."

„Das war sicher ihr Mörder! Hat ihn jemand erkannt?"

„Es tut mir leid, Pomponius. Niemand kannte ihn. Wir haben auch nur eine vage Personenbeschreibung. Es war ein unauffälliger, ruhiger Typ, etwa mittleren Alters, korpulent, rundes Gesicht, gut gekleidet. Mehr war nicht in Erfahrung zu bringen."

„Habt ihr euch auch bei den Imbissständen beim Amphitheater umgehört?"

„Das haben wir. Über Briseis haben wir nichts in Erfahrung bringen können. Das ist eine kalte Spur. An Penelope hat sich aber jemand erinnern können. Er hat erzählt, dass sie mit einem Mann gesprochen hat. Es war aber keine freundschaftliche Unterhaltung, sondern nur ein kurzer heftiger Wortwechsel. Sie hat ihm schließlich vor die Füße gespuckt und ist weggelaufen. Das war an dem Tag, an dem sie umgebracht wurde. Mehr hat der Zeuge nicht beobachtet. Er hat uns den Mann so beschrieben: Groß, gut gekleidet, grauer Bart."

„Könnte es derselbe gewesen sein, der auch Phoebe angesprochen hat?"

„Das ist schwer zu sagen, dazu sind die Personenbeschreibungen nicht genau genug. Aber eher nicht."

„Es ist zum Verzweifeln", klagte Pomponius. „Manchmal denke ich, ich bin ganz nahe daran und dann bekomme ich es doch nicht zu fassen."

Manius und Numerius bedauerten, dass sie keine größere Hilfe gewesen seien, was sie aber nicht daran hinderte, ihren Bonus, in Empfang zu nehmen.

„Wie trägt Knochenbrecher den Tod Phoebes?", erkundigte sich Pomponius.

„Du kennst ihn ja", sagte Numerius. „Er lässt sich nicht viel anmerken, aber ich schwöre dir, wenn er den Kerl, der das getan hat in die Hände bekommt, bricht er ihm schön langsam jeden Knochen und erst am Schluss das Genick. Er behauptet, sie sei ihm mit einem anderen durchgebrannt und fragt überall herum, ob und mit wem sie gesehen wurde. Wenn du den Mörder lebend haben willst, dann sieh zu, dass du ihn vor Knochenbrecher erwischt."

Bald nachdem die beiden Veteranen gegangen waren, traf Aliqua frisch gebadet und gut gelaunt ein. „Du solltest heute auch in die Therme gehen", empfahl sie Pomponius. „Das Wasser ist gestern Nacht neu eingelassen worden und sauber. Ich will dich nicht kränken, aber du hast ein Bad mehr als nötig. Außerdem könntest du bei der Gelegenheit auch deinem Freund Quintus Pacuvius auf den Zahn fühlen. Er ist sicher dort."

Dieses Argument überzeugte Pomponius. Er berichtete Aliqua, was er von Numerius und Manius erfahren hatte und schloss: „Der bärtige, großgewachsene Mann, mit dem Penelope am Tage ihres Todes eine Auseinandersetzung hatte, könnte durchaus Quintus gewesen sein. Ja, du hast recht. Ich sollte ihn wirklich zufällig treffen und mit ihm plaudern."

Nach dem Mittagessen rüstete sich Pomponius für den Gang in die Therme. Krixus bettelte mitkommen zu dürfen, was ihm Pomponius mit dem Hinweis abschlug, er habe im Laden zu stehen. Erst als Aliqua ein gutes Wort für Krixus einlegte, gab Pomponius nach. Krixus küsste Aliqua die Hand und rühmte sie als seine gütige Herrin, was einerseits nicht stimmte, weil sie nicht seine Herrin war, und andererseits den Schluss zuließ, dass Pomponius derzeit nicht zu den gütigen Herren gezählt wurde.

Als sie sich der Therme näherten hob Krixus den Kopf und schnupperte wie ein Hund. „Kauf mir ein Brötchen mit Pastete", verlangte er von seinem Herrn und deutete auf einen der Imbissstände, die vor der dem Eingang aufgebaut waren.

„Du bist genauso verfressen wie Ferox", tadelte ihn Pomponius ärgerlich. „Wir haben doch erst zu Mittag gegessen. Wenn du unbedingt noch etwas willst, dann kaufe es dir selbst."

Pomponius pflegte Krixus nämlich regelmäßig ein kleines Taschengeld zu geben, das der Sklave aber eisern sparte. Er hortete jede Münze, die er in die Finger bekam, in einem Loch unter einer losen Bodenplatte in seiner Kammer. Wozu er das tat, war Pomponius unklar. Sicher nicht mit dem Ziel, sich einmal freizukaufen. Denn Pomponius hatte ihm vor einiger Zeit von sich aus eine baldige Freilassung in Aussicht gestellt, was Krixus aber strikt abgelehnt hatte. Denn Pomponius würde ohne seine Ratschläge und Unterstützung völlig hilflos sein, was er nicht verantworten könne, erklärte er, und auch, weil er keine Lust habe, für sich selbst zu sorgen.

„Es gilt als höchst unschicklich, wenn ein Sklave, der sich in Begleitung seines Herrn befindet, für sein Essen selbst bezahlt", belehrte Krixus Pomponius. „Es könnte nämlich der Eindruck entstehen, der Herr sei ein Geizkragen."

„Man sagt, es sei ungesund mit vollem Magen ins Bad zu gehen."

„Ich halte das für ein Gerücht, das von Barbaren, die überhaupt nicht baden, aufgebracht wurde", erklärte Krixus verächtlich. „Ein voller Magen kann nie schaden. Ich habe ganz im Gegenteil von einem Mann gehört, der unlängst im Bad ohnmächtig geworden ist. Es hat sich herausgestellt, dass er mit leerem Bauch ins Wasser gegangen war."

Wie nicht anders zu erwarten gewesen, gab Pomponius nach und kaufte zwei Brötchen. Eines für Krixus und eines für sich selbst. Sie setzten sich auf eine steinerne Bank im Schutz einer Kolonnade und verzehrten einträchtig ihren Imbiss. Jetzt, kurz nach Mittag, waren die Temperaturen erträglich und ließen erahnen, wie schön es um diese Jahreszeit schon sein konnte, wenn das Wetter nicht verrückt spielte.

„Ich bekomme einen Bauch", sagte Pomponius, den das schlechte Gewissen plagte, unvermittelt.

„Das spielt keine Rolle", tröstete ihn Krixus. „Aliqua heiratet dich auch mit Bauch."

„Sei nicht unverschämt", zürnte Pomponius. „Ich wünsche nicht, dass über dieses Thema gesprochen wird. Das geht nur mich etwas an!"

„Mara sagt es aber auch."

„Das macht die Sache nicht besser! Was hast du denn?"

„Schau", flüsterte Krixus. „Da kommt der Kerl, dem ich den Ring verkauft habe."

Quintus Pacuvius näherte sich mit flotten Schritten der Therme. Er befand sich in Gesellschaft eines Sklaven, der ihm die Badesachen nachtrug.

„Nimm dir ein Beispiel", flüsterte Pomponius zurück. „Ich trage meine Badesachen selber. Und schau, da kommt noch jemand."

„Der Dicke?"

„Ja, das ist Gordianus."

„Der Lanista, von dem du mir erzählt hast?"

„Der nämliche. Ich frage mich, wieso er in die Therme geht. Er hat doch in seiner Schule auch ein Bad."

„Aber sicher kein so schönes. Verdächtigst du die beiden?"

„Zur Zeit ist fast jeder verdächtig. Aber von Quintus Pacuvius habe ich eine befremdliche Geschichte gehört." Er erzählte Krixus, was er von Julia und Manus erfahren hatte."

„Das ist empörend", entrüstete sich Krixus. „Eine Sklavin zu den Huren zu verkaufen, bloß weil sie mit ihrem Herrn nicht ins Bett gehen will. Du würdest so etwas nie tun."

„Nein, ich glaube, ich würde so etwas nicht tun."

„Du bist ein guter Mann, Pomponius."

„Was?", fragte Pomponius, der solche Zugeständnisse von Krixus nicht gewohnt war, verblüfft.

„Ach nichts", sagte Krixus verlegen. „Das ist mir nur so herausgerutscht. Komm, lass uns hineingehen und sei vorsichtig, wenn du dich mit diesen Männern anlegst. Denen trau ich alles zu!"

Sie warfen unter den wachsamen Blicken der Türsklaven ihren Obolus in die Kasse, ergatterten eine der wenigen noch freien Wandnischen und bestachen einen Thermensklaven, damit er ihre Kleider vor Diebstahl schützte.

Dann begannen sie den Badevorgang im Caldarium, dem Heißwasserbecken und kühlten sich anschließend in der milderen Wärme des Tepidariums ab. Der hohe Raum war mit zwei kreisförmigen, konzentrisch angeordneten Bankreihen aus weißem Stein versehen. In der Mitte stand auf einem Podest eine große Wasseruhr, deren mit einem Schwimmer verbundener Zeiger die Stunde bis auf ein Zwölftel genau anzeigte. Durch eine sinnreiche Vorrichtung war es möglich, den Wasserzufluss zu regulieren und so die Länge der Stunde den im Jahreslauf wechselnden Tageslängen anzupassen. Pomponius hatte dieses Meisterwerk der Uhrmacherkunst stets bewundert.

Nach einer halben Stunde war die Hitze soweit aus ihren Körpern gewichen, dass sie weiter in das Frigidarium, die große Halle mit dem Kaltwasserbecken und dem Schwimmbecken gehen konnten. Auf einen Besuch des Sportbereiches verzichteten sie im stillschweigenden Einverständnis. Die Palästra, der im Freien befindliche Sportplatz, war wegen der schlechten Witterung ohnehin geschlossen. Aber aus dem Gymnastiksaal konnte man die Geräusche der Athleten und jener, die Athleten werden wollten, vernehmen: Das Stöhnen und Grunzen der Gewichtheber, das Klatschen und Plumpsen der Ringer und das Geschrei der Ballspieler.

Ein junger Mann trat aus der Tür des Gymnastiksaals. Sein Körper glänzte ölig. Er trat an das Schwimmbecken und ließ seine Muskeln spielen, aber nur kurz, weil niemand da war, der ihm bewundernde Blicke zuwarf. Das war der Nachteil, wenn die Geschlechter nicht gemeinsam badeten. Dann warf er sich entschlossen in das Schwimmbecken und durchmaß es mit kräftigen Zügen, wobei er einen schwachen, trüben Schleier hinter sich herzog.

Pomponius rümpfte die Nase und sah zum Halbstock empor, der sich in die Halle öffnete. „Sieh an, ich wusste gar nicht, dass sich die beiden kennen", staunte er und stieß Krixus in de Seite. An der Balustrade standen Quintus Pacuvius und Gordianus ins Gespräch vertieft.

„Sobald sie sich getrennt haben, rede ich mit Quintus und du folgst Gordianus", befahl Pomponius. „Er kennt dich nicht. Schau, ob er sonst noch jemanden trifft, aber verlasse nicht das Bad. Wir treffen uns spätestens in einer Stunde in der Umkleidehalle. Ah, es geht schon los!"

Gordianus verabschiedete sich eben von Quintus, kam die Treppe herunter und betrat zielstrebig den Gymnastikraum. Krixus stöhnte auf. „Mach schon", sagte Pomponius. „Ihm nach! Es wird dir gar nicht schaden, wenn du auch ein wenig trainierst. Zu Hause arbeitest du ohnehin zu wenig."

Er selbst stieg die Treppe zum abgeschirmten Bereich des Halbstockes empor, nachdem er den dafür vorgesehenen Betrag bezahlt hatte. „Ave, Qintus", rief er und tat erstaunt. „Du auch hier?"

„Ich komme oft in die Therme", sagte Quintus. „Sei gegrüßt, Pomponius. Hast du heute gar nicht deinen Sklaven mit?"

„Oh doch, aber er hat sich in den Kopf gesetzt, zu trainieren. Ich habe ihm befohlen, auch für mich eine Trainingseinheit zu absolvieren. Für mich ist das nichts."

Quintus lachte und lud Pomponius ein, an einem der Tische nahe der Balustrade Platz zu nehmen. Ein Sklave eilte auf einen Wink herbei und servierte Gebäck und ein kühles Getränk.

„Du hast recht", sagte Quintus. „Ich halte auch nicht viel von dieser griechischen Sitte. Es ist Unfug, wenn Männer versuchen, durch mühsame, aber sinnlose Tätigkeiten einen Körper wie eine griechische Statue zu erlangen. Die beste und auch sinnvollste Ertüchtigung für einen jungen Mann ist noch immer der Dienst bei den Legionen."

Pomponius nickte zustimmend. „Es tut mir leid, dass ich gestern nicht anwesend war, als du meinen Laden beehrt hast. Mein Sklave hat mir berichtet, dass du den Ring, dessen Inschrift du freundlicherweise für mich übersetzt hast, gekauft hast. Ich hätte dir diesen Ring auch zum Geschenk gemacht."

Quintus winkte ab. „Lass gut sein. Die zweiundfünfzig Sesterzen werden mich nicht umbringen. Mich hat dieses eigenartige Stück interessiert, auch wenn es kein Original ist."

„Aha", sagte Pomponius und dachte, dass Krixus bei der von ihm eigenmächtig vorgenommenen Preiserhöhung auch gleich seinen eigenen kleinen Schatz um zwei Sesterzen vermehrt hatte. Er entschloss sich, ohne weiteres Taktieren zum Kern der Sache zu kommen. „Vielleicht hattest du ja auch ein persönliches Interesse an diesem Ring", sagte er. „Das Mädchen Penelope trug einen solchen Ring, als sie starb. Ich wusste gar nicht, dass sie früher deine Sklavin war."

Quintus wurde bleich. „Wo hast du das her?"

„Ich habe es zufällig erfahren, als ich den ‚Grünen Hintern' besuchte. Penelope hat es dort erzählt. Warum hast du mir nichts davon gesagt?"

„Das ist eine Sache, über die ich nicht gerne rede."

„Das kann ich mir vorstellen. Penelope hat erzählt, dass du sie verkauft hast, weil sie sich dir verweigert hat. Es ist schon eine harte Strafe, eine Sklavin deswegen zu den Huren zu verkaufen."

„Du bedauerst sie zu Unrecht. Sie hat nicht die ganze Geschichte erzählt." Pomponius schwieg und zog fragend die Augenbrauen hoch. Quintus seufzte. „Es stimmt schon, dass ich sie begehrt habe. Ich habe um sie geworben, wie ein Mann um eine Frau nur werben kann und ich habe sie nie wie eine Sklavin behandelt. Sie hat das nicht zu würdigen gewusst und mich stets entschieden abgewiesen. Eines Abends, ich hatte etwas zuviel Wein getrunken, habe ich mir mit Gewalt genommen, was mir als ihrem Herrn zustand. Weshalb runzelst du die Stirn, Pomponius? Missbilligst du mein Verhalten?"

„Dazu besteht kein Grund. Was du getan hast, stand dir nach Recht und Sitte zu. Sie war dein Eigentum."

„Eben. Ich hätte sie ohnehin am nächsten Tag mit Geschenken und guten Worten wieder versöhnlich stimmen wollen. Ich habe auch gehofft, dass sie in Hinkunft, da nun einmal der Bann gebrochen war, zugänglicher sein wird. Dazu ist es nicht gekommen. Weißt du, was sie gemacht hat? In der Nacht, als ich schon geschlafen habe, ist sie mit einem Dolch in mein Zimmer geschlichen."

„Sie wollte dich ermorden?"

„Schlimmer! Sie wollte mich entmannen. Sie her!" Quintus schlug das Badetuch, das er um seine Hüften gewickelt hatte, zurück. Über den rechten Oberschenkel verlief eine rote Narbe. „Zum Glück bin ich rechtzeitig aufgewacht und konnte ihren Schnitt abwehren, sodass sie nur den Schenkel getroffen hat. Ich habe geblutet wie ein Schwein. Am nächsten Tag habe ich sie für wenig Geld an Leonidas verkauft, weil ich wusste, dass er immer bereit ist, hübsche junge Sklavinnen aufzukaufen."

„Wusstest du auch, dass er, beziehungsweise sein Herr, diese Sklavinnen in Bordellen arbeiten lässt?"

„Ich habe es vermutet. Aber wie hätte ich mich denn sonst verhalten sollen? Du bist doch Jurist. Sage mir, welche Strafe einem Sklaven droht, der das tut, was sie getan hat."

„Das weiß jedes Kind. Ein Sklave, der seinen Herrn vorsätzlich schwer verletzt, tötet, oder es auch nur versucht, hat sein Leben verwirkt. Dazu bedarf es nicht einmal eines Prozesses. Du hättest sie Kraft deines Hausrechtes sofort töten dürfen. Die Verletzung, die du erlitten hast, wäre Rechtfertigung genug gewesen. Viele Leute würden meinen, dass du sehr milde gehandelt hast, weil du ihr Leben verschont und sie nur verkauft hast."

„Ich bin froh, dass du es auch so siehst. Trotzdem hat es mich gereut, von Tag zu Tag mehr."

„Deshalb hast du sie schließlich an ihrem Standplatz beim Amphitheater aufgesucht?" Es war ein Schuss ins Blaue, der genau ins Schwarze traf.

Quintus starrte Pomponius an. „Auch das weißt du?"

„Ich habe es zufällig erfahren. Ihr wurdet beobachtet. Dies ist eine große Stadt, in mancher Hinsicht ist sie aber auch recht klein. Viele Leute kennen einander. Was wolltest du von ihr?"

„Ich habe ihr angeboten, meinen Fehler wieder gut zu machen, sie zu kaufen und ihr die Freiheit zu geben. Sie hat mich schroff zurückgewiesen und gesagt, dazu sei es zu spät, ich hätte sie zur Hure gemacht und dadurch ihr Leben zerstört. Das Einzige, das ihr noch Freude machen würde, wäre, von meinem Tod zu erfahren." Quintus verbarg das Gesicht in den Händen.

„Kann es sein, dass du sie geliebt hast?", fragte Pomponius, der plötzlich eine tiefe Traurigkeit empfand. Quintus gab keine Antwort. „Nun, ihr zerstörtes Leben hat ohnehin nicht mehr lange gewährt", fuhr Pomponius nach einer Weile fort. „Sie wurde noch in derselben Nacht getötet. Jemand hat das Urteil, das eigentlich dir zustand, vollstreckt."

Quintus hob den Kopf und sah Pomponius mit tränenfeuchten Augen an. „Du denkst doch nicht etwa, dass ich mit ihrem Tod etwas zu tun habe?"

„Das hast du in jedem Fall. Denn wenn du nicht getan hättest, was du getan hast, wäre sie noch am Leben. Ich glaube aber nicht, dass du sie persönlich umgebracht hast." Dabei dachte Pomponius: „Vorläufig glaube ich das nicht". Er fuhr fort: „Es ist ein tragisches zeitliches Zusammentreffen gewesen. Wie hast du übrigens erfahren, wo du sie finden konntest. Du bist doch sicher nicht Gast im ‚Grünen Hintern' gewesen."

„Sicher nicht. Gordianus, der Lanista in der Gladiatorenschule, hat es mir verraten. Er hat ein Buch bei mir gekauft. Man sollte es bei einem Mann seines Berufs nicht glauben, aber er ist recht gebildet. Wir sind ins Gespräch gekommen und ich habe ihm von meiner ehemaligen Sklavin Penelope erzählt. Natürlich nicht die ganze Geschichte, aber genug, dass er mein Interesse an ihrem Schicksal erraten konnte. Er hat mir gesagt, er kenne sie und könne mir sagen, wo sie jetzt zu finden sei. Er wusste das, weil er Stammgast im ‚Grünen Hintern' ist."

„Das stimmt. Ich habe ihn auch schon dort getroffen."

„War er es, der über mich und Penelope gesprochen hat?"

„Kein Wort. Gordianus ist ein sehr diskreter Mann. Mir kommt übrigens vor, ich habe ihn heute schon in der Therme gesehen. Kann das sein?"

„Ja, er ist hier. Du hast ihn nur kurz verpasst. Ich habe mit ihm geredet, bevor du gekommen bist."

„Wollte er wieder ein Buch kaufen? Ich frage mich wirklich, was ein Mann wie er liest."

„Er ist, wie ich schon gesagt habe, kein ungebildeter Mann. Seine aktuelle Lektüre ist allerdings eigenartig. Er sucht Texte, in denen über Geheimkulte berichtet wird. Er hat gesagt, sein Interesse sei durch die Morde, die sich jüngst ereignet haben, und denen ja auch Penelope zum Opfer gefallen ist, geweckt worden. Er meint, dahinter könne, wenn schon nicht eine Lamia, so doch ein geheimer Kult stecken. Ich glaube er hat die Christen im Verdacht."

„Was für ein Unfug", sagte Pomponius. „Ich weiß nicht, worüber ich mich mehr wundern soll. Darüber, dass jemand wie Gordianus solche Studien anstellt, oder darüber, zu welchen unsinnigen Ergebnissen er kommt. Aber vermutlich ist zweiteres durch ersteres bedingt. Gordianus ist nicht der Mann, dem ich große wissenschaftliche Fähigkeiten zutraue. Der Mann hat ja doch nur seine Gladiatoren, die Weiber und natürlich Theriak im Kopf, auch wenn du ihn für gebildet hältst."

„Mag sein", entgegnete Quintus. „Aber ich bin Geschäftsmann. Ich habe ihm eine alte Schriftrolle mit einschlägigem Inhalt, die in griechischer Sprache geschrieben und ein Ladenhüter war, verkauft. Heute konnte ich ihm mitteilen, dass ich eine weitere Rolle aufgetrieben habe, die auf ägyptisch verfasst ist."

„Er kann Griechisch und Ägyptisch?", fragte Pomponius erstaunt.

„Es scheint so. Du solltest diesen Mann nicht unterschätzen, Pomponius."

„Das tu ich gewiss nicht. Jetzt muss ich mich aber von dir verabschieden. Mein Sklave wird schon auf mich warten. Vale, Quintus."

Der Buchhändler hielt ihn zurück. „Was denkst du über mich, Pomponius? Ich meine wegen der Sache mit Penelope."

„Ich denke, du hast dich nicht falsch verhalten. Und wenn doch, so lässt sich das jetzt auch nicht mehr ändern. Was geschehen ist, ist geschehen. Ich gebe dir denselben Rat, den auch du mir schon mehrfach gegeben hast: Versinke nicht in Selbstmitleid und Trübsinn und gib dich auch nicht der Reue hin. Denn Reue macht nur dann Sinn, wenn sie dazu führt, dass wir einen Fehler wieder gutmachen. Wo dies nicht möglich ist, reinige deine Gedanken von bösen Erinnerungen und blicke zuversichtlich in die Zukunft."

„Du bist ein Philosoph, Pomponius. Das klingt ja fast so, wie in den Schriften unseres verehrten Imperators, die ich zur Zeit produziere."

„Du tust mir zu viel Ehre an", lachte Pomponius. „Im Übrigen sei versichert, dass ich dich auch in Hinkunft zu meinen Freunden zählen möchte."

Er drückte dem gerührten Quintus die Hand und begab sich in die Umkleidehalle, wo er tatsächlich schon von Krixus erwartet wurde. Sie eilten rasch heimwärts, Krixus von Hunger getrieben und Pomponius weil ihn plötzlich eine heftige Sehnsucht nach Aliqua befallen hatte.

„Was hast du in Erfahrung gebracht?", fragte Pomponius ein wenig atemlos.

„Es war schrecklich", keuchte Krixus. „Ich musste schwere Gewichte stemmen, um mich unauffällig neben Gordianus stellen zu können. Ich bin fix und fertig. Ich fürchte, ich werde in den nächsten Tagen zu keiner Arbeit fähig sein, so leid es mir auch tut."

„Du solltest meine Güte nicht übermäßig strapazieren", ermahnte ihn Pomponius streng. „Erzähl schon, was Gordianus gemacht hat."

„Gordianus hat überhaupt nicht trainiert", berichtete Krixus, „sondern sich nur mit einem jungen Mann unterhalten. Einem Athleten. Du weißt schon, einer von jenen, die Muskeln zeigen, von denen unsereiner gar nicht weiß, dass es sie überhaupt gibt."

„Worüber haben sie gesprochen?"

„Ich habe nicht alles hören können, aber soweit ich verstanden habe, wollte ihn Gordianus für seine Schule anwerben und hat ihm vorgeschwärmt, wieviel Geld er als erfolgreicher Gladiator verdienen könne."

„Das ist enttäuschend", sagte Pomponius. „Daran ist nichts Ungewöhnliches. Gordianus ist nur seinen Geschäften nachgegangen."

„Was hast denn du erwartet? Willst du wissen, wie der Junge geheißen hat? Ein anderer Athlet, mit dem ich über die Vorzüge und Nachteile der verschiedenen Gewichtstypen ins Gespräch gekommen bin, hat es mir gesagt."

„Nein, wozu", wehrte Pomponius ab und setzte hinzu, weil er Krixus nicht enttäuschen wollte: „Nun, wie hat er geheißen?"

„Er heißt Gnaeus und wohnt in der Militärsiedlung. Seine Mutter betreibt dort eine große Wäscherei und soll recht wohlhabend sein. Gnaeus geht keiner Arbeit nach, es sei denn, man will das sinnlose Heben von Gewichten als rechtschaffene Arbeit bezeichnen. Er führt mit dem Geld seiner Mutter, die Prima heißt, das Leben eines vornehmen jungen Mannes, obwohl er doch nur ein elender Plebejer ist."

Krixus konnte ungeachtet der Tatsache, dass er selbst ein Sklave war, bisweilen ein ausgesprochener Snob sein. Pomponius lächelte. „Du hast dir jedenfalls große Mühe gegeben. Du kannst nichts dafür, dass dabei nichts herausgekommen ist."

„Eine Kleinigkeit habe ich noch erfahren. Du weißt doch, dass ich im Aufsammeln von Klatsch gut bin. Gnaeus hat eine Geliebte. Eine gewisse Quinta. Aber seine Mutter ist mit ihr nicht einverstanden, weshalb er sie nicht nach Hause bringen darf. Das hat mir mein neuer Freund, der Sachverständige für Gewichtstypen erzählt."

„Quinta?" fragte Pomponius. „Könnte das am Ende gar ..."

„Ja, es ist mir auch durch den Kopf gegangen, dass es sich um die verschwundene Gehilfin von Aliqua handeln könnte. Andererseits ist Quinta ein häufiger Name. Ich kann dir auf der Stelle ein paar Frauen nennen, die so heißen."

„Es wäre auch ein außergewöhnlicher Zufall, wenn wir so auf die Spur der verschwundenen Quinta gestoßen wären", meinte Pomponius. „Andererseits ist dieser Fall voller Zufälle, die gar keine sind, wenn man die Zusammenhänge erkennt. Ich denke, wir werden morgen diesem Gnaeus einen Besuch abstatten, damit wir nichts versäumen."

XXVIII

Die Wäscherei der Prima war leicht zu finden. Sie befand sich am Rande der Militärsiedlung, dort wo die Straße zu dem auf einem Hügelrücken gelegenen Tempelbezirk führte, und war die einzige ihrer Art in diesem Stadtviertel. Prima schien eine Art Monopolstellung innezuhaben. Dementsprechend groß war der Betrieb. Einem schuppenartigen Gebäude war ein gepflasterter Platz vorgelagert, der von einem Flugdach und halbhohen Seitenwänden geschützt wurde. Die Frauen, die dort arbeiteten, mussten so ihre Tätigkeit halb im Freien ausführen, was wegen der kalten Witterung sicher unangenehm war, aber immer noch besser, als in einem geschlossenen Raum zu arbeiten. Denn es herrschte ein strenger Geruch, in dem sich die Ausdünstungen von schmutziger Wäsche, mit dem von Urin und diversen Reinigungsmitteln mischten.

Aus dem Haus wurden regelmäßig Wäschebündel geschleppt, die mit Schnüren zusammengebunden und einem gekerbten Holzstück gekennzeichnet waren, damit sie nach erfolgter Reinigung wieder den Weg zu ihren Besitzern finden konnten. Die Wäsche wurde in niedrige Bottiche geworfen. Aus dem Gebäude, wo ein mächtiger Ofen sein musste, schleppten kräftige Männer heißes Wasser herbei, schütteten es über die Wäsche, mischten eine aschenartige Substanz und eine wohlbemessene Menge menschlichen Urin dazu und rührten das Ganze kräftig um. Dann kletterten einige Weiber in den Bottich. Sie hatten die Kleider bis zur Hüfte hochgerafft. Ihre nackten Beine waren gerötet, bei einigen auch von offenen Wunden bedeckt. Zuerst hüpften sie kreischend herum, weil das Wasser noch so heiß war, dann fanden sie ihren Rhythmus und begannen die Wäsche kräftig zu treten, wobei sie mißstimmig ein Lied intonierten.

Pomponius schüttelte sich. „Ich weiß gar nicht, wo meine Wäsche gewaschen wird", murmelte er.

„Das macht Mara", beruhigte ihn Aliqua, die über seinen Haushalt bestens Bescheid wusste. „Keine Angst, sie hat Krixus verboten, in das Waschwasser zu pinkeln, obwohl er auf diese Methode schwört und meint, kein Reinigungs- und Bleichmittel sei besser. Mara kennt deine Eigenheiten."

Pomponius schüttelte sich wieder. Er war zwar kein Reinheitsfanatiker, hatte aber weit mehr als die meisten seiner Zeitgenossen eine heftige Abneigung gegen Schmutz im Allgemeinen und menschliche Ausscheidungen im Besonderen.

„Da ist er", Manius, der die Gegend und ihre Bewohner kannte, deutete auf einen jungen Mann, der das weite Feld überquerte, auf dem die frisch gewaschene Wäsche im kalten Morgenwind flatterte. Er war in eine blütenweiße Toga gekleidet. Der Kerl trug tatsächlich eine Toga und das in dieser Umgebung und zu dieser Tageszeit! Er wurde von einem Sklaven begleitet.

„Der soll zu den Gladiatoren?", wunderte sich Numerius. „Er ist zwar ein Muskelprotz, aber er kann vor Kraft ja kaum richtig gehen. Ein flinker Gegner macht dem in kürzester Zeit den Garaus. Daran kann auch das beste Training der Welt nichts ändern. Ich verstehe nicht, was Gordianus mit dem will."

Der junge Mann hatte inzwischen den Waschplatz erreicht. Einige der Arbeiter neigten den Kopf, während die Weiber in ihren Bottichen freche Bemerkungen schrien, die Gnaeus als Komplimente auffasste und huldvoll mit der Hand winkte.

Pomponius trat an ihn heran und sagte respektvoll: „Ave, habe ich die Ehre mit dem edlen Gnaeus, den bekannten Athleten?"

Die Anrede gefiel Gnaeus, weil er sonst nie edel genannt wurde. „Ja, der bin ich. Was willst du? Ich habe nur wenig Zeit. Ich bin auf dem Weg zu einer geschäftlichen Besprechung. Also fasse dich kurz." Er gab dem Sklaven einen Wink: „Fahre den Wagen vor!"

„Ich nehme an, du bist auf dem Weg zu meinem Freund Gordianus", sagte Pomponius einer Eingebung folgend.

„In der Tat. Wieso weißt du das?"

„Ich weiß viele Dinge und ich bin hier, um dir einen Rat zu geben, der vom Herzen kommt: Geh nicht zu Gordianus. Du hast nicht das Zeug zum Gladiator. Du würdest die Ausbildung nicht überstehen und wenn doch, so würde bereits dein erster Kampf tödlich enden, tödlich für dich."

„Wie kannst du das sagen", empörte sich Gnaeus. „Gordianus versteht wohl mehr von solchen Dingen, wie du. Er sagt, ich habe Potential. Er hat mir ein großzügiges Handgeld angeboten, wie es einem freien Mann zusteht, der sich freiwillig zu den Gladiatoren verpflichtet und er hat mir versichert, dass ich am Anfang nur solche Gegner bekommen werde, die ich leicht besiegen kann. Der Triumph in der Arena ist mir gewiss, sagt er."

„Der Tod in der Arena ist dir gewiss! Denkst du denn gar nicht an Quinta? Sie wird sich deinetwegen die Augen ausweinen!" Pomponius rechnete so halb und halb damit, Gnaeus werde sagen, er kenne keine Quinta.

„Quinta? Was geht dich Quinta an? Jeder fragt mich nach Quinta. Meine Mutter, die ihr sicher nichts Gutes will, Gordianus und jetzt du."

Ein Wagen rollte gezogen von einem Maultier auf den gepflasterten Vorplatz. Er war einachsig und hatte einen geschlossenen Holzaufbau, in dem der Insasse, vor der Witterung geschützt, die Umgebung durch kleine Fenster betrachten konnte. Bekrönt wurde er durch ein giebelförmiges Dach, das ihm das Aussehen eines kleinen Häuschens verlieh. Pomponius hasste diese Wägen noch mehr als die Pferde, auf denen er während seiner Zeit beim Militär reiten hatten müssen. Da sie ungefedert waren, übertrugen sie nämlich jede Unebenheit der Straße auf ihre Insassen, sodass man gründlich durchgerüttelt und gestoßen wurde. Dennoch wurden sie von Leuten, die es sich leisten konnten, für oft sehr lange Reisen benutzt. Sogar der Kutschbock war zumindest bei erträglichem Wetter angenehmer, als das Innere eines solchen Gefährts, weil man die Stöße kommen sah.

„Weshalb fragst du nach Quinta?"

„Es gibt Menschen, die sich um sie sorgen: Ihre Eltern, ihre Arbeitgeberin und natürlich auch ich. Habe ich mich noch nicht vorgestellt? Verzeih das Versäumnis. Mein Name ist Pomponius, Spurius Pomponius. Ich bin Anwalt."

„Ich habe nichts mit Anwälten zu tun und ich habe dir nichts zu sagen. Geh mir aus dem Weg. Ich muss zu meiner Verabredung!"

Pomponius ging noch näher an Gnaeus heran und flüsterte drohend. „Dies ist kein Spiel für Knaben, Gnaeus. Sieh her!"

Er schlug seinen Umhang zurück, damit Gnaeus die silberne Schlangenfibel mit den Rubinaugen sehen konnte. Gnaeus kannte die Bedeutung dieses Abzeichens. Er fuhr zurück und starrte Pomponius verunsichert an.

„Wo ist Quinta?", fragte dieser.

„Das sage ich nicht. Ich habe es meiner Mutter nicht gesagt, ich habe es Gordianus nicht gesagt, ich habe es meinen Freunden nicht verraten und ich werde es auch dir nicht preisgeben."

„Oh doch, das wirst du und du weißt das auch, wenn du dir vor Augen hältst, wer ich bin. Ich bitte dich, erspar mir den Anblick deines blutenden Körpers und dir selber die Qualen der Folter."

Gnaeus wurde bleich und blickte auf der Suche nach einem Fluchtweg um sich.

„Das würde ich an deiner Stelle erst gar nicht versuchen", sagte Manius. „Wir", er deutete auf Numerius, „haben in mehr Schlachten gekämpft als du an belanglosen Schlägereien schon hinter dir hast. Wenn du wegläufst, wirst du sehr bald merken, wie wenig du wirklich zu einem ernsthaften Kampf taugst. Wir sind keine Gegner, die allein schon der Anblick deiner Muskeln einschüchtert."

„Was wollt ihr denn bloß von Quinta?", fragte Gnaeus verzweifelt.

„Nichts Böses", versicherte ihm Pomponius. „Da kannst du ganz beruhigt sein. Wir wollen sie nur etwas fragen und sie in Sicherheit bringen. Wir haben nämlich Grund zu der Annahme, dass ihr Gefahr droht."

„Das sagt Quinta auch. Deshalb habe ich sie ja in einem Versteck untergebracht."

„Wovor fürchtet sich Quinta?

„Das hat sie mir nicht erzählen wollen. Sie hat nur gesagt, dass sie etwas sehr Dummes getan hat." Pomponius und Aliqua wechselten einen Blick.

„Liebst du Quinta", fragte Aliqua, die sich bisher im Hintergrund gehalten hatte. „Ich bin die Frau, für die Quinta gearbeitet hat."

„Dann bist du Aliqua. Quinta hat mir von dir erzählt. Du bist eine gute Patronin, hat sie gesagt."

„Ich gebe mir Mühe. Gnaeus! Du wirst uns vertrauen müssen, weil dir gar nichts anderes übrigbleibt. Aber du solltest uns glauben, dass wir nur zu deinem und zu ihrem Besten handeln. Führe uns jetzt zu Quinta!"

Gnaeus gab endlich nach. „Folgt mir", sagte er. „Es ist nicht weit von hier."

Er führte sie durch enge, verwinkelte Gassen. „Weshalb hat sich Gordianus nach Quinta erkundigt", wollte Pomponius wissen.

„Darauf habe ich ihn gebracht. Ich habe ihm erzählt, dass meine Freundin mit meinen Plänen nicht einverstanden ist. Sie macht sich Sorgen um mich und auch um ihre Zukunft, wenn mir doch etwas passiert."

„Vernünftiges Mädchen", meinte Pomponius. „Du solltest auf sie hören."

„Gordianus hat gesagt, er wolle mit ihr sprechen und ihre Sorgen zerstreuen. Wahrscheinlich hätte ich ihn heute zu ihr gebracht, wenn ihr nicht dazwischen gekommen wärt."

„Quinta und du", fragte Aliqua unvermittelt, „wollt ihr heiraten?"

„Typisch, dass sie das fragt", dachte Pomponius.

„Das wollen wir. Es ist nur nicht so einfach."

„Das ist es meist nicht", tröstete ihn Aliqua. „Ich weiß wovon ich rede." Pomponius runzelte die Stirn. „Woran scheitert es denn bei euch?"

„Meine Mutter ist dagegen und zu ihren Eltern haben wir uns bisher gar nicht getraut, weil die einen anderen als Ehemann für sie im Auge haben. Freilich, wenn ich ein berühmter Kämpfer in der Arena werde, ändern sie vielleicht ihre Meinung."

„Was für ein Blödsinn", sagte Manius. „Tote Gladiatoren werden nicht berühmt und sie können auch nicht heiraten. Du musst folgendermaßen vorgehen: Zuerst musst du deine Mutter herumkriegen. Droh ihr damit, dass du zu den Gladiatoren gehst, wenn sie sich nicht mit Quinta abfindet. Sie wird sich furchtbar aufregen, aber schließlich nachgeben, wenn du nur standhaft bleibst. Bist du ihr einziger Erbe?" Gnaeus nickte. „Ausgezeichnet. Sie wird sich letztlich mit Quinta einverstanden erklären, glaube mir. Überhaupt dann, wenn du Interesse daran zeigst, in das Geschäft einzusteigen und es einmal zu übernehmen. Sodann gehst du zu Quintas Eltern. Du bist doch eine gute Partie. Könnte man dich wohlhabend nennen?"

„Man könnte meine Mutter sogar reich nennen. Jedenfalls in unserem gesellschaftlichen Rahmen."

„Das genügt völlig. Quinta ist schließlich auch keine Senatorentochter."

„Aber was wird aus meiner Karriere in der Arena?"

„Die vergisst du am besten ganz rasch, mein Junge", sagte Numerius. „Wir wollen gar nicht darüber diskutieren, ob du dafür geeignet bist, oder welcher mutwillige Dämon Gordianus dazu getrieben hat, dir das einzureden. Ich befürchte, der Theriak lässt ihn nach und nach verblöden. Wenn du Quinta wirklich heiraten willst, musst du es so machen, wie dir mein Freund geraten hat und auf den Ruhm in der Arena verzichten. Dieser Mann", er deutete auf Pomponius, „vermag viel. Er hat gute Beziehungen, ist überaus listenreich und er wird dir dabei helfen, wenn es notwendig ist."

„Ich möchte nur wissen, wie", dachte Pomponius.

„Wenn du Quinta wirklich liebst und heiraten willst, musst du auf die Arena verzichten", stieß Aliqua nach. „Andernfalls müsste ich dich für einen Schurken und gemeinen Mädchenverführer halten und auf deiner Laufbahn als Gladiator würde von vorneherein ein Fluch lasten. Du weißt, was das bedeutet!"

Sie ließ offen, wo dieser Fluch herkommen sollte, aber sie wirkte sehr überzeugend.

Auch Gnaeus war beeindruckt und schließlich überzeugt. „Ihr habt recht", gestand er. „Ich werde Gordianus eine Nachricht schicken, mich für mein heutiges Nichterscheinen entschuldigen und ihm mitteilen, dass ich mich künftig der Wäscherei und nicht dem Kampf widmen werde. Dann rede ich mit meiner Mutter."

„Na also", sagte Pomponius. „Das war doch nicht so schwer. Man kann sagen, dass du eine sehr weise Entscheidung getroffen hast. Jetzt bring uns zu Quinta!"

„Wir sind schon da." Gnaeus deutete auf ein Haus. „Hier wohnt eine Schwester meines verstorbenen Vaters. Sie hat Quinta vorläufig aufgenommen."

Eine mütterlich wirkende Frau öffnete ihnen und führte sie die Treppe hinauf. Aus alter Gewohnheit schoben Manius und Numerius die anderen beiseite und traten rasch in den Raum, so als ob sie erwarteten, kampfbereite Gegner vorzufinden. Ganz falsch lagen sie damit nicht. Quinta stieß nämlich einen markerschütternden Schrei aus, ergriff einen Dolch, der neben ihr auf dem Nähtisch lag, und stellte sich den Eindringlingen entgegen.

Gnaeus stürmte ins Zimmer und rief: „Keine Angst, Liebste. Diese Männer sind unsere Freunde!" Manius und Numerius hoben ihre leeren Hände, um diese Aussage zu bekräftigen. Dann traten Pomponius und Aliqua ein. Als Quinta

Aliquas ansichtig wurde, ließ sie den Dolch fallen, schlug die Hände vors Gesicht und begann heftig zu heulen. Man konnte ihren unartikulierten Äußerungen lediglich entnehmen, dass sie sich schäme und ihr irgendetwas sehr leid tue.

Gnaeus und Aliqua hatten eine ganze Weile damit zu tun, Quinta zu streicheln und zu trösten, bis sie bereit und imstande war, ihre Geschichte zu erzählen:

Eine verschleierte Frau war in das Geschäft gekommen, das Quinta für Aliqua hütete, hatte eine Kleinigkeit gekauft und dann ein vertrauliches Gespräch mit ihr begonnen. Sie hatte ihr erzählt, dass ein vornehmer Mann Aliqua begehre und auch Aliqua in ihn verliebt sei, es zwischen den beiden aber bisher nicht richtig geklappt habe. Pomponius räusperte sich. „Nein, dieser Mann bist nicht du", stellte Quinta klar und fuhr mit ihrem Bericht fort. Die Besucherin erzählte Quinta, sie sei mit den beiden befreundet und entschlossen, ihnen zu ihrem Glück zu verhelfen. Quinta solle Aliqua ein Liebeselexier in ein Getränk mischen, dann die Tür öffnen, damit der Verehrer hinein könne, und rasch nach Hause gehen. Alles weitere werde seinen vorbestimmten Gang nehmen und bald schon werde Quinta auf Aliquas Hochzeit zu Gast sein."

„Wie konntest du nur so blöd sein", zürnte Aliqua und Quinta begann neuerlich zu heulen.

„Diesen Plan habe dann ich gestört", vermutete Pomponius.

Quinta schniefte und nickte. „Aliqua hat dich zu meiner Überraschung mitgebracht, und es hat so ausgeschaut, als ob du über Nacht bleiben wolltest. Dann hast versehentlich du den Liebestrank zu dir genommen. Ich bin rasch gegangen und habe der verschleierten Dame, die draußen gewartet hat, berichtet, was passiert ist. Sie hat gemeint, da könne man nichts machen, und ich solle rasch nach Hause gehen. Hat der Liebestrank eigentlich gewirkt?"

„Wie man es nimmt. Er hätte mich fast das Leben gekostet. Du hast kein Liebeselexier in Aliquas Wein gemischt, sondern Gift."

Quinta heulte neuerlich auf und schlug die Hände vors Gesicht.

„Hast du dich aus schlechtem Gewissen hier versteckt?"

„Nicht nur deswegen. Schon am nächsten Tag ist mir klar geworden, dass ich wahrscheinlich einen Blödsinn gemacht habe. Aber die Dame hat so überzeugend gewirkt. Dann habe ich bemerkt, dass ich verfolgt werde. Zuerst war es nur einer, dann waren es zwei. Die Männer haben Abstand gehalten, kaum bin ich aber in eine Gegend gekommen, wo nur wenige Menschen waren, sind sie rasch näher gerückt. Ich bin losgerannt und die beiden hinter mir her. Zum Glück kenne ich mich in der Stadt gut aus. Ich bin durch enge Gassen, offene Hauseinfahrten und Hinterhöfe. So habe ich sie abgehängt. Nach Hause habe ich mich nicht mehr getraut, also bin ich zu Gnaeus, der mich hier untergebracht hat."

„Weißt du, wer die Dame war?"

„Nein. Aber ich bin mir trotz ihres Schleiers sicher, dass ich sie schon vorher gesehen habe."

„Du würdest sie also wiedererkennen?"

„Da bin ich mir ganz sicher."

„Das ist vermutlich auch der Grund, weshalb man dich umbringen will. Nichts anderes hatten die beiden Männer, die dich verfolgt haben, im Sinn."

Quinta holte tief Luft. Pomponius hob abwehrend die Hände. „Fang jetzt nicht wieder an zu heulen. Du bist hier nicht in Gefahr. Deine Verfolger wissen nicht, dass du hier bist, sonst wärst du schon tot. Es ist unbedingt erforderlich, dass dein Aufenthalt weiterhin geheim bleibt. Gnaeus soll vorläufig bei dir bleiben. Er hat dir ohnehin einiges zu sagen, vermute ich. Diese beiden Männer, sie heißen Manius und Numerius, werden unauffällig das Haus bewachen, bis sie abgelöst werden. Du wirst davon nichts bemerken. Verlasse vorläufig das Haus nicht. Es wird nicht mehr lange dauern, bis der ganze Spuk vorüber ist." Er wandte sich an Manius und Numerius. „Es werden Männer kommen, die ein ähnliches Abzeichen tragen, wie ich. Sie werden sich euch zu erkennen geben. Sobald sie da sind, könnt ihr euch zurückziehen. Bis dahin, valete!"

Pomponius und Aliqua holten ihre Maultiere, die sie bei Manius untergestellt hatten, und ritten heimwärts.

„Endlich einmal ein positiver Aspekt in dieser Geschichte", freute sich Aliqua. Ich habe ein gutes Gefühl, was Quinta und Gnaeus betrifft."

„Sonst hast du keine Sorgen? Ist dir eigentlich bewusst, dass der Anschlag dir gegolten hat? Ich habe ihn nur versehentlich verdorben. Der Mörder – Ich sage

Mörder, es kann aber auch eine Mörderin sein – muss daraufhin umdisponiert haben. Er hat abgewartet, ob ich aus dem Haus komme, und wie das tatsächlich geschehen ist, hat er sich an mich herangemacht. Es war kein bloßer Albtraum, den ich hatte. Ich bin mir sicher, dass man versucht hat, meinen Drogenrausch auszunutzen, um mich in Trance zu versetzen und dann stilgerecht die Kehle herauszureißen. Dieses Schicksal hatte man eigentlich dir zugedacht. Wir werden in Hinkunft nur mehr gemeinsam übernachten, damit ich dich beschützen kann."

„Meinst du, so wie Eheleute?", fragte Aliqua und gab ihrem Tier die Fersen, damit es vorantrabte, ehe Pomponius antworten konnte.

XXIX

Als Krixus vom Statthalterpalast zurückkam, fand er seinen Herrn vor, wie er in der Küche saß und mit den Scherben eines zerbrochenen Kruges spielte. Ferox saß in der Ecke und sah ihm schuldbewusst zu.

„Man hat mich sofort vorgelassen", berichtete Krixus. „Dieser Masculinius ist ein furchterregender Mensch. Nachdem er deinen Bericht gelesen hatte, hat er mich angeschaut, als ob er mich fressen wolle. Er hat gesagt, er werde den Personenschutz für Quinta veranlassen und ich solle dir ausrichten, dass deine Zeit schön langsam abläuft. Was machst du eigentlich mit diesen Scherben? Ferox hat den Krug zerbrochen. Ich werde morgen am Markt einen neuen besorgen."

„Schau her", sagte Pomponius versonnen. „wie sich Stück an Stück fügt. Es ist alles da. Man braucht es nur richtig aneinanderfügen und man hat den ganzen Krug."

„Natürlich", antwortete Krixus, „Man hat den ganzen Krug. Was sonst? Was willst du damit sagen?"

„Dass ich jetzt fast alle Stücke beisammen habe. Ich weiß zwar noch nicht, wer die Morde begangen hat, aber ich habe eine klare Vorstellung davon, warum sie begangen wurden und wessen Interessen dahinterstecken. Es hat sich trotz des ganzen mystischen Beiwerks doch nur um gemeine Auftragsmorde gehandelt."

„Dann hast du ja den Fall fast schon gelöst", rief Krixus aufgeregt.

„Ja und nein. Ich kann nichts stichhaltig beweisen."

„Das musst du auch gar nicht. Wozu viele Umstände? Wenn du dir sicher bist, bring den Hintermann einfach um. Dann hören die Morde wahrscheinlich von selbst auf."

„Das kann ich nicht."

„Du brauchst es ja nicht selber zu tun. Weihe deine Freunde bei den Frumentarii ein. Die werden dich loben und alles weitere erledigen. Oder, wenn du das nicht willst, gib Manius und Numerius den Auftrag. Denen musst du zwar etwas bezahlen, aber sie sind sehr zuverlässig. Oder, noch besser, du verrätst

Knochbrecher, wer für Phoebes Tod verantwortlich ist. Der bringt den Kerl kostenlos um, Stück für Stück."

„Das nützt leider nichts. Ich muss vorerst den unbekannten Mörder fassen und ihm die Taten nachweisen. Man wünscht höheren Ortes", Pomponius richtete gequält den Blick zur Decke, „dass er öffentlich vor Gericht gestellt und verurteilt wird, damit das Gerede über eine Lamia aufhört. Wahrscheinlich wird man von mir erwarten, dass ich als Ankläger auftrete. Was mit seinen Auftraggebern geschieht, ist eine Frage, die dann andere zu entscheiden haben.

„Und wie willst du den Mörder fangen?"

„Ja, wenn ich das nur wüsste. Ich glaube, ich werde Hilfe brauchen." Er sah versonnen vor sich hin. „Obwohl es mir nicht angenehm ist, werde ich Gordianus um Hilfe bitten. Ich werde ihn noch heute aufsuchen. Er war unlängst im ‚Grünen Hintern' sehr zugewandt, aber da hat ihn der Theriak freundlich gestimmt. Hoffentlich zeigt er sich auch im nüchternen Zustand gesprächsbereit. Aliqua werde ich zu diesem Gespräch nicht mitnehmen. Es könnte sich als kontraproduktiv erweisen, wenn ihr loses Mundwerk wieder mit ihr durchgeht."

Das Problem erledigte sich indes von selbst. Denn um die Mittagszeit erschien ein Sklave, der Pomponius unter gewundenen Höflichkeitsformeln zu einem Gastmahl einlud, das sein Herr, der edle Leonidas, an diesem Tag geben wollte. Es sollte um die neunte Stunde beginnen. Leonidas entschuldigte sich für die kurzfristige Einladung und gab seiner Hoffnung Ausdruck, es werde Pomponius dennoch möglich sein, das Fest mit seiner Anwesenheit zu beehren. Auch ihr gemeinsamer Freund Gordianus werde zugegen sein. Pomponius sagte sofort zu und gab seiner großen Freude Ausdruck, was der Sklave getreulich auf ein Wachstäfelchen notierte, damit er seinem Herrn berichten konnte, wie sehr sich Pomponius geehrt fühlte.

Lediglich Aliqua war nicht erfreut. „Du gehst also wirklich zu dieser Orgie?", fragte sie mit drohendem Unterton in der Stimme.

„Es lässt sich nicht vermeiden. Gordianus wird auch kommen, und ich will etwas mit ihm besprechen. Das ist im Rahmen unserer Untersuchung notwendig. Ich gehe nur aus Pflichtbewusstsein hin."

„Hältst du mich für blöd?", fauchte Aliqua. „Wenn du Gordianus sprechen willst, können wir ihn auch morgen in seiner Schule aufsuchen. Du gehst zu dieser Orgie, weil du dich mit den Huren, die dort sein werden, vergnügen willst!"

Falls Pomponius an etwas Derartiges gedacht hatte, so gab er es nicht zu. „Ich verspreche dir, dass ich das nicht tun werde", versuchte er Aliqua zu besänftigen.

„Und wie willst du das anstellen? Wenn es zur Sache geht, willst du dann sagen, du hast keine Lust? Du würdest dich zum Gespött machen. Bestenfalls wird man dich für einen Liebhaber von Knaben halten und dein Gastgeber wird sich beeilen, einen seiner jungen Sklaven herzubefehlen."

Welche Vorstellungen Pomponius – abgesehen von einem Gespräch mit Gordianus – auch immer vom weiteren Verlauf des Abends gehabt haben mochte, er gab sie vorläufig auf. „So wird es nicht sein", beruhigte er Aliqua. „Ich werde mich schon vorher unter einem Vorwand entschuldigen und das Fest verlassen." Er schob ein Wachstäfelchen, das auf dem Tisch lag, Krixus zu. „Du wirst hinkommen, dich nicht abweisen lassen und mir mit allen Zeichen des Schreckens diese Nachricht bringen."

Krixus klappte das Wachstäfelchen auf und sagte: „Das ist meine Einkaufsliste für morgen. Ich muss Würste besorgen. Ferox hat sich nämlich in die Speisekammer geschlichen. Soll ich also mit allen Zeichen des Entsetzens vermelden, dass dein Hund unsere letzte Wurst gestohlen hat, weshalb du sofort nach Hause kommen musst?"

„Stell dich nicht dümmer als du bist", zürnte Pomponius. „Niemand weiß, was auf dieser Wachstafel steht. Es genügt, wenn du sie mir in die Hand drückst und zuflüsterst – aber so dass es alle hören können – etwas Schreckliches sei geschehen."

„Gut. Wann soll ich kommen?"

„Meiner Erfahrung nach ist bei solchen Anlässen das Essen nach eineinhalb Stunden beendet, und die Mädchen beginnen sich um die Gäste zu kümmern", warf Aliqua ein. Sie sah Pomponius scharf an, um zu sehen, ob er dieses ‚meiner Erfahrung nach', das ihr versehentlich herausgerutscht war, kommentieren wolle.

Diesen Fehler beging Pomponius nicht. „Dann komme, wenn die elfte Stunde zur Hälfte vergangen ist", befahl er Krixus. „Ich verlasse mich auf dich! Wenn du dich verspätest und ich mich daher gezwungen sehe, Dinge zu tun, die man nur als sittenlos bezeichnen kann, dann ist das allein deine Schuld und du musst dich vor Aliqua verantworten."

Nachdem ihn Krixus sorgfältig rasiert hatte, wählte Pomponius seine Abendgarderobe. Für ein Gastmahl wäre eine Toga unangemessen und auch zu unbequem gewesen. Er kleidete sich in eine lange Tunika aus gutem weißen Stoff, die sehr elegant mit grünen Streifen am Saum und an den Ärmeln verbrämt war, und um die Leibesmitte mit einem grün bestickten Gürtel zusammengerafft wurde. Hosen, so gerne sie Pomponius auch trug, waren für so einen gesellschaftlichen Anlass völlig ausgeschlossen. Schließlich fand Pomponius ein Paar kniehohe Strümpfe aus grünem Stoff mit kunstvoll geprägten Lederappliken, die die Beinschienen einer Offiziersrüstung nachahmten. Er hatte dieses extravakante Kleidungsstück einmal einem griechischen Händler abgekauft, der ihm versichert hatte, sie seien im Osten des Reiches der letzte Schrei. Pomponius hatte aber bisher nie gewagt sie anzuziehen, weil sie ihm zu dandyhaft erschienen. An die Finger steckte er sich mehrere Ringe aus seinem Warensortiment. So zurechtgemacht präsentierte er sich seinen Hausgenossen.

„Sehr schön", befand Krixus.

„Wahrhaftig", sagte Aliqua. „Du schaust aus, wie ein griechischer Zuhälter. Du bist für den heutigen Anlass passend gekleidet. Wenn du wirklich daran festhältst, dass wir ein Liebespaar sind, solltest du daran denken, dass ich in Dingen der Liebe nicht besonders tolerant bin. Also komm rechtzeitig wieder nach Hause. Ich werde wach bleiben und auf euch warten, damit du mir erzählen kannst, welche Freuden dir entgangen sind. Ich nehme an, ihr werdet spätestens zu Beginn der zwölften Stunde wieder zurück sein."

Die Villa des Leonidas zeigte ihre nüchterne, abweisende Front und ließ nicht ahnen, dass im Inneren ein bacchanalisches Fest seinen Anfang nahm. Pomponius traf als letzter Gast ein. Gajus öffnete ihm die Tür. Der Schläger war in ein schlichtes elegantes Gewand gekleidet und benahm sich ausgesprochen zivilisiert. Er verbeugte sich ehrerbietig und sagte: „Ave, edler Pomponius. Du wirst bereits erwartet. Bitte folge mir." Der zweite Schläger war nicht weniger dienstbeflissen. Er verbeugte sich gleichfalls und nahm Pomponius den Umhang ab. Ein Sklave kniete vor Pomponius nieder, schnürte ihm die Sandalen auf und zog ihm leichte Hausschuhe über die Füße.

Das Innere des Hauses war hell erleuchtet. In Wand- und Deckenleuchten steckten zahlreiche dicke Kerzen und verbreiteten ein helles, warmes Licht. Das war die kostspieligste Art ein Haus zu beleuchten, weit kostspieliger als Öllampen oder Fackeln. So wurde allein schon durch die Art der Beleuchtung deutlich gemacht, dass Leonidas ein reicher Mann und für seine Gäste nur das Beste gut genug war. Das Gastmahl fand selbstverständlich in dem Zimmer mit den pornographischen Wandmalereien statt. Um den Mitteltisch waren Liegesofas gruppiert. Es waren einschließlich Leonidas insgesamt acht Männer anwesend, die sich auf ihren Liegen räkelten und angeregt unterhielten. Leonidas sprang sofort auf, umarmte Pomponius, nannte ihn seinen lieben Freund und führte ihn um den Tisch, damit er die anderen Festteilnehmer kennenlerne. Es handelte sich um hohe Beamte und Offiziere, die Pomponius allesamt unbekannt waren, was ihn aber nicht darin hinderte, zu versichern, er hätte natürlich von dem einen oder anderen schon viel Schmeichelhaftes gehört. Schließlich bekam er zu seiner Genugtuung das Liegebett zwischen dem Gastgeber und Gordianus zugewiesen. Man behandelte ihn fast schon wie einen Ehrengast.

„Ich freue mich, dass du gekommen bist", sagte Gordianus. „Du wirst es nicht bereuen. Es wird dir gut tun, wenn du dich einmal gründlich entspannst. Du schaust sorgenbeladen aus. Was hat eigentlich deine streitbare Freundin gesagt? Weiß sie, wohin du gegangen bist?"

„Ich habe es ihr nicht verschwiegen."

„Tatsächlich?", Gordianus lehnte sich vertraulich zu Pomponius: „Teilt sie dein Bett? Ich habe mich schon oft gefragt, welches Verhältnis zwischen euch besteht."

„Das frage ich mich auch manchmal", lächelte Pomponius.

„Ich glaube, ich verstehe, was du meinst. Nun, heute wirst du Frauen kennenlernen, die sehr liebevoll, willig und nicht kratzbürstig oder gar streitlustig sind."

Neun junge Frauen, in leichte, kostbare Gewänder gekleidet, traten schweigend ein und verbeugten sich. Sie setzten sich auf Stühle an der Wand, hielten die Beine züchtig geschlossen und legten die Handflächen auf die Knie. So erstarrten sie fast zur Bewegungslosigkeit, während sie von den Männern gemustert wurden.

„Wie gefallen sie dir?", fragte Leonidas. „Es ist das Beste, was ich in meinem Sortiment habe. Du darfst nicht denken, dass es sich um gewöhnliche Huren handelt, die ich meinen Gästen nie zumuten würde. Denn diese Schönheiten beherrschen nicht nur die Kunst der Liebe bis zur Perfektion, sie können auch Musik machen, rezitieren und tanzen und sie können sich mit dir sehr verständig über nahezu jedes Thema unterhalten, das du wählst. Ich habe sie eigens aus Rom herkommen lassen. Sie treten aber auch hier nur bei exklusiven Veranstaltungen auf. Sie wurden sogar schon an den Hof engagiert."

„Beim Kaiser?", fragte Pomponius erstaunt.

„Nein, nicht der Kaiser, der doch nicht. Aber der gesamte Generalstab und alle Legionskommandanten und Tribunen haben schon ihre Gesellschaft genossen."

Leonidas klatschte in die Hände. Sklaven traten ein und boten den Gästen für die Handwaschung mit Rosenwasser gefüllte goldene Kannen dar. Ihnen folgten andere Sklaven, die die Vorspeise auftrugen.

Leonidas bewies, dass er ein Mann von Kultur war. Er verzichtete darauf, seine Gäste mit ausgefallenen, effektvoll zugerichteten Speisen beeindrucken zu wollen, so wie es bei Völlereien in Rom leider oft üblich war. Was er servieren ließ, war reichlich, sorgfältig zubereitet, äußerst wohlschmeckend und bekömmlich. Dazu wurde eisgekühltes Wasser, Wein und Honigwein gereicht.

Schon während der Vorspeise erfreute eine der Frauen die Gäste mit einer Rezitation, die sie, ohne einen schriftlichen Text zu Hilfe zu nehmen, vortrug:

„Waffen besing ich und ihn, der zuerst von Troias Gestaden / Durch das Geschick landflüchtig Italien und der Laviner / Küsten erreicht, den lange durch Meer' und Länder umhertrieb /Göttergewalt ob des dauernden Grolls der erbitterten Iuno ..."

Ihre Stimme war angenehm, die Sprache kultiviert. Pomponius betrachtete sie fasziniert, während die unsterblichen Verse Vergils in wohlbemessenen

Rhythmen aus ihrem Mund flossen. Sie war groß und breitschultrig, die Brüste perfekt. Der Anblick ihrer langen Beine, die sichtbar wurden, als ihr Kleid wie zufällig auseinanderfiel, verschlug Pomponius den Atem. Sie hatte das schwarze Haar nicht hochgesteckt, wie es der Mode entsprach, sondern ließ es in weichen Wellen über die Schultern fallen. Das Gesicht mit seinen großen mandelförmigen Augen und dem schön geschwungenen Mund strahlte eine geheimnisvolle Süße aus. „Wie heißt diese Frau?", fragte er seinen Gastgeber mit heiserer Stimme.

„Gefällt sie dir? Du hast einen guten Geschmack. Ihr Name ist Kyra." Leonidas lenkte Kyras Aufmerksamkeit auf sich und deutete mit einer kaum merkbaren Kopfbewegung auf Pomponius. Kyra nickte, sah Pomponius in die Augen und lächelte.

Während des Hauptganges musizierten die Frauen. Die Klänge von Flöten und Lyren vereinigten sich mit dem Sprechgesang, indem sie in wechselnden Tonarten die Worte begleiteten und kontrastierten. Pomponius konnte die Augen nicht von Kyra lassen. Ihr war das nicht entgangen, und sie blickte ihrerseits immer öfter zu ihm.

Nach dem Hauptgang verließen die Frauen das Gemach. Leonidas nahm das traditionelle Speiseopfer für die Laren vor und bot danach seinen Gästen die Gelegenheit, in Ruhe zu verdauen und sich miteinander zu unterhalten.

„Ich weiß, es ist ungehörig, dich in diesem Rahmen, der doch nur dem Frohsinn gewidmet sein soll, damit zu belästigen", sagte Pomponius zu Gordianus, „aber ich habe ein Anliegen an dich."

„Nur zu, mein lieber Pomponius. Sag mir, womit ich dir dienlich sein kann."

„Ich suche eine Frau."

Gordianus sah ihn erstaunt an, dann lachte er. „Dem wird sehr bald abgeholfen werden, mein lieber Pomponius. Dazu brauchst du meine Hilfe nicht. Ihr Name ist Kyra, wenn mich meine Augen nicht getäuscht haben. Du wirst eine unvergessliche Nacht erleben, Pomponius, das darfst du mir glauben. Ich weiß es aus eigener Erfahrung."

„Ich meine nicht Kyra. Du weißt, dass mir die Verpflichtung auferlegt wurde, einige Vorfälle aufzuklären, durch die die Öffentlichkeit beunruhigt wurde."

„Du meinst die Mordserie, die offenbar im ‚Grünen Hintern' ihren Ausgang genommen hat?"

„So ist es. Ich suche in diesem Zusammenhang eine Frau, die in diese Morde verwickelt und bisher nur verschleiert in Erscheinung getreten ist. Ich habe aber eine Zeugin, die sie trotzdem wiedererkennen würde."

„Was hat das mit mir zu tun?"

„Du würdest dem Staat und dem Imperator einen großen Dienst erweisen. Ich glaube, du kannst behilflich sein, diese Frau zu finden, damit ich sie meiner Zeugin gegenüberstellen kann."

„Wie soll das möglich sein?"

Ehe Pomponius antworten konnte, traten die neun Frauen wieder ein. Sie trugen Tabletts auf die Süßigkeiten gehäuft waren. Die Sklaven hatten den Raum verlassen und die Türen hinter sich geschlossen.

„Ah, die Nachspeise kommt", rief Gordianus und schmatzte mit den Lippen. „Mein lieber Freund, jetzt ist keine Zeit für Gespräche über Mord, jetzt warten andere Aufgaben auf uns. Lass uns morgen über dein Problem reden!"

Die Frauen umrundeten graziös die Männer. Immer wieder blieb eine von ihnen bei einem der Gäste stehen, bot ihm Süßigkeiten an und setzte sich zu ihm. Kyra kam direkt auf Pomponius zu. Er sah ihr erwartungsvoll entgegen, aber Kyra beachtete ihn nicht und ging an ihm vorbei. Pomponius seufzte enttäuscht.

Kyra blieb stehen und sah über die Schulter: „Wer hat da geseufzt?"

„Ein einsamer Mann, der darunter leidet, dass du ihn verschmähst, Kyra."

„Ach du Ärmster. Ich habe dich bisher gar nicht bemerkt. Darf ich dir eine Süßigkeit anbieten? Kandierte Früchte aus Ägypten, süßes Backwerk, Honigkuchen?"

„Die einzige Süßigkeit, nach der mich verlangt, sind deine Lippen, schöne Kyra."

„Nur meine Lippen? Du bist ein allzu bescheidener Mann. Weißt du nicht, was Ovid sagt? *Wer sich Küsse geraubt und nicht auch das übrige raubet, verdient es, auch das, was er schon erlangt hat, zu verlieren.*" Sie stellte das Tablett ab, kauerte sich neben Pomponius auf das Bett und schlang ihre Arme um seinen

Hals. „Ich muss dich warnen", flüsterte sie und sah ihm tief in die Augen. „Wenn du meine Lippen küsst, bist du mir für immer verfallen."

Pomponius war bereit, dieses Risiko einzugehen. Er hatte alle guten Vorsätze, falls er solche überhaupt gehabt haben sollte, aus den Augen verloren. Er hoffte nur, dass sich Krixus verspäten werde. Vielleicht stieß ihm unterwegs ja etwas zu, nichts Schlimmes natürlich, aber schlimm genug, um seine Ankunft für mindestens eine Stunde zu verzögern. Während er Kyra küsste, öffnete er mit zitternder Hand den Verschluss ihres Kleides und umfasste ihre nackte Brust. Er spürte die harte Brustwarze in seiner Handfläche und atmete den betörenden Duft, der von ihrem Körper ausging. Sie roch genauso wie Aliqua.

Sie roch wie Aliqua!

Sie verwendete dasselbe seltene Parfum wie Aliqua und die geheimnisvolle verschleierte Frau! Schlagartige Ernüchterung befiel Pomponius.

Kyra spürte, dass etwas nicht stimmte. Sie löste ihre Lippen von den seinen und sah ihn an. „Ist alles in Ordnung, Pomponius?"

Pomponius, wurde einer Antwort enthoben. Von draußen waren laute, aufgeregte Stimmen zu hören. Dann flog die Tür auf und Krixus stürmte mit gesträubten Haaren in den Raum. Er blickte suchend um sich und lief dann auf Pomponius zu. In der Hand schwenkte er ein Wachstäfelchen. „Herr, Herr!", rief er aufgeregt. „Du musst sofort kommen, es ist etwas geschehen."

„Was fällt dir ein", schrie Pomponius zornig. „Wie kannst du es wagen, hier einzudringen und mich zu stören? Hebe dich hinweg, du missgestalteter Wurm. Ich werde früher kommen, als dir lieb ist. Die Peitsche ist dir morgen früh sicher. Nein, ich will kein Wort mehr von dir hören!"

Krixus fiel vor ihm auf die Knie und küsste den Saum seines Gewandes. „Gnade Herr", flehte er und hielt Pomponius das Wachstäfelchen hin. Pomponius griff zu und schlug es ihm um die Ohren, dass es nur so klapperte. Beifällige Rufe wurden laut. Nur Gordianus zeigte sich besonnen. „Vielleicht ist es ja wirklich wichtig", flüsterte er Pomponius zu. Dieser versetzte Krixus einen Fußtritt und klappte das Täfelchen auf. Unter die Einkaufsliste von Krixus hatte Aliqua eine Nachricht gekritzelt: *Hör auf, die Hure zu begrabschen, und mach, dass du dort wegkommst. Masculinius verlangt nach uns. Es ist schon wieder ein Mord geschehen.'*

Pomponius brauchte seinen Schrecken nicht zu spielen. Er wurde bleich und stand auf. „Verzeih, edler Leonidas, verzeiht ihr Herren", sagte er. „Ich bin untröstlich, dass ich Anlass für eine Störung dieses herrlichen Festes geworden bin. Aber ich muss mich unverzüglich entfernen, will ich das Ärgste noch verhindern."

Er sagte nicht, was das sein sollte und niemand fragte danach. Bedauernde Rufe wurden laut und Leonidas bewies, was für ein hervorragender Gastgeber er war. Er ließ nicht erkennen, dass er verstimmt war und brachte seine Hoffnung zum Ausdruck, dass Pomponius bald wieder sein Gast sein werde.

„Es tut mir sehr leid", wandte sich Pomponius auch an Kyra. „Ich muss dich jetzt verlassen und ich weiß, was mir entgeht."

„Nein, das weißt du mit Sicherheit nicht", sagte sie und küsste ihn auf den Mund. „Aber dein Freund Gordianus kann es dir bei Gelegenheit erzählen." Sie legte Gordianus den Arm um die Schultern.

Gordianus, der sich plötzlich von zwei Frauen umsorgt sah, lächelte begeistert und Pomponius machte, nicht ohne ehrliches Bedauern, dass er fortkam.

„War es notwendig, mich zu treten und zu schlagen?", beschwerte sich Krixus, als sie heimwärts eilten.

„Ja, das war notwendig, damit meine Überraschung und mein Ärger echt wirkten. Was hat sich denn ereignet? Ein weiterer Mord ist geschehen?"

„So habe ich es gehört. Balbillus ist angerückt, hat mit Aliqua geredet und die hat mir dann befohlen, dich sofort zu holen. Ich hatte eigentlich vorgehabt, noch ein wenig zuzuwarten. So wie es ausgeschaut hat, bin ich aber gerade im rechten Augenblick gekommen. Noch eine halbe, was sage ich, eine viertel Stunde, und es wäre zu spät gewesen. Ich habe genau gesehen was du mit dieser Frau gemacht hast. Aliqua wird froh sein, wenn ich ihr berichte, dass ich gerade noch das Ärgste verhindern konnte."

„Aber du wirst nicht froh werden, wenn du ihr etwas erzählst, dass sie missverstehen könnte. Denn ich würde dich gründlich verprügeln. Ich habe nämlich nur ermittelt!"

„Mit deinen Lippen auf den ihren und mit deiner Hand an ihrem Busen?“

„Der Schein trügt. Ich habe eine interessante Entdeckung gemacht.“

„Mit deiner Zunge in ihrem Mund und mit deiner Hand unter ihrem Kleid? Das kann ich mir vorstellen!“

„Krixus“, sagte Pomponius drohend, „ich erwarte von dir mehr sittlichen Ernst und vor allem, dass du meine Worte nicht in Zweifel ziehst. Was immer du glaubst gesehen zu haben, ich habe es zum Wohle des Staates getan. Diese Frau verwendet dasselbe Parfum, das auch die verschleierte Unbekannte, auf deren Spuren wir ständig stoßen, benutzt. Du erinnerst dich: Sie hat versucht, dem Mädchen Julia den Fluchring abzukaufen, Sie hat die Ringe bei Lucius in Auftrag gegeben und sie hat Quinta dazu angestiftet, Gift in Aliquas Wein zu mischen. Ich bin mir sicher, dass es sich dabei immer um ein und dieselbe Person gehandelt hat.“

„Das ist wirklich interessant. Ich bin ja leider bei meiner Suche nach ihr nicht erfolgreich gewesen. Aber ich hatte natürlich auch nicht die optimalen Untersuchungsmöglichkeiten, die du heute vorgefunden hast. Wie heißt denn dein Ermittlungsgegenstand?“

„Kyra“

„Kyra, Kyra?“, grübelte Krixus. „Ja, der Name steht tatsächlich auf der Liste, die uns Appia gegeben hat. Aber das war zu erwarten, wenn sie dieses spezielle Parfum benutzt. Das beweist noch nichts. Hältst du sie für die Gesuchte?“

„Ich weiß es nicht, aber ich werde der Sache nachgehen. Ich würde sie gern ausführlich verhören!“

„Pomponius“, sagte Krixus, „ich will nicht den Eindruck erwecken, dass ich dir ständig Ratschläge erteile, an die du dich ohnehin nicht hältst. Aber du solltest dabei sehr diskret vorgehen. Nicht damit Aliqua etwas missversteht!“

XXX

Zum Glück – so dachte Pomponius – hatte Aliqua im Moment keine Gelegenheit, ihn oder gar Krixus über das Fest des Leonidas auszufragen. Sie saß mit Ballbilus im Empfangszimmer und sprang auf, als Pomponius und Krixus eintrafen. „Da seid ihr ja endlich!", rief sie ungeduldig. „Wir müssen sofort in den Statthalterpalast. Zieh dir rasch etwas anderes an! In diesem Aufzug kannst du nicht vor unseren Kommandanten treten."

Ballbilus stand gleichfalls auf. „Ich fürchte, dazu ist keine Zeit", protestierte er. „Masculinius ist sehr ungeduldig und er wird inzwischen noch ungeduldiger geworden sein. Ihr wisst, wie unangenehm er in solchen Fällen werden kann."

Wenig später ritten sie Richtung Statthalterpalast. Die zwölfte Stunde des Tages neigte sich ihrem Ende zu. Die Sonne war hinter einer grauen Wolkenbank verschwunden und die Nacht begann sich über Carnuntum zu legen.

Ballbilus informierte Pomponius in kurzen Worten über das, was geschehen war: „Vor etwa zwei Stunden hat man unter den Kolonnaden bei der Therme eine tote Frau mit zerfleischtem Hals gefunden. Ihr Gesicht war mit einem Schleier bedeckt. Marcellus, unser Mann bei der Stadtkohorte, hat uns sofort verständigt. Wir haben die Leiche weggeschafft und vorläufig in den Statthalterpalast gebracht. Aber es war zu spät. Zahlreiche Menschen hatten die Tote schon gesehen und trotz der kurzen Zeit, die seither vergangen ist, hat sich das Gerücht, die Lamien hätten sich ein neues Opfer geholt, wie ein Lauffeuer verbreitet."

Der Hof neben dem Statthalterpalast, wo die Manschaftsunterkünfte der Frumentarii waren, wurde von zahlreichen Fackeln erhellt. Ballbilus führte Pomponius und Aliqua in eine Baracke, die sonst als Geräteschuppen diente. Am Boden lag eine Gestalt, vor der Claudius kauerte.

„Ave, Claudius", grüßte Pomponius und machte sich auf die üblichen Vorwürfe gefasst.

Er wurde nicht enttäuscht. „Man hat mich von meinem Abendbrot weggeschleppt, wie einen Verbrecher", beklagte sich der Arzt. „Hätte das nicht auch bis morgen warten können. Ich verfluche den Tag, an dem ich deine

Bekanntschaft gemacht habe, Pomponius. Seither bin ich meistens damit beschäftigt, mir Tote anzuschauen, denen ich doch nicht mehr helfen kann."

„Aber mir kannst du helfen, Claudius. Was kannst du mir über die Tote sagen?"

„Nichts, was du nicht selbst sehen könntest." Claudius wies auf die Kehle der Toten. Ballbilus trat näher und hob eine Fackel hoch, damit Pomponius besser sehen konnte.

„Eigenartig", meinte Pomponius nach einer Weile. „Ihr wurde zwar auch die Kehle zerrissen, aber diese Verletzung ähnelt nicht jenen, die wir an den anderen Toten gefunden haben."

„Ich sage ja: Du brauchst mich nicht. Diese Verletzung wurde tatsächlich mit einem anderen Werkzeug zugefügt und die Tat auf andere Weise ausgeführt. Ich vermute, man hat ihr mit einem einfachen Messer mehrere Schnitte und Stiche in den Hals versetzt."

Pomponius betrachtete die Arme und Hände der Toten. „Sie trägt keinen Ring und auch ihre Unterarme weisen schwere Verletzungen auf."

„Richtig gesehen. Das kommt vermutlich daher, dass sie sich heftig gegen ihren Angreifer gewehrt hat. Sie hat gesehen, was auf sie zukommt. Auch das unterscheidet sie von den anderen Mordopfern."

„Ihre Hände sind ungepflegt und tragen Spuren schwerer Arbeit. Das passt so gar nicht zu dem Bild, das wir uns bisher von der verschleierten Unbekannten gemacht haben", warf Aliqua ein.

„Das meine ich auch." Pomponius beugte sich über die Tote. Er roch Schweiß und Blut und Spuren von einem billigen Parfum. „Sie hat auch nicht das exquisite Parfum verwendet, dass die kleine Julia an der verschleierten Unbekannten gerochen hat."

Pomponius schlug den Schleier zurück. Die Frau war etwa dreißig Jahre alt gewesen und hatte nichtssagende, verhärmte Gesichtszüge. „Wann ist sie gestorben?", fragte er.

„Erst vor kurzem", antwortete Claudius. „Kurz bevor man sie gefunden hat. Ich schätze, um die zehnte Stunde."

Von draußen waren schwere Schritte zu hören, Panzer klirrten, als die Posten vor der Tür zackig salutierten. Dann trat Masculinius ein. Ballbilus nahm Haltung an, Aliqua und Pomponius riefen im Duett „Ave, edler Masculinius" und Claudius murrte: „Der hat mir gerade noch gefehlt."

Masculinius kümmerte sich nicht um diese Respektlosigkeit. Seine Aufmerksamkeit konzentierte sich auf Pomponius. „Wie schaust denn du aus? Du kommst daher wie ein dressierter Affe am Jahrmarkt! Was fällt dir ein, so vor mir zu erscheinen? Hast du vergessen, dass du Offizier bist?"

„Verzeih, Herr", versuchte sich Pomponius zu rechtfertigen. „Ich wurde direkt von einem Gastmahl weggeholt und bin unverzüglich hierher geeilt, um dich nicht warten zu lassen."

„Auf einem Gastmahl warst du? Du vergnügst dich mit Fressereien, Wein, Weib und Gesang, während am helllichten Tag Morde geschehen, die du eigentlich verhindern solltest? Bei wem warst du zu Gast?"

„Bei Leonidas, Herr."

Masculinius zog die Augenbrauen hoch, soweit er konnte. „Bei Leonidas?! Dann war es nicht nur ein Gastmahl, sondern eine ausgewachsene Orgie! Schämst du dich denn gar nicht, du Hurenbock?" Masculinius sah Aliqua an, als ob er sie für diese Verirrungen verantwortlich machen wollte.

Aliqua eilte Pomponius sofort zu Hilfe, was nicht bedeutete, dass die Sache zwischen ihr und ihm schon abgetan war: „Pomponius war nur aus dem einzigen Grund dort, weil er einer Spur gefolgt ist. Du zürnst ihm zu Unrecht, Herr!"

„Tu ich das? Nun, Pomponius, vielleicht bist du in der Lage, für dich selbst zu sprechen. Welche Spur war das?"

„Ich wollte etwas über die verschleierte Frau, die in unsere Mordsache verwickelt ist, in Erfahrung bringen. Ich bin nie den Verdacht losgeworden, dass sie etwas mit Leonidas zu tun hat und ich habe gehofft, Gordianus, der häufig Gast im Haus des Leonidas ist, diesbezügliche Informationen entlocken zu können. Ich wusste, dass er heute Abend auch anwesend sein wird."

Masculinius betrachtete die Tote am Boden. „Das scheint sich inzwischen erledigt zu haben. Während du dich in Ausschweifungen gestürzt hast, wurde sie umgebracht."

„Nein, Herr. Diese arme Tote ist mit Sicherheit nicht die Frau, die ich gesucht habe."

„Warum wurde sie dann umgebracht?"

„Aus zwei Gründen. Man wollte die Bevölkerung mit einem weiteren Mord, der den Lamien zugeschrieben wird, beunruhigen und man wollte mich glauben machen, dass die gesuchte Person tot ist, damit ich nicht weiter nach ihr forsche. Ich nehme an, man wird nicht herausfinden, wer diese Tote war: Eine unbedeutende, wahrscheinlich nur auf der Durchreise befindliche Frau."

„Ein Gutes hat die Sache", meinte Masculinius nach einigem Nachdenken. „Die Tat hat zu einem Zeitpunkt stattgefunden, als du auf diesem Fest warst. Keiner der dort Anwesenden kann daher der Mörder sein. Das schränkt den Kreis der Verdächtigen ein. Ich bin froh, dass Leonidas damit entlastet ist. Das hätte uns sonst in Konflikt mit Publius Calpurnius, dem Günstling des Kaisers, gebracht. Ich muss zugeben, dass ich mir über Leonidas schon meine Gedanken gemacht habe."

„Es schmerzt mich, dir widersprechen zu müssen. Dieser Mord", Pomponius deutete auf die Leiche am Boden, „wurde nicht auf dieselbe Weise und von demselben Mörder, den wir suchen, begangen. Man hat ganz eindeutig improvisiert, um eine falsche Spur zu legen."

Abermals dachte Masculinius nach. „Wenn das stimmt, dann ist es ja gerade umgekehrt, dann war der Mörder vielleicht auf dem Fest, um sich ein Alibi, nicht nur für diesen, sondern auch für die früheren Morde, zu verschaffen!"

„Das ist gut möglich. Ich habe ganz zufällig eine weitere Entdeckung gemacht. Auf dem Fest des Leonidas war eine Frau, die möglicherweise die Gesuchte sein könnte."

„Wie kommst du darauf?"

„Sie verwendet dasselbe seltene exquisite Parfum, wie die verschleierte Unbekannte. Nur wenige Frauen haben Zugang zu dieser Essenz. Diese Frau verwendet es sicher. Ich hatte Gelegenheit an ihr zu riechen."

Aliqua gab ein undeutbares Geräusch von sich.

Einen kurzen Augenblick grinste Masculinius. „Ich sehe, du hast wirklich aufopferungsvoll ermittelt und keine Mühen und Gefahren gescheut. Wie heißt diese Frau und welche Stellung hat sie?"

„Ihr Name ist Kyra." Pomponius räusperte sich. „Sie gehört zum Besten, das Leonidas in seinem Sortiment hat, wie er es selbst formuliert."

Aliqua murmelte etwas Unverständliches. Pomponius war froh, dass er es nicht verstand.

„Du weißt, dass Publius Calpurnius und damit auch seine Schleimspur – dieser Leonidas – sakrosankt sind", mahnte Masculinius. „Wenn du in ihrem Umfeld den Mörder suchst, musst du sehr behutsam vorgehen. Beherzigst du das?"

„Voll und ganz, Herr. Ich bin inzwischen soweit, dass mich Leonidas sogar seinen lieben Freund nennt. Aber gestatte jetzt mir eine Frage. Wie konnte diese Frau am Tag und noch dazu an einem belebten Platz ermordet werden? Sie hat sich gewehrt und wahrscheinlich auch geschrieen."

„Es war zwei Stunden vor Sonnenuntergang, aber Nebel ist in die Stadt gezogen und hat die Sicht erheblich behindert. Wegen der schlechten Witterung waren auch nicht viele Menschen unterwegs. Trotzdem könnte es Zeugen geben. Ich habe meine Männer bereits ausgeschickt, die herumfragen und versuchen, Leute zu finden, die etwas beobachtet haben. Wenn dabei etwas herauskommt, lasse ich dich unverzüglich verständigen."

Pomponius nickte. „Was geschieht jetzt mit ihr?" er wies auf die Leiche.

„Sie wird rasch und unauffällig unter die Erde gebracht werden."

Pomponius trat schweigend an die Tote und schob ihr behutsam einen Sesterz in den halbgeöffneten Mund.

„Was machst du da", fragte Masculinius erstaunt.

„Sie ist auf dem Weg zum großen Fluss. Ich gebe ihr den Lohn für den Fährmann mit. Jemand sollte an ihrem Grab die vorgeschriebenen Gebete und Segnungen sprechen, damit sie der Herr der Unterwelt aufnimmt und sie nicht zum heimatlosen Gespenst wird. Ich hoffe, dass auch uns dereinst der gleiche Dienst erwiesen wird."

Masculinius schwieg eine ganze Weile. Er wirkte plötzlich alt, sehr müde und traurig. „Es wird mit gebührender Sorgfalt geschehen", versprach er schließlich.

„Ich danke dir, Herr. Dürfen wir uns jetzt entfernen?"

Masculinius verwandelte sich in den gefürchteten, befehlsgewohnten Offizier zurück. „Ihr dürft. Ich werde euch Ballbilus mit zwei Mann mitgeben, damit ihr wohlbehalten zu Hause ankommt. Es ist nämlich schon stockfinstere Nacht. Faustina würde es mir nie verzeihen, wenn dich ein Straßenräuber abmurkst. Das wäre ein zu einfaches Ende für dich. Habe ich dir schon erzählt, dass sie sich von namhaften Juristen beraten lässt, welche besonders schmerzhaften Hinrichtungsarten für dich in Frage kommen?"

„Ja, das hast du, Herr", sagte Pomponius resigniert.

„Habe ich das? Dann ist es gut. Dann weißt du ja, wie sehr du dich beeilen musst, damit ich ihr solche Gedanken ausrede. Wenn du demnächst wieder vor mir erscheinst, um mir die Klärung dieses Falles zu präsentieren, solltest du aber nicht wie ein griechischer Zuhälter gekleidet sein. Geh jetzt, Pomponius, du hast viel zu tun."

Zu Hause angekommen rüstete sich Pomponius seelisch für das unausweichliche Gespräch mit Aliqua und war entschlossen, nichts zuzugeben.

Aliqua überraschte ihn nicht zum ersten Mal. Als Pomponius ungefragt mit seiner Verteidigungsrede anfangen wollte, winkte sie ab. „Ich will das gar nicht hören, Pomponius. Aber eines sollst du wissen: Nichts, aber auch schon gar nichts, was dir Kyra bieten hätte können, hält einen Vergleich mit dem stand, was ich dir bieten kann. Komm zu Bett, und ich beweise es dir."

„Diese Beweisführung lasse ich zu!", rief Pomponius begeistert.

„Bedenke aber auch dies. Du wirst deinerseits beweisen müssen, dass du überhaupt in der Lage bist, ein solches Angebot bis zur Neige auszukosten."

XXXI

„**W**ach auf! Post ist gekommen!", dröhnte es in seinen Ohren. Pomponius fuhr in die Höhe und zuckte gleichzeitig schmerzhaft zusammen. „Oh ihr Götter", stöhnte er, „mir tut alles weh!"

„Das glaube ich dir gern", sagte Krixus. „Den Geräuschen nach zu schließen hattest du eine sehr unruhige Nacht. Sogar Ferox hat sich verkrochen, weil er das nicht länger mitanhören wollte."

„Halt den Mund. Es gehört sich nicht, dass du Geräusche wahrnimmst, die aus dem Schlafzimmer deines Herrn dringen."

„Dann hätte ich im Garten schlafen müssen. Steh jetzt auf und lies das!" Krixus wedelte Pomponius mit einer Wachstafel vor dem Gesicht.

Mühsam setzte sich Pomponius auf und las die Nachricht. „*Ballbilus grüßt seinen verehrten Pomponius! Ich hoffe, dass es dir gut geht. Wir haben den Mörder der verschleierten Frau gefunden und festgenommen. Beeile dich, mit Aliqua herzukommen. Vale!*"

Pomponius bemühte sich auf die Füße zu kommen. „Wo ist Aliqua? Wie geht es ihr?"

„Aliqua geht es ausgezeichnet. Sie kümmert sich um die Maultiere und singt fröhliche Lieder. Es scheint, vergangene Nacht hat ihr besser getan, als dir. Ich wage gar nicht, mir vorzustellen, wie du heute aussehen würdest, wenn ich dich nicht aus dieser Orgie gerettet hätte. Wie man hört, muss man dort zu fortgeschrittener Stunde mit zwei oder sogar drei ..." Er duckte sich, um dem Brieftäfelchen auszuweichen, das Pomponius nach ihm schleuderte und fuhr mit heuchlerischer Demut fort: „In der Küche steht dein Frühstück bereit, Herr. Darf ich dich stützen?"

Im Statthalterpalast führte sie ein Soldat in den Keller, wo die Arrestzellen und Verhörräume waren. Pomponius war das erste Mal hier herunten. Er hatte erwartet, er werde elende, stinkende Verliese vorfinden, ähnlich jenen im Legionslager. Das Gegenteil war der Fall. Alles war sehr reinlich und ordentlich. In einem größeren Gewölbe, das von Fackeln erhellt wurde, begrüßte sie Ballbilus: „Ave Pomponius, ave schönste Aliqua!"

Aliqua lächelte geschmeichelt und Pomponius umfasste den Unterarm des alten Soldaten in einer freundschaftlichen Geste. Dabei sah er sich um. An die Wand war ein elendes Subjekt gekettet, so dass sich der Mann kaum bewegen konnte. Auf einem derben Holztisch waren verschiedene scharfe, spitze Gegenstände aufgelegt, deren Verwendungszweck sich nur erahnen ließ, die aber nichts Gutes verhießen. Ein Mann, der eine mit rotbraunen Flecken bedeckte Lederschürze um den massigen Leib gebunden hatte, schürte die Glut in einem Kohlebecken und prüfte mit kritischen Blicken die Temperatur von Eisengeräten, die er erhitzte. Er erinnerte Pomponius an Knochenbrecher.

„Das ist Alexander", sagte Ballbilus, „unser Verhörspezialist. Ich glaube, du hast ihn noch nicht kennengelernt."

„Ich habe aber schon viel Gutes von ihm gehört", log Pomponius. „Du sollst ja ein wahrer Meister deines Fachs sein, Alexander."

Der Folterknecht verzog das Gesicht zu einem furchtbaren Grinsen und neigte ehrerbietig das Haupt, weil er die silberne Offiziersfibel bemerkt hatte, die Pomponius trug. Aliqua ignorierte er. Es war das erste Mal, dass eine Frau freiwillig seinen Arbeitsplatz besuchte, und ihn irritierte die Fibel an Aliquas Tunika. Er konnte sich beim besten Willen nicht vorstellen, dass eine Frau zu einer militärischen Einheit, noch dazu zu so einer elitären, wie es die Frumentarii waren, gehörte.

Aliqua hatte keine Berührungsängste. Sie lächelte Alexander an und nahm eines der Geräte auf, die auf dem Tisch lagen. „Das ist interessant. Wie verwendest du es?"

„Ich nenne es den Eierkocher, edle Frau", antwortete Alexander verlegen. „Ich habe es selbst erfunden. Vor Gebrauch muss man es heiß machen und dann die beiden löffelförmigen Teile …" Er verstummte verlegen.

„Ich verstehe schon", sagte Aliqua. „Du brauchst mich nicht edle Frau zu nennen. Wir sind schließlich Kameraden." Sie legte die Hand auf ihre Fibel. „Ich heiße Aliqua."

Alexander sah Ballbilus hilfesuchend an. Der nickte ihm nachdrücklich zu.

„Äh, ja, es ist mir eine Ehre, Herr … Frau Kamerad, äh Aliqua", brachte Alexander heraus.

Der Mann an der Wand ließ ein klägliches Wimmern hören. „Den hätte ich fast vergessen", sagte Ballbilus, „obwohl er eigentlich die Hauptperson ist. Er heißt Aristides und behauptet Grieche zu sein, was ihn schon grundsätzlich verdächtig macht. Er brennt darauf, ein Geständnis abzulegen und dir viele interessante Geschichten zu erzählen. Noch nicht gleich, weil er alles leugnet, aber in …" Er sah nach Alexander.

„Etwa einer viertel, spätestens einer halben Stunde", versicherte der Folterknecht. „Ich liefere euch jedes Geständnis, das ihr haben wollt."

„Kannst du auch die Wahrheit aus ihm herausholen?", fragte Pomponius.

Alexander wiegte den Kopf. „Das ist etwas schwieriger. Aber wie du so freundlich warst zu bemerken: Ich bin ein Meister meines Faches. Die Wahrheit! Das wird dann vielleicht ein bisschen länger dauern. Da muss ich subtiler vorgehen." Er legte den Eierkocher wieder auf den Tisch zurück und sah sich suchend um. „Womit fangen wir am besten an?"

„Versuch es mit der Sitzbank", riet Aliqua. „Er scheint mir der Typ zu sein, der darauf recht gut anspricht."

„Ich glaube du hast recht, Aliqua. Du hast einen guten Blick. Möchtest du nicht bei mir in die Lehre gehen? Ich könnte hier herunten Hilfe gebrauchen. Nicht so sehr bei den Männern, sondern eher bei den Frauen, die man mir gelegentlich bringt. Ich ertrage es nämlich nur schwer, wenn sie zu weinen beginnen. Du musst wissen, dass ich ein sehr weiches Herz habe. Die Weiber könntest du übernehmen."

„Ich werde es mir überlegen", versprach Aliqua. Pomponius sah sie entsetzt an und Ballbilus grinste. Der Mann an der Wand gab ein langgezogenes Heulen von sich.

„Führ dich nicht so auf", rügte ihn Aliqua. „Am Anfang tut es kaum weh. Es ist nur unangenehm. Die Schmerzen kommen erst nach und nach und steigern sich langsam. Es liegt dann ganz bei dir, wann du deine Qualen beenden willst. Zu lange solltest du aber nicht zuwarten, damit keine irreparablen Schäden entstehen."

„Ich will gestehen", schrie der Mann.

„Natürlich willst du gestehen. Das wollen früher oder später alle, die auf der Bank sitzen."

„Nein, ich will vorher gestehen", flehte Aristides.

Pomponius hielt es für angezeigt einzuschreiten. „Dann sprich", befahl er. Alexander und Aliqua schauten enttäuscht.

„Ich habe eine Frau getötet", sagte Aristides hastig. „Gestern, bei den Thermen."

„Das ist keine große Neuigkeit", warf Ballbilus ein. „Wir haben mehrere Zeugen, die dich vom Tatort weglaufen gesehen haben und die dich identifizieren können."

„Warum hast du das getan", zog Pomponius das Verhör wieder an sich.

„Weil ich dafür bezahlt wurde."

„Es war also ein Auftragsmord?"

„Was sonst? Warum sollte ich ein Weib umbringen, bei dem kein lumpiger Sesterz zu erbeuten war? Ich bin doch kein Lustmörder!"

„Wie hat dein Auftrag gelautet?"

„Das war eigenartig. Sonst wollen die Kunden ja, dass eine bestimmte Person umgebracht wird. Hier sollte ich lediglich irgendeine jüngere Frau umbringen, an einem Ort, wo sie bald gefunden wird. Man hat mir auch die genaue Zeit genannt. Die Tat sollte zwischen der neunten und zehnten Stunde geschehen."

„Hat man dir auch Anweisungen gegeben, wie die Tat auszuführen sei?"

„Sehr genaue sogar. Ich sollte ihr möglichst schwere Verletzungen am Hals zufügen, sonst nirgends."

„Das ist dir nicht gelungen. Sie hatte auch Verletzungen an den Armen."

„Ich weiß. Ich wollte sie überraschen, aber das Luder hat den Braten rechtzeitig gerochen und sich wie eine Wildkatze gewehrt und geschrien. Bei diesem Auftrag ist überhaupt alles schief gegangen. Es ist mir nicht mehr gelungen rechtzeitig wegzukommen. Ich wurde gesehen und offenbar auch erkannt."

„So ist es. War die Frau verschleiert?"

„Zunächst nicht. Auch das war ungewöhnlich an diesem Auftrag. Man hat mir einen Schleier gegeben, den ich der Toten überstülpen sollte. Das hat mich zusätzlich Zeit gekostet."

„Gab es sonst noch eine Besonderheit?"

„Ich sollte ihr mit Blut ein Zeichen auf die Stirn malen. Dazu bin ich aber nicht mehr gekommen, weil aufgeschreckt durch ihre letzten Schreie Passanten herbeigeeilt sind."

„Welches Zeichen?"

Mit zitternder Hand schrieb Aristides in den Staub zu seinen Füßen.

„Das Zeichen der Lamia, so wie es auch auf den Ringen steht", murmelte Pomponius. „Da hat jemand wirklich versucht zu improvisieren."

„Wieviel hast du bekommen?", setzte er das Verhör fort.

„Vier Aurei"

„Das ist also der Preis für ein Menschenleben", bemerkte Pomponius bitter.

„Soviel musst du schon auslegen, wenn du willst, dass die Arbeit ordentlich erledigt wird", erklärte Aristides. Fast klang schon ein wenig Stolz in dieser Aussage mit.

„Kommen wir zur entscheidenden Frage. Wer hat dir den Auftrag gegeben?"

Aristides antwortete nicht sofort.

„Das ist eine interessante Konstruktion", befand Aliqua und untersuchte die ominöse Sitzbank. „Kann man hier die Breite verstellen?"

„Ja", bestätigte Alexander, der in Aliqua eine verwandte Seele gefunden zu haben glaubte. „Gut, nicht wahr? Ich habe das selber so eingebaut. Man kann auch die Höhe der Dornen individuell verstellen. Sobald wir ihn draufsetzen, zeige ich dir, wie es funktioniert."

„Es war eine Frau", gestand Aristides hastig. „Eine Frau hat mir den Auftrag gegeben."

„Name?"

„Den weiß ich nicht. Sie hat im Voraus bezahlt. Da brauche ich keinen Namen. Gekannt habe ich sie auch nicht."

„Aussehen? Ich will eine möglichst genaue Beschreibung."

Jung, elegant, gepflegt. Aus gutem Haus würde ich sagen. Sie hat sehr vornehm gesprochen. Das Gesicht konnte ich nicht erkennen, weil sie einen Schleier trug."

„Die Dame mit Schleier", warf Aliqua ein. „Sie hat versucht, ihren eigenen Tod zu inszenieren und so von der Bildfläche zu verschwinden. Durch die Halswunde und das Zeichen, die an die Lamienmorde erinnerten, sollte es für uns so aussehen, als ob sie von ihren eigenen Komplizen beseitigt wurde."

„Wie ist sie mit dir in Kontakt getreten? Das ist für eine vornehme Dame doch nicht so einfach."

„Das hat ihr Begleiter gemacht."

„Welcher Begleiter?" Pomponius war verärgert. „Muss ich dir die Würmer einzeln aus der Nase ziehen? Warum hast du das bisher nicht erwähnt? Ich fürchte du wirst gleich auf dieser Bank, die meine Mitarbeiterin bereits justiert, Platz nehmen."

„Ein Mann ist in mein Stammlokal, den ‚Krummen Hund' gekommen und hat nach mir gefragt. Ich bin bekannt und Leute, die meine Dienste benötigen, finden mich. Er ist dann mit mir hinausgegangen. Draußen hat die Dame gewartet. Sie hat die Verhandlungen geführt und mir auch das Geld gegeben."

„Was weißt du über ihren Begleiter? War es ein Sklave?"

„Nein, das glaube ich nicht. Er hat wie ein Leibwächter ausgeschaut. Mehr weiß ich nicht."

„Die Bank!", befahl Pomponius.

„Nein, warte! Mir ist noch etwas eingefallen. Ich habe gehört, wie sie ihn angeredet hat. Sie hat ihn Gajus genannt."

Pomponius hielt einen Augenblick den Atem an. „Bist du dir da sicher?"

„Ja, das bin ich. Sonst weiß ich nichts, das schwöre ich dir!"

Pomponius wandte sich an Alexander. „Was hältst du davon?"

Alexander trat an den Gefangenen heran, sah ihm in die Augen und roch sogar an ihm. „Ich befürchte, er hat dir wirklich alles gesagt, was er weiß", konstatierte er enttäuscht. „Ich erkenne das. Ich möchte sogar sagen, ich kann es riechen, ob einer lügt. Darf ich ihn trotzdem auf die Bank setzen? Nur zur Vorsicht und damit ich Aliqua zeigen kann, wie sie funktioniert?"

„Vielleicht ein andermal", vertröstete Pomponius den Folterknecht aus Berufung. „Was soll jetzt mit ihm geschehen?" Er sah Ballbilus fragend an.

„Das entscheidest allein du. So hat es unser Kommandant angeordnet. Du kannst ihn foltern lassen, Alexander kann ihn auf deinen Wunsch hin sofort erwürgen, du könntest ihn sogar laufen lassen, obwohl ich nicht glaube, dass unser Kommandant diese Möglichkeit im Auge hatte."

„Gnade", heulte Aristides.

Pomponius sah ihn streng an. „Du bist ein Auftragsmörder, der andere Menschen für eine Handvoll Münzen umbringt. Gnade kannst du weder von mir, noch vor dem Gesetz erwarten. Ich könnte auf Grund meiner Vollmachten deine sofortige Hinrichtung anordnen. Dennoch wird dir noch ein kleiner Aufschub gewährt. Vielleicht brauche ich dich noch als Zeugen."

„Ja, ich will Zeuge sein", winselte der Gefangene. „Ich werde alles bezeugen, was du verlangst. Besteht dann noch Hoffnung für mich?"

„Worauf willst du hoffen? Auf ein rasches, gnädiges Ende oder auf ein qualvolles, langsames Verrecken in den Bleiminen? Überlege dir gut, was du dir am Ende wünscht, wenn ich dich danach fragen sollte."

Pomponius wandte sich an Ballbilus und Alexander. „Er soll vorläufig in Einzelhaft genommen werden, bis über sein weiteres Schicksal entschieden ist."

Ballbilus legte in einer militärische Geste die Faust auf die Brust. „Es wird geschehen, wie du befiehlst, Herr."

Pomponius und Aliqua verabschiedeten sich, wobei Alexander Aliqua einlud, ihn möglichst bald wieder zu besuchen und inzwischen über sein Angebot nachzudenken.

„Du hast einen neuen Verehrer gefunden", spottete Pomponius auf dem Heimritt.

„Hör auf! Der Mann macht mir Angst."

„Das ist Berufsvoraussetzung für einen Folterknecht. Du selber warst auch ganz schön furchteinflößend, deshalb hat er dich auch gleich ins Herz geschlossen."

„Nochmals, hör auf! Was hältst du von der Aussage des Aristides?"

„Er hat bestätigt, was ich ohnehin vermutet habe. Leonidas steht im Zentrum der ganzen Sache. Jetzt habe ich überhaupt keinen Zweifel mehr daran, dass die verschleierte Dame seine Lieblingshetäre Kyra ist. Der Mann, in dessen Begleitung sie gesehen wurde, Gajus, ist einer seiner Leibwächter. Ich vermute überdies, dass die beiden Männer, die Quinta gejagt haben, seine Leibwächter waren."

„Du hältst Leonidas für den Mörder?"

„Wahrscheinlich hat er sich nicht selbst die Hände schmutzig gemacht. Aber ich halte ihn für den Auftraggeber und Organisator dieser Mordserie."

„Wie willst du an ihn herankommen? Das ist politisch heikel und Masculinius wird zögern, seine Zustimmung zu einer Verhaftung zu geben."

„Das weiß ich. Ich werde versuchen, Kyra in die Hände zu bekommen. Sie muss in alles eingeweiht sein. Wenn ich sie zum Reden bringe, habe ich den Beweis, der es erlaubt, auch gegen Leonidas vorzugehen. Vielleicht kann sie mir sogar den Namen des Mörders nennen. Dazu werde ich die Hilfe von Gordianus in Anspruch nehmen. Wenn ich ihm verspreche, dass der Kaiser von seinem Engagement erfahren wird, wird er nicht zögern, mich zu unterstützen. Der Mann ist ein Opportunist. Ich weiß, du magst ihn nicht, aber das soll uns nicht stören, wenn er uns nützlich sein kann. Ich glaube, wir nähern uns schön langsam dem Ende des Falles. Bei allen guten Göttern! Ich bete darum, dass alles bald vorbei ist, ohne dass ich noch einmal der dämonischen Frau mit den Reißzähnen begegne, die mir jetzt noch Albträume verursacht."

Wie die folgenden Ereignisse zeigten, waren die Götter aber nicht gesonnen, es ihm so leicht zu machen und sein Gebet zu erhören.

XXXII

„**I**st jemand zu Hause?" Pomponius hob den Kopf von der Schriftrolle, über der er eingenickt war, und sah Gordianus in der Tür zum Empfangszimmer stehen.

„Entschuldige mein Eindringen. Ich habe geklopft und gerufen, aber niemand hat geantwortet und die Haustür stand offen."

Pomponius stand auf. „Komm herein, mein Freund. Ich bin allein zu Hause. Mara ist auf den Markt gegangen und Krixus ist mit Aliqua losgezogen, um Zaumzeug für unsere Maultiere zu besorgen. Sie werden so bald nicht zurück sein."

„Ich will aber nicht stören."

„Du störst mich nicht. Ich freue mich, dich zu sehen. Komm, setz dich und trink einen Becher Wein mit mir."

Gordianus setzte sich und sah Pomponius zu, wie er zwei Becher einschenkte. „Ich weiß jetzt, warum du unser Fest so plötzlich verlassen musstest", sagte er. „Es war dieser Mord bei den Thermen, nicht wahr? Man hat dich geholt, weil du dafür zuständig bist."

„So ist es."

Gordianus schüttelte den Kopf. „Du bist nicht nur ein erfolgreicher Schmuck-händler, du hast auch ein schönes Haus und eine bezaubernde Freundin. Ich sage das ganz ehrlich, denn ich glaube, dass sie zu dir nicht so zänkisch ist, wie zu mir."

„Meistens nicht", lächelte Pomponius.

„Und obwohl du alles hast, was sich ein Mann wünschen kann", fuhr Gordianus fort, „kannst du dein Leben nicht genießen, sondern musst du dich mit gefährlichen Mordfällen und anderen Unannehmlichkeiten herumschlagen."

„Das liegt an Faustina. Sie hasst mich und wie jeder weiß, ist sie keine Frau, die verzeiht. Ich bedarf daher des Schutzes mächtiger Männer, um vor ihren Nachstellungen sicher zu sein. Der Preis dafür ist das Leben, das ich führen muss."

„Also stimmt, was man über dich munkelt. Ich habe gehört", Gordianus beugte sich vor und flüsterte, „du hättest ein Gedicht über sie verfasst. Quintus Pacuvius hat ein Exemplar davon, heimlich natürlich, aber er hat es mich lesen lassen: ausgezeichnet gereimt und sehr witzig, mein Kompliment, Pomponius."

„Danke, aber das Gedicht ist nicht von mir. Faustina verdächtigt mich zu Unrecht."

„Unangenehm, sehr unangenehm", bedauerte ihn Gordianus. „Du hast wirklich etwas versäumt, als man dich von Kyras Seite gerissen hat. Ihr hat es auch sehr leid getan, dass du gehen musstest, bevor sie dir Erfüllung schenken konnte. Es hat die halbe Nacht gedauert, bis ich sie endlich getröstet hatte. Aber ich will dir das Herz nicht schwer machen, indem ich dir davon erzähle. Wie kommst du mit den Ermittlungen voran, die man dir diesmal aufgehalst hat? Bevor du gegangen bist, hatte ich den Eindruck, du suchst meine Hilfe."

„So ist es. Du würdest nicht nur mir einen Gefallen tun, sondern dich auch um den Staat und den Kaiser sehr verdient machen. Ich muss dich aber warnen. Es ist keine geringe Sache, die ich von dir erbitte, und du könntest nicht nur in einen Gewissenskonflikt, sondern auch in persönliche Gefahr geraten. Also überlege dir gut, ob du dich darauf einlassen willst."

„Wenn ich dem Kaiser dienen kann, bedarf es keiner weiteren Überlegung."

„Gut gesprochen. Also hör zu! Es geht um Kyra. Ich muss sie wiedersehen."

„Um Kyra geht es dir?", fragte Gordianus erstaunt. „Ich dachte, du würdest jetzt von finsteren Verschwörungen und verbrecherischen Machenschaften sprechen und du redest von Kyra? Die Frau hat es dir wirklich angetan! Ich weiß zwar nicht, was der Kaiser damit zu tun hat, aber ich kann mir vorstellen, was dir vorschwebt. Nun, wenn es nur das ist, so kann dir geholfen werden. Leonidas wird sich zugänglich zeigen. Du wirst eine Nacht, eine unvergesslichen Nacht, mit Kyra in seinem Haus als Gast verbringen. Ich werde mit Leonidas sprechen, wenn es dir unangenehm ist, ihn selbst darum zu bitten."

„Nein, nicht so. Nicht im Haus des Leonidas. Ich muss Kyra hier haben und dazu brauche ich deine Hilfe."

„Hier bei dir? Was ist mit Aliqua? Weißt du, was du tust, Pomponius?"

„Das weiß ich sehr genau. Ich muss sie von Leonidas wegbringen."

„Ich verstehe dich immer weniger. Bist du so vernarrt in sie? Willst du sie etwa entführen?"

„Darauf läuft es wahrscheinlich hinaus. Sie ist eine wichtige Zeugin. Ich muss sie vernehmen und dann in Sicherheit bringen."

„Eine Zeugin? Pomponius! Diese Frau kennt viele Geheimnisse, mit denen sie einen Mann verrückt machen kann, aber um diese zu erfahren, brauchst du sie nicht zu entführen."

„Du verstehst mich nicht. Ich vermute, sie kann mir den Namen des Mörders, nach dem ich suche, nennen. Glaube mir, ich weiß, was ich tue. Das ist kein Hirngespinst!"

„Aber das würde ja bedeuten, dass möglicherweise sogar Leonidas in Verdacht steht", sagte Gordianus entsetzt. „Kyra ist nicht nur sein bestes Pferd im Stall, wenn ich das so formulieren darf, sondern auch in gewisser Hinsicht seine Vertraute."

„Ich habe dich ja gewarnt, dass du in einen Loyalitätskonflikt geraten könntest."

„Hältst du etwa gar Leonidas für den Mörder?"

Pomponius rieb sich die Stirn. Er fühlte sich müde und benommen. Die Nacht mit Aliqua war zwar schön gewesen, aber der Schlaf fehlte ihm. „Ich halte ihn zumindest für den Drahtzieher", bekannte er.

Gordianus schüttelte den Kopf. „Ich fürchte, du verrennst dich in etwas. Warum sollte Leonidas so etwas tun? Er ist zwar ein reicher Mann, aber doch nur ein Freigelassener. Er dient seinem Patron, dem edlen Publius Calpurnius."

„Du hast es auf den Punkt gebracht." Pomponius leerte seinen Becher, in der Hoffnung, wieder einen klaren Kopf zu bekommen. Er verspürte ein leichtes Schwindelgefühl.

„Nein!", rief Gordianus, dessen Entsetzen sich steigerte. „Du verdächtigst auch Publius? Was hätte er denn von so scheußlichen Morden?"

„Die Antwort ist einfach. Publius hat dem Kaiser in der Hoffnung auf ein einträgliches Staatsamt viel Geld gegeben. Diese Investition wäre verloren, wenn der geplante Feldzug fehl schlägt und der Kaiser stürzt. Jemand hat zu mir gesagt, Publius sei ein Mann, der seine Investitionen gerne im Auge behält. Genau so ist es. Publius ist nach Carnuntum gereist, um die Entwicklung zu beobachten. Er muss zu dem Schluss gekommen sein, dass dem Kaiser ein ähnliches militärisches Debakel droht, wie vor zwei Jahren. Also hat er alles unternommen, um diesen Feldzug zu verhindern. Dazu hat er Kontakte mit den Germanen geknüpft, um sie zu Friedensgesprächen zu ermuntern. Den Germanen, die offenbar mehr von den Feldherrnqualitäten des Kaisers halten als Publius, kam das gelegen, und sie haben Friedensdelegationen nach Carnuntum entsandt. Gleichzeitig hat Publius seine Kontakte im Senat aktiviert, damit sich auch dort Widerstand gegen die Pläne des Kaisers formiert. Zu guter Letzt hat er hier für ungünstige Vorzeichen gesorgt und das Gerücht, eine Lamia suche die Stadt heim, in die Welt gesetzt. Dazu hat er sich seines treuen Gefolgsmannes Leonidas bedient, der diese Morde organisiert hat. Dabei war ihm Kyra behilflich. Ich habe dir jetzt alles offenbart, Gordianus, damit du verstehst, warum ich deine Hilfe brauche."

Die lange Rede hatte Pomponius ermüdet. Er sah seine Umgebung nur unscharf und fühlte sich apathisch.

„Aber der Mörder, wer ist der Mörder?", fragte Gordianus.

„Das weiß ich noch nicht. Ich habe viel zu viel Zeit damit verschwendet, nach ihm zu suchen. Es wird ein Handlanger sein, der mir von selbst in die Hände fällt, sobald ich Leonidas zur Strecke bringe. Über das Schicksal des Publius mag dann der Kaiser befinden."

„Und dennoch hast du den Mörder schon gefunden", sagte Gordianus versonnen, „oder besser gesagt, er hat dich gefunden. Ich ziehe es allerdings vor, nicht ein Mörder, sondern ein Priester der Lamien genannt zu werden."

Pomponius versuchte in seinem umnebelten Gehirn zu verstehen, was diese Aussage bedeutete. „Du?", fragte er schließlich fassungslos. Seine Hand tastete nach der Schatulle, in der sich das Gegengift befand, das ihm Roxana gegeben hatte.

Gordianus schob die Schatulle aus seiner Reichweite. „Ja, ich! Du hast mit allem, was du gesagt hast, recht. Nur in einem Punkt irrst du. Es gibt für mich keinen Konflikt. Ich diene den alten Göttinnen, die von verblendeten Menschen als Dämonen geschmäht werden, so wie ich es auch schon in Ägypten getan habe. Und ich diene meinem Wohltäter, dem edlen Publius Calpurnius. Ich kann nicht dulden, dass du versuchst, seine Pläne zu durchkreuzen und ihn ins Verderben zu stürzen. Daher wird dir die Ehre zuteil, meiner Göttin als Opfergabe dargebracht zu werden. Es hat keinen Sinn, sich zu wehren. Die Droge, die ich in deinen Wein gegeben habe, wirkt bereits. Nein! Bleib sitzen!"

Pomponius, der versucht hatte, sich zu erheben, sank kraftlos in seinen Stuhl zurück. Gordianus begann einen leisen, hypnotischen Sprechgesang. Pomponius verstand nur soviel, dass ihn Gordianus mit uralten Formeln den Lamien weihte. Die Stimme drang wie durch einen dicken Wollteppich in seinen Verstand und wurde plötzlich deutlicher: „Du bist jetzt wieder im Haus des Leonidas. In dem Zimmer mit den Wandmalereien. Der Raum ist hell erleuchtet. Du bist allein. Jetzt tritt eine Frau ein ..."

Die getrübte Realität, in der Pomponius schwebte, verschwand und wurde durch eine andere, klare und überdeutliche Realität ersetzt. Er befand sich in dem Zimmer, in dem das Gastmahl stattgefunden hatte. Durch die Tür trat Kyra. „Da bist du ja wieder Pomponius", rief sie. „Ich habe dich schon vermisst." Sie küsste ihn und seine Hand fand wie von selbst unter ihr Kleid. Mit Entzücken fühlte er die straffen Rundungen ihres Körpers. Ein Rest von klarem Verstand, der ihm noch geblieben war, versuchte zu seinem Bewusstsein durchzudringen und ihm eine Warnung zu übermitteln. Die Lichter begannen zu flackern, die Wandbilder verzerrten sich zu hässlichen Karikaturen und die Konturen des Raumes begannen sich aufzulösen.

„Das hat keinen Sinn, Pomponius", raunte Kyra. „Glaubst du, ich lasse dich noch einmal entkommen? Du bist mir versprochen, seit du meinen Ring an den Finger gesteckt hast."

Die Lichter leuchteten wieder hell und ruhig und der Raum fand zu seiner Pracht zurück. Die Frau löste sich von ihm und richtete sich vor ihm auf. Pomponius war, als ob sich ihr Unterkörper in mächtigen, geschuppten Windungen über den Boden schlängelte. Sein Begehren mischte sich mit namenlosem Entsetzen.

„Genieße es, Pomponius", flüsterte Kyra. „Ich schenke dir Ekstase im Augenblick deines Todes. Das ist nur wenigen Menschen vergönnt." Ihr Mund, wurde plötzlich zum Maul eines Raubtieres. Pomponius konnte die spitzen Zahnreihen und die langen Reißzähne sehen. Er versuchte zu schreien, aber nur ein jämmerliches Krächzen kam aus seiner Kehle. Sie fuhr auf ihn nieder und packte ihn am Nacken. Er verspürte einen Geruch wie aus einem Wolfsrachen, furchtbare Zahnreihen schnappten zu und Blut spritzte über sein Gesicht und seinen Oberkörper. Er fühlte bei all dem keinen Schmerz. „Ist das der Tod?", dachte er erstaunt. „Ist der Tod so leicht?" Dann versank das prächtige Zimmer in Dunkelheit und sein Bewusstsein erlosch.

XXXIII

Sie fanden ihn blutbesudelt und reglos in einer Blutlache liegend. Krixus stieß einen markerschütternden Schrei aus, sank neben seinem Herrn zu Boden und begann bitterlich zu weinen. Aliqua, die noch nie dazu geneigt hatte, Dinge als unabänderlich hinzunehmen, warf sich über Pomponius und versuchte ein Lebenszeichen an seinem Körper zu finden. Es war ihr, als ob sie einen leichten Pulsschlag fühlen könne. Sie trat Krixus in die Seite und schrie: „Hör auf zu flennen und hilf mir. Es ist noch Leben in ihm!"

Gemeinsam mit Krixus wischte sie Pomponius das Blut aus dem Gesicht und suchte seinen Körper ab. Abgesehen von leichten Druckspuren am Nacken fanden sie keine Verletzungen.

„Was ist mit ihm, was ist mit meinem Herrn? Warum rührte er sich nicht? Wieso ist er voller Blut?", stammelte Krixus.

Aliqua, die bisher nur Augen für Pomponius gehabt hatte, ließ den Blick durchs Zimmer gleiten. „Sieh dort!"

An der Wand lag eine Gestalt mit verdrehten Gliedern, so als ob sie jemand von Pomponius weggezerrt hätte. Es gab keinen Zweifel, dass der Mann tot war. Unter ihm breitete sich eine Blutlache aus. Man konnte es nicht genau sehen, so wie er dalag, aber Aliqua hatte den Eindruck, als ob man versucht hätte, ihm den Kopf abzureißen.

Sie ließ den Blick weiter durchs Zimmer gleiten. In der Ecke saß Ferox mit blutverschmierter Schnauze und duckte sich. „Ferox!" rief Aliqua. „Was hast du getan?"

Ferox schaute, so wie nur ein Hund schauen kann, der nicht sicher weiß, ob er jetzt gelobt oder getadelt wird. Dann schob er sich auf dem Bauch an Pomponius heran und begann ihm das Gesicht abzulecken.

„Lass das", befahl Aliqua. „Krixus, hilf mir, ihn aufs Bett zu legen."

Gemeinsam schleppten sie Pomponius in das Schafzimmer. Aliqua riss einen feinen Faden aus der Decke und hielt ihn Pomponius vor Mund und Nase. Er bewegte sich ganz leicht. Dann zog sie ihm das Augenlied hoch, so wie sie es von

Claudius gesehen hatte. Seine Augen waren ganz nach oben gedreht, sodass man nur das Weiße sehen konnte, aber sie zuckten leicht.

„Er lebt", sagte Aliqua, „aber er wird immer schwächer. Ich glaube, er wurde vergiftet. Krixus, nimm dich zusammen. Reite so schnell du kannst zu den Frumentarii, erzähl Ballbilus, was geschehen ist und sag, dass man nach Claudius schicken soll."

Nachdem Krixus aus der Tür getaumelt war, widmete sich Aliqua wieder ihrem Patienten. Sie tätschelte ihm das Gesicht, rief ihn beim Namen und beschwor ihn, sie nicht zu verlassen. Es half nichts. Der Pulsschlag an seinem Hals wurde immer schwächer und seine Lippen begannen sich blau zu verfärben.

Entschlossen stand Aliqua auf, eilte ins Empfangszimmer und durchwühlte die Schatulle, in der Pomponius Geld und andere wichtige Sachen aufzubewahren pflegte. Schließlich fand sie die Phiole, die Pomponius von Roxana bekommen hatte. Einen Augenblick zögerte sie, dann murmelte sie: „Ich muss es wagen. Wenn ich nichts unternehme, stirbt er so und so bevor der Arzt kommt." Sie träufelte Pomponius das Elixier tröpfchenweise in den Mund. „Schluck, Pomponius, schluck!", flehte sie. Endlich gab Pomponius ein leises Würgen von sich und sein Hals bewegte sich.

Als Ballbilus eintraf, fand er Aliqua am Bett ihres Geliebten sitzend vor, wie sie seine Hand hielt, die Augen geschlossen hatte und ganz leise ein Wiegenlied sang.

Krixus schluchzte auf. Ballbilus trat näher, schob Aliqua behutsam beiseite und untersuchte Pomponius. „Er lebt", verkündete er schließlich. „Sein Puls ist kräftig und er atmet." Er wandte sich an Krixus und deutete auf Aliqua. „Bring sie hinaus und kümmere dich um sie. Sei behutsam. Sie hat einen Schock erlitten, der erst jetzt langsam durchkommt. Gib ihr etwas Warmes zu trinken."

„Lass mich", weinte Aliqua als sie Krixus anfasste. „Ich will bei ihm bleiben."

„Du kannst gleich wieder zu ihm gehen, Herrin", sagte Krixus tröstend. „Es geht ihm schon viel besser, sagt Ballbilus. Du solltest dich etwas säubern und etwas trinken, damit du wieder zu dir findest."

Widerstrebend folgte Aliqua Krixus in die Küche. Vor der Tür waren laute Stimmen zu hören. „Was heißt, ich darf nicht hinein?", empörte sich Mara. „Ich wohne hier! Was ist geschehen?"

Ballbilus eilte vor die Tür, wo Mara von seinen beiden Posten festgehalten wurde. „Ich heiße Ballbilus", sagte er."

„Ich kenne dich. Ist ein Unglück geschehen?"

„Nein, nein", beruhigte sie Ballbilus. „Allen geht es gut. Pomponius, Aliqua und Krixus geht es gut. Nur Pomponius muss das Bett hüten, weil er etwas getrunken hat, das ihm nicht bekommen ist. Jetzt schläft er."

„Ich wusste es!" Mara riss sich los und eilte ins Haus. Erst nachdem sie sich davon überzeugt hatte, dass Pomponius lebte und nur tief und fest schlief, und sie einige Worte mit Aliqua und Krixus gewechselt hatte, nahm sie die Unordnung im Empfangszimmer zur Kenntnis. Sie betrachtete mit gerunzelter Stirn Ferox, der sich das Blut von der Schnauze leckte. „Was ist das?", fragte sie und wies auf den Toten. „Hat ihn Ferox umgebracht?"

„Wenn du den Hund meinst, der so unschuldig schaut, will ich es nicht ausschließen."

„Dann hat es sich um einen bösen Menschen, einen Räuber oder gar einen Mörder gehandelt", entschied Mara.

„Auch in diesem Punkt will dir nicht widersprechen, solange wir nicht mehr wissen", sagte Ballbilus. „Trotzdem wäre ich dir dankbar, wenn du den Hund hinausbringst und vorläufig einschließt. Der Gedanke, er könne versehentlich auch mich für einen bösen Menschen halten, beunruhigt mich."

Wiederum waren Geräusche vor der Tür zu hören. Die Posten salutierten und einer erstattete Meldung. Die Tür flog auf und Masculinius trat ein. Entgegen seinen sonstigen Gewohnheiten trug er die Rüstung eines Centurios. „Was geht hier vor?", fragte er. „Ist er tot?"

Ballbilus nahm Haltung an. „Pomponius wurde wahrscheinlich vergiftet, aber er lebt und wird wieder gesund werden. Dieser hier ist hingegen tot. Der Haushund steht im Verdacht, ihn totgebissen zu haben. Genaueres wissen wir noch nicht."

„Wer ist der Tote?"

„Ich bin noch nicht dazugekommen ..."

„Muss ich alles selber machen?", zürnte Masculinius. Er trat zu dem Toten und drehte ihn kurzerhand mit dem Fuß um. „Sieh an", sagte er erstaunt und keineswegs erschüttert. „Wenn das nicht mein alter Bekannter Gordianus ist. Die Kehle wurde ihm zerfetzt, fast genauso, wie den anderen Mordopfern und was haben wir denn da?“

Er hob die rechte Hand des Toten hoch. Gordianus trug einen Lederhandschuh, dessen Fingerlinge in messerscharfen Klingen ausliefen. „Mir scheint, Pomponius hat den Mörder doch noch gefunden. Nicht zum ersten Mal hat er meinen Befehl missachtet. Anstatt mir den Kerl lebendig zu bringen, haben wir wieder nur eine Leiche.“

„Dafür kann er nichts“, sagte Aliqua, die aus der Küche gekommen war. Sie war noch etwas weiß um die Nase, hatte sich aber wieder gefangen. „Ich glaube der Hund hat ihn gerettet, als ihn der Mörder töten wollte. Gordianus! Ich habe diesen Schleimer nie leiden können. Er muss abgewartet haben, bis Pomponius allein im Haus war. Dann hat er ihn in ein Gespräch verwickelt und ihm Gift in den Wein gegeben. Als Pomponius wehrlos war, wollte er ihn auf eine Art töten, die man wieder der Lamia zuschreiben konnte. In diesem Augenblick hat sein Hund Ferox, der auch schon den Mord an Phoebe mitansehen musste, eingegriffen und seinen Herrn gerettet.“

„So kann es gewesen sein“, bestätigte Ballbilus.

„Nun gut. Wir werden sehen. Aliqua, ihr erscheint umgehend zur Berichterstattung, sobald dieser Unglücksrabe Pomponius wieder auf den Beinen ist. Ballbilus, sorge dafür, dass dieser da“, er deutete auf die Leiche, „unauffällig verschwindet, nachdem ihn Claudius untersucht hat. Sein Tod soll geheimgehalten werden. Man soll glauben, er sei geflüchtet.“ Masculinius drehte sich auf dem Absatz um und verließ mit klirrender Rüstung den Raum. An der Tür stieß er mit Claudius zusammen und schnitt dessen lautstarke Beschwerden mit dem Bemerken ab, Claudius habe viel zu tun.

„Schon wieder einer“, sagte Claudius nach einem Blick auf den Toten. „Nimmt das denn gar kein Ende?“

„Lass ihn“, sagte Aliqua. „Kümmere dich um Pomponius.“

„Ist er auch tot?“

„Zum Glück nicht, aber er wurde vergiftet. Es geht ihm schlecht!“

Claudius untersuchte Pomponius. „Es geht ihm gar nicht so schlecht. Er kommt langsam wieder zu sich. Was ist geschehen?“

„Ich glaube er wurde mit einer Droge vergiftet, die ihn wehrlos gemacht hat", berichtete Aliqua. „Ich habe ihm ein Gegengift eingeflößt, das er von Roxana hat."

„Von Roxana, dieser Hexe und Pfuscherin aus der Militärstadt? Nun, zumindest hat es ihn nicht umgebracht. Lass ihn jetzt in Ruhe. Hier gibt es für mich nichts zu tun. Morgen ist er wieder ganz der Alte."

Claudius marschierte hinaus und wandte sich dem Toten zu. „Das ist ja Gordianus!", rief er entsetzt. „Und was trägt er für einen eigenartigen Handschuh?"

„Schau ihn dir genau an", forderte Aliqua. „Könnte man mit diesem klingenbewehrten Handschuh die Verletzungen zufügen, die du an den Mordopfern gesehen hast?"

Claudius drehte die Hand des Toten hin und her. „Das könnte tatsächlich die Mordwaffe sein", murmelte er. „Ja ich bin mir sogar sicher, dass sie es ist. Wenn du mit diesem Handschuh das Opfer am Hals packst, kannst du ihm ganz leicht die Kehle und noch einiges mehr herausreißen. Gordianus! Ich fasse es nicht!"

„Ich schon", sagte Aliqua. „Ich habe diesem Schurken nie getraut. Was hältst du von der Wunde an seiner Kehle? Wurde sie ihm mit einer Waffe zugefügt?"

„Auf keinen Fall. Ich habe solche Verletzungen schon gesehen, wenn Verurteilte in der Arena mit wilden Tieren kämpfen mussten. Sie her: An seinen Armen kannst du sogar noch Kratzer von Krallen erkennen und hier sind noch Spuren von Geifer. Das war ohne Zweifel ein Wolf oder ein Hund."

Eine Stunde später kehrte wieder Ruhe im Hause Pomponius ein. Der Tote war in einem Sack weggebracht worden und Mara begann mit viel Energie die Spuren im Empfangszimmer wegzuwaschen. Krixus hatte sich zur Ruhe begeben, um sich von den Prüfungen des Tages zu erholen. Aliqua und Ferox saßen bei Pomponius und hielten Wache. Aliqua streichelte abwechselnd Pomponius und Ferox, wobei sie Pomponius versicherte, wie sehr sie ihn liebe und Ferox, was für ein kluger, schöner, guter und tapferer Hund er sei. Pomponius hörte nichts, aber Ferox war davon sehr angetan.

XXXIV

„Ich hätte schon früher draufkommen können", sagte Pomponius. „Ich hatte zwar einen Verdacht gegen Leonidas und damit auch gegen Publius, aber auf Gordianus bin ich nicht gekommen. Dabei lag es auf der Hand. Wir haben einen Mann gesucht, der regelmäßig im ‚Grünen Hintern' verkehrte, die Mädchen kannte und für harmlos gehalten wurde. All das traf auf Gordianus zu. Als er von Leonidas den Auftrag erhielt, für ungünstige Vorzeichen zu sorgen, hat er das mit seinem verderbten Aberglauben verbunden, wonach er sich für einen Priester der Lamien hielt, weswegen er auch schon aus Ägypten hatte fliehen müssen. Zu diesem Zweck hat Kyra die sogenannten Fluchringe für ihn anfertigen lassen. Wahrscheinlich hat er selbst das Original dafür zur Verfügung gestellt.

Sein erstes Opfer war Briseis. Er hat sie aus dem ‚Grünen Hintern' gekannt und beim Amphitheater, wo sie ihren Standplatz hatte, angeredet. Dabei muss etwas schief gegangen sein. Briseis ist es gelungen, ihm zu entkommen, zu fliehen und sich auf den Weg nach Vindobona zu machen. Gordianus, der befürchtet hat, sie könne ihn verraten, ist ihr nachgeeilt und hat sie weit außerhalb der Stadt eingeholt und getötet.

Vor ihrer Flucht hatte sich Briseis Penelope anvertraut, die die Sache aber nicht ernst genommen hat, weil sie Gordianus für einen harmlosen Lustmolch hielt. Gordianus muss das aber zu Ohren gekommen sein, weshalb er Penelope vorsichtshalber zu seinem nächsten Opfer gemacht hat, damit sie nichts weitererzählt. Er hat sie beim Amphitheater, wo sie den Platz der Briseis eingenommen hatte, erwischt und getötet.

Nun war Penelope aber die Geliebte des Gladiators Pollux gewesen, der tief betroffen über ihren Tod, im ‚Grünen Hintern' Nachforschungen nach ihrem Mörder angestellt hat. Dadurch wurde er zu einer so großen Gefahr, dass Gordianus beschlossen hat, ihn zu opfern. Dabei war ihm Aspasia, die Frau des Publius, behilflich. Sie hat sozusagen das Angenehme mit dem Nützlichen verbunden und dies gewiss mit Billigung ihres Ehemannes. Das zeigt, wie verderbt diese ganze Bande ist! Ich nehme an, Gordianus hat Pollux zu seinem Schäferstündchen mit Aspasia begleitet, ihm auf dem Heimweg aus einer Feldflasche das die Willenskraft lähmende Gift beigebracht und ihn getötet. Es muss ihn sehr irritiert haben, dass der Fluchring, der ja wesentlicher Teil seines Planes zur Beunruhigung der Bevölkerung war, nicht bei der Leiche des Pollux gefunden wurde. Kyra ist dem nachgegangen und auch richtig auf das Mädchen Julia gestoßen. Nur hat Julia ihr gegenüber entschieden abgestritten, den Ring gestohlen zu haben. Später hat sie ihn dann an Aliqua herausgerückt. Dabei sind wir auf eine absonderliche Spur gestoßen, mit der wir zunächst nicht viel anfangen konnten: nämlich das exquisite Parfum, das Kyra benutzt hat.

Das nächste Opfer des Gordianus war Fortunata. Ich weiß nicht, warum sie ausgewählt wurde. Sie war immerhin ein Aktivposten im Hurenimperium des Publius. Vielleicht hatte sie Verdacht geschöpft, vielleicht war sie sogar eingeweiht gewesen und hatte Forderungen gestellt, die als unbillig empfunden wurden. Ich habe überhaupt den Eindruck, dass lediglich Briseis willkürlich als Opfer ausgewählt wurde. Alle anderen Opfer wurden deswegen ausgewählt, weil sie eine Gefahr für die Verschwörer darstellten. Insoweit war Gordianus ein Getriebener seiner eigenen Taten.

Sein nächster Anschlag galt Aliqua, wohl weil sich Gordianus zunehmend von unseren Ermittlungen in die Enge getrieben fühlte. Kyra stiftete Quinta an, den Wein zu vergiften und dann die Haustür offen stehen zu lassen, damit Gordianus eindringen und sein grausames Werk verrichten konnte. Zum Glück – ich muss es wirklich als Glück bezeichnen – habe ich das Gift getrunken. Gordianus hat daraufhin umdisponiert und beschlossen mich zu töten. Bei dieser Gelegenheit habe ich am eigenen Leib erfahren, wie er seine Opfer durch hypnotische Praktiken den Tod durch eine Lamia erleben ließ. Das war wohl Teil seines abergläubischen Opferrituals, an das er selbst geglaubt hat. Ich bin diesem Anschlag nur mit Mühe entkommen.

Jetzt geriet Gordianus wieder in Zugzwang. Er musste zu Recht befürchten, Quinta werde Kyra identifizieren können. Diesmal wurde er nicht selbst tätig, sondern es wurden die beiden Leibwächter des Leonidas auf das Mädchen angesetzt.

Diese begriff die Gefahr in der sie schwebte, es gelang ihr zu entkommen und Unterschlupf bei ihrem Geliebten, dem Athleten Gnaeus zu finden.

Das nächstes Opfer des Gordianus war Phoebe. Er traf sie, als sie Wein für Knochenbrecher, bei dem ich sie untergebracht hatte, holte. Sie kannte ihn aus dem ,Grünen Hintern', hielt ihn für ungefährlich und trank den vergifteten Wein, den er ihr spendierte. Wenig später tötete er sie auf der Straße. Wiederum erlitten seine Pläne einen Rückschlag, weil wir den Tod Phoebes verheimlichten, sodass er nicht einer Lamia zugeschrieben werden konnte.

Inzwischen hatte Gordianus erfahren, dass ich den Goldschmied Lucius als Produzenten der Fluchringe ausgeforscht hatte. Gordianus fürchtete, ich könne Lucius dazu bringen, Kyra als die verschleierte Frau, die die Ringe in Auftrag gegeben hatte, zu identifizieren. Also beschloss er, auch Lucius zu beseitigen. Da dieser aber ständig von unseren Agenten überwacht wurde, bediente sich Gordianus der Kontakte, die Publius zu den Germanen geknüpft hatte. Einer von deren Leuten, Aurelius, der seither im Gefängnis der Garnison sitzt, sorgte für die nötige Ablenkung und wurde dabei gefasst. Gordianus tötete Lucius und wollte es aussehen lassen, als ob ihn eine Lamia erwischt hatte. Das schlug fehl, weil wir die Leiche des Goldschmiedes fanden und vortäuschten, er sei an der Pest gestorben.

Es muss alles sehr frustrierend für Gordianus gewesen sein. Wir hatten immer den Eindruck, dass wir es mit ausgeklügelten Aktionen von gerissenen Verschwörern zu tun hatten. In Wahrheit waren die Unternehmungen des Gordianus von Anfang an durch Fehlschläge und die dadurch notwendig gewordenen Improvisationen gekennzeichnet.

Er stand noch immer vor dem Problem, dass Quinta verschwunden war, aber er hatte von ihrer Liebschaft mit Gnaeus erfahren. Also machte er sich an Gnaeus heran, setzte ihm Flausen in den Kopf, er könne einen berühmten Gladiator aus ihm machen und versuchte, ihm den Aufenthaltsort Quintas zu entlocken. Es gelang uns, Gnaeus den Kopf zurechtzurücken und Quinta unter Bewachung zu stellen. So war auch dieser Zug unseres Gegners abgeblockt, allerdings ohne dass zunächst ein Verdacht auf Gordianus fiel. Den Verschwörern musste inzwischen aufgefallen sein, dass ich mich sehr für Leonidas interessierte. Sie erkannten auch, dass Kyra trotz ihres Schleiers eine Schwachstelle war, weil sie vielleicht von Quinta, unter Umständen auch von dem Mädchen Julia identifiziert werden konnte. Kyra zu beseitigen, was dem Stil des Gordianus entsprochen hätte, kam diesmal nicht in Frage. Einerseits, weil sie die Lieblingskonkubine des Leonidas war und andererseits, weil uns ihr Tod direkt in das Haus des Leonidas geführt hätte.

Also verfielen sie auf eine andere Idee, um mich abzulenken. Sowohl Publius, als auch Leonidas und Gordianus begegneten mir plötzlich mit überraschender Freundlichkeit. Leonidas lud mich zu einem Gastmahl ein und stellte mir faktisch Kyra zur Verfügung, in der Hoffnung, diese werde mich umgarnen. In Wahrheit kam mir erst bei dieser Gelegenheit der Verdacht, Kyra könne die verschleierte Frau sein, weil sie jenes besondere Parfum auf sich hatte, das nur wenige Frauen benutzten und das das Mädchen Julia an ihr wahrgenommen hatte.

Gleichzeitig sorgten die Verschwörer dafür, dass zum Zeitpunkt dieses Festes eine unbekannte, verschleierte Frau ermordet wurde. So wollten sie mich dazu bringen, die Suche nach ihr aufzugeben. Dazu bedienten sie sich eines gedungenen Auftragsmörders, damit ja keine Spur zu ihnen führe. Auch dieser Plan schlug fehl. Zwar wurde der Mord ausgeführt, aber so dilettantisch, dass er sich deutlich von den vorangegangenen Morden unterschied. Auch das Opfer entsprach nicht der Beschreibung, die wir von der verschleierten Frau hatten. Noch schlimmer war, dass uns der Mörder ins Netz ging und auch seinerseits vielleicht in der Lage war, seine Auftraggeberin zu identifizieren.

In dieser Situation suchte mich Gordianus auf, um mich auszuhorchen. Ich war dumm genug, ihm von meinem Verdacht gegen Publius und Leonidas zu berichten, ihm zu sagen, dass ich Kyra für die verschleierte Frau hielt und ihn um seine Mithilfe bei deren Festnahme zu bitten. Gordianus erkannte, wie nahe ich der Wahrheit schon gekommen war und versuchte mich zu töten. Nur durch das Eingreifen meines Hundes wurde ich gerettet. Das sind die Fakten des Falles, so wie ich sie rekonstruiert habe."

„Und das hast du sehr überzeugend getan", bestätigte der Magier Arnouphis. Er saß mit Pomponius auf den Stufen des Gerichtspodestes vor dem

Stabsgebäude. „Ich weiß es zu schätzen, dass du einen unbedeutenden Mann wie mich ins Vertrauen gezogen hast."

„Wahrscheinlich bist du einer der einflussreichsten Männer im Staat. Wenn ich dich für unbedeutend hielte, wäre ich nicht hier."

„Also willst du etwas von mir. Was ist es?"

„Kannst du bewirken, dass der Gefangene, dass Aurelius freigelassen wird?"

„Das wäre selbst für mich schwierig. Warum sollte ich das tun, abgesehen davon, dass du mich darum bittest?"

„Der Mörder, dem ich nachgespürt habe, ist tot. Aber seine Hintermänner, Publius und Leonidas wiegen sich in Sicherheit, zumal ich kaum konkrete Beweise gegen sie in der Hand habe. Niemand, auch ich nicht, würde es wagen sie anzuklagen. Was nützt es mir, dass Gordianus praktisch ein Geständnis abgelegt hat, ehe er starb? Es geschah ohne Zeugen und ich stand zu diesem Zeitpunkt unter Drogeneinfluss. Abgesehen davon darf kein Schatten auf den Kaiser fallen. Ein Skandal, den seine Feinde wegen seiner Verbindung zu Publius konstruieren könnten, ist zu vermeiden. Aus demselben Grund darf auch nie der Eindruck entstehen, der Kaiser habe sich des Publius kurzerhand entledigt."

„Also benötigst du einen germanischen Attentäter, damit dieser Verdacht erst gar nicht aufkommt. Du spielst ein gewagtes Spiel, Pomponius. Was meint Masculinius dazu?"

„Ich habe ihm nichts gesagt und er hat nicht gefragt. Er hat mich nur darauf hingewiesen, dass meine Aufgabe noch nicht erledigt sei und ich viel zu tun hätte, wenn ich dem Zorn Faustinas entgehen wolle. Er hat mir allerdings geraten, mit dir zu sprechen."

„Das schaut ihm ähnlich. Er schätzt es, wenn seine Agenten Eigeninitiative zeigen und von sich aus zu kreativen Lösungen schreiten. Gesetzt den Fall, ich fände eine Möglichkeit, dir zu helfen. Wäre Aurelius bereit, mitzuspielen?"

„Für sein Leben? Ich denke schon."

„Das ist der Punkt. Wenn er tut, was du von ihm verlangst, wäre es zweckmäßig, wenn er auf der Flucht getötet wird. Dann hätten wir den Beweis, dass die Germanen dahinterstecken."

„Ich werde ihn nicht betrügen. Es soll zwar jedermann erfahren, dass sich die Germanen erkühnen, selbst im Hauptquartier des Kaisers meuchlerische Anschläge zu verüben, aber ich will versuchen, Aurelius dennoch die Flucht zu ermöglichen."

„Kompliziert, sehr kompliziert und unnötig sentimental. Das ist der Grund, warum du ständig in Schwierigkeiten gerätst, Pomponius. Du hast unnötige Skrupel!"

„Kannst du mir dennoch helfen?"

„Lass mich nachdenken. Niemand weiß, dass wir Aurelius gefangen halten. Also wird sich auch nicht die Frage stellen, wie er ausbrechen konnte. Ja, ich denke, ich werde dir helfen." Arnouphis zog eine Schriftrolle aus seinem Gewand.

„Was ist das?"

„Der Befehl, den Gefangenen freizulassen; vom Garnisonskommandanten persönlich unterzeichnet."

„Ich verstehe nicht", stammelte Pomponius. Wie konntest du wissen ...“

„Man hält mich für einen Magier, der dem Wetter befehlen kann, der in der Zukunft liest und vieles mehr. Aber daran glaubst du ja nicht, weil du ein ewiger Zweifler bist. Also war es vielleicht bloß ein Gespräch, das ich mit Masculinius hatte. Weil aber Masculinius wünscht, dass dieses Gespräch nie stattgefunden hat, bleibt uns am Ende doch nur die Magie. Schau nicht so verdattert, Pomponius. Lass uns zu Aurelius gehen und hören, was er von deinen Plänen hält."

Aurelius, der trübsinnig in einer Ecke seiner Zelle hockte, fuhr erschrocken in die Höhe, als die Tür aufflog und Pomponius eintrat.

„Was hast du? Erwartest du deine Henker?", fragte Pomponius

„Jede Stunde. Warum dauert es so lange? Die Römer pflegen doch sonst nicht zuzuwarten, wenn sie das, was sie für Gerechtigkeit halten, in die Tat umsetzen."

„Gerechtigkeit ist eine schwierige Sache", sagte Pomponius und ließ sich auf dem Hocker nieder, der unter dem Fenster stand. „Ich wollte dir persönlich die Nachricht bringen."

„Also bist du hier, um mir meinen Tod anzukündigen? Warten die Henker schon hinter der Tür?"

„Ganz im Gegenteil. Ich bin hier, um dir die Freiheit anzubieten."

Aurelius schaute ihn fassungslos an. „Treibst du Scherze mit mir, Pomponius?“

„Schau her!“ Pomponius zog eine Schriftrolle aus seinem Gewand. „Das ist der Befehl für deine Freilassung. Ich kann ihn zerreißen, dann wirst du morgen hingerichtet, oder ich kann ihn dem Kommandanten dieses Gefängnisses vorweisen. Dann verlässt du gemeinsam mit mir diesen ungastlichen Ort.“

„Als freier Mann?“, fragte Aurelius, dessen Verwunderung sich steigerte. Hoffnung klang in seiner Stimme mit.

„Nicht ganz. Bevor ich dich endgültig laufen lasse, sollst du etwas für mich tun. Man muss den Preis der Dinge kennen, Aurelius. Was glaubst du, ist der Preis für die Freiheit eines Meuchelmörders?“

Eine Weile schwieg Aurelius, dann fragte er zögernd: „Ein Mord? Ich habe sonst nichts, das ich dir anbieten kann.“

„Nennen wir es nicht Mord, sondern eine Hinrichtung.“

„Ich werde nicht zum Verräter oder zum Mörder an einem meiner Landsleute werden.“

„Keine Sorge. Die germanische Delegation, mit der du angekommen bist, hat römisches Gebiet schon wieder verlassen. Der Auftrag wird dir gefallen. Du sollst einen Römer töten. Einen wichtigen Mann!“

Aurelius stierte ihn an. „Du bist mir unheimlich, Pomponius. Als wir uns kennengelernt haben, warst du ein gütiger Mann, ein harmloser und etwas unbeholfener Händler und was bist du jetzt?“

„Noch immer derselbe, hoffe ich. Der Mann den du töten sollst, hat aus niederen Beweggründen die Ermordung mehrerer Frauen zu verantworten, ebenso Mordanschläge auf mich und Aliqua."

„Wozu brauchst du mich, um ihn zu bestrafen?“

„Aus Gründen, die dich nicht zu interessieren haben, darf er nicht vor Gericht gestellt werden und ich darf auch nicht einen meiner Männer mit seiner Tötung beauftragen.“

„Wie soll die Tat vor sich gehen?“

„Dieser Mann wird eine Einladung ins Hauptquartier erhalten. Auf dem Weg dorthin wirst du ihm auflauern und ihn in aller Öffentlichkeit töten. Man wird dich dabei beobachten und in dir ein Mitglied der germanischen Delegation erkennen. So fällt kein Verdacht auf einen Römer."

„Wie soll mir dann die Flucht gelingen?"

„Es werden Männer bereitstehen, die dir dabei helfen. Wenn du dich allerdings ungeschickt anstellst, oder auch nur Pech hast, sodass du in Gefahr gerätst, gefangen genommen zu werden, werden dich diese Männer auf der Stelle töten, damit du nichts über dieses Gespräch erzählen kannst. Andernfalls wirst du noch am selben Tag den Fluss überqueren und in Sicherheit sein. Du kennst mich, Aurelius. Ich pflege Wort zu halten."

„Ich werde tun, was du verlangst", sagte Aurelius.

„So ist es recht. Steh auf, Aurelius, und komm mit mir mit. Wir haben viel zu tun, wie mein Kommandant zu sagen pflegt."

XXXV

Die Ermordung des allseits geschätzten Publius Calpurnius erregte größtes Aufsehen. Um die dritte Stunde war er von seiner Villa aufgebrochen, um einer Einladung des Magiers Arnouphis zu folgen. Er saß in seiner Sänfte, die von vier Sklaven getragen wurde, und betrachtete frohgemut das Treiben auf den belebten Straßen. Als seine Sänfte anhalten musste, weil ihr ein Obstkarren den Weg versperrte, trat ein vornehmer junger Mann in der Tunika eines Patriziers an ihn heran und fragte höflich: „Bist du der edle Publius Calpurnius?"

Publius beugte sich aus der Sänfte. „Der bin ich. Was willst du?"

Leise, sodass es die Umstehenden nicht hören konnten, raunte der junge Mann: „Spurius Pomponius lässt dich grüßen."

„Pomponius? Was will Pomponius?"

„Deinen Tod."

Ehe sich Publius fassen konnte, stieß ihm der Fremde dreimal rasch hintereinander einen Dolch in die Brust, ließ die Waffe im Körper seines Opfers stecken und entfernte sich gemessenen Schrittes. Er hatte schon den halben Platz überquert, als die Tat entdeckt wurde. Schreie wurden laut, einige riefen: „Haltet den Mörder!" und andere „Das ist einer von den Germanen!" Verwirrung und Panik begann sich auszubreiten. Der Attentäter, beschleunigte seinen Schritt. An der Ecke stand ein Mann, der sich umdrehte und plötzlich loslief. Der Attentäter folgte ihm durch verwinkelte Gassen und Gärten. Dabei riss er sich die Tunika vom Leib und warf sie weg. Darunter war er wie ein einfacher Handwerker gekleidet. Mit Hilfe seines Führers gelang es ihm zu entkommen.

Sofort wurde die Fahndung nach ihm aufgenommen. Soldaten durchstöberten jeden Winkel der Stadt auf der Suche nach dem flüchtigen Germanen. Auch Stunden später, selbst nach Einbruch der Dunkelheit, war noch keine Ruhe eingekehrt. Patrouillen waren entlang des Flussufers unterwegs. Das Licht ihrer Fackeln war überall zu sehen. Nur an der militärisch gesicherten Bootsanlegestelle unmittelbar unter dem Statthalterpalast war es ruhig. Pomponius stand am Ufer und beobachtete die öligen Wellen, die nach seinen

Füßen schwappten. Das gegenüberliegende Ufer war nicht zu erkennen. Der Strom schien sich in nebeliger Finsternis zu verlieren. Pomponius schauderte. „So stelle ich mir den Fluss des Vergessens vor, den die armen Seelen nach dem Tod überqueren müssen", murmelte er.

„Ich sehe das anders", antwortete Aurelius. „Für mich ist es der Weg in die Freiheit. Dort drüben ist nicht das Totenreich, sondern Germanien, das Reich der Freiheit."

„Aber nicht mehr lange. Höre auf meinen Rat, Aurelius. In wenigen Tagen gehen die Legionen über den Fluss, das wissen wir beide. Marc Aurel wird nicht dieselben Fehler begehen, die er vor zwei Jahren begangen hat. Er hat jetzt im Ehemann seiner Tochter einen überaus fähigen Stabschef gefunden. Er wird einen gnadenlosen Krieg führen. Nimm dein Weib und ziehe mit ihr ins Landesinnere soweit du kannst. Vor allem aber kehre nie mehr hierher zurück. Ich gebe dir jetzt zum zweiten Mal die Freiheit. Ein drittes Mal wird das nicht geschehen. Denn du bist nicht nur ein Meuchelmörder, sondern, was weit schlimmer ist, du bist ein Feind Roms."

„Dennoch bin ich nicht dein Feind Pomponius. Das war ich nie! Ich werde Lucilla und Ballomar von dir grüßen."

„Dein Weib grüße nur von mir, aber deinem Stammesführer solltest du aus dem Weg gehen. Er wird erfahren, was du getan hast. Einen Römer umzubringen ist in seinen Augen zwar eine löbliche Tat, aber nicht, wenn es sich um einen Römer handelt, mit dem er konspiriert."

„So ist das also", sagte Aurelius verblüfft.

„Ja, so ist das. Der Mann, den du getötet hast, war ein Hochverräter, ein Hochverräter aus der Sicht Roms. Ich habe dir mehr verraten, als ich wollte. Sei klug und hör auf mich: Meide Ballomar und verschwinde auch drüben möglichst von der Bildfläche."

Ruderschläge waren zu hören, dann tauchte ein Boot aus der Dunkelheit auf.

„Dein Boot ist da. Kommst du allein zurecht? Findest du den Weg über den Fluss?"

„Keine Sorge. Ich finde den Weg in die Freiheit." Aurelius zögerte einen Augenblick, dann umarmte er den überraschten Pomponius, sprang in das Boot und legte mit leisen kräftigen Ruderschlägen ab. Nach wenigen Augenblicken war er in der Dunkelheit verschwunden und bald darauf waren auch die Geräusche der Ruder nicht mehr zu hören.

Manius und Numerius, die im Hintergrund gewartet hatten, kamen näher.

„Da fährt er hin", sagte Manius. „In wenigen Wochen wird er sich ein Vergnügen daraus machen, römische Legionäre abzuschlachten."

„Das hoffe ich nicht", antwortete Pomponius. „Ihr habt eure Sache gut gemacht. Ihr stimmt mir doch hoffentlich zu, dass ihr euch einen Bonus verdient habt?"

„Da werden wir dir gewiss nicht widersprechen", lächelte Numerius. „Wenn du erlaubst, werden wir dich morgen besuchen, damit du dich großzügig zeigen kannst."

Nachdem sich Manius und Numerius zurückgezogen hatten löste sich eine Gestalt aus dem Dunkel der Palastmauer. „Mein Kompliment", sagte Arnouphis. „Ich hatte meine Zweifel, ob dein Plan gelingen wird, aber du hast das Problem hervorragend gelöst. Die Stimmung in der Stadt ist umgekippt. Selbst diejenigen, die bisher gezaudert haben, schreien jetzt ‚Rache' und verlangen einen Militärschlag gegen die Germanen, die durch ein Mitglied ihrer sogenannten Friedensdelegation einen Mord in unserer Stadt begangen haben. Dem Kaiser wird das sehr gelegen kommen. Was hast du als nächstes vor?"

„Eines bleibt noch zu tun", antwortete Pomponius. „Ich muss beweisen, dass die Mordserie, die manche den Lamien zuschreiben, nichts Übernatürliches an sich hatte und keinesfalls ein warnendes Zeichen der Götter war. Ich denke, ich werde Leonidas anklagen."

„Aber besteht da nicht die Gefahr, dass alle Verstrickungen, die wir – nicht zuletzt auch durch die Beseitigung des Publius – geheimhalten wollten, nicht doch ans Tageslicht kommen?"

„Das kommt auf die Art der Anklage an. Wenn ich Leonidas nicht wegen Hochverrates in Gemeinschaft mit Publius anklage, sondern wegen Religionsfrevels in Gemeinschaft mit dem flüchtigen Gordianus, wird sich Leonidas hüten, Publius ins Spiel zu bringen. Denn während ihm wegen

Hochverrates der sichere Tod droht, kann er bei einer Anklage wegen Religionsfrevels hoffen, mit Verbannung davonzukommen, überhaupt, wenn er sich schuldig bekennt und seinem verderbten Kult abschwört. Natürlich hätte auch er den Tod verdient, aber das kann man ja später immer noch arrangieren."

XXXVI

Der Prozess begann schon wenige Tage nach der Verhaftung des Leonidas. Eile war geboten, denn das Wetter begann sich zu besseren und Marc Aurel wollte die Angelegenheit zu Ende bringen, ehe er ins Feld abrückte.

Der Kaiser pflegte nämlich der Rechtsprechung größte Aufmerksamkeit zu widmen, weshalb er sogar im Feldlager persönlich zu Gericht saß, wenn ihm seine vielfältigen anderen Aufgaben die Zeit dazu ließen. In diesem Fall hatte er sich den Vorsitz der Verhandlung persönlich vorbehalten. Denn die Bekämpfung neuer, obskurer Kulte war ihm schon immer ein Anliegen. Nicht sosehr aus religiöser Überzeugung, sondern weil er in ihnen eine Gefährdung des Staates sah. Aus diesem Grund lehnte er auch das Christentum ab und duldete, dass die Anhänger dieses Kultes hingerichtet wurden, es sei denn, sie schworen ihrem Glauben ab und opferten vor seinem Standbild. Nicht dass sich Marc Aurel selbst für einen Gott hielt, aber das Opfer vor der Kaiserstatue bedeutete ein Bekenntnis zum römischen Staaatsgedanken und war als Zeichen der Loyalität dem regierenden Kaiser gegenüber zu werten. Die kultische Verehrung der Lamien betrachtete der Kaiser als besonders abscheulichen Auswuchs eines pervertierten Aberglaubens. Abgesehen von einem vergleichbaren Skandal, der sich vor einigen Jahren in Ägypten ereignet hatte, war Derartiges in der gesamten Mythologie nicht bekannt und musste als sektiererische Neuschöpfung gewertet werden.

Prozessbeobachter zweifelten daher auch nicht daran, dass der Kaiser mit Härte urteilen werde, sollte sich der Anklagevorwurf als richtig erweisen.

Da es etwas wärmer geworden war und kein Regen fiel, hatten sich zahlreiche Menschen eingefunden, um dem Prozess beizuwohnen.

Begleitet von aufmunternden Zurufen erklomm Pomponius das Podest, welches vor dem Stabsgebäude aufgebaut war, und nahm Platz. Wenig später erschien der Verteidiger des Angeklagten, der Anwalt und ständige Widersacher des Pomponius, Papirius Dionysius. Er nickte Pomponius kurz zu und nahm gleichfalls Platz. Zuletzt wurde der Angeklagte vorgeführt. Er warf Pomponius einen scheelen Blick zu und begann mit seinem Verteidiger zu flüstern.

Nach kurzer Zeit betraten Sklaven das Podest, stellten den Richterstuhl, zwei kleine Tische und eine Wasseruhr auf und nahmen auf niedrigen Sesseln Platz. Mit klirrenden Rüstungen, die wie Gold glänzten erschienen sechs Prätorianer, stellten sich seitlich des Richterstuhls auf und erstarrten, wie Statuen aus Erz. Dann ertönte ein Gong. Der Kaiser trat aus der Tür des Stabsgebäudes. Die Geräusche verstummten. Die Menge beugte das Knie. Pomponius und Papirius sprangen auf und neigten den Kopf fast bis auf die Platten der Tische, vor denen sie saßen.

Marc Aurel nahm auf dem Richterstuhl Platz, grüßte mit einer kurzen Handbewegung und gab einem der Sklaven ein Zeichen. Dieser erhob sich und verkündete mit tönender Stimme: „Zur Verhandlung vor dem kaiserlichen Gericht steht der Fall des Leonidas, Freigelassener des verstorbenen Publius Calpurnius, Bürger der Stadt Carnuntum. Der Genannte wird des Religionsfrevels durch Einführung eines neuen, in der Kultausübung oder Lehre bisher unbekannten Kultes, durch welchen die Menschen beunruhigt werden, beschuldigt. Die Anklage erhebt Spurius Pomponius, römischer Bürger, Schmuckhändler in der Stadt Carnuntum. Die Verteidigung hat Papirius Dionysius, juristischer Berater am Hof seiner Erhabenheit, des Imperators Marcus Aurelius Antoninus übernommen."

„Ich hatte nicht erwartet, dich noch einmal vor meinem Gericht zu sehen", sagte der Kaiser zu Pomponius. „Wolltest du nicht nach Rom zurückkehren?"

„Das wollte ich, aber der Wunsch in deiner Nähe zu weilen war stärker, Erhabener."

„Was bist du doch für ein Heuchler", antwortete der Kaiser mit leichtem Lächeln. „Nun, da du meine Gegenwart genießt, sag uns, was du dem Angeklagten vorwirfst."

Pomponius erhob sich. „Ich beschuldige Leonidas, den Lamien, die man nur als blutsaufende Dämonen aus griechischen Schauermärchen kennt, kultische Verehrung entgegengebracht zu haben, sie als Göttinnen verehrt zu haben, und Mitglied einer Gemeinschaft von Gleichgesinnten gewesen zu sein. Ich beschuldige ihn ferner, an Blutopfern für diese Hirngespinste beteiligt gewesen zu sein, oder diese zumindest gebilligt zu haben. Ich behaupte und werde beweisen, dass durch diese Umtriebe eine erhebliche Beunruhigung der Bevölkerung eingetreten ist, die sogar soweit ging, dass manche Wankelmütige die militärischen Vorhaben deiner Erhabenheit in Frage stellten und meinten, der Wille der Götter stünde dagegen. Damit ist der Tatbestand des Religionsfrevels erfüllt, den deine Erhabenheit in mehreren Edikten bekräftigt und mit Kapitalstrafe bedroht hat."

„Was sagte die Verteidigung dazu?"

Papirius sprang auf. „Nichts von dem, was der Ankläger behauptet trifft zu. Mein Mandant war niemals Anhänger der vom Ankläger behaupteten Sekte. Wenn das auf Personen aus seiner Umgebung zugetroffen haben sollte, so wusste mein Mandant nichts davon. Um alle Zweifel auszuräumen, ist mein Mandant bereit, die Lamien öffentlich zu schmähen, sich von ihrer kultischen Verehrung zu distanzieren und seine Worte durch ein Opfer vor der Statue deiner Erhabenheit zu bekräftigen. Ich darf daran erinnern, dass deine Erhabenheit selbst Christen, die nachweislich ihrem Aberglauben anhingen, diese Möglichkeit der Rechtfertigung einräumt. Umsomehr sollte dies für einen Mann gelten, der unschuldig ist, und nur den Verdacht einer Schuld von sich abwehren muss."

„Das hat etwas für sich", meinte der Kaiser. „Was sagt der Ankläger dazu?"

„Deine Gnade, Erhabener, ist groß. Ich würde daher dem Verteidiger zustimmen, wenn es nur um eine verbotene kultische Verehrung ginge. Aber es wurden Menschenopfer gebracht. Das ist ein Vorwurf, den man nicht einmal den Christen gegenüber erhebt."

„Das stimmt", räumte der Kaiser ein, „Was sagt der Angeklagte selbst zu diesen Vorwürfen?"

„Ich bin unschuldig, Erhabener, und schließe mich den Worten meines Verteidigers an."

„Gut. Dem Ankläger ist es gestattet, Fragen an den Angeklagte zu richten."

Pomponius erhob sich. „Leonidas, weißt du, was eine Lamia ist?"

„Das weiß jedermann."

„Wie stellst du dir ihr Aussehen vor?"

„Auch das weiß jedermann. Man stellt sie sich als dämonische Wesen, halb Frau, halb Schlange vor. Sie können sich aber gänzlich in Menschengestalt verwandeln und erscheinen dann als schöne Frauen und Jünglinge."

„Das hast du sehr schön erklärt. Was tun diese Geschöpfe, wenn sie sich einen Menschen als Opfer auserkoren haben?"

„Man sagt, sie reißen ihnen den Hals auf und trinken ihr Blut", antwortete Leonidas widerwillig.

„So ist es. Wusstest du, dass in den letzten Tagen mehrere ausgeblutete Leichen gefunden wurden, denen man die Kehle zerrissen hat."

„Das weiß jedermann in der Stadt. Ich habe nichts damit zu tun."

„Wusstest du, dass man diese Toten für Opfer einer Lamia hielt?"

„Ich habe davon gehört. Die Leute sind abergläubisch."

„Wusstest du, dass diese Toten einen Ring trugen, der sie zu Opfern für eine Lamia bestimmte?"

„Gerüchteweise habe ich davon gehört."

„Waren es Ringe wie dieser hier?" Pomponius zog einen der Ringe hervor und hielt ihn empor. Der Kaiser winkte mit der Hand. Einer der Sklaven nahm den Ring und zeigte ihn Leonidas.

„Das kann ich nicht sagen. Ich habe so einen Ring nie zuvor gesehen."

„Du lügst, Leonidas. Du hast einer gewissen Kyra einen solchen Ring gegeben, mit dem Auftrag, mehrere Kopien anfertigen zu lassen. Diese Ringe wurden dann bei den Toten gefunden. Kyra ist bereit das als Zeugin zu bestätigen."

Papirius sprang auf. „Ich protestiere, Erhabener. Abgesehen davon, dass die Vorhalte des Anklägers unrichtig sind, darf besagte Kyra, die als Sklavin im Haushalt meines Mandanten lebt, nicht vernommen werden. Kein Sklave und keine Sklavin darf gegen seinen oder ihren Herrn aussagen. Zu groß ist die Gefahr der Befangenheit und damit der Unrichtigkeit der Aussage."

„Ich stimme dem Verteidiger in seiner Rechtsmeinung zu", entgegnete Pomponius. „Aber Kyra ist keine Sklavin. Wir haben ihren Personenstatus genau überprüft. Sie ist zwar keine römische Bürgerin, aber sie ist eine freie Frau, die lediglich als Fremde gilt. Sie darf und wird aussagen!"

„Möchtest du deine Aussage überdenken, Leonidas?", fragte der Kaiser milde.

Leonidas flüsterte mit Papirius, dann sagte er: „Jetzt erinnere ich mich. Ich habe Kyra tatsächlich einen solchen Auftrag gegeben. Ich habe mich bloß deswegen nicht gleich erinnert, weil die Sache so belanglos war."

„Warum hast du die Ringe anfertigen lassen?", setzte Pomponius das Verhör fort.

„Ein Freund hat mich darum gebeten."

„Wer war dieser Freund?"

„Gordianus, der Leiter der Gladiatorenschule."

„Wie hat Gordianus seine Bitte begründet?"

„Ich kann mich nicht mehr erinnern."

Der Kaiser schüttelte skeptisch den Kopf.

„War Gordianus Anhänger eines Kultes, der die Lamien verehrte?", fuhr Pomponius fort.

„Das weiß ich nicht."

„Ist dir kein Verdacht gekommen, als man bei den Mordopfern die Ringe gefunden hat, die du für ihn anfertigen hast lassen?"

Leonidas schwieg. „Antworte!", befahl der Kaiser streng.

Leonidas flüsterte wieder mit seinem Verteidiger. „Ich konnte nicht glauben, dass Gordianus Leute umbringt", sagte er schließlich.

„Du hast aber über die Möglichkeit nachgedacht, dass es so sein könnte. Hast du ihn nicht zur Rede gestellt"

Leonidas und Papirius flüsterten miteinander. „Das habe ich", behauptete Leonidas schließlich. „Er hat mir versichert, dass ihm die Ringe gestohlen wurden."

Der Kaiser schüttelte neuerlich skeptisch den Kopf. Papirius sprang wieder auf: „Diese Aussage wird Gordianus sicher bestätigen können, wenn wir ihn befragen."

Der Kaiser sah Pomponius fragend an. „Das wird nicht möglich sein", erklärte dieser. „Gordianus ist unbekannten Aufenthaltes und flüchtig. Er hat das Weite gesucht, wie schon seinerzeit in Ägypten, als er in eine ähnliche Affäre verwickelt war. Ich habe Nachricht nach Ägypten geschickt und erwarte die Bestätigung dieser Behauptung."

Der Kaiser schaute missmutig, weil eine solche Nachricht Wochen dauern konnte und er schnell zu einem Ende kommen wollte. „Fahre in deiner Befragung fort", befahl er schließlich Pomponius.

„Bist du selber ein Anhänger des Lamienkultes, Leonidas?"

„Das habe ich bereits beantwortet. Ich weiß davon nichts."

„Du hast ein Zimmer in deinem Haus."

„Ich habe viele Zimmer in meinem Haus."

„Ich meine jenes spezielle Zimmer, das mit Wandbildern geschmückt ist, die Menschen beim Geschlechtsverkehr zeigen, in einer schamlosen Art, wie ich es nie zuvor gesehen habe."

„Ich bin ein Freund der Künste."

„Pflegst du in diesem Zimmer Vertraute zu empfangen und mit ihnen Orgien zu feiern?"

„Das weißt du. Du hast selbst an einem solchen Fest teilgenommen."

Ein Raunen lief durch die Menge. Der Kaiser sah Pomponius nachdenklich an.

„Ich habe an einem Gastmahl teilgenommen. Hast du mich bei einer Unziemlichkeit gesehen, wie sie bei Orgien vorkommen? Willst du das behaupten? Ich kann Zeugen benennen, die dabei waren!"

„Du hast nichts dergleichen getan, weil du gegangen bist, bevor das Fest seinen Höhepunkt erreicht hat", bestätigte Leonidas mürrisch.

„Sehr richtig. Ich bin gegangen, weil ich alles erfahren hatte, was ich wollte. Ich habe Kyra als die Frau identifiziert, die in deinem Auftrag die Ringe für Gordianus beschafft hat. Nun sage mir, Leonidas: Hat dieses Zimmer auch als heimlicher Tempel gedient, in dem die Lamien verehrt wurden?"

„Natürlich nicht!"

„Bedenke deine Antwort wohl! Ich habe nach deiner Verhaftung dieses Zimmer nochmals genau in Augenschein genommen. Weißt du was ich entdeckt habe? An mehreren Stellen habe ich Abbildungen von Wesen gefunden, die genau der Beschreibung entsprechen, die du uns so anschaulich gegeben hast: Geschöpfe halb Frau, halb Schlange. In drei Fällen, zunächst gar nicht so leicht unter dem Gewirr nackter Leiber zu erkennen, habe ich Frauen entdeckt, die anderen in die Kehle beißen und ihr Blut in einer Schale auffangen. Was sagst du dazu?"

„Gestalten, die der Phantasie des Künstlers entsprungen sind."

„Nein, so war es nicht! Wir haben den Handwerker ausgeforscht, der die Bilder angefertigt hat. Er kann hier vor Gericht als Zeuge aussagen. Er wäre von sich aus nie auf die Idee gekommen, solche Scheußlichkeiten zu malen. Ihr, du und Gordianus, habt ihm sehr genaue Anweisungen gegeben, wie die Malereien auszugestalten sind! Es gibt keine andere Erklärung, als dass du in deinem Haus eine Kultstätte eingerichtet hast."

Leonidas schwieg. „Ich kann beweisen, dass in diesem Raum Riten abgehalten wurden, die mit frommer Götterverehrung nichts zu tun haben, sondern Ausfluss eines abscheulichen Aberglaubens waren", stieß Pomponius nach. „In deinem Haus lebten zwei Männer, die dir als Leibwächter dienten. Sie waren bei diesen Zeremonien anwesend und werden das auch vor Gericht bezeugen."

„Die lügst", schrie Leonidas. „Kein Uneingeweihter hatte Zutritt!"

Einen Augenblick war es still, dann lief ein Raunen durch die Menge. Der Kaiser schüttelte zum dritten Mal den Kopf. Papirius verbarg das Gesicht in den Händen.

„Du hast recht", antwortete Pomponius. „In diesem Punkt habe ich gelogen. Diese Männer konnten nichts wahrnehmen, weil sie in eure verwerfliche Pseudoreligion nicht eingeweiht waren. Aber du hast eben die Wahrheit gesagt: Nur Eingeweihte hatten Zutritt zu diesen frevelhaften Zeremonien. Willst du nicht fortfahren und dein Gewissen erleichtern?"

Leonidas schwieg verbissen.

Nachdem der Kaiser eine Weile zugewartet hatte, sagte er: „Nun, da der Angeklagte schweigt, interessiert mich, was der Verteidiger zu sagen hat."

„Der Angeklagte schweigt", erklärte Papirius in einem verzweifelten Versuch die Situation zu retten, „weil er sich einer Reihe haltloser Beschuldigungen und Vermutungen gegenübersieht, denen es jeder Beweiskraft mangelt. Was soll er dazu schon sagen? Es ist nicht seine Sache, seine Unschuld darzutun, sondern der Ankläger hat seine Schuld zu beweisen. Aber was tut der Ankläger? Er bedrängt meinen Mandanten mit falschen Vorhalten und erfrecht sich noch dazu, das auch zuzugeben. Ich beschuldige den Ankläger der hinterhältigen Prozessführung! Mein Mandant hat in diesem Raum lediglich den Laren, den Schutzgöttern des Hauses geopfert, so wie es Sitte und Religion vorschreiben. Dass er zu diesen heiligen Handlungen keinen subalternen Bediensteten zugezogen hat, ist verständlich und ganz allein seine Sache. Keine einzige der Behauptungen des Angeklagten ist widerlegbar! Ich beantrage daher, ihn freizusprechen und seinen Ankläger wegen schikanöser Prozessführung zu belangen, so wie es das Gesetz vorsieht."

Pomponius sprang auf. „Da nunmehr die Ausgangspositionen geklärt sind, bitte ich, meine Zeugen benennen zu dürfen. Ich will Kyra sowie den Maler Attilius in den Zeugenstand rufen, um meine Behauptungen zu beweisen."

„Was sagt die Verteidigung dazu?", fragte der Kaiser.

„Ich protestiere gegen die Anhörung von Kyra", rief Papirius. „Sie befindet sich im Statthalterpalast in Haft und ich habe in Erfahrung gebracht, dass der Ankläger mehrere Unterredungen mit ihr hatte. Mir hat man es hingegen verwehrt, sie zu besuchen und zu sprechen. Es ist ganz offensichtlich, dass der Ankläger seine Kontakte zu jener militärischen Einheit, die gegen meinen Mandanten ermittelt hat, benutzt, um die Verteidigung zu behindern. Ich gehe sogar soweit, zu behaupten, dass der Ankläger diese Zeugin beeinflusst hat, möglicherweise sogar gegen die Zusicherung von Straffreiheit."

„Straffreiheit? Wozu denn das?", fragte Pomponius süffisant, „wenn weder sie noch der Angeklagte etwas Strafbares begangen haben, wie du behauptest?"

Marc Aurel brachte Papirius, der zu einer wütenden Erwiderung aufsprang, mit einer Handbewegung zum Schweigen. „Wir werden deinen Einwand im Auge behalten, Papirius, aber ich möchte mir selbst ein Bild von dieser Zeugin und ihrer Glaubwürdigkeit machen. Die Verhandlung wird auf morgen zur Einvernahme der von der Anklage genannten Zeugen vertagt. Kyra wird vorgeführt werden, es obliegt dem Ankläger, den Maler Attilius zur Verhandlung stellig zu machen. Möchte auch die Verteidigung Zeugen benennen?"

„Ja, Erhabener. Ich benenne Gajus und Corax, die im Hause meines Mandanten als Sicherheitspersonal gedient haben. Sie werden aussagen, dass sie niemals etwas von dem wahrgenommen haben, was der Ankläger meinem Mandanten unterstellt."

„Zeugen, die aussagen werden, dass sie nichts wissen und nichts gesehen haben?", fragte Pomponius höhnisch. „Hat die Verteidigung nichts Besseres anzubieten?"

„Sei still, Pomponius!", befahl der Kaiser. „Ich werde auch diese Zeugen zulassen. Wir wollen nämlich nicht außer Acht lassen, dass etwas, das von ortsanwesenden Zeugen nicht beobachtet werden konnte, vielleicht wirklich gar nicht stattgefunden hat. Wo halten sich diese Zeugen derzeit auf?"

Papirius wies mit einer dramatischen Geste auf Pomponius.

„Sie befinden sich gleichfalls im Statthalterpalast in Haft", erklärte Pomponius.

„Siehst du, wohin das führt, Erhabener?", rief Papirius erregt. „Der Ankläger hat sämtliche wichtigen Zeugen zu seiner Verfügung in Haft nehmen lassen, damit er sie nach Belieben manipulieren kann. Sie wurden nicht etwa im Garnisonsgefängnis untergebracht, wo auch ich Zugang zu ihnen gehabt hätte, sondern befinden sich in Gewahrsame einer militärischen Einheit, die glaubt, sich außerhalb von Recht und Gesetz bewegen zu können. Ich sage: Dies ist kein fairer Prozess, sondern ein abgekartetes Spiel, um meinen Mandanten zu verderben! Und warum das Ganze? Auch das will ich aussprechen, Erhabener! Dieser Mann, der hier als Ankläger auftritt, hatte den Auftrag, Todesfälle zu untersuchen, welche die Volksmeinung dem Wirken von Dämonen, sogenannten Lamien, zuschrieb. Ich kann und will nicht entscheiden, ob es sich dabei tatsächlich um Manifestationen göttlichen Zorns gehandelt hat, wie manche meinen. Faktum bleibt, dass der Ankläger bei seinen dilettantischen Untersuchungen erfolglos geblieben ist. Um sein Versagen zu rechtfertigen und wahrscheinlich auch um seiner gescheiterten Laufbahn als Jurist neuen Glanz zu verleihen, hat er sich dazu entschlossen, einen Unschuldigen, nämlich meinen Mandanten anzuklagen und ihm eine Mitschuld an diesen Todesfällen zu geben. Es ist ganz typisch für seine Vorgehensweise, dass er die unmittelbare Täterschaft an den Ritualmorden – denn als solche will sie der Ankläger sehen – dem praktischerweise verschwundenen Freund meines Mandanten, Gordianus, zuschreibt. Wie infam und gewissenlos der Ankläger handelt, kann man schon daran erkennen, dass ihm mein Mandant stets mit größter Freundlichkeit begegnet ist und ihm sogar seine Freundschaft angeboten hat. Ich wiederhole, was ich schon einmal gesagt habe: Dies ist nicht nur eine unbegründete, sondern darüber hinaus eine böswillige und hinterhältige Anklage. Ich zweifle nicht daran, dass am Ende dieses Verfahrens ein weiteres Verfahren stehen wird und zwar gegen den Ankläger wegen mutwilliger Prozessführung."

„Du hast deinen Standpunkt und deine Absicht, den Ankläger selbst vor Gericht zu ziehen, sehr deutlich gemacht", sagte der Kaiser. „Umsomehr sehe ich mich verpflichtet, alle Aspekte des Falles genau zu untersuchen. Wir sehen uns morgen zur gleichen Stunde wieder. Ihr könnt gehen."

Pomponius und Paparius verbeugten sich tief, während Leonidas abgeführt wurde. Der Kaiser beachtete sie schon nicht mehr, sondern wandte seine Aufmerksamkeit dem nächsten Fall zu.

Der Gerichtssklave erhob sich und verkündete: „Zur Verhandlung vor dem kaiserlichen Gericht steht die Klage der Otacilia, römische Bürgerin aus Aquincum gegen ihren geschiedenen Ehemann Calpurnius auf Herausgabe ihrer mit dreißigtausend Sesterzen bezifferten Mitgift."

XXXVII

Der zweite Verhandlungstag zog eine noch größere Zuhörerschaft an, als der vorangegangene. Die Zuhörer diskutierten dabei nicht so sehr über die Schuld des Angeklagten, sondern hauptsächlich darüber, ob er verurteilt werden würde. Die überwiegende Ansicht war nämlich die, dass er schuldig sei, wenngleich es ihm vielleicht gelingen könne, mit Hilfe seines Anwaltes davonzukommen. Erfahrene Prozessbeobachter waren der Meinung, dass Pomponius den Angeklagten zwar anfänglich ganz schön in Bedrängnis gebracht hatte, dann aber von Papirius ausmanövriert worden sei: Der Verteidiger habe es nämlich sehr geschickt verstanden, den Ankläger selbst und seine Motive in Zweifel zu ziehen. Man war der Meinung, dass Papirius zwar nur einen knappen, aber immerhin einen Zwischensieg errungen hatte.

Die zweite Frage war, ob die Todesfälle, die im Hintergrund dieses Verfahrens standen, jetzt tatsächlich übernatürlicher Art, oder doch nur Ritualmorde eines verblendeten Sektierers waren. Auch hier zeichnete sich eine deutliche Mehrheit ab. Denn die meisten Zuhörer glaubten, dass der flüchtige Gordianus mit oder ohne Mitwirkung des Angeklagten, für diese Morde verantwortlich sei. Insoweit hatte Pomponius das Ziel, das er mit diesem Prozess angestrebt hatte, schon erreicht. Kaum jemand redete mehr von erzürnten Göttern und ungünstigen Vorzeichen. Jetzt galt es für Pomponius im eigenen Interesse, zu einem akzeptablen Urteil zu kommen. Denn die Drohung mit einem Verfahren wegen mutwilliger Prozessführung war keine Kleinigkeit und konnte zu empfindlichen Strafen führen.

Der Kaiser wirkte müde. Pomponius hatte gehört, dass er am Vortag bis in die Abendstunden über einen Rechtsstreit wegen einer Mitgift verhandelt und dann noch bis weit in die Nacht an einer Sitzung des Generalstabes teilgenommen hatte.

Auf einen Wink des Kaisers wurde Kyra als erste Zeugin vorgeführt. Sie war einfach und züchtig gekleidet, hatte die Haare in traditioneller Weise hochgesteckt und mit einem Schleier bedeckt. Sie sah dennoch berückend schön aus. Vor dem Richterstuhl sank sie auf die Knie und verharrte in dieser demütigen Haltung, bis sie der Kaiser aufforderte, auf der für Zeugen vorgesehenen Bank Platz zu nehmen. Sie würdigte Leonidas, der versuchte ihr ein Zeichen zu geben, keines Blickes.

„Du kannst beginnen, Pomponius", sagte der Kaiser.

„Wie du befiehlst, Erhabener." Pomponius wandte sich an die Zeugin: „Dein Name ist Kyra?"

„So nennt man mich."

„Bist du Sklavin?"

„Nein. Ich bin eine freie Frau, gelte aber vor dem Gesetz als Fremde. Meine Familie stammt aus der Provinz Syrien."

„Du hast im Haus des Leonidas gelebt?"

„Zuletzt, ja."

„Welche Stellung hast du bekleidet?"

„Ich war seine Geliebte."

„Erkennst du diesen Ring?" Pomponius trat auf sie zu und zeigte ihr den Ring.

„Ich kenne ihn. Leonidas hat mir einen solchen Ring gegeben und mich beauftragt mehrere Duplikate zu besorgen. Ich habe mich in Begleitung des Corax zu einem Goldschmied in der Militärsiedlung begeben und fünf solche Ringe anfertigen lassen. Diese habe ich Leonidas übergeben."

„Hat dir Leonidas anvertraut, wofür er die Ringe braucht?"

„Er hat gesagt, sie seien für seinen Freund Gordianus. Er hat mir erzählt, dass sich Gordianus mit alten Kulten befasse und Interesse an solchen Dingen habe."

„Und dazu hat er gleich fünf Ringe gebraucht? Ist dir später zu Ohren gekommen, dass solche Ringe bei Toten, denen man die Kehle aufgerissen hatte, gefunden wurden?"

„Ich habe davon gehört und Leonidas deswegen gefragt. Er hat mir geantwortet, es sei nicht klug, die Absichten der Götter zu hinterfragen. Ich täte besser daran, nicht darüber nachzudenken."

„Kannst du die Inschrift deuten, die auf diesen Ringen steht?"

„Nein. Ich habe aber später gerüchteweise gehört, dass jeder der einen solchen Ring trägt, den Lamien als Opfer geweiht ist."

„Das stimmt", bestätigte Pomponius. „Ich habe die Inschrift übersetzen lassen, Erhabener, und kann als sachverständigen Zeugen den Buchhändler und Verleger Quintus Pacuvius, der ein Kenner alter Schriften ist, benennen."

„Wir glauben dir", entschied der Kaiser. „Fahre in der Befragung der Zeugin fort."

„Hattest du noch einmal mit diesen Ringen zu tun?"

„Einmal. Damals ist ein Gladiator namens Pollux tot aufgefunden worden. Es ist aber nichts über einen Ring, den er getragen hat, bekannt geworden. Leonidas war deswegen irritiert. Er hat etwas Rätselhaftes gesagt: Er hat gemeint, ohne diesen Ring sei das Opfer nur unvollkommen. Er hat mich beauftragt, nachzuforschen, wo dieser Ring geblieben sein könnte, ich habe aber nichts herausgefunden."

„Dafür habe ich es herausgefunden", sagte Pomponius. „Ich weiß, wer dem Toten den Ring abgezogen hat und kann die betreffende Person als Zeugin benennen. Diese Zeugin kann auch die Aussage der Zeugin Kyra bestätigen, wonach sie sich nach dem Ring erkundigt hat." Der Kaiser nickte und befahl ihm mit einer Handbewegung fortzufahren.

„Was hast du dir bei all diesen Ereignissen gedacht?"

„Ich habe mir gedacht, dass hier sehr unheilige, verbrecherische Dinge vor sich gehen und ich habe Angst bekommen."

„Mit Recht hast du dich gefürchtet. Denn Leonidas und Gordianus waren Männer, denen ein Menschenleben nichts bedeutet. Sag dem Gericht, ob du mich schon vor deiner Verhaftung kennengelernt hast."

„Ja, bei einem Gastmahl, das Leonidas gegeben hat."

„Hattest du besondere Anweisungen, mich betreffend?"

„Leonidas hat mir befohlen, deine Aufmerksamkeit zu suchen, dich zu verführen und dich auszuhorchen. Er wollte wissen, ob du nach einem geheimen Kult forschst und was du schon herausbekommen hast. Er hat gesagt, du seist ein gefährlicher Mann, der uns alle ins Unglück stürzen könne. Er hat gemeint, man werde dich vielleicht beseitigen müssen." Ein Raunen lief durch die Zuhörer.

„Und hast du mich verführt?"

„Nein. Du bist gegangen, bevor ich die Gelegenheit dazu hatte."

„Ich bin mit der Befragung der Zeugin vorläufig fertig, Erhabener."

„Gut. Papirius, du kannst Fragen an die Zeugin richten."

„Danke, Erhabener! Kyra: Du hältst dich also für die Geliebte des Angeklagten? Sag, warst du ihm immer treu?"

„Ja, außer er hat mich anderen Männern zur Verfügung gestellt."

„Was muss ich hören? Du bist auch anderen Männern zu Willen gewesen? Ist das oft vorgekommen?"

„Oft genug."

„Ja, das habe ich auch gehört. Ist es nicht eher so, dass du nicht seine Geliebte, sondern bloß eine billige Hure bist?"

„Billig auf keinen Fall", antwortete Kyra hochmütig. Im Publikum wurde gelacht.

„Grollst du Leonidas, als dessen Geliebte du dich gern gesehen hättest, weil er dich auch anderen Männern gegeben hat?"

„Nein!"

„Liebst du ihn?"

„Auch das nicht. Er ist mir vom Herzen gleichgültig und ich bin froh, dass ich mit ihm nichts mehr zu tun habe. Seine Freundschaft mit diesem unheimlichen Gordianus, die sonderbaren Bilder im Festzimmer, die Geschichte mit den Ringen und den Toten haben mich völlig verängstigt. Ich habe schon Pläne geschmiedet, wie ich am besten davonlaufen könnte. Ich bin recht froh, dass es jetzt vorüber ist."

Papirius betrachtete sie mit gerunzelter Stirn, dann entschied er, dass eine weitere Befragung dieser Zeugin seinem Mandanten eher abträglich als nützlich sein könne. Er machte eine resignierende Handbewegung.

„Gut", sagte der Kaiser. „Pomponius, du darfst deinen nächsten Zeugen aufrufen."

Der Maler Attilius war ein selbstbewusster Mann. Er trat vor den Kaiser, machte eine Verbeugung, die man gerade noch als ausreichende Respektbekundung durchgehen lassen konnte und blieb gelassen und abwartend stehen.

„Dein Zeuge", sagte der Kaiser zu Pomponius.

„Ich danke dir, Erhabener. Atilius: Welchen Beruf übst du aus?"

„Ich bin Stuckateur, Maler und Vergolder. Ich verlege auch Fliesen und bin für meine hervorragende Mosaiktechnik bekannt."

„Du bist ein vielseitiger Mann, den man als wahren Künstler rühmt."

„Wenn du es sagst, so will ich nicht widersprechen."

„Hast du deine Kunstfertigkeit auch Leonidas zur Verfügung gestellt?"

„Das habe ich. Er hat mich beauftragt, ein Zimmer in seinem Haus mit exquisiten Wandmalereien zu schmücken."

„Ich habe deine Arbeit gesehen. Sie ist wahrhaftig exquisit, sowohl was die Ausführung als auch den Inhalt betrifft. Ich habe nie zuvor Vergleichbares gesehen. Du hast eine ausufernde Phantasie, Atilius."

„Ich bin ein Künstler, der imstande ist, alles was gewünscht wird, darzustellen. Die Motive dieser Malereien, ja sogar die Raumaufteilung wurden mir vorgegeben."

„Von wem?"

„Von Leonidas und einem gewissen Gordianus, der ihn beraten hat."

„Du hast nicht nur Menschen beim Geschlechtsverkehr gemalt, sondern auch mythische Wesen."

„Das stimmt. Darauf haben Leonidas und Gordianus besonderen Wert gelegt. Sie haben mir Anweisungen gegeben, diese Abbildungen genau nach allen vier Himmelsrichtungen zu positionieren."

„Welche Wesen waren das?"

Atilius zog ein Stück Papyrus hervor. „Solche. Man hat mir genau aufgezeichnet, wie ich sie machen soll." Auf ein Zeichen von Pomponius hielt er die Skizze hoch, damit man sie sehen konnte.

„Dämonische Mischwesen, halb Frau, halb Schlange", konstatierte Pomponius. „Weißt du, wie man solche Geschöpfe nennt, Atilius?"

„Man nennt sie Lamien", sagte Atilius. „Ein Mann meines Berufes muss über mythologische Gestalten Bescheid wissen."

„Nun sind Lamien aber furchterregende Spukgestalten, die man üblicherweise nicht an die Wand malt. Hast du dich nicht gewundert?"

„Ich male, was verlangt wird. Gordianus hat gesagt, sie würden dem Zimmer die nötige Weihe geben." Ein Raunen lief durch die Menge.

„Hat man dich angewiesen, auch andere sonderbare Gestalten zu malen?"

„Das hat man, in der Tat. Ich musste auch drei kleine Figurengruppen malen: Frauen, die anderen Frauen in den Hals beißen und ihr Blut mit Schalen auffangen."

„Da du doch ein Kenner der Mythologie bist: Worum hat es sich dabei gehandelt?"

„Ich weiß es nicht. Ich habe vorher nie dergleichen Abscheulichkeiten gesehen."

Einige Zuhörer schmähten den Angeklagten und bezeichneten ihn Blutsäufer. Andere riefen: „Mörder!, Frevler!"

Leonidas flüsterte hektisch mit seinem Verteidiger. Dann stand Papirius auf: „Ich bitte darum, namens meines Mandanten eine Erklärung abgeben zu dürfen."

„Sprich", sagte Marc Aurel kurz.

Papirius räusperte sich. „Mein Mandant gesteht, dass er von Gordianus dazu verführt wurde, kurze Zeit an kultischen Verehrungen der Lamien teilgenommen zu haben. Er bereut dieses Verhalten zutiefst. Er hat sich von Gordianus getrennt, als ihm bewusst wurde, wie frevelhaft dessen Verhalten ist. Er hat schon längst beschlossen, die gotteslästerlichen Abbildungen in seinem Haus zu entfernen, distanziert sich von dem verderbten Kult des Gordianus und widerruft reumütig. Von Morden, die Gordianus möglicherweise begangen hat, wusste er nichts. Er erbittet deine Gnade, Erhabener, so wie du sie auch reumütigen Christen gewährst."

Pomponius sprang auf. Der Kaiser gebot ihm mit einer kleinen Bewegung Einhalt und sah ihm in die Augen. Pomponius hatte den Eindruck, dass ihm Marc Aurel etwas sagen wolle. Er verkniff sich die Tirade, die ihm über die Lippen kommen wollte, verbeugte sich und erklärte demütig: „Da der Angeklagte ein Geständnis abgelegt hat, betrachte ich meine Beweisführung für abgeschlossen. Möge deine Erhabenheit jene Strafe über ihn verhängen, die du für angemessen hältst."

„Ich habe mir ein Urteil gebildet", verkündete Marc Aurel. Pomponius hielt den Atem an. „Ich erkenne Leonidas des Religionsfrevels im Sinne der Anklage für schuldig. Über darüberhinausgehende, von der Anklage nicht umfasste Fragen kann und braucht in diesem Verfahren nicht entschieden zu werden. Ich bin zu der Überzeugung gelangt, dass Leonidas, unter dem Einfluss des flüchtigen Gordianus, einem Kult zur Verehrung der Lamien angehört hat. Dieser Kult war durch die Opfermorde, die meiner Meinung nach Gordianus allein verübt hat, geeignet, das Volk zu beunruhigen und in Furcht zu versetzen. Damit ist der Tatbestand erfüllt. Ich verzichte darauf, das Todesurteil zu verhängen, weil es sich nicht eindeutig feststellen lässt, inwieweit der Angeklagte von den Morden des Gordianus wusste und sie billigte. Leonidas, ich verbanne dich! Du hast in der Provinz Kappadokien deinen Wohnsitz zu nehmen. Dein Vermögen wird eingezogen. Es wird dir nur so viel belassen, dass du unverzüglich abreisen kannst. Ich befehle, dass die Wandmalereien in deinem Haus abgeschlagen werden und alles zerstört wird, was auf diesen verbrecherischen Kult hinweist. Die Verhandlung ist geschlossen."

XXXVIII

Das war ein kurzer Prozess", sagte Pomponius. „So etwas schaut dem Kaiser gar nicht ähnlich. Sonst kaut er den Prozessstoff endlos durch. Oft verhandelt er bis weit in die Nacht hinein und vernimmt Zeugen auf Zeugen. Nicht selten sind die erschöpften Parteien dann zu einem Vergleich bereit, damit endlich ein Ende ist."

„Er wollte die Sache rasch vom Tisch haben", meinte Aliqua und kraulte Ferox hinter den Ohren. „Ich bin davon überzeugt, dass er über die Hintergründe des Falles sehr genau Bescheid wusste und sich sein Urteil über Leonidas schon gebildet hatte. Er hat nur das Nötige getan, um den Prozessvorschriften zu genügen. Du hast dich sehr gut geschlagen, aber du wärst in Schwierigkeiten geraten, wenn du den Nachweis hättest führen müssen, dass Gordianus die Morde begangen hat."

„Kommt Leonidas jetzt so davon, ich meine nur mit Verbannung?", fragte Krixus.

„Das glaube ich nicht", antwortete Pomponius. „Masculinius hat gesagt, dass ich mich darum nicht mehr zu kümmern brauche. Das übernehmen jetzt andere. Man kann sich ja vorstellen, wie das gemeint ist, wenn Masculinius so etwas sagt. Im Übrigen war er nicht unzufrieden mit unserer Arbeit. Ich habe geglaubt, ich höre nicht recht. Er hat darauf verzichtet, mich niederzumachen, wie er es sonst immer tut, sondern er hat mich sogar gelobt. Es hat mich nur gewundert, dass er uns nicht gemeinsam, sondern getrennt empfangen hat. Was hat er zu dir gesagt?"

„Ungefähr dasselbe wie zu dir. Außerdem hat er mich befördert." Aliqua hatte auf den rechten Moment gewartet, um Pomponius diese Neuigkeit mitzuteilen. Stolz legte sie das bronzene Abzeichen, das ihr Masculinius gegeben hatte, auf den Tisch. „Jetzt bin ich Dreifachsöldner und ranggleich mit Ballbilus. Hoffentlich wird er nicht eifersüchtig. Ich meine, weil ich doch noch nicht so lange dabei bin wie er und überdies nur eine Frau bin. Was denkst du?"

„Ich bin stolz auf dich", sagte Pomponius und küsste sie. „Du bist eine besonders tüchtige und bewunderungswürdige Frau. Ich denke, Ballbilus wird das auch so sehen. Trotzdem hätte uns Masculinius gemeinsam vorladen können. Ich wäre bei deiner Beförderung gern dabei gewesen."

„Das ist lieb von dir. Aber Masculinius musste mit mir auch die Förmlichkeiten wegen der Erbschaft abwickeln."

„Welche Erbschaft", fragte Pomponius erstaunt. „Du hast doch keine Angehörigen mehr!"

„Jetzt nicht mehr. Ich habe von meinem verstorbenen Vater Lucius einen schönen Batzen Geld geerbt, den man im Depot des Geldwechslers Epagathos sichergestellt hat."

„Was heißt das", fragte Pomponius verstört. „Du hast doch nur an seiner Bahre das Klageweib gespielt und dich als seine verschollene Tochter ausgegeben."

„Masculinius meint, das genügt völlig. Eine Menge Leute haben mich völlig gebrochen hinter der Leiche hergehen gesehen und können beschwören, dass ich seine einzige Angehörige war. Er hat alles Nötige wegen der Erbschaft in die Wege geleitet."

„Das verstehe ich nicht", sagte Pomponius erschüttert. „Sonst ist er doch nicht so großzügig. Ich selbst habe ihn nur mit Mühe davon abhalten können, eine Abrechnung über meine Spesen zu verlangen. Beinahe hätte er noch Geld von mir haben wollen. Warum sollte er sich dir gegenüber so großzügig erweisen?"

„Das verstehe ich auch nicht ganz. Er hat gesagt, eine Frau wie ich, müsse eine entsprechende Mitgift in die Ehe mitbringen. Damit ich mir einen ordentlichen Ehemann suchen kann und nicht auf einen Windbeutel angewiesen bin, der gelegentlich Orgien besucht. Kannst du dir vorstellen, was er damit gemeint hat?"

„Der Kaiser selbst muss mit eurer Arbeit in diesem Fall mehr als zufrieden gewesen sein", antwortete Krixus anstelle seines sprachlosen Herrn. „Wahrscheinlich sollte euch Masculinius in seinem Auftrag mit der Hinterlassenschaft des Lucius großzügig belohnen. Von sich aus hätte Masculinius das sicher nicht getan. Daraufhin hat sich Masculinius dazu entschlossen, Aliqua die ganze Belohnung zu geben. Pomponius bekommt seinen Anteil nur, wenn er sie heiratet." Krixus kicherte entzückt. „Der Mann hat originelle Einfälle. Das hätte ich ihm gar nicht zugetraut."

Pomponius holte zu einer Ohrfeige aus. Aliqua fiel ihm in den Arm und sagte leichthin: „Was redest du nur wieder für einen Unsinn, Krixus! Warum, um der Götter willen, sollte ich deinen Herrn heiraten wollen und mich unter seine eheherrliche Vormundschaft begeben? Jetzt, wo ich eine wohlhabende, unabhängige Frau bin? Da wäre ich ja schön dumm! Aber da wir schon vom Heiraten sprechen: Ich habe Nachricht von Quinta bekommen. Sie heiratet ihren wäschewaschenden Athleten und bittet mich zu ihrer Hochzeit zu kommen. Du bist auch eingeladen Pomponius. Wir müssen uns Gedanken über ein passendes Geschenk machen."

Pomponius schaute hilfesuchend zu Krixus. „Wirst du wieder versuchen, mich zu hauen, wenn ich dir einen Rat gebe?", fragte dieser vorsichtig. Pomponius schüttelte resignierend den Kopf. „Dann geh mit Aliqua zu dieser Hochzeitsfeier. Vielleicht kommst du dann ja auf den Geschmack. So wie unsere Finanzen zur Zeit stehen, solltest du dich nämlich sehr bald um eine gute Partie bemühen, ehe wir bankrottgehen."

Epilog

Es war, als ob der Frühling alles nachholen wollte, was ihm bisher verwehrt geblieben war. Die Sonne brach mit Macht durch die Wolkendecke und erwärmte das ganze Land. Die Vegetation begann aufzublühen und die Vögel kündeten den Auguren, dass die Götter dem Vorhaben des Kaisers gewogen waren. Alle Vorzeichen standen günstig.

Kurz darauf führte Marc Aurel seine Legionen ins Land der Markomannen. Er traf kaum auf Widerstand. Die Germanen hatten sich von der Donaugrenze zurückgezogen. Die wenigen, die zurückgeblieben waren und auf die Gnade des Kaisers vertrauten, sahen sich in dieser Hoffnung enttäuscht. Die Römer übten grausame Rache für das, was die Germanen mehr als zwei Jahre zuvor den Donauprovinzen angetan hatten. Sie brannten jedes Gehöft und jede Ansiedlung nieder, töteten alle Männer, derer sie habhaft werden konnten und machten Frauen und Kinder zu Sklaven. Erst weit im Landesinneren kam der Vormarsch der Römer ins Stocken, als sich ein verzweifelter Widerstand der Markomannen zu formieren begann.

Schließlich erhielten die Markomannen Zulauf von anderen Stämmen, die sich zuvor zur Neutralität oder sogar zur Hilfeleistung für die Römer verpflichtet hatten. Alle diese Stämme waren nämlich über das brutale Vorgehen der römischen Soldateska empört und entsetzt. Die Invasionsarmee geriet zunehmend unter Druck. Marc Aurel wollte es nicht auf eine verlustreiche Entscheidungsschlacht mit ungewissem Ausgang ankommen lassen und führte seine Truppen auf gesicherte Positionen zurück. Er besetzte zwar weite donaunahe Gebiete im Barbaricum, konnte aber sein Vorhaben, das gesamte Stammesgebiet der Markomannen zu unterwerfen nicht wahrmachen, und musste sich zunehmend auch um jene Stämme kümmern, die von Rom abgefallen waren.

Unter dem Eindruck der Berichte von der Front geriet der Prozess gegen Leonidas rasch in Vergessenheit. Dennoch soll über das weitere Schicksal der Beteiligten berichtet werden:

Leonidas erreichte den Ort seiner Verbannung nie. Bei einem Flussübergang erlitt er einen Unfall und ertrank unter ungeklärten Umständen.

Seine beiden Leibwächter akzeptierten freudig das Angebot, zu den Soldaten zu gehen, wo sie in einer Einheit begnadigter Verbrecher in vorderster Front zu kämpfen hatten. Dem Vernehmen nach, soll es Gajus Jahre später sogar bis zum Centurio gebracht haben.

Aspasia, die tief trauernde Witwe des ermordeten Publius Calpurnius, blieb unbehelligt. Sie zog nach Rom, nachdem sie einen erheblichen Teil ihres gewaltigen Erbes dem Kaiser für seinen Krieg zur Verfügung gestellt hatte.

Auch Kyra wurde nie angeklagt. Kurz nach dem Prozess entließ man sie aus der Haft und teilte ihr mit, dass es in Alexandria sehr schön sein solle. Für die Reise dorthin wurde sie mit genügend Geld ausgestattet. Unbefangene Beobachter wären vielleicht auf den Gedanken gekommen, dass dies der versprochene Lohn für ihre Bereitschaft war, gegen Leonidas auszusagen. Aber, wie gesagt, die Sache interessierte schon niemanden mehr, und solche Beobachter gab es nicht. Kyra gelangte wohlbehalten an ihr Ziel und führte – wie man hört – eine Zeitlang das Leben einer begehrten Kurtisane, ehe sie ihren besten Kunden, einen immens reichen Kaufmann heiratete, der wegen dieser Eroberung von seinen Freunden sehr beneidet wurde.

Aristides, der Auftragsmörder, wurde nie mehr gesehen. Es ist anzunehmen, dass der Gerechtigkeit rasch und unter Verzicht auf Förmlichkeiten Genüge getan wurde.

Weitere Mitglieder des Lamienkultes, sofern es solche überhaupt gegeben hatte, wurden nicht ausgeforscht und vor Gericht gestellt. Der Kult verschwand spurlos, so als ob es ihn nie gegeben hätte.

Pomponius und seine Gefährten verlebten in Carnuntum einen ruhigen, unbeschwerten Sommer. Im Herbst kehrte der Kaiser, der in Rom einen Triumphzug gehabt hatte, nach Carnuntum zurück. Zu dieser Zeit erhielt Pomponius den Befehl, sich unverzüglich im Hauptquartier der Frumentarii einzufinden, ein neuer Auftrag erwarte ihn. Aber das ist eine Geschichte, die an anderer Stelle erzählt werden soll.

Ende

Cave Canem

Hüte dich vor dem Hund!
Römisches Bodenmosaik

Vom selben Autor sind bisher erschienen

Carnuntum 172 n. Chr.
Der Anwalt Spurius Pomponius gehört zu den kommenden Männern Roms, als ihn der Zorn des Imperators an die Grenze des Reiches verbannt. Auch in Carnuntum, der Hauptstadt der Provinz Oberpannonien ließe es sich gut leben, wären nur die Germanen jenseits der Donau nicht so kriegslüstern. Die Situation am Limes wird schließlich so bedrohlich, dass Kaiser Mark Aurel persönlich an die Grenze eilt und ausgerechnet in Carnuntum sein Hauptquartier aufschlägt. In seiner Begleitung befindet sich seine Frau Faustina, die den Kopf des Pomponius am liebsten auf eine Lanze gespießt sehen möchte. Zu allem Überfluss wird Pomponius vom neu ernannten Leiter der Frumentarii, dem militärischen Geheimdienst der Legionen, zwangsrekrutiert und soll einen verdächtigen Todesfall aufklären. Unterstützt von seinem vorlauten Sklaven und einer jungen Frau mit zweifelhaftem Ruf macht er sich ans Werk. Nach kurzer Zeit erkennt Pomponius, dass er mit seinen Ermittlungen in ein Wespennest von Verschwörern gestochen hat. Es bleibt ihm nur mehr wenig Zeit, um seinen eigenen Hals zu retten.

Verlag: Books on Demand
ISBN-10: 3743191229
ISBN-13: 978-3743191228

Wien im Jahre 1905. Die Kaiserstadt erlebt eine letzte glanzvolle Hochblüte, aber der große Krieg, der eine Epoche beenden sollte, wirft seine Schatten bereits voraus. Wien ist zu einem Zentrum innenpolitischer Unruhen und internationaler Militärspionage geworden.
Während die Donaumonarchie von Nationalitäten-konflikten zerrüttet wird, ist der Prater mit seinen zahlreichen Vergnügungsstätten ein beliebter Treffpunkt der lebenslustigen Residenzstadt. Eines Nachts wird dort eine junge Frau ermordet. Kurz vor ihrem Tod hat sie versucht, mit dem ehemaligen Rittmeister Manfred Hagenberg, der den Armeedienst unehrenhaft quittieren hatte müssen, Kontakt aufzunehmen. Hagenberg fühlt sich trotz des Widerstandes der Polizei und einflussreicher Armeekreise verpflichtet, die Hintergründe ihres Todes aufzuklären.

Verlag: Books on Demand
ISBN-10: 3738633499
ISBN-13: 978-3738633498

Peter Lukasch
Zu Hainburg verblieb man über Nacht

Ein Nibelungen-Krimi

Chefinspektor Hagenberg vom Landeskriminalamt wird an den Ort eines bedenklichen Leichenfundes im Stadtgebiet von Hainburg beordert. Schatzgräber haben ein Skelett aus der Völkerwanderungszeit freigelegt, aber einer von ihnen ist mit eingeschlagenem Schädel zurückgeblieben.

Was Hagenberg zunächst für eine simple Auseinandersetzung im Raubgräbermilieu hält, entpuppt sich als historisches Rätsel, das auf die Spur einer verschollenen Delegation des Burgunderkönigs Gundahar führt, die im Jahre 436 n. Chr. versucht hat, den Hof des Hunnenkönigs Attila zu erreichen.

Hagenberg gerät bei seinen Ermittlungen in das Visier einer international agierenden Bande, die sich auf Kunstdiebstahl spezialisiert hat und vor keinem Mittel zurückschreckt; auch nicht vor Mord.

Beunruhigenderweise ist diese Bande über jeden seiner Schritte informiert und vermutet offenbar, dass Hagenberg auf Informationen gestoßen ist, die einen konkreten Hinweis auf den Verbleib des sagenhaften Nibelungenschatzes geben könnten.

Plötzlich ist Hagenberg selbst vom Jäger zum Gejagten geworden.

Verlag: Books on Demand
ISBN-10: 3734769647
ISBN-13: 978-3734769641

Peter Lukasch
Teufels-Liebchen

Historischer Krimi

Zu Beginn des Dreißigjährigen Krieges verhilft ein kaiserlicher Offizier einem wegen Hexerei angeklagten Mädchen zur Flucht aus der von den aufständischen Ungarn bedrohten Grenzfestung Hainburg.

Sobald es ihm möglich ist, folgt er ihr nach Paris. Im Gepäck hat er ein Zauberbuch, dessen bloßer Besitz ausreichen würde, ihn auf den Scheiterhaufen zu bringen.

Fast drei Jahrhunderte später taucht dieses Buch wieder in Hainburg auf. Es hat sich im Besitz einer jungen Französin befunden, die gemeinsam mit ihrem Begleiter am Schlossberg ermordet aufgefunden wird.

Chefinspektor Hagenberg vom Landeskriminalamt wird mit den Ermittlungen beauftragt und sieht sich bald mit weiteren rätselhaften Mordanschlägen konfrontiert, denen auch einer seiner Mitarbeiter zum Opfer fällt.

Als Hagenberg schließlich die Wahrheit hinter diesen Ereignissen erkennt, kommt er zu der Auffassung, dass so manche Fakten des Falles in der Öffentlichkeit besser nicht bekannt werden sollten.

Verlag: Books on Demand
ISBN-10: 3734770432
ISBN-13: 978-3734770432

Weil Flaute im Morddezernat herrscht, bekommen Chefinspektor Hagenberg und seine neue Partnerin den Auftrag, einen alten Fall aufzuarbeiten. Sie sollen klären, was mit einem Mädchen geschehen ist, das vor fast dreißig Jahren bei der Besetzung der Hainburger Au durch Umweltaktivisten spurlos verschwunden ist. Ihre Ermittlungen führen sie in die Pornoszene und ins Rotlichtmilieu und kreuzen sich schließlich mit den Spuren eines alten, längst vergessenen Mordfalls, der sich im Jahre 1908 in Hainburg ereignet hat, und der im Zusammenhang mit dem Brand des Ringtheaters in Wien steht.

Verlag: Books on Demand
ISBN-10: 3842381069
ISBN-13: 978-3842381063

Im Jahre des Herrn 1697, vierzehn Jahre nach dem großen Türkensturm, entsendet der kaiserliche Feldmarschall Prinz Eugen von Savoyen einen Kundschafter nach dem von den Türken verwüsteten Hainburg, um den Verbleib eines seither verschollenen Mädchens, das im Besitz eines Staatsgeheimnisses sein soll, zu klären.
Freiherr von Hegenbarth, ein hochbezahlter Spion in kaiserlichen Diensten, kehrt in jene Stadt zurück, in der Jahrzehnte zuvor sein Großvater einem wegen Hexerei angeklagten Mädchen zur Flucht verholfen hat (Peter Lukasch: 'Teufelsliebchen') und zeichnet genau alle Stationen seiner gefährlichen Mission auf.
Mehr als dreihundert Jahre später geraten seine Erinnerungen in die Hände von Chefinspektor Hagenberg und erweisen sich als Schlüssel zur Lösung eines aufsehenerregenden Mordes, der sich in der Blutgasse in Hainburg ereignet hat.

Verlag: Books on Demand
ISBN-10: 3746061393
ISBN-13: 9783746061399

In der Nacht hatte er von ihr geträumt. Das hatte er schon lange nicht mehr getan, seit Jahren nicht mehr. Er konnte sich kaum mehr an ihr Gesicht erinnern. Im Traum war es überdeutlich gewesen, aber auch der Traum wurde rasch zu einem Schemen und drohte aus seiner Erinnerung zu verschwinden. Lediglich das Ende, das ihn aus dem Schlaf gerissen hatte, stand ihm noch deutlich vor Augen: Ein dunkler Keller, ein Geruch nach Moder und Verwesung und Schreie, Schreie, die nicht aufhören wollten.

Ein Brief aus der Vergangenheit erreicht den Versicherungsdetektiv Amadeus Heinrich. Lisa, seine Jugendliebe, hat nach vielen Jahren ihr Schweigen gebrochen. Er folgt ihrem Ruf und ist bald in einen alten und in einen neuen Mordfall verwickelt. Die Wurzeln für diese turbulenten Ereignisse liegen weit zurück, in jener Zeit, in der er selber als zwölfjähriger Junge mit Lisa unvergessliche Ferien in dem kleinen Dorf Grafenhotter verlebt hat.

Verlag: Books on Demand
ISBN-10: 3738639268
ISBN-13: 978-3738639261

Sie betrachtete den Toten und versuchte das Zittern in ihrer Stimme zu unterdrücken und kaltblütig zu wirken. „Was für eine Schweinerei! Hättest du ihn nicht einfach erwürgen können, wie den anderen auch?"

„Ich habe daran gedacht", gestand der Meister, „aber dann konnte ich nicht widerstehen. Frisches Blut hat so eine wunderbare Farbe. Es lässt sich mit nichts anderem vergleichen, es ist so inspirierend, findest du nicht auch?"

Die Sensation ist perfekt, als ein bisher unbekanntes Portrait aus der Hand von Gustav Klimt entdeckt wird. Noch während die Fachwelt über dessen Echtheit diskutiert, wird es aus der Galerie geraubt, in der es ausgestellt werden sollte. An Stelle des Bildes wird von den Tätern der tote Galeriebesitzer an die Wand gehängt. Der Privatdetektiv Amadeus Heinrich erhält von der Versicherung den Auftrag, das Bild wieder zu beschaffen. Dabei bekommt er es nicht nur mit einem Meisterfälscher, sondern auch mit einem meisterhaften Mörder zu tun.

Verlag: Books on Demand
ISBN-10: 3739241578
ISBN-13: 978-3739241579

Peter Lukasch

Der muss haben ein Gewehr

Krieg, Militarismus und patriotische Erziehung in Kindermedien vom 18. Jhdt. bis in die Gegenwart

Sachbuch

Kinderbücher, so wie wir sie kennen und unseren Kindern gerne zum Lesen geben, sind heiter, bunt, manchmal geheimnisvoll und abenteuerlich und vermitteln das Bild einer heilen Welt. Wenn wir aber den Spuren der Kinderliteratur durch die Jahrhunderte folgen, geraten wir bisweilen in beängstigende Bereiche, in denen die Kriegstrommel dröhnt und der Tod zum allgegenwärtigen Begleiter wird, manchmal in der Maske eines munteren Gesellen, der Abenteuer verspricht, manchmal die Fahne des Vaterlandes schwingend und ewigen Ruhm und Ehre dem versprechend, der ihm folgt.

Diesen dunklen Unterströmungen folgt der Autor und spannt den Bogen von der Kinder- und Jugendliteratur der späten Aufklärung bis in unsere Zeit, wobei seine Darstellung über weite Strecken auch zu einem Abriss der deutschen Geschichte wird. Nicht nur Kinder- und Jugendliteratur im engeren Sinn werden behandelt, sondern auch Filme und Spiele, bis hin zu den Kriegsspielen am Computer, denen das abschließende Kapitel gewidmet ist.

Zahlreiche, teils farbige Abbildungen ergänzen den Text und machen das Thema anschaulich.

Verlag: Books on Demand
ISBN-10: 3842372736
ISBN-13: 978-3842372733

Peter Lukasch

Deutschsprachige Kinder- und Jugendzeitschriften

Sachbuch

Seit dem letzten Viertel des 18. Jahrhunderts gibt es sie: Zeitschriften, die sich direkt an Kinder und Jugendliche wenden. Seither haben sie eine zentrale Rolle in der Kinderliteratur gespielt und das Leseverhalten und die kindliche Vorstellungswelt von Generationen beeinflusst. Der Autor umreißt vor dem Hintergrund der wechselvollen Zeitläufe die Geschichte dieser speziellen Printmedien, stellt sie in den Gesamtkontext der Jugendliteratur und zeigt Entwicklungslinien und Problemstellungen auf, die nicht nur heute intensiv diskutiert werden, sondern schon vor Jahrhunderten erkannt wurden und schon damals Streitpunkte waren. So wird der Bogen gespannt von den periodischen Jugendschriften des 18. Jahrhunderts, die "zur Aufklärung des Verstandes und Bildung des Herzens der Jugend" dienen sollten, über Comics bis hin zu jenen, die "coolen Megaspaß" versprechen oder Ratschläge für den ersten Sex geben.

Zahlreiche, teils farbige Abbildungen ergänzen den Text und machen das Thema anschaulich.

Verlag: Books on Demand
ISBN-10: 3839170052
ISBN-13: 978-3839170052

Von einem Buch, das millionenfach verkauft wurde, in
dutzenden Sprachen erschienen ist, hundertfach
fortgeschrieben, variiert, parodiert und kommentiert
wurde und das sich nach mehr als 150 Jahren noch immer
großer Bekanntheit und Beliebtheit erfreut, lässt sich mit
Fug und Recht behaupten, dass es nicht nur ein Bestseller
ist, sondern auch der Weltliteratur zugerechnet werden
darf. Diesen Anspruch kann neben Werken der
Hochliteratur auch ein schlichtes Bilderbuch von knapp
zwanzig Seiten, der Struwwelpeter von Heinrich
Hoffmann erheben. Der Autor bietet in einer Reihe von
Beiträgen einen Überblick über die Geschichte des
Struwwelpeter und seine Wirkung durch die
wechselvollen Zeitläufe, von den Warn- und Straf-
geschichten der Aufklärung über die Nachfolger des
Struwwelpeter, den sogenannten Struwwelpeteriaden, bis
hin zu den politischen Satiren, die sich den Struwwelpeter
zum Vorbild nehmen, vom revolutionären Struwwelpeter
des Jahres 1848 bis ins 20. Jahrhundert. Besondere
Aufmerksamkeit widmet der Autor der seit Erscheinen des
Buches nie abgerissenen Diskussion um die pädagogische
Wertigkeit des Struwwelpeter und seine psychologische
Deutung und bricht dabei eine Lanze für den
Struwwelpeter. So mag für den Struwwelpeter frei nach
einem Zitat von Goethe gelten:
„Bewundert viel und viel gescholten: Der Struwwelpeter."

Verlag: Books on Demand
ISBN-10: 3734744040
ISBN-13: 978-3734744044